JENNIFER BRIGHT

EVERY
THING
WE
HAD

Roman

Ullstein

Besuchen Sie uns im Internet:
www.ullstein.de

Wir verpflichten uns zu Nachhaltigkeit
- Klimaneutrales Produkt
- Papiere aus nachhaltiger Waldwirtschaft und anderen kontrollierten Quellen
- ullstein.de/nachhaltigkeit

Originalausgabe bei Forever
Forever ist ein Verlag
der Ullstein Buchverlage GmbH, Berlin
1. Auflage Mai 2021
3. Auflage 2022
© Ullstein Buchverlage GmbH, Berlin 2021
Umschlaggestaltung:
zero-media.net, München
Titelabbildung: © FinePic®
Autorenfoto: © privat
Gesetzt aus der Quadraat Pro powered by pepyrus.com
Druck- und Bindearbeiten: CPI books GmbH, Leck
ISBN 978-3-86493-161-1

Liebe Leser*innen,

dieses Buch enthält potenziell triggernde Inhalte. Deswegen findet ihr am Ende des Buches auf Seite 394 eine Triggerwarnung. Achtung: Diese enthält Spoiler für die gesamte Geschichte.

Wir möchten, dass ihr das bestmögliche Leseerlebnis habt.

Eure Jennifer Bright und das Forever-Team

Playlist zum Buch

Mean It – Lauv & LANY
A Little Braver – New Empire
So Cold – Ben Cocks ft. Nikisha Reyes-Pile
Stop This Fire – Louisa Wendorff
Between the Wars – Allman Brown
Hands – ORKID
Before You Go – Lewis Capaldi
Hold My Hand – Isak Danielson
Grace – Rachel Platten
She Used to Be Mine – Jessie Mueller
Can't Smile Without You – Sleeping At Last
Out of the Blue (Piano Version) – Prides
Lonely – Noah Cyrus
Lose My Mind (Acoustic) – Dean Lewis
Happiness – Taylor Swift
Walked Through Hell – Anson Seabra
I Want to Be Yours – Marcel
Say Something – Kodaline
Afterglow – Ed Sheeran

Prolog

Kate

Zehn Monate zuvor

Meine Hand zittert, während ich sie um das eisige Metall meiner Türklinke lege. Der Albtraum sitzt mir in den Knochen. Obwohl es mittlerweile dreißig Minuten her ist, dass ich Zoe mit meinem Anruf aus dem Schlaf gerissen habe, pocht mein Herz noch immer wie wild in meiner Brust, als würde es jeden Augenblick zerspringen.

Ich öffne die Tür und sehe meiner besten Freundin in die Augen. Sie trägt einen Schlafanzug mit kleinen weißen Wolken darauf. Der Dutt, der ihre orangefarbenen Haare zusammenhält, hängt schlaff auf ihrer Schulter. Einzelne Haarsträhnen fallen ihr ins Gesicht.

»Kate. Was ist los?«, fragt sie mich mit leiser Stimme, tritt in die Wohnung und schließt die Tür hinter sich.

In meinem Kopf gehe ich alle möglichen Ausreden durch. Überlege, welche Lügen ich ihr in den vergangenen Wochen bereits aufgetischt habe, weil ich nicht in der Lage war, irgendwem die Wahrheit zu erzählen.

Als sie merkt, dass ich nicht die richtigen Worte finde, legt sie sanft ihre Hand auf meine Schulter und führt mich durch meine

Wohnung direkt auf die Couch. Mit den Fingern wischt sie mir meine Tränen aus dem Gesicht und sieht mich eindringlich an. Ich kann ihr alles anvertrauen, ehrlich zu ihr sein, denn ich weiß, dass sie mich nicht verurteilen würde. Und doch schaffe ich es nicht. Ich bekomme die Worte nicht aus meinem Mund, die mir seit Wochen auf der Zunge brennen und die ich an manchen Tagen am liebsten in die Welt hinausschreien würde.

»Hattest du wieder einen Albtraum?«

Ich nicke. Davon habe ich ihr erzählt. Von meinen schlaflosen Nächten. Von Träumen, aus denen ich weinend aufwache, und von der Dunkelheit, die sich manchmal in mir breitmacht. Von der Angst, die mich wie ein dunkler Schatten auf Schritt und Tritt verfolgt. Was hätte ich auch sagen sollen? Dass es mir gut geht, obwohl mir anzusehen war, dass das nicht der Fall ist? Ich habe es probiert, wirklich. Aber Zoe hat mich durchschaut, also habe ich mich wenigstens teilweise ihr gegenüber geöffnet. Denn als sie mir gesagt hat, dass es sie kaputtmacht, mich so apathisch zu sehen, hatte ich keine Wahl.

Ich ziehe die Beine an meinen Körper und lasse mein Kinn auf meinen Knien ruhen. Das Licht der Deckenleuchte ist so grell, dass ich meine verheulten Augen leicht zusammenkneifen muss, und doch ist es immer an. Sobald die Dunkelheit einbricht, wenn ich ins Bett gehe, wenn ich versuche einzuschlafen. Immer.

Noch vor Kurzem hat mir das tiefe Schwarz der Nacht nichts ausgemacht. Noch vor Kurzem gehörte ich zu den Menschen, die sofort einnicken und bis zum Morgen durchschlafen. Noch vor Kurzem war ich glücklich. Ich war neugierig und aufgeschlossen, habe viel gelacht und bin jedes Wochenende ausgegangen. Mittlerweile erkenne ich mich selbst nicht wieder. Ich nehme es meiner besten Freundin nicht übel, dass sie mich ständig fragt, was mit mir los ist. Denn es ist offensichtlich, dass ich nicht mehr ich selbst bin.

Zoe fährt mit ihren Fingern durch mein blondes Haar, was meinen Herzschlag dazu bringt, sich wieder ein wenig zu beruhigen. Allein ihre Anwesenheit gibt mir ein Gefühl der Sicherheit.

»Es tut mir so leid«, flüstere ich.

»Dir muss gar nichts leidtun. Ich bin immer für dich da.« Es gibt Menschen, bei denen sind diese Worte bloß ein leeres Versprechen. Und dann gibt es Zoe, die mehrmals in der Woche mitten in der Nacht losfährt, um bei mir zu sein, um meine Tränen zu trocknen und um meiner Angst die Stirn zu bieten.

»Es ist zwei Uhr. Niemand sollte so spät mit einem Anruf geweckt werden und im Schlafanzug zu mir fahren müssen«, erkläre ich ihr schluchzend. Mit dem Handrücken reibe ich mir über die mittlerweile geröteten und brennenden Augen.

»Ich wünschte, ich könnte dir helfen, Kate. Aber dafür musst du mit mir reden. Sonst kann ich nicht mehr tun, als an deiner Seite zu sein, und das werde ich. Immer. Egal, was passiert ist. Egal, was du getan hast. Aber ich habe Angst. Angst, dass es dir schlechter gehen wird und es irgendwann keine Möglichkeit mehr gibt, dich zu retten. Also bitte sprich mit mir.« Ihre Worte klingen verzweifelt und flehend.

Ich sehe sie an. Stille legt sich über uns. Aus Sekunden werden Minuten. In ihrem Blick liegen Geduld und Zuversicht. In meinem Angst und Bedauern.

Vielleicht hat Zoe recht. Vielleicht ist es irgendwann zu spät. Zu spät, um darüber zu sprechen, und zu spät, um mich aus der Dunkelheit zu ziehen. Wenn ich mich ihr gegenüber nicht öffnen kann, wem dann?

Kapitel 1

Kate

Heute

Eine kalte Windböe weht mein Haar nach hinten, als ich rechts auf die St Bride Street abbiege. Der Himmel ist übersät mit dunklen Wolken und taucht London in ein mattes Grau. Ein typischer Herbsttag in der Großstadt.

Während ich meinen schwarzen Mantel enger um mich ziehe, halte ich mit der linken Hand den Mietvertrag fest, den ich erst vor wenigen Stunden unterschrieben habe. Mein Atem hinterlässt kleine Wolken in der Luft. Ich weiß nicht, was ich schlimmer finde. Die Kälte, die meine Finger klamm werden lässt, oder doch die Tatsache, dass ich bereit bin, mir eine Immobilie mit jemandem zu teilen, den ich nicht ausstehen kann.

Ein Mann, komplett in Schwarz gekleidet, kommt mit schnellen Schritten auf mich zu. Er sieht mich direkt an. Wie von selbst bleibe ich stehen. Mein Herz schlägt mir bis zum Hals, als der Blick seiner blauen Augen auf meinen trifft. Für den Hauch einer Sekunde erkenne ich *sein* Gesicht in ihm. Ich blinzle heftig und versuche weiterzugehen. Doch erst als der Mann an mir vorbei ist, habe ich mich wieder gefasst und komme in Bewegung.

Ich hasse es. Ich hasse diese Unsicherheit, das beklemmende

Gefühl in meiner Brust, das mir vermittelt, ich sei in Gefahr. Noch vor einem Jahr gab es kaum etwas, vor dem ich Angst hatte. Doch da war ich auch noch die furchtlose Kate, die naiv mit offenen Armen durchs Leben gelaufen ist.

Mein Handy beginnt zu klingeln, und lächelnd nehme ich Zoes Anruf entgegen.

»Und? Hast du den Vertrag schon abgegeben? Hast du die Schlüssel? Kann ich vorbeikommen?« Ohne Begrüßung stellt sie mir gleich unzählige Fragen. Doch ich kann ihre Neugierde verstehen. Bisher hat sie mein zukünftiges Café nur auf Bildern gesehen.

»Ich bin erst auf dem Weg zum Termin, aber gleich da. Ich kann es einfach immer noch nicht fassen, Zoe.«

»Ich auch nicht. Seit ich dich kenne, ist dies dein größter Traum.« Sie seufzt, als würde sie in Erinnerungen schwelgen. »Du hast jahrelang bei Michelle im Café gearbeitet, hast dich in die Buchhaltung reingefuchst und warst schon beinahe eine zweite Chefin. Und auch wenn es dir schwergefallen ist, dort zu kündigen, war es die richtige Entscheidung. Dass du das Studium in Business Administration abgebrochen hast, hat dich kein bisschen daran gehindert, weiter an deinem Ziel festzuhalten. Das liebe ich so an dir. Du hast einfach alles richtig gemacht.« Die Worte meiner besten Freundin legen sich wie eine wohlige Decke um meine Schultern. Sie fühlen sich an wie eine warme Umarmung, die mir die Kraft gibt, die ich brauche.

»Danke für deinen Zuspruch. Manchmal glaube ich, dass wir dieses Café gemeinsam eröffnen«, sage ich, und wir beginnen zu lachen.

»Ich bin jetzt da und melde mich später bei dir.« Ich verabschiede mich von ihr und bleibe vor dem Gebäude aus roten Backsteinen stehen. Efeu wächst an der Fassade empor und lässt alles noch viel magischer erscheinen.

Als ich diese Immobilie im Internet zur Miete gefunden habe, war mir sofort klar, dass ich sie haben muss. Hier und nirgendwo sonst möchte ich mein Café eröffnen. Die Lage ist einfach perfekt, zentral in London und nicht weit von meiner Wohnung entfernt.

Seit ich denken kann, ist ein eigenes Café mein größter Traum. Nur aus diesem Grund hatte ich vor fast zwei Jahren mit dem Studium in Business Administration begonnen. Obwohl ich schon lange in einem Café gearbeitet und für meine ehemalige Chefin Michelle nicht nur Getränke serviert, sondern auch die Buchhaltung übernommen habe, ist es nicht dasselbe, wie einen eigenen Laden zu führen. Das wusste ich von Anfang an. Dass ich das Studium schlussendlich abgebrochen habe, konnte mich nicht aufhalten.

Bei Michelle zu kündigen hat mich, wie Zoe schon sagte, einiges an Überwindung gekostet. Ich habe das Café mit einem weinenden und einem lachenden Auge verlassen. Manchmal erwische ich mich dabei, wie ich die freundliche Atmosphäre und die Gespräche mit meinen Kollegen vermisse. Aber es war der richtige Zeitpunkt, um meinen eigenen Weg zu gehen.

Wochen und Monate habe ich für mein Ziel gespart. Dank des Erbes aus dem Nachlass meiner Tante, die vor drei Jahren ums Leben gekommen ist, konnte ich mir den Wunsch nach einem eigenen Laden nun endlich erfüllen. Na ja, zumindest fast ...

Die Fensterrahmen sind in einem hellen Mintton gestrichen und passen perfekt zu dem dunklen Rot der Steine. Das Glas reicht bis zum Boden und erstreckt sich über vier riesige Fensterfronten und eine Tür, über der ein braunes Schild hängt, von dem die Farbe langsam abblättert. In kursiver Schrift steht *Barney's Café* darauf geschrieben. Ich frage mich, was dort in Zukunft stehen wird, wie mein Laden heißen wird. Obwohl ich seit Ewigkeiten diesen Traum habe, ist mir bis heute noch kein Name eingefallen, bei dem es so richtig klick gemacht hat.

Während ich den Laden betrete, atme ich tief durch und straffe die Schultern. Aidan steht an der schwarz lackierten Wendeltreppe. Die braunen Augen zu schmalen Schlitzen verengt, betrachtet er den Umschlag in meinen Händen. Sicher fragt er sich, ob ich meine Unterschrift über das Wort Mieter gesetzt habe. Denn bei unserem ersten Aufeinandertreffen war ich mir noch alles andere als sicher, ob ich auf den Vorschlag der Eigentümerin eingehen würde. Ich war sogar der festen Überzeugung, dass das auf keinen Fall infrage kam. Doch wo finde ich schon ein so perfektes Geschäft zu diesem Preis?

Aidans blonde Haare schimmern im Licht des Kronleuchters. Ich könnte schwören, dass er denselben spießigen Anzug trägt, den er schon anhatte, als ich die Immobilie besichtigt habe. Schwarzes Jackett, ein weißes Hemd mit schwarzer Krawatte, schwarze Hose und schwarze Schuhe. Vielleicht hat er aber auch ein Dutzend davon im Schrank.

Aidan. Der Mann, mit dem ich mir meinen Laden teilen werde. Der Neffe meiner Vermieterin Cora. Es war ihre Idee, dass wir das Geschäft gemeinsam übernehmen sollen. Ich habe Aidan sofort angesehen, dass er von ihrem Vorschlag genauso wenig begeistert war wie ich. Eine Buchhandlung mit einem Café. Doch welche Wahl hatten wir?

Als ich vor fünf Tagen zur Besichtigung hier war, habe ich mich sofort verliebt. In die hohen Decken, den weiß gekachelten Fußboden, die dunklen Wände aus Naturstein, den riesigen Kronleuchter, die bodentiefen Fenster und auch den offenen Raum oben, der über eine Wendeltreppe zu erreichen ist. Dass der Laden alle nötigen Anschlüsse bereits hat, da er zuvor auch schon ein Café war, ist nur das i-Tüpfelchen des Ganzen.

»Hallo, Kate!« Coras beruhigende Stimme holt mich zurück ins Hier und Jetzt. Ich löse meinen Blick von Aidan und drehe mich zu ihr um.

»Ich habe ihn unterschrieben.« Mit dem Rücken lehne ich mich an die alte Theke. »Den Vertrag«, füge ich hinzu und lockere den roten Strickschal um meinen Hals, für den es eigentlich noch zu früh ist. Jeden Herbst frage ich mich, was ich noch alles im Winter tragen soll, wenn ich schon jetzt bis auf die Knochen friere.

»Das freut mich sehr.« Cora streckt ihre Hand aus und bedeutet mir mit einem Nicken, ihr den Vertrag auszuhändigen. »Möglicherweise musst du dir die Fläche auch gar nicht teilen. Aidan hat mir bis jetzt noch keine Antwort darauf gegeben, ob er mit meiner Idee einverstanden ist oder nicht.« Sie sieht zu ihrem Neffen rüber, der mit bedachten Schritten auf uns zukommt.

Ehrlich gesagt hoffe ich immer noch, dass Aidan das Angebot seiner Tante ausschlägt und ich den Laden allein führen darf. Ich habe ein wenig auf Pinterest gestöbert und viele Beispiele gefunden, wie gemütlich so ein Büchercafé aussehen kann. Und ich wäre überglücklich, wenn ich diese Art von Geschäft mit jemandem wie meiner besten Freundin Zoe eröffnen könnte. Aber mit einem wildfremden Mann? Ich bin mir nicht sicher, worauf ich mich da einlasse.

»Mutig. Hätte ich Ihnen nicht zugetraut. Dann habe ich wohl keine andere Wahl, als diesen Vertrag ebenfalls zu unterzeichnen.« Aidans Worte triefen nur so vor Arroganz, und am liebsten würde ich Cora meinen Vertrag aus den Händen zerren, ihn in tausend Stücke zerreißen und abhauen. Doch gleichzeitig würde es viel zu sehr an meinem Ego kratzen, ihm das zu geben, was er möchte: die Ladenfläche für sich allein und seine Buchhandlung zu haben. Ein Rückzieher kommt also nicht infrage.

»Lasst uns ins Büro gehen«, schlägt Cora vor und macht sich auf den Weg nach hinten.

Ein alter Holzschrank, der seine besten Zeiten bereits hinter sich hat, und ein großer Schreibtisch mit zwei Stühlen füllen den Raum. Aidan schnappt sich einen Hocker aus der Ecke und setzt sich neben mich.

Es herrscht eine unangenehme Stille. Obwohl Aidan und mich einige Zentimeter trennen, kommt es mir so vor, als würde ich seine Präsenz im ganzen Raum wahrnehmen. Als würde mein Körper auf seine Gegenwart reagieren und von Kopf bis Fuß unter Anspannung stehen.

»Die letzten Tage und Nächte habe ich an nichts anderes gedacht als an diesen Laden hier, an das Vermächtnis meines Mannes. Barney hat das Café über Jahrzehnte hinweg voller Leidenschaft geführt, und auch wenn ich mich oft über seine Abwesenheit zu Hause geärgert habe, so war ich trotzdem immer froh, ihn glücklich zu sehen.« Coras Lächeln wirkt traurig, so traurig, dass ich sie am liebsten in den Arm nehmen würde. Doch es ist Aidan, der seinen Arm über die Holzplatte schiebt, um seine Hand auf ihre zu legen und ihr Trost zu spenden. Meine Augen folgen unfreiwillig der Bewegung, und ich sehe, wie er sanft ihre gefalteten Hände drückt.

»Ich möchte gar nicht mehr viel drum herumreden und bin froh, dass ihr euch dafür entschieden habt, dem Laden gemeinsam wieder Leben einzuhauchen.« Cora sieht strahlend zwischen uns hin und her, was dazu führt, dass ihr streng gebundener Pferdeschwanz zu baumeln beginnt. »Das wird bestimmt ganz großartig. Eine Buchhandlung mit einem gemütlichen Café, so werden Barneys zwei größte Leidenschaften miteinander vereint.«

Sie glaubt tatsächlich, Aidan und ich würden hier zusammenarbeiten. Ich bin mir ziemlich sicher, dass wir das genaue Gegenteil tun werden. Nämlich uns, so gut es geht, aus dem Weg gehen.

»Aidan, dann gib mir doch bitte den Vertrag«, fordert sie ihren Neffen auf. »Ich habe ein weiteres Paar Schlüssel anfertigen lassen, sodass jeder von euch eines bekommt.« Sie reicht mir ein klimperndes Bündel, während Aidan dabei ist, den Mietvertrag zu unterzeichnen.

»Barney hat Bücher geliebt, durch ihn hat Aidan seine Liebe zum Lesen entdeckt. Und Kate, als ich gehört habe, was du aus diesem Laden machen möchtest, da hat es sich plötzlich wie Schicksal angefühlt. Als hätte Barney mir von oben zugeflüstert: *Nimm dieses Mädchen und lass ihren Traum in Erfüllung gehen.*«

Meine Wangen beginnen zu glühen, und vermutlich laufe ich gerade so rot an wie eine Tomate. »Vielen Dank! Ich habe mich schockverliebt in die Immobilie und bin so glücklich, hier mein erstes Café eröffnen zu dürfen«, erkläre ich Cora. Für einen kurzen Augenblick bestaune ich die Schlüssel in meiner Hand, bevor ich sie in die Manteltasche stecke. Meine eigenen Schlüssel zu meinem eigenen Laden. Unglaublich.

Cora schiebt den Stuhl nach hinten und steht auf. »Ich möchte euch gar nicht weiter aufhalten. Ihr habt sicher einiges zu besprechen, und ich habe noch einen Termin. Ich bin gespannt auf die Eröffnung. Viel Erfolg, Kate! Wir sehen uns bestimmt bald wieder.« Mit diesen Worten verlässt sie das Büro und lässt mich allein mit Aidan zurück.

Nachdem die Tür ins Schloss gefallen ist, höre ich schon seine selbstgefällige Stimme. »Wir wissen wohl beide, dass das nicht ganz so gelaufen ist, wie wir es uns vorgestellt haben. Sie haben gehofft, dass ich einen Rückzieher mache und Ihnen den Laden überlasse, und ich habe dasselbe von Ihnen gehofft.«

Sein Tonfall missfällt mir. Er spricht mit mir, als wäre ich ein kleines Kind. Genau so, wie er schon am Tag der Besichtigung mit mir gesprochen hat. Er glaubt anscheinend, dass er mit seinem schicken Anzug und den frisch polierten Schuhen etwas Besseres ist.

»Lassen wir diese blöden Spielchen. Es ist, wie es ist, und damit müssen wir uns nun beide abfinden. Wir sollten uns über die wichtigen Dinge unterhalten. Die Öffnungszeiten könnten zu einem Problem werden«, erwidere ich und komme sofort zum Punkt. Ich drehe meinen Stuhl zur Seite, sodass ich Aidan direkt ins Gesicht sehen kann. Seine Augen haben beinahe die Farbe von Bernstein und sind gar nicht so dunkel, wie ich sie in Erinnerung hatte. Vielleicht liegt es an seiner honigfarbenen Haut, die mir bisher gar nicht aufgefallen war. Vielleicht auch an dem Tageslicht, das ihm durch das kleine Fenster hinter mir direkt ins Gesicht fällt und seinen Dreitagebart betont.

»Diese Art der Zusammenarbeit wird keine Dauerlösung sein. Deshalb habe ich Ihnen einen Deal anzubieten.«

»Einen Deal?«, frage ich verwirrt. Was ist er? Ein Versicherungsvertreter, der mir etwas andrehen möchte?

»Hast du dir dein eigenes Café so vorgestellt?«, fragt er mich geradeheraus und sieht mich herausfordernd an.

»Sind wir jetzt schon zum Du übergegangen?« Ich verschränke die Arme vor der Brust und versuche, selbstsicher zu wirken.

»Beantworte lieber meine Frage. Hast du es dir so vorgestellt?«

»Wenn ich mir die Immobilie anschaue, dann ja. Wenn ich mir dich anschaue, dann definitiv nein.« Den herablassenden Tonfall habe ich mindestens genauso gut drauf wie er.

Seine Lippen verziehen sich zu einem kaum merklichen Lächeln. Doch so schnell, wie es gekommen ist, ist es auch wieder verschwunden. »Du bist wirklich witzig. Ich kann mich vor Lachen kaum noch halten. Wir sind uns bestimmt einig, dass wir nicht für immer zusammenarbeiten wollen. Wie wäre es damit? Wer in einem Jahr sein Geschäft am erfolgreichsten führt, der darf die Immobilie behalten. Der andere muss gehen.«

Im Raum breitet sich absolute Stille aus. Ich denke über seinen Vorschlag nach und frage mich, wie er auf diese Idee gekommen ist. Eine Idee, der ich tatsächlich nicht abgeneigt bin. Der Laden ist perfekt für mich, und ich will ihn um jeden Preis mein Eigen nennen können. Doch sollte ich diese bescheuerte Wette verlieren, dann muss ich hier raus. Möchte ich das wirklich riskieren?

Ich habe die Entscheidung, mein Studium vorzeitig abzubrechen, nicht leichtfertig getroffen. Ich hatte Angst. Und obwohl ich noch immer täglich damit zu kämpfen habe, habe ich mir geschworen, dass ich mich nicht mehr von meinen Ängsten aufhalten lassen werde. Ich habe nur einen einzigen Traum, aber dafür werde ich kämpfen.

Ich blicke Aidan ins Gesicht und spüre deutlich die Abneigung ihm gegenüber. Vermutlich würde ich es sowieso nicht länger als ein Jahr mit diesem Mistkerl aushalten.

»Du meinst das ernst, oder?«

»Todernst.« Er hält mir seine Hand zum Einschlagen hin.

Mein Herz rast so schnell, dass ich es in den Ohren rauschen höre. Wieso kommt es mir so vor, als würde ich einen Pakt mit dem Teufel eingehen und nicht nur meinen Traum, sondern meine Seele gleich mit verkaufen?

»Einverstanden«, antworte ich schließlich und ergreife seine Hand.

Kapitel 2

Kate

»Konntest du dich mit Aidan endlich auf einen gemeinsamen Namen für den Laden einigen?« Zoe dreht die Spaghetti auf ihre Gabel und führt sie zum Mund. Dass sie sich keine Pizza bestellt hat, grenzt an ein Wunder. Wir sitzen bereits seit drei Stunden bei unserem Lieblingsitaliener. Was als ein Treffen zum Kaffee begonnen hat, endet nun mit einem Abendessen. So ist es immer bei uns, die Zeit vergeht schneller, als mir lieb ist, wenn wir in Gespräche vertieft sind. Gestern habe ich die letzten Einkäufe für die bevorstehende Eröffnung erledigt und musste Zoe in jedes noch so kleine Detail einweihen.

Ich stochere in meinen Tortellini herum und denke an das Gespräch mit Aidan. »Nein, er macht einen bescheuerten Vorschlag nach dem anderen, und meine schmettert er ab.« Mir war schon beim Unterzeichnen des Mietvertrages bewusst, dass es nicht einfach werden würde, doch dass Aidan und ich ständig aneinandergeraten und jedes Gespräch in einem Streit endet, hätte ich nicht gedacht.

»Ich werde das Gefühl nicht los, dass er dir die Zusammenarbeit erschweren möchte, weil er glaubt, dass du dann schneller das Handtuch wirfst. Wie kann hinter einem so hübschen Gesicht so ein Griesgram stecken?« Sie greift nach ihrem Weinglas und trinkt einen großen Schluck. Die beiden sind zum ersten Mal aufeinandergetroffen, als Zoe in den Laden kam, um mir bei der Einrichtung zu helfen.

»Das glaube ich auch. Er denkt wohl, ich lasse mich von ihm einschüchtern. Egal, wie sehr er mich nervt, ich werde nicht aufgeben, bevor dieses eine Jahr vorbei ist. Wenn er mir so lange das Leben zur Hölle machen möchte, werde ich das Gleiche tun«, beteuere ich. Auf ihre rhetorische Frage gehe ich erst gar nicht ein. Schon als Zoe Aidan das erste Mal gesehen hat, hat sie davon geschwärmt, wie attraktiv sie ihn findet.

»Das ist die richtige Einstellung. Schlag ihn mit seinen eigenen Waffen. Vielleicht sollten wir uns ein paar Tricks einfallen lassen, wie wir dafür sorgen können, dass du am Ende erfolgreicher bist als er. Aber sag mal, wie messt ihr den Erfolg eigentlich nach einem Jahr?«

Die Frage hat mir schon einiges Kopfzerbrechen bereitet. Aidan und ich sind mehrere Optionen durchgegangen, wie wir nach zwölf Monaten ein Ergebnis berechnen könnten. Es hat eine Ewigkeit gedauert, bis wir uns auf etwas geeinigt haben.

»Zuerst wollten wir unsere Ausgaben von unseren Einnahmen abziehen, allerdings fand ich, dass der Betrag am Ende nicht viel über den Erfolg aussagt. Denn wenn ich viel investiere und dadurch mehr verkaufe, während er nichts investiert, aber auch nichts verkauft, ist er, selbst wenn er mehr Geld behält, nicht der bessere Geschäftsführer. Also haben wir uns darauf geeinigt, nur die Einnahmen miteinander zu vergleichen.« Ich lasse meinen Kopf kreisen, denn mein Nacken fühlt sich verspannt an. In den letzten Nächten habe ich wieder schlechter geschlafen.

»Aber meinst du nicht, er verdient mit Büchern mehr?« Mit vollem Mund und Hamsterbacken sieht sie mich besorgt an.

»Nicht unbedingt. Natürlich werde ich auch Kunden haben, die sich nur einen Coffee to go holen, aber viele bestellen dazu noch Gebäck oder setzen sich ins Café und trinken eine zweite Tasse. Jeder Kunde, der zu mir kommt, wird irgendwas kaufen, und wenn es nur etwas Kleines ist. Aidan wird jedoch auch Besucher haben, die mit leeren Händen wieder gehen, weil sie nur stöbern wollten«, erkläre ich ihr.

Zoe möchte gerade etwas erwidern, als ihr Handy zu klingeln beginnt. »Sorry«, sagt sie und nimmt den Anruf entgegen, der, ihrem breiten Grinsen nach zu urteilen, von Noah ist. »Wir sind noch im Franco's. Aus einem Stück Kuchen sind Nudeln geworden«, erzählt sie ihm und lächelt mich an.

Es mag seltsam wirken, dass meine beste Freundin mit meinem Ex-Freund zusammen ist, doch ich habe mich daran gewöhnt. Es ist zwei Jahre her, dass Zoe und Noah von ihrem Europatrip zurückgekommen sind und ich mit der Situation meinen Frieden geschlossen habe. Zu behaupten, dass es einfach war, wäre gelogen. Ich habe Zeit gebraucht, um mich an den Gedanken zu gewöhnen. Nicht, weil ich Noah noch geliebt habe. Manchmal bezweifle ich sogar, dass ich ihn überhaupt jemals geliebt habe. Jahrelang habe ich mich von einer Beziehung in die nächste gestürzt, nur um nicht allein zu sein.

Was mich an Zoes Verhalten verletzt hat, war ihre Unehrlichkeit. Sie hätte mir sofort von ihren Gefühlen für Noah erzählen sollen. Stattdessen hat sie sie verleugnet und zu unterdrücken versucht. Dabei wissen wir beide, dass es für Gefühle keinen An- und Ausschalter gibt.

Im Nachhinein bin ich froh darüber, dass alles so gekommen ist, wie es kommen sollte. Ich bin mir sicher, dass Zoe und Noah zusammengehören. An Schicksal zu glauben, fällt mir schwer. Doch wenn ich die beiden betrachte, weiß ich, dass es so etwas gewesen sein muss. Mein Herz hüpft, wenn ich Zoe strahlen sehe. Und Noah ist der Mensch, der sie glücklich macht.

Ich starre in das flackernde Licht der Kerze, die der Kellner vor einigen Stunden für uns angezündet hat. Das Wachs läuft bereits den Ständer hinunter und gerinnt auf dem goldenen Teller zu einer weißen Masse. Es dauert nicht mehr lange, bis die Flamme erlischt.

Das Lokal ist gut besucht, schließlich ist Samstagabend. Jeder einzelne Platz ist belegt. Ich lasse meinen Blick über die Menschen gleiten, die an den Tischen sitzen und ihr Essen genießen, während ich die letzte meiner Nudeln vertilge. Die italienische Musik, die durch die Lautsprecher dröhnt, dringt nur ganz leise an mein Ohr. Mein Blick bleibt an einem Mann hängen, den ich nur von der Seite sehen kann. Sein Profil wirkt vertraut. Zu vertraut. Die buschigen Augenbrauen, die gerade Nase und die schmalen Lippen, die sich zu einem unnatürlichen Lächeln verziehen.

Auf meinen Armen macht sich eine Gänsehaut breit. Mein Herz beginnt zu rasen. Ohne darüber nachzudenken, was ich tue, springe ich auf. »Ich muss los«, stottere ich, während ich schon dabei bin, mir meine Jacke anzuziehen. Den Schal werfe ich mir über die Schultern und lasse die Enden lieblos herunterbaumeln.

Es rauscht in meinen Ohren, und vor meinem inneren Auge fliegen Bilder vorbei, die ich sonst nur in meinen Albträumen sehe. Ich renne zur Tür und halte erst an, als ich die kühle Abendluft auf meinem Gesicht spüre.

Während sich einige Leute unter dem hervorstehenden Dach des Eingangs vor dem Regen schützen, der unerbittlich auf den Asphalt prasselt, zögere ich keinen Augenblick und steuere die nächste U-Bahn-Station an.

Wie durch einen Schleier nehme ich meine Umgebung wahr.

Meine Beine tragen mich über die Straßen. Meine langen Haare kleben an meinem Gesicht, selbst mein Mantel ist nach kurzer Zeit klitschnass. War *er* es wirklich, oder bilde ich mir wieder etwas ein? Es wäre nicht das erste Mal, dass ich glaube, sein Gesicht in dem eines anderen zu sehen. Dabei weiß ich, dass es im Grunde genommen vollkommen egal ist, ob er es nun war oder nicht. Diese Angst ist allgegenwärtig und kann aus jedem noch so schönen Moment die reinste Hölle machen.

Kurz vor der U-Bahn-Station bleibe ich stehen. Ein Bus, der fast direkt bis vor meine Haustür fährt, hält gerade an der Haltestelle, und ich schlüpfe hinein. Vollkommen außer Atem lasse ich mich auf den ersten leeren Platz sinken, der mir ins Auge fällt. Ich falte meine eiskalten Hände im Schoß und wage es nicht, den Kopf zu heben. Die Fahrt, die zehn Minuten dauert, kommt mir wie eine Ewigkeit vor.

Mein Handy beginnt erneut in meiner Manteltasche zu vibrieren, als ich gerade dabei bin auszusteigen. Ich brauche nicht auf das Display zu schauen, um zu wissen, wer mich anruft. Zoe muss denken, ich sei verrückt geworden. Ohne jegliche Erklärung habe ich sie sitzen lassen. Selbst jetzt traue ich mich nicht, ihren Anruf entgegenzunehmen und mich ihr zu erklären.

Mittlerweile hat es aufgehört zu regnen, nur die kleinen Pfützen vor dem Bürgersteig und die nassen Straßen lassen erahnen, dass es gerade aus vollen Eimern geschüttet hat. Die Luft ist klar und frisch. Mit nur wenigen Schritten erreiche ich meine Wohnung. Erst als ich die Tür hinter mir verschließe und das Schloss vorhänge, kann ich etwas freier atmen.

Ich bin vor einiger Zeit aus meiner alten Wohnung, die ich mir jahrelang mit Zoe geteilt habe, ausgezogen. Als sie mit Noah zusammenkam, wäre ich am liebsten in unserer Wohnung geblieben, doch sie war zu teuer, um sie allein bezahlen zu können. Damals kam es für mich nicht infrage, mit einem Fremden zusammenzuziehen. Also musste ich die Wohnung schweren Herzens aufgeben und mir ein Ein-Zimmer-Apartment suchen.

Wenn man zur Tür reinkommt, sieht man alles, was es zu sehen gibt. Durch meinen winzigen Flur erreiche ich die weiße Küche, die so klein ist, dass sie das Backen fast unmöglich macht. Doch ich habe mich gut damit arrangiert. Eine Theke mit zwei Barhockern trennt die Küche optisch vom Wohnbereich, in dem ein graues Zweisitzsofa steht. Gegenüber davon befindet sich ein schmales Sideboard mit meinem Fernseher. Von der Wohnungstür aus habe ich freien Blick auf mein Bett, das ganz am Ende des großen Raums vor den Fenstern steht. Nicht weit entfernt befindet sich mein weißer Kleiderschrank. Mein Badezimmer ist winzig und hat noch nicht einmal ein Fenster. Von einer Badewanne ganz abgesehen. Dabei habe ich das Baden in Zoes und meiner WG immer geliebt. Auch wenn meine Wohnung einer Schuhschachtel gleicht, reicht sie mir.

Den Schlüssel lasse ich auf die Bar in der offenen Küche fallen. Ich öffne Spotify auf meinem Handy und spiele meine Calm-Playlist ab, während ich den nassen Mantel über einen der Barhocker hänge und mir aus meinem Kleiderschrank eine gemütliche Hose und ein kuschliges Oberteil hole. Mit den Kleidungsstücken in der Hand gehe ich ins Badezimmer. Für einen kurzen Augenblick stütze ich mich am Waschbecken ab und sehe in den Spiegel. Meine blonden Haare sind so nass, dass sie beinahe schwarz wirken.

Gerade eben habe ich mit Zoe gelacht und war vollkommen unbeschwert. Jetzt stehe ich hier. Durchnässt, blass und mit leerem Blick, der mich schaudern lässt.

Ohne mich vom Spiegel abzuwenden, schlüpfe ich aus meinen Klamotten, bis ich splitterfasernackt in meinem Badezimmer stehe. Mein Blick wandert meinen Oberkörper hinab und bleibt an der Hüfte hängen; an der Narbe, die mich niemals vergessen lassen wird. Die mich für immer daran erinnern soll, wie feige ich doch war. Ich streiche mit den Fingern über die vernarbte Haut, die sich farblich deutlich absetzt. Ob sie jemals vollkommen verblassen wird? Und ob ich das überhaupt verdient hätte?

Ich zwinge mich, wegzusehen, und steige unter die Dusche. Das Wasser wird nur langsam warm, doch nach und nach entspannen sich meine Muskeln.

Mit nassen Haaren setze ich mich im Schneidersitz auf das kleine Sofa und schreibe Zoe, dass sie sich keine Sorgen machen muss. Ich behaupte, dass ich plötzlich Migräne bekommen hätte und mich die Geräusche und Lichter im Lokal gestört hätten. Es ist nur eine von vielen Lügen, die ich den Menschen, die mir am meisten bedeuten, in den letzten Wochen, den letzten Monaten aufgetischt habe. Doch manchmal lebt es sich mit einer Lüge leichter als mit der Wahrheit.

Ich greife nach meinem Laptop. Wie ferngesteuert tippe ich zum hundertsten Mal das Wort Angststörung bei Google ein und lese mir Berichte zum Thema durch. Aus der Phase, in der ich alles vor mir selbst geleugnet habe, bin ich schon lange raus. Ich mache mir nichts mehr vor. Ich tue nicht mehr so, als ginge es mir gut, nur um mir dann doch mitten in der Nacht die Augen auszuweinen. Und obwohl ich weiß, dass ich ein Problem habe, fällt es mir unglaublich schwer, mir Hilfe zu suchen.

Auch wenn Zoe mittlerweile weiß, was passiert ist, kann ich selbst mit ihr nicht wirklich darüber sprechen. Jedes Mal, wenn sie das Thema anschneidet, versuche ich abzulenken und sage ihr, dass es mir gut geht. Ich kann mir nicht vorstellen, jemand anderem ins Gesicht zu sehen und dieser Person meine Geschichte anzuvertrauen.

Ich gebe das Wort *Sorgentelefon* in der Suchleiste ein. Keine Ahnung, wie oft ich diese Nummer bereits gewählt habe, nur um nach dem ersten Ton in der Leitung wieder aufzulegen. Mir fällt der Text auf, der in kleiner Schrift und in Klammern unter den Zahlen steht. *Falls Sie nicht persönlich mit einem unserer Mitarbeiter sprechen möchten, schreiben Sie uns doch gerne eine E-Mail. Wir sind auch auf dem schriftlichen Wege für Sie da. Oder besuchen Sie einfach unsere Einrichtung.*

Einfach ... Bei dem Wort beginnt es in meinem Magen zu rumoren.

Ich öffne das Fenster, in dem man seine Nachricht hinterlassen kann, und benutze die Mailadresse, die ich vor Jahren erstellt habe, um mich ohne echte Kontaktdaten bei Instagram zu registrieren.

Von: Anna
E-Mail-Adresse: anna1212@gmail.com
Hallo, ich weiß nicht so recht, was ich schreiben soll. Ich weiß nur, dass ich mit jemandem reden muss, mich aber nicht traue. Es fällt mir schwer, die Worte auszusprechen. Es fällt mir schwer, über das Geschehene nachzudenken. Es fällt mir schwer, mich selbst nicht zu hassen, für das, was vor ungefähr einem Jahr passiert ist ... Ich weiß, wieso ich mir keine Hilfe suche. Aus Angst, Scham, Wut. Ich habe mich bisher nur einer Freundin anvertraut. Ein einziges Mal habe ich ihr erzählt, was passiert ist. Seither blocke ich jeden Versuch ihrerseits ab, mit mir darüber zu sprechen. Ich möchte so gern vergessen. Ich möchte wieder ruhig schlafen können, ganz ohne Albträume. Ich möchte wieder lachen können, ohne ein schlechtes Gewissen zu ha-

ben. Ich möchte mein altes Ich zurück. Doch wahrscheinlich habe ich das nicht verdient.

Mir laufen Tränen über das Gesicht, während ich mein Herz ausschütte.

Kennen Sie das Gefühl, einen Fehler begangen zu haben? Und damit meine ich nicht, sich für den falschen Job beworben zu haben oder etwas Schlechtes zu Mittag gegessen zu haben. Ich meine einen Fehler, der nicht nur Sie verändert hat. Einen Fehler, nach dem Sie sich für immer schuldig fühlen. Ich habe nicht nur mein eigenes Leben ruiniert. Und der Gedanke reißt mich jeden Tag in Stücke.

Ich drücke auf Senden, bevor ich es mir anders überlegen kann. Obwohl ich weiß, dass diese eine Nachricht nichts verändert, dass sie die Last nicht von meinen Schultern nimmt, fühlt es sich richtig an, sie mit irgendwem da draußen zu teilen.

Kapitel 3

Kate

»Ich kann nicht glauben, dass ich gerade vor deinem Laden stehe.« Mum zieht mich in ihre Arme, während Dad mir durch die Haare wuschelt, als wäre ich wieder fünf Jahre alt. Sie sind vor zwei Tagen angereist und übernachten in einem kleinen Hotel gleich um die Ecke, um mir bei den letzten Vorbereitungen zu helfen. Dad hat alle Tische und Stühle zusammengebaut, und gemeinsam mit Mum habe ich das Geschirr in die Schränke geräumt.

Sechs Wochen sind vergangen, seitdem ich den Mietvertrag unterschrieben habe und den Deal mit Aidan eingegangen bin. In dieser Zeit habe ich so viel organisatorischen Kram erledigt wie noch nie zuvor. Ich habe Möbel bestellt, eine Anzeige geschaltet, um Angestellte zu finden, Bewerbungsgespräche geführt, gemeinsam mit Aidan an einem Namen für unser Geschäft gearbeitet sowie an einem einheitlichen Farbkonzept. Über die abgeschlossenen Versicherungen möchte ich erst gar nicht nachdenken.

»Wir sind so stolz auf dich«, sagt Dad mit einem breiten Lächeln auf den Lippen. Seine Geheimratsecken sind seit seinem letzten Besuch deutlich größer geworden, und auch die Falten um die Augen und den Mund herum haben zugenommen. Manchmal frage ich mich, was für ein merkwürdiges Konstrukt die Zeit ist. Es gibt Momente, da vergeht sie schneller als ein Wimpernschlag, und in anderen Momenten ist sie so zäh wie Kaugummi.

»Das sag ich ihr auch in Dauerschleife.« Zoe sieht mich mit Tränen in den Augen an, während Noahs Arm um ihre Schultern liegt. »Ich wusste schon immer, dass du es schaffen wirst. Aber zu sehen, wie dein großer Traum in Erfüllung geht, macht mich so verdammt emotional, bitte verzeih mir.« Sie wischt sich mit dem Ende ihres Schals eine Träne weg. Ich muss mich wirklich zusammenreißen, um nicht selbst loszuheulen, denn dass das hier gerade Realität ist, kann ich kaum glauben.

Cosy Corner – Coffee and Books steht auf dem schwarzen Schild über der großen Glastür. Cosy Corner ist sehr geradlinig und dick geschrieben, während Coffee and Books sich etwas versetzt darunter befindet, in einer feineren, geschwungenen Schrift. Aidan und ich haben lange diskutiert, bis wir einen Namen gefunden hatten, mit dem wir beide zufrieden waren. Er wollte den Laden doch tatsächlich Books and Coffee nennen. Nicht, dass meine Vorschläge viel kreativer gewesen wären, aber Books and Coffee war mir dann doch ein wenig zu langweilig.

»Bereit für den letzten Feinschliff, bevor wir in zwei Stunden öffnen?«, frage ich in die Runde.

Aidan kommt plötzlich auf uns zu. Im Schlepptau seinen Angestellten Lucas. Während dieser ein breites Grinsen auf den schmalen Lippen trägt, ist Aidans Miene wie immer versteinert. Mein erster Eindruck von ihm hat mich nicht getäuscht. Er ist emotionslos und arrogant, das hat sich auch in den letzten sechs Wochen nicht geändert.

»Kate«, begrüßt er mich mit einer kurzen Kopfbewegung.

»Aidan«, entgegne ich ihm und setze ein falsches Lächeln auf, welches nach einer Sekunde wieder verschwunden ist. Am liebsten würde ich ihn bei dem Namen nennen, den Zoe und ich ihm gegeben haben. Mr Grumpy. Leider sieht sein Gesicht nicht so schlecht aus, wie der Name vermuten lässt, und trotzdem passt er wie die Faust aufs Auge.

Zoe, Noah und meine Eltern haben sich bereit erklärt, mir bei der Eröffnung zu helfen und die letzten dekorativen Arbeiten zu erledigen. Meine Angestellten Hope und Mora kommen leider erst in einer Stunde zum Laden. Sie sind Freundinnen und hatten sich gemeinsam beworben. Beide waren mir auf Anhieb so sympathisch, dass ich sie sofort eingestellt habe. Sie sind Studentinnen und haben daher nicht ganz so viel Zeit, wie ich es mir gewünscht hätte. Doch zum Glück können sie sich mit den Schichten abwechseln.

»Okay, Dad? Kannst du die Kuchen aus dem Auto bitte auf den Tresen stellen?«, bitte ich ihn und platziere gleichzeitig die Marzipantorte, die ich frisch zubereitet habe. Die letzten fünf Stunden habe ich in meiner kleinen Küche gestanden und alles für die Eröffnung gebacken. Auch wenn ich hier im Café ebenfalls eine Küche habe, fühle ich mich zu Hause am wohlsten.

Jeder Kunde, der heute ein Heißgetränk bestellt, bekommt einen der Cupcakes mit Vanille- und Erdbeergeschmack geschenkt. Wie ich von Lucas erfahren habe, wird Aidan an seine Kunden Lesezeichen verschenken. Ich finde, da sind meine Leckereien das bessere Geschenk. Damit ist der Kampf um den Laden dann wohl offiziell eröffnet.

Aidan und ich können uns vielleicht ab und an aus dem Weg gehen, aber für immer? Das ist nicht möglich. Aus dem Grund habe ich in den letzten Wochen wirklich versucht, nett zu ihm zu sein, sodass wir wenigstens miteinander auskommen. Er jedoch hat sich wenig Mühe gegeben und keine Möglichkeit ausgelassen, um mir deutlich zu machen, dass er nicht mit, sondern gegen mich arbeiten wird. Schlussendlich habe ich aufgegeben.

»Mum? Kannst du die Blumen in die kleinen Vasen stecken und auf die Tische stellen?«, frage ich. Ihr eigentlich graues Haar hat sie sich in einem hellen Braunton gefärbt, der mich ein wenig an Haselnüsse erinnert. Sie zieht sich die Brille vom Kopf und setzt sie sich auf die Nase. »Aber natürlich.«

Ich bin gerade dabei, meinen Helfern Kaffee zu machen. »Lucas? Möchtest du auch einen Kaffee?«, rufe ich lauthals, damit er mich in der oberen Etage hören kann.

»Nein danke.« Um zu wissen, dass es nicht Lucas war, der mir geantwortet hat, brauche ich mich nicht einmal umzudrehen. Aidans Stimme ist mir schon vertrauter, als es mir lieb ist. Der arme Lucas. Es muss wirklich nervtötend sein, für Aidan zu arbeiten.

Ich lasse meinen Blick über unser Geschäft schweifen. Wenn man zur Tür hereinkommt, hat man freie Sicht auf den weiß gekachelten Tresen mit seiner schwarzen Marmorplatte. Die weißen, rechteckigen Fliesen passen perfekt zu den Bodenfliesen. Aidan hat sich für Bücherregale in einem sehr dunklen Braunton entschieden, die an der Wand stehen, die von der Fensterfront ausgeht. In meiner Wunschvorstellung wäre der Laden mit Tischen und Stühlen in einem hellen Holzton ausgestattet. Doch die Farbe hätte sich mit der der Bücherregale gebissen, weshalb ich mich dann doch für Weiß entschieden habe. Vor der Fensterfront befindet sich eine fünf Meter lange Theke, die mit Barhockern bestückt ist und weitere Sitzmöglichkeiten bietet. Das könnte der perfekte Platz für Kunden sein, die ungestört an ihrem Laptop arbeiten wollen.

Auf der rechten Seite verläuft das elegante Geländer, das den oberen Bereich vom unteren trennt. Aidan hat sich oben seine

Verkaufstheke eingerichtet. Links und rechts sind die Wände übersät mit Bücherregalen, die von der Decke bis zum Boden reichen. Eine kleine Sofalandschaft lädt in der Mitte zum Verweilen ein.

Wir sind uns häufig uneinig, aber was wir beide auf jeden Fall haben wollten, waren viele Pflanzen. Schon beim Betreten des Ladens sieht man lange Erbsenranken, die sogenannten Senecio Rowleyanus, wie mir die Frau im Gartencenter erklärt hat, welche in gleichmäßigen Abständen von der Decke hängen. Über die ganze Ladenfläche verteilt befinden sich verschiedene Gewächse.

Noah und Zoe sind gerade dabei, die pastellfarbenen Luftballons aufzublasen und an eine Schnur zu hängen, als ich mir die Stehtafel schnappe und mich hinhocke, um sie zu beschriften.

Willkommen im Cosy Corner, dem Laden, in dem du es dir gut gehen lassen kannst. Fantastischer Kaffee, leckeres Gebäck und gute Bücher erwarten dich bei uns.

»Du hast eine wirkliche Sauklaue. Damit lockst du die Kunden nicht an, damit vergraulst du sie.« Aidans Stimme lässt mich hochschrecken. Ich verliere das Gleichgewicht und kippe in der Hocke nach hinten. Mit meinem Rücken lande ich an Aidans Beinen und mit dem Hintern auf den kalten Fliesen.

Ein Seufzen entfährt meinen Lippen. »War es unbedingt nötig, sich von hinten anzuschleichen?« Ich rapple mich wieder auf und streiche das rosa Kleid glatt, das mir Zoe geliehen hat. Ursprünglich wollte ich eine dunkle Jeans und einen grauen Pullover tragen, doch sie hat so lange auf mich eingeredet, bis ich diesen rosa Albtraum angezogen habe. Früher hätte ich es mit Freude getragen. Jetzt fühlt es sich nicht mehr richtig an. Doch ich verstehe, dass es auf Außenstehende einen freundlicheren Eindruck macht als mein alltäglicher Look, und schließlich möchte ich heute Kunden gewinnen.

»Lass mich das machen«, sagt Aidan bestimmend. Ruckartig nimmt er mir die Kreide aus der Hand und geht in die Hocke. Ich beobachte, wie die Muskeln unter seinem dunkelblauen Pullover bei jeder Bewegung tanzen.

In den letzten Wochen habe ich ihn kein einziges Mal in einem der spießigen Anzüge gesehen, von denen ich geglaubt habe, sie seien seine zweite Haut. Ich habe ihn für jemanden gehalten, der selbst in seiner Freizeit so herumläuft. Bis Cora mir vor zwei Wochen bei einem Besuch verraten hat, dass er zuvor als Bankkaufmann gearbeitet hat. Seither frage ich mich, wie Bankkaufmann und Inhaber einer Buchhandlung zusammenpassen und was ihn dazu bewogen hat, seinen bisherigen Job zu kündigen.

Ich staune nicht schlecht, als ich einen Blick auf die Tafel werfe. Seine Handschrift ist wunderschön und ordentlich. Also das komplette Gegenteil von meiner. »Danke«, flüstere ich.

»Glaub nicht, dass ich das für dich getan habe. Ich möchte nur, dass die Kunden in unseren Laden kommen, um meine Bücher zu kaufen«, antwortet er mir, ohne mich anzusehen, und setzt den letzten Punkt auf die Tafel. Er erhebt sich und ist mit einem Mal wieder zwei Köpfe größer als ich.

Ich spüre, wie mein Herz vor Wut galoppiert und meinen Puls in die Höhe treibt. »Auch wenn ab heute unser kleiner Wettkampf beginnt, musst du nicht …«

Weiter komme ich nicht, weil Zoe hysterisch nach mir ruft. Sofort drehe ich mich um und laufe zu ihr. »Was ist denn los? Ist was passiert?«

»Schau dir das an.« Sie hält mir ihr Smartphone direkt vor die

Nase, und ich brauche einen Moment, bis ich erkenne, worauf sie hinauswill.

»Oh mein Gott, das ist der Wahnsinn!«

Vor drei Wochen habe ich für mein Café einen Instagram-Account erstellt und regelmäßig Fotos von meinen Cupcakes und Torten gepostet. In der Story habe ich die Leute am Entstehungsprozess der Einrichtung teilhaben lassen. Einige kleinere Influencer haben meine Beiträge geteilt, und die Aufmerksamkeit stieg. Vor zwei Tagen habe ich dann einen Post veröffentlicht, um unsere heutige Eröffnung anzukündigen. Vor lauter Stress habe ich seither nicht mehr auf mein Profil geschaut. Jetzt hat der Post plötzlich über dreitausend Likes und hundertfünfundzwanzig Kommentare.

Wenn nur hundert Menschen heute vorbeikommen, bin ich schon glücklich und absolut zufrieden. Ich weiß, dass Zoe einigen Bekannten von der Eröffnung erzählt hat, und Noah hat Flyer drucken lassen, um sie bei sich in der Galerie auszulegen. Selbst Mum und Dad haben jedem in ihrer Nachbarschaft vom Café vorgeschwärmt. Ich bezweifle jedoch, dass jemand extra aus Edinburgh anreist.

»Endlich geht es los, ich bin so happy.« Hope kommt freudestrahlend auf mich zu und nimmt mich zur Begrüßung in den Arm.

Ihre braunen Locken kitzeln mein Gesicht, als sie sich wieder von mir löst und Mora näher an sich heranzieht. Die beiden könnten unterschiedlicher kaum sein, das ist mir schon beim Bewerbungsgespräch aufgefallen. Während Hope immer lächelt und auf mich den Eindruck eines waschechten Hippies macht, ist Mora eher schüchtern und in sich gekehrt. Trotzdem oder vielleicht gerade deshalb bin ich mir sicher, dass sie sich ganz wunderbar machen werden.

Die Tür geht erneut auf. Ein Mann mit pechschwarzen Haaren betritt unseren Laden. Als ich ihn gerade darauf aufmerksam machen möchte, dass wir noch nicht offen haben, kommt Aidan die Wendeltreppe herunter und begrüßt den Kerl, der anscheinend Max heißt. »Danke, dass du heute eine kleine Livesession abhältst. Damit sind uns deine Fans als Kunden sicher«, sagt Aidan und beginnt zu lachen. Nicht spöttisch wie über mich. Es ist ein richtiges Lachen. Eines, das ich so von ihm noch nie gehört habe. Vielleicht ist er ja gar nicht allgemein griesgrämig, sondern hasst nur mich.

»Hallo, ich bin Kate. Es freut mich, dass du heute bei uns auftrittst.« Ich strecke ihm meine Hand entgegen.

»Hi! Das mache ich gerne. Es wäre noch viel lustiger, wenn Aidan mir Gesellschaft leisten würde, aber er meint, er sei eingerostet.« Max schlägt Aidan auf die Schulter und zwinkert ihm zu.

Ich blicke Max skeptisch an.

»Wir waren in derselben Schulband und haben uns dort kennengelernt. Das waren lustige Zeiten«, erklärt er mir.

»Das kann ich mir beim besten Willen nicht vorstellen, tut mir leid.«

»Du bist nicht hier, um aus dem Nähkästchen zu plaudern. Bau mal lieber dein Set auf. Neben der Treppe wäre ein guter Platz.« Aidan nimmt Max eine der großen Taschen ab.

»Du bist unerträglich«, wirft Max Aidan an den Kopf. Am liebsten würde ich ihm zustimmen, während beide sich in Bewegung setzen und mich stehen lassen. »Sag mal, hast du nicht gesagt, sie sieht überhaupt nicht aus wie eine Backfee? Ich würde dir nämlich gerne widersprechen.«

»Keine Ahnung, was in sie gefahren ist. In den letzten sechs Wochen hat sie nicht einmal etwas so Farbenfrohes angehabt«, höre ich Aidan antworten.

Dieses verdammte rosa Kleid. Ich schaue an mir hinab und muss feststellen, dass ich damit wirklich aussehe wie eine Hausfrau aus den Fünfzigerjahren.

Max beginnt damit, sein Mikrofon aufzustellen, und ich widme mich wieder der Arbeit. Ich muss die Kuchen, Muffins und Cupcakes noch in der gläsernen Auslage präsentieren, die durch das Schaufenster zu sehen ist und Kunden anlocken soll. Während ich mich in die Arbeit stürze, verliere ich mein Zeitgefühl.

Als ich aufschaue, ist es fast zehn Uhr. Draußen hat sich schon eine kleine Menschentraube gebildet. Weiter hinten sehe ich Michelle, meine ehemalige Chefin, und zwei meiner Ex-Kollegen. Auch Cora wartet draußen, obwohl ich ihr angeboten hatte, schon reinzukommen. Lee steht ganz vorne an der Tür. Zoe hat ihn während der Zeit kennengelernt, in der ich mit Noah zusammen war. Er ist nach New York ausgewandert, nur um schnell festzustellen, dass es doch nicht das Richtige für ihn war. Seit einigen Monaten ist er wieder in London.

Ich höre die ersten Töne von Max' Gitarre, und als er beginnt, *Maybe* von James Arthur zu singen, sehen Aidan und ich uns an. Sein Brustkorb hebt und senkt sich langsam, als würde er tief durchatmen. In seinen braunen Augen erkenne ich dieselbe Nervosität, die ich gerade empfinde. Sosehr wir uns auch verabscheuen, in diesem Moment schlagen unsere Herzen für dieselbe Sache. Denn hier beginnt unser Traum. Hier beginnt unser Kampf. Möge der Bessere gewinnen.

Mit einem Nicken gibt er mir zu verstehen, dass ich die Tür öffnen soll. Als ich die ersten Kunden begrüße und Zoe schon fleißig Stempelkarten verteilt, habe ich das Gefühl, alles richtig gemacht zu haben. Ich habe in meinem Leben schon viele falsche Entscheidungen getroffen, aber diese hier gehört nicht dazu. Ich bin stolz auf mich. Stolz darauf, dass ich meinen Traum nie aus den Augen verloren habe. Stolz darauf, dass ich seit meiner Jugend dafür gespart habe. Stolz darauf, nie aufgegeben zu haben. Und ich werde mein Geschäft unter keinen Umständen wieder abgeben!

Kapitel 4

Kate

»Hi, Kate, ich werde heute Hopes Schicht übernehmen, sie schafft es leider nicht.« Mora schnappt sich die weiße Schürze, die mit einem Cupcake und unserem Namen bestickt ist, und nimmt mir den Zettel mit den Bestellungen aus der Hand. Innerhalb von wenigen Sekunden wickelt sie sich ihre schwarze Mähne zu einem hohen Dutt. »Ich mache das. Du kannst dich in Ruhe in der Küche um Nachschub kümmern.« Sie deutet mit einer Kopfbewegung auf die leere Tortenplatte, auf der bis gerade eben noch ein letztes Stück vom Carrot Cake lag, das ich inzwischen einer älteren Dame gebracht habe. Ich würde behaupten, dass sich dieser Kuchen zusammen mit meinen Cupcakes am besten verkauft.

Unsere Eröffnung ist eine Woche her und war ein voller Erfolg. Es kamen viel mehr Leute, als ich für möglich gehalten hätte. Wir wurden regelrecht mit Komplimenten zu der Einrichtung und den Backwaren überhäuft. Ich kann gar nicht in Worte fassen, wie glücklich und stolz ich an diesem Tag war.

Einige der Gäste haben sogar Bilder auf Instagram gepostet und unseren Account darauf verlinkt, wodurch wir noch mehr Follower dazugewonnen haben. Sosehr ich Social Media auch manchmal verfluche, so hilfreich können sie an anderen Tagen sein. Ich nutze eigentlich nur noch den Account vom *Cosy Corner.* Wann ich zuletzt auf meinem privaten Profil war, weiß ich nicht mehr. Dabei habe ich früher jeden Tag damit verbracht, mir den Alltag irgendwelcher Influencer anzuschauen, die nichts getan haben, außer von einem schicken Urlaubsort zum nächsten zu reisen und für irgendwelche sinnlosen Produkte zu werben. Irgendwann wurde mir endlich bewusst, dass mich diese perfekt wirkende Welt ankotzt.

»Danke, dass du eingesprungen bist.« Ich ziehe meine Schürze aus, die eigentlich nur Dekoration ist, und lege sie unter die Kasse, damit sie in der Küche nicht schmutzig wird. Meine Backschürze habe ich hinten in einem der Schränke verstaut.

»Das ist doch selbstverständlich. Wir haben dir versprochen, dass du nur im allergrößten Notfall auf uns beide gleichzeitig verzichten musst«, sagt Mora und bereitet den Latte macchiato für den Herrn zu, der sich an die Theke vor den Fenstern gesetzt hat und völlig in seinen Laptop vertieft arbeitet.

Lächelnd verlasse ich den Bereich hinter der Theke und gehe den schmalen Flur entlang. In der Küche habe ich bereits alle Zutaten für einen weiteren Carrot Cake bereitgestellt. Zum Glück habe ich genug Muffins und Cupcakes vorbereitet, sodass wir nicht in einen Engpass geraten sollten. Trotzdem macht mich die Vorstellung von einem traurigen und unzufriedenen Kunden, der gerne einen Carrot Cake hätte, ganz unruhig.

Mit der KitchenAid, die meine Eltern mir vor einem Jahr zum Geburtstag geschenkt haben, bereite ich den leckeren Kuchenteig vor. Aus meiner Jeanstasche fische ich Kopfhörer und verbinde sie via Bluetooth mit meinem Smartphone.

Meine Liebe zum Backen habe ich bereits in jungen Jahren entdeckt. Mum stand jeden Sonntag in der Küche und hat einen frischen Kuchen für mich und Dad gebacken. Irgendwie hat sie es hinbekommen, immer etwas Neues zu zaubern. Als ich sechs Jahre alt war, habe ich ihr zum ersten Mal so richtig dabei geholfen. Auch wenn ich die ersten Male die Küche eher in ein Schlachtfeld verwandelt habe, anstatt produktiv zu helfen, ist es seither unser Sonntagsritual gewesen.

Mit meinen Händen fege ich das Mehl zusammen, welches neben der Schüssel gelandet ist, und befördere es in den Müll. Ich bin zwar eine Meisterin im Backen, aber definitiv keine im Ordnunghalten. Mein Arbeitsplatz sieht schon nach wenigen Sekunden aus wie ein Saustall.

Innerhalb kürzester Zeit knetet die Maschine den Teig, und ich muss ihn nur noch in die Form und anschließend in den Ofen geben. Währenddessen bereite ich schon einmal das Topping und die kleinen Möhrchen aus gefärbtem Marzipan vor. Für die leichte Creme brauche ich nur veganen Frischkäse, Zitronensaft, gemahlene Vanille und Puderzucker. Hört sich simpel an, schmeckt aber zusammen mit dem fluffigen Kuchen unglaublich gut. Es war Hopes Idee, dass wir mehrere Kuchen auch in veganer Variante verkaufen sollten. Dabei wusste ich bereits von meinem alten Job, wie viele Kunden beispielsweise nach Milchalternativen für ihre Kaffeegetränke gefragt haben. Ich bin froh, dass wir es umgesetzt haben und auch die veganen Leckereien bei den Leuten gut ankommen.

Eine meiner blonden Haarsträhnen fällt mir immer wieder in die Stirn. »Oh, verdammt!«, fluche ich, weil ich kein Zopfgummi dabeihabe, und nehme mir einen Stift aus der Schublade, um mir meine Haare damit nach hinten zu stecken.

Während ich die kleinen Möhrchen forme, höre ich *Defying Gravity* aus dem Musical *The Wicked* und singe aus vollem Herzen mit. Ich wippe von einem Bein auf das andere, und plötzlich ist die gestrige Nacht, in der ich mal wieder keinen Schlaf gefunden habe, wie aus meinem Gedächtnis gelöscht.

»It's time to try defying gravity. I think I'll try defying …«, singe ich vor mich hin, bis es mit einem Mal ganz still wird. Mit zusammengekniffenen Augen und gerunzelter Stirn drehe ich mich um, um nach meinem Handy zu sehen. Ist der Akku schon wieder leer? Anscheinend gibt das alte Ding nun vollkommen den Geist auf.

»Fuck!«, schreie ich und werfe dabei die Schüssel mit dem Topping vom Tresen. Mit einem lauten Knall schlägt sie auf den Fliesen auf und hinterlässt ein weißes Meer aus Creme.

Vor mir steht Aidan. Die Arme vor der Brust verschränkt und eine seiner dunklen Augenbrauen nach oben gezogen. Er sieht mich an, als hätte ich etwas falsch gemacht – nicht er, der offenbar die Musik an meinem Smartphone ausgeschaltet hat, um mich zu Tode zu erschrecken.

»Wieso um alles in der Welt schleichst du dich so an?«, schnauze ich ihn an. Ich erwarte keine Antwort auf meine Frage. Am liebsten wäre mir, wenn er wieder gehen würde. Was macht er überhaupt hier? Er hat selbst vorgeschlagen, dass ich die Küche allein nutzen kann und er seine Pausen draußen oder im Büro verbringen wird.

Ich stemme meine Hände in die Hüften und warte darauf, dass er die blöde Schüssel aufhebt, die dank ihm den Boden mit meinem leckeren Topping beglückt hat. Doch anstatt sich zu bücken, sieht er mich amüsiert an. Ist das ein Grinsen in seinem Gesicht? Verdammt, ja. Ich verdränge den Gedanken daran, dass ich gerade meine nicht vorhandenen Gesangskünste zum Besten gegeben habe, und konzentriere mich ganz auf die Wut, die in mir zu brodeln beginnt.

»Ach, mach dir bloß keine Mühe. Ich beseitige das Chaos

schon selbst, der Herr ist sich anscheinend zu fein dafür.« Mit einem Lappen in der Hand gehe ich in die Hocke und versuche, das Topping wieder in die Schüssel zu bekommen. Mit schwerem Herzen versuche ich mich damit abzufinden, dass ich es gleich wegwerfen muss.

Aus dem Augenwinkel sehe ich, wie Aidan seinen Arm nach mir ausstreckt. Ich hebe den Kopf, um ihn ansehen zu können, und blicke direkt in seine braunen Augen, die im Kontrast zu seinen blonden Haaren von hier unten beinahe schwarz wirken. Und obwohl ich diesen Mistkerl auf den Tod nicht ausstehen kann, spüre ich, wie meine Wangen zu glühen beginnen.

»Wieso sollte ich sie aufheben? Ich habe die Schüssel schließlich nicht runtergeworfen«, entgegnet er mir, ohne seinen Blick von mir zu nehmen. Kann er bitte aufhören, mir so tief in die Augen zu schauen? Am liebsten würde ich ihm das Topping für meinen Kuchen mitten ins Gesicht klatschen.

»Du ...« Aidan bricht ab und muss sich sichtlich ein Lachen verkneifen. Er hebt erneut seinen Arm und zeigt auf mein Haar. »Du hast da was.«

Ich spüre, wie er etwas aus meinen Haaren zieht und dabei den Stift löst, der bis gerade eben noch meine Mähne gebändigt hat und nun klirrend zu Boden fällt. Zwischen Daumen und Zeigefinger hat er etwas von der klebrigen Masse, die ich vorhin angerührt habe.

»Wieso? Du fragst mich allen Ernstes, wieso? Eventuell, weil du dich an meinem Handy bedient und mich so sehr erschreckt hast, dass mir alles runtergefallen ist.« Ich stehe auf und wische mir die Finger an der Schürze ab. »Ahhh«, entfährt es mir. »Du bist unmöglich. Wie kann man nur so unfreundlich sein? Warst du schon immer so ein Arsch? Bist du zu jedem Menschen so? Ich glaube, ich habe noch nie zuvor jemanden getroffen, der so unverschämt war wie du.«

Ich greife nach dem Stift und binde mir erneut die Haare zusammen. Wenn er glaubt, dass ich fertig bin, dann hat er sich getäuscht; ich komme gerade erst so richtig in Fahrt. »Als ich damals mit Cora zur Besichtigung des Ladens verabredet war, hast du dich als Vermieter ausgegeben und mich abgefangen. Du hast mich mit deinem Ich-bin-etwas-Besseres-Blick angeschaut und mir nach fünf Sekunden gesagt, dass ich wieder gehen kann, weil ich den Laden nicht bekommen würde. Wer macht so was? Ah, ja. Richtig. Ein Arschloch. Als Hope und Mora zum Vorstellungsgespräch hier waren, wolltest du sie wegschicken, bevor ich dazustieß. Was stimmt nur nicht mit dir?« Ich laufe um den freistehenden Tresen herum und werfe das Topping in den Müll. »Als ich angeboten habe, dir beim Einsortieren der Bücher zu helfen, was nebenbei bemerkt mehr als großzügig von mir war, hast du mich nur dumm angeguckt und gefragt, ob ich überhaupt jemals ein Buch in der Hand gehabt hätte. Egal, was ich sage, egal, was ich tue, du bist und bleibst unfreundlich. Ich frage mich, was in mich gefahren ist, diesen Mietvertrag zu unterschreiben. Mein Instinkt hat mich nicht getäuscht. Du bist ein arroganter, überheblicher, unhöflicher Mistkerl.«

»Fertig?« Aidan holt eine Tupperdose aus dem Kühlschrank und lehnt sich anschließend mit der Hüfte dagegen. Er sieht dabei so lässig aus, als hätte ich ihm gerade erzählt, was ich am Wochenende gemacht habe, und nicht, als hätte ich ihn beleidigt. »Dürfte ich da einmal ran?«, fragt er schließlich und schiebt mich zeitgleich beiseite, um an die Mikrowelle zu gelangen.

Wow. Hat er mir überhaupt zugehört? »Du bist unmöglich.«

Aidan ignoriert mich und stellt sein Essen in die Mikrowelle.

Ich lege meinen Kopf in den Nacken und atme tief ein, um vor glühender Wut nicht zu explodieren. Was habe ich mir nur einge-brockt? Ich habe tatsächlich geglaubt, dass das hier ein Spazier-gang werden könnte und dass ich nur nett zu sein brauche, damit Aidan es ebenfalls ist. Doch die letzten Wochen haben mich eines Besseren belehrt.

Mit einer schnellen Bewegung dreht sich Aidan in meine Richtung und drängt mich mit dem Rücken gegen den Tresen. Seine Arme stützt er rechts und links von mir ab. »Vielleicht ist genau das meine Taktik, um dich loszuwerden und den Laden für mich zu gewinnen?« Nur wenige Zentimeter trennen unsere Gesichter voneinander, und obwohl ich ihn sofort von mir weg-schubsen sollte, zieht mich sein Blick in den Bann. Das Braun seiner Iris sieht aus wie flüssiger Honig. Die dunklen Wimpern passen perfekt zu den Augenbrauen, was mich beim Goldblond seiner Haare wundert. Mir fällt ein kleines Muttermal unterhalb seines linken Auges auf.

Wie in Zeitlupe lasse ich meinen Blick über sein markantes Gesicht schweifen. Zoe hatte recht. Er könnte glatt als eine Mi-schung aus dem jungen Leonardo DiCaprio und dem jugendli-chen Brad Pitt durchgehen. Seine vollen Lippen verziehen sich zu einem leichten Schmunzeln. Ich hasse diesen Kerl. Und ich hasse mich dafür, dass ich auch nur einen Gedanken daran ver-schwende, wie gut er aussieht.

»Deine Taktik wird nicht aufgehen. Ich lasse mir von nieman-dem meinen Traum nehmen. Und dieses Café in genau diesem Laden ist mein Traum. Könntest du also bitte Platz machen, ich muss nach meinem Kuchen sehen.« Mit der Hand stoße ich sei-nen rechten Arm weg, sodass er den Halt verliert, und schiebe mich an ihm vorbei.

Ich öffne den Ofen, und sofort schießt mir der Geruch von verbranntem Kuchen in die Nase. »Nein. Nein. Nein!« Kann der

Tag eigentlich noch schlimmer werden? Wenn ich mich jetzt umdrehe, explodiert dann gleich die gesamte Küche?

»Soll das so riechen?«, fragt Aidan und sieht mir über die Schulter. »Also mich stört es nicht, damit vergraulst du dir sicher den ein oder anderen Kunden, und ich komme meinem Ziel einen Schritt näher.«

»Du bist …«, presse ich durch zusammengekniffene Lippen hervor. Ich muss mich wirklich zusammenreißen.

»Ein Arschloch?«

»Schlimmer!«

»Was ist schlimmer?«

Ein attraktives Arschloch, denke ich, während Aidan sich mit der Hand durch das kurze Haar fährt und sein Pullover minimal nach oben rutscht, um wenige Zentimeter seiner Haut zu entblößen. Ich glaube, ich bin dabei, langsam den Verstand zu verlieren. Ich spüre, wie mein Augenlid zu zucken beginnt. Ohne auf seine Frage einzugehen, drehe ich mich um und hole das verkohlte Etwas aus dem Ofen.

»Was ist schlimmer?«, fragt er mich erneut.

Bei Aidan gibt es nur zwei Extreme. Entweder er ignoriert mich komplett, oder er treibt mich in den Wahnsinn. Dazwischen existiert nichts.

Das Piepen der Mikrowelle bewahrt mich davor, mir eine schlagfertige Antwort ausdenken zu müssen. Er holt sein Essen heraus, das wie irgendeine Art von Auflauf aussieht. Alles, was ich sehe, ist Käse. Viel Käse.

Mit Besteck und dem Teller in der Hand geht er auf den kleinen Esstisch am Fenster zu. Doch bevor er ihn erreicht, gebe ich ihm einen leichten Schubs. Der lecker duftende Auflauf landet auf dem Boden, und der Teller zerspringt in hundert Teile.

»Ups«, sage ich, bevor ich mir die Küchenschürze vom Leib

reiße und wütend die Küche verlasse. Dann gibt es heute eben keinen neuen Carrot Cake. Obwohl meine Aktion gerade wirklich kindisch war, fühle ich mich nun ein kleines bisschen besser.

Kapitel 5

Kate

Eingepackt in unsere dicken Jacken sitzen Zoe und ich auf einer Bank im Hyde Park und beobachten Kiwi, Zoes Golden-Retriever-Border-Collie-Mischlingshündin, dabei, wie sie immer wieder dem Tennisball hinterherjagt, den ich werfe.

»Was ist mit dir los?«, frage ich sie. »Du wirkst so angespannt.« Schon seit Zoe mich vom Café abgeholt hat, scheint sie total neben der Spur zu sein. Auch jetzt, während ich ihr von meinem heutigen Arbeitstag erzähle, habe ich das Gefühl, dass sie mir gar nicht richtig zuhört. Der Wind weht ihr ihre Haare ins Gesicht, doch auch die können ihren nervösen Gesichtsausdruck nicht verstecken. Ihre Lippen sind fest aufeinandergepresst, und zwischen ihren Augenbrauen bildet sich eine tiefe Falte.

»Es ist nichts.«

Man könnte beinahe meinen, wir hätten unsere Rollen getauscht. Eigentlich ist Zoe diejenige, die sich immer wieder nach meinem Befinden erkundigt und nicht Ruhe gibt, auch wenn ich beteure, dass alles okay sei.

»Zoe!« Ich drehe mich weiter zur Seite, um sie dazu zu zwingen, mich anzusehen. »Du machst mich ganz nervös. Ist etwas passiert? Geht es dir nicht gut?«

»Ich weiß gar nicht, wie ich es sagen soll.« Zoe sieht mich durch ihre grünbraunen Augen an, und ich beginne, die Sommersprossen auf ihrem Nasenrücken zu zählen, um meinen Puls zu beruhigen. Kiwi läuft schwanzwedelnd auf uns zu und legt den angesabberten Tennisball in meinen Schoß. Ich nehme ihn in die Hand und möchte ihn gerade erneut werfen, da rückt Zoe endlich mit der Sprache raus.

»Noah hat mich gefragt, ob ich ihn heiraten will.«

Wie in Zeitlupe lasse ich den Tennisball zu Boden fallen, was nicht gerade das war, was Kiwi sich erhofft hatte. Enttäuscht blickt sie mit ihren Kulleraugen auf den Kieselweg. Ich springe von der Bank auf und ziehe Zoe mit mir hoch.

»Was? Du verarschst mich?« Meine Hände umklammern ihre, und ich versuche in ihrem Gesicht abzulesen, ob es nur ein Spaß ist oder sie es ernst meint.

»Nein, wirklich.« Zoe hebt den Blick und sieht mich an. Ihre Augen werden von Millisekunde zu Millisekunde glasiger.

»Du hast doch hoffentlich Ja gesagt?«, frage ich sie halb kreischend und falle ihr in die Arme. Meine beste Freundin wird heiraten. Wow. Mein ganzer Körper kribbelt vor Aufregung. »Ich freue mich so sehr für euch. Das ist so schön. Du wirst heiraten!«

Zoe drückt mich leicht von sich, und eine Träne läuft ihr die Wange hinunter. »Wirklich?« Sie hört sich verunsichert an, und am liebsten würde ich ihr mit den Fingern gegen die Stirn schnipsen.

»Was soll das heißen, wirklich? Du glaubst doch nicht etwa, dass ich mich nicht für euch freue? Spinnst du! Das Einzige, was mich ein wenig enttäuscht, ist, dass Noah mich nicht in seine Pläne eingeweiht hat. Aber jetzt erzähl mir erst mal, wie der Antrag war?«

Wir setzen uns gemeinsam wieder hin, und Zoe wischt sich

die Tränen aus dem Gesicht. »Tut mir leid, dass ich heule. Ich hatte Angst, es dir zu sagen, auch wenn ich wusste, dass du dich freuen wirst.« Kiwi legt sich winselnd vor uns und bettet ihren Kopf auf ihre goldbraunen Pfoten. »Wir waren gestern im Sky Garden. Als es zu regnen begonnen hat, sind wir auf die Dachterrasse raus. Du weißt ja, wie Opa immer sagt, dass der Regen alle Sorgen davonspült. Es war so kitschig und simpel zugleich.« Ein breites Lächeln schleicht sich auf ihre Lippen. »Wir standen also im Regen und haben die Aussicht genossen. Und plötzlich, wie aus dem Nichts, hat er mich einfach gefragt. Er hatte keinen Ring, keinen Plan, gar nichts. Deshalb hätte er dich auch gar nicht einweihen können. Es war total spontan. Zuerst dachte ich, er würde mich veräppeln. Ich habe ihn mindestens fünfmal gefragt, ob er das ernst meint, bevor ich Ja geschrien habe. Und ich meine wirklich geschrien, Kate. Ich habe es regelrecht über die Dächer Londons gerufen.«

»Das klingt so abartig kitschig. Habt ihr schon darüber gesprochen, wann ihr heiraten wollt?«, frage ich neugierig.

»Ehrlich gesagt nicht. Wir wollen uns nächste Woche um Ringe zur Verlobung kümmern. Wenn es nach mir ginge, würde ich so schnell wie möglich heiraten wollen. Du weißt, dass ich mir nie eine große Hochzeit mit vielen Gästen gewünscht habe. Ich möchte nur meine liebsten Menschen um mich haben und vor allem meine Trauzeugin, die hoffentlich du sein wirst.« Zoe nimmt meine Hand und schiebt ihre Unterlippe vor, als müsste sie mich anbetteln, Ja zu sagen.

»Natürlich werde ich das sein. Ich kann es kaum abwarten, mit dir Brautkleider anprobieren zu gehen. Darauf warte ich schon seit Jahren.«

»Darauf, dass ich heirate?«

»Darauf, dass irgendwer heiratet, den ich kenne, um mir diese traumhaften Kleider anzusehen«, antworte ich ihr lachend und frage mich gleichzeitig, ob ich jemals selbst in solch einem Kleid stecken werde. Nicht, dass ich die Hoffnung mit fünfundzwanzig bereits aufgegeben hätte. Ich kann mir gerade nur nicht vorstellen, dass dort draußen irgendwo der passende Deckel für mich rumläuft. Und falls doch, dann wahrscheinlich nicht in London, nicht einmal in England. Bestimmt muss ich ans Ende der Welt, um meinen Traummann zu finden.

»Mist«, sagt Zoe und schaut auf ihre Armbanduhr. »Deine Pause ist seit zehn Minuten um.« Sie springt von der Parkbank auf und nimmt Kiwi an die Leine. »Na komm. Du bist zu spät.«

Ich stehe ebenfalls auf und hake mich bei ihr unter. »Das ist der Vorteil daran, seine eigene Chefin zu sein. Es wartet niemand auf mich, der mir den Kopf abreißt.«

»Bist du dir sicher? Ich kann mir richtig gut vorstellen, wie Hope dich zur Sau macht.« Wir beginnen zu lachen. Ja, trotz ihrer neunzehn Jahre hat Hope es bereits faustdick hinter den Ohren. Sie ist zwar die Freundlichkeit in Person, aber ich glaube, sie kann auch ordentlich die Krallen ausfahren und lässt sich nicht viel gefallen. Manchmal glaube ich, mich in ihr wiederzuerkennen; die alte Kate in ihr wiederzuerkennen.

Im *Cosy Corner* angekommen, entschuldige ich mich bei Hope, dass ich sie länger als geplant allein gelassen habe, obwohl gerade jetzt am späten Nachmittag Hochbetrieb ist. Ich stelle mich hinter den Tresen und kneife mir in den Oberarm. Der pochende Schmerz verrät mir, dass das hier kein Traum ist. Dass ich nicht jeden Moment aufwache und zu meiner nächsten Schicht in Michelles Café muss. Alles, was ich hier vor mir sehe, habe ich allein geschafft. Auch wenn ich immer Hilfe von meiner Familie und meinen Freunden hatte, so ist der größte Verdienst meiner.

Dass ich mir die Miete für diesen Laden überhaupt leisten kann, ist einzig und allein Cora zu verdanken. Normalerweise würde man viel mehr Geld bezahlen müssen für eine Immobilie in dieser Lage in London. Doch Cora hat mir und Aidan erklärt, dass es ihr beim Vermieten nicht darum geht, Geld zu scheffeln. In erster Linie möchte sie, dass der Laden mit Leben gefüllt ist, so wie er es auch schon zu Zeiten ihres verstorbenen Mannes war.

Mit einem Lächeln auf den Lippen serviere ich den Cappuccino an Tisch vier. Zurück am Kaffeevollautomaten, bereite ich einen Chai Latte und einen Latte macchiato zu. Dabei fällt mein Blick auf Aidan, der gerade dabei ist, einige Bücher in eines der Regale unter der Wendeltreppe einzusortieren. Seine langen Beine stecken in einer schwarzen Jeans. Das weiße Hemd schaut hinten leicht aus seiner Hose raus. Er streckt den Arm aus, um ein Buch mit buntem Cover in die oberste Reihe zu stellen.

Eine seiner Kundinnen, die zwei Regale weiter steht, beobachtet jede seiner Bewegungen. Ich kann es ihr nicht verübeln. Er sieht so gut aus, dass ich beinahe vergesse, was für ein riesiges Arschloch er ist.

Die Frau mit den dunklen Haaren geht auf ihn zu und scheint irgendwas zu fragen. Ich erwarte schon fast, dass er sie mit demselben kalten Blick ansieht, den er mir immer schenkt. Doch das genaue Gegenteil ist der Fall. Seine Lippen formen sich zu einem freundlichen Lächeln, und während er mit ihr spricht, ist sein Blick warm und aufgeschlossen. Da ist keine Zornesfalte zwischen seinen Augenbrauen, kein arroganter Gesichtsausdruck und auch kein herablassendes Schmunzeln. Wenn ich ihn mir genau anschaue, wirkt er plötzlich wie ein neuer Mensch auf mich.

Als die Kundin die Treppe hinaufgeht, lehnt sich Aidan seitlich an das Regal und beginnt, einen Klappentext zu lesen. Seine Mundwinkel zucken, und während ein Lächeln auf seinen Lippen erscheint, bekommt irgendwas in mir einen Sprung. Vermutlich mein Verstand.

»Autsch!« Heißer Kaffee läuft meinen Handrücken hinab und hinterlässt eine brennende Spur auf meiner Haut. Ich muss gegen die volle Tasse gestoßen sein. Das habe ich davon, wenn ich mich so von Aidans trügerischem Aussehen ablenken lasse. Dabei weiß ich, dass es nur Fassade ist.

Wieso löst der Anblick dieses Mistkerls irgendwelche bescheuerten Gefühle in mir aus? Ich schiebe die Gedanken ganz schnell beiseite und lenke sie in eine freudigere Richtung. Zu Zoes Hochzeit. Ich sehe sie schon vor mir, in einem atemberaubenden, elfenhaften Kleid mit Spitze. Ihr Opa Will wird sie in einem schicken Anzug zum Altar begleiten. Davon wird ihn sein Rollstuhl ganz sicher nicht abhalten. Ihre Haare werden ihr in weiten Locken über die Schultern fallen. Sie wird aussehen wie eine Prinzessin. Bei dem Gedanken beginne ich automatisch zu lächeln.

Ich bereite einen neuen Kaffee zu und bringe die Bestellung an den Tisch. Draußen beginnt es bereits zu dämmern. Ich hasse diese Jahreszeit. Dieser Übergang zwischen Herbst und Winter. Die Zeit, in der die Tage kürzer und vor allem dunkler werden. Weil Dunkelheit immer etwas Unheimliches mit sich bringt, etwas Ungewisses, etwas Bedrohliches. Sie fühlt sich für mich mittlerweile so an, als könnte hinter jeder Ecke Gefahr lauern, als wäre ich nirgendwo sicher.

Während die Zeit rast, ich einen Kunden nach dem anderen bediene und Hope nach Hause schicke, wird der Laden immer leerer. Auch Lucas hat bereits Feierabend gemacht. Aidan und ich haben uns vor der Eröffnung dafür entschieden, dass wir das *Cosy Corner* um acht Uhr abends schließen. Ich war für sieben Uhr und habe ihn förmlich angefleht, auf diese eine Stunde zu verzichten, doch er hat sich nicht davon abbringen lassen. Außer ich wäre damit einverstanden gewesen, erst um zehn Uhr morgens zu öffnen, was für mein Café der Todesstoß gewesen wäre.

Ich verabschiede den letzten meiner Kunden und gebe ihm einen Muffin mit, der am heutigen Tag übrig geblieben ist. Seufzend lehne ich mich mit dem Rücken an die Spüle. Das Pochen hinter meiner Stirn ist in der letzten Stunde viel stärker geworden. Ich hoffe, dass sich der Kopfschmerz nicht zu einer Migräne entwickelt. Seit meiner Kindheit habe ich damit zu kämpfen, auch wenn es in den letzten Jahren immer seltener zu einem Migräneanfall kam. Obwohl ich meine Tabletten in meiner Tasche habe, möchte ich nur im Notfall darauf zurückgreifen. Oft wird mir von den Medikamenten übel, sodass ich nicht weiß, ob das besser ist als die Migräne.

»Schließt du ab?« Aidan kommt auf mich zu und bleibt vor der Kasse stehen. Sein Rucksack hängt über der linken Schulter und zieht das weiße Hemd mit sich, während er seinen beigen Mantel über den Unterarm gelegt hat. Als wir vor einigen Tagen gemeinsam den Laden verlassen und uns voneinander verabschiedet haben, ist uns zum ersten Mal aufgefallen, dass wir im selben Stadtteil wohnen. Schlimmer noch, in derselben Straße.

»Ja, ich bleibe noch einen Moment. Ich muss noch alles aufräumen«, lüge ich ihn ohne zu zögern an, obwohl wir sowieso nicht gemeinsam nach Hause gehen würden. Während ich immer zu Fuß zur Arbeit gehe, fährt Aidan mit dem Fahrrad.

Ohne sich zu verabschieden, geht er zur Tür hinaus.

»Dir auch einen schönen Feierabend«, brülle ich ihm hinterher. Ich schaue ihm noch einen Augenblick nach, während er auf das Rad steigt und davonfährt.

Mit schnellen Schritten gehe ich ins Büro und hole meine gefütterte Jacke und den roten Schal, den ich jeden Tag trage. Ein

Kloß bildet sich in meinem Hals, als ich mit zitternden Händen die Lichter ausschalte. Nur noch die kleine Leuchtschiene über der Eingangstür spendet ein wenig Helligkeit. Es ist gespenstisch still, während ich nach meiner Tasche auf dem Tresen greife und den Laden abschließe.

Ich habe es nicht weit bis nach Hause, und doch sind diese etwas mehr als zwanzig Minuten, die ich zu Fuß unterwegs bin, der reinste Kampf. Obwohl ich weiß, dass ich nicht allein auf der Straße bin, breitet sich eine undefinierbare Furcht in mir aus.

Vielleicht sollte ich Aidans Beispiel folgen und mir endlich ein Fahrrad zulegen, um in der dunklen Jahreszeit nicht zu Fuß gehen zu müssen. Ein Auto habe ich nicht, auch wenn ich einen Führerschein besitze. Als Zoe und ich noch zusammengewohnt haben, haben wir uns ihren Wagen geteilt. Doch ich kann mir allein kein Auto leisten.

Eine Frau eilt um die Hausecke, und nur wenige Zentimeter bewahren uns vor einem Zusammenstoß. Ich halte kurz inne, schließe meine Augen und atme tief durch. Ob ich Mora und Hope darum bitten könnte, im Winter die Spätschichten komplett für mich zu übernehmen? Doch wie soll ich ihnen das erklären? *Hey Leute, eure Chefin ist ein psychisches Wrack und hat Angst im Dunkeln?*

Mit zitternden Händen schließe ich die Tür zum Hausflur auf. Drinnen angekommen, fühle ich mich langsam, aber sicher wieder etwas besser. Ich steige die Treppen nach oben und bleibe kurz am Fenster stehen. Mein Blick fällt auf das weiße Haus gegenüber. Ich frage mich, ob Aidan schon länger dort wohnt und ob wir uns bereits vor dem Unterzeichnen des Vertrages über den Weg gelaufen sind.

Was für ein beschissener Zufall.

Kapitel 6

Kate

Ich bin erschöpft. Meine Füße tun weh, mein Rücken schmerzt, und meine Augenlider sind so schwer wie Blei. Seit der Eröffnung meines Cafés stand ich jeden Tag von morgens bis abends im Laden. Höchste Zeit für einen freien Tag.

Mit dem Rücken lehne ich mich an die Wohnungstür und atme tief durch. Vielleicht sollte ich den Tag heute komplett im Bett verbringen und mich von den letzten Wochen erholen.

Ich gähne, schlüpfe in gemütliche Klamotten, ziehe die Vorhänge vor mein Fenster, schalte das Nachtlicht auf der Fensterbank ein und werfe mich ins Bett.

Einem Impuls folgend nehme ich mein Handy in die Hand und öffne mein Instagram-Profil. Ich scrolle durch den Account. Es ist mir unangenehm, wie viele Selfies ich früher gemacht habe. Fast auf jedem Bild lächle ich in die Kamera. So sah die alte Kate aus. Kurze blonde Haare, die immer auf den Schultern tanzten, ein Strahlen im Gesicht, den pinken Lippenstift auf den Lippen, den ich immer und immer wieder nachgekauft habe, weil ich mich mit ihm am wohlsten gefühlt habe. Mittlerweile sind meine Haare lang. Sie reichen mir bis unter die Brust und dienen als eine Art Vorhang, hinter dem ich mich verstecken kann. Ich benutze kaum noch Make-up, und selbst mein Klamottenstil hat sich verändert. Die Farbe Rosa habe ich aus meinem Schrank verbannt. Heute trage ich lieber gedeckte Farben, die mich in der Masse untergehen lassen.

An einem alten Foto bleibe ich hängen. Es zeigt mich und Rachel, nur wenige Tage nachdem wir uns kennengelernt haben. Arm in Arm stehen wir mitten auf dem Campus. Ihre braunen Haare hat sie sich zu einem Dutt gebunden. Sie trägt die goldenen Ohrringe in Schmetterlingsform, die ihre große Schwester ihr zum Unieinstieg geschenkt hat. Keinen Tag habe ich sie ohne diese Ohrringe gesehen.

Rachel und ich haben zur selben Zeit mit dem Studium in Business Administration begonnen und hatten alle Kurse gemeinsam. Ein Jahr lang waren wir unzertrennlich, und seit einem Jahr haben wir nun keinen Kontakt mehr. Manchmal erwische ich mich dabei, wie ich auf ihr Profil gehe, nur um zu schauen, ob sie etwas gepostet hat. Doch das hat sie nicht. Seit einem Jahr nicht mehr.

Hin und wieder beginne ich damit, ihr eine Nachricht zu schreiben. Ich tippe und tippe, bis mir die Finger wehtun. Und trotzdem habe ich bisher noch keine einzige Nachricht abgeschickt.

Es bricht mir das Herz, nicht zu wissen, was sie macht oder wie es ihr heute geht. Doch ich bin zu feige, um sie danach zu fragen. Vermutlich würde sowieso keine Antwort kommen. Ich kann verstehen, dass sie mich aus ihrem Leben gestrichen hat. Wenn ich mir selbst nicht verzeihen kann, wie sollte sie es dann können?

Ich lege das Handy beiseite und versuche, die Erinnerung an sie aus meinem Kopf zu bekommen. Doch es gelingt mir nicht.

Ihr Lachen hallt in meinen Ohren wider. Ihre Stimme ist allgegenwärtig, und ich wünschte, alles wäre anders gekommen.

Ich ziehe die Decke bis zum Kinn. *Denk an etwas Schönes, Kate. Denk an deinen Laden. Denk daran, dass du es geschafft hast.* Doch es hilft nicht. Ich reiße die Augen wieder auf und starre an die Decke. Das Nachtlicht wirft eine Mondsichel an die Wand. Zoe hat es mir vor einiger Zeit geschenkt.

Ich stelle mir vor, jemand anders zu sein. Jemand mit einer anderen Vergangenheit. Jemand, der noch keine falschen Entscheidungen getroffen hat. Jemand, der nicht mit einem schlechten Gewissen leben muss. Jemand, der ruhig und friedlich schlafen kann. Ja, so jemand wäre ich gerne.

»Verdammt, Kate! Du solltest Lucas doch aushorchen, was Mr Grumpy im ersten Monat eingenommen hat. Wir müssen wissen, ob er in Führung liegt oder nicht«, wirft mir Zoe vor, hängt ihre Jacke an den Kleiderhaken im Flur und kommt auf mich zu. »Aber es war die richtige Entscheidung, endlich mal freizumachen. Du musst dir auch ein wenig Ruhe gönnen.«

Ich strecke meine Arme in die Luft und lasse meinen Kopf kreisen. Irgendwann muss ich eingeschlafen sein und mir dabei etwas verrenkt haben. »Entschuldigung, dass ich den armen Lucas nicht seinen Job kosten möchte. Ich sehe es schon vor mir, wie Aidan ihn umgehend feuert, sollte er davon Wind bekommen, dass er für mich spioniert«, antworte ich ihr. Ich bin mir nicht einmal sicher, ob Lucas etwas von dem Deal weiß, den Aidan und ich eingegangen sind. Auch wenn ich superneugierig bin, möchte ich ihn nicht mit hineinziehen. Zu behaupten, dass ich nicht neugierig sei, wie es für Aidan läuft und ob seine Zahlen besser sind als meine, wäre gelogen. Ich platze beinahe vor Neugierde.

»Mir bleibt wohl nichts anderes übrig, als mich überraschen

zu lassen. Ich bin froh, dass mein erster Monat gut gelaufen ist. Zum Glück zählen nur die Einnahmen. Sonst bliebe diesen Monat nämlich nicht mehr viel übrig. Aber ich bin trotzdem sehr zufrieden«, erkläre ich ihr.

Zoe lässt sich auf das kleine graue Sofa fallen und seufzt. Ihre Beine zieht sie an die Brust und umschlingt sie mit den Armen. Mit großen Augen sieht sie mich an.

»Was denn?«, frage ich sie.

»Du siehst furchtbar aus.«

»Na danke. Du meinst hoffentlich furchtbar gut, erholt und ausgeschlafen.« Ich schnappe mir das weiße Kissen vom Bett und werfe es nach ihr. Sie fängt es mit Leichtigkeit und schleudert es mir sofort wieder zurück.

»Nein, furchtbar ausgelaugt. Du willst alles selber machen, das weiß ich. Aber es ist hart genug, jeden Tag in der Küche zu stehen, um immer wieder etwas zu backen. Du kannst nicht auch noch bedienen, abkassieren und die Buchhaltung führen. Irgendwann wächst dir das über den Kopf. Du weißt, du kannst mich jederzeit um Hilfe bitten.«

Ich verstehe nicht, wieso sich alle solche Sorgen um mich machen. Auch Mum hat mich letztes Wochenende angerufen und gefragt, wie viel ich arbeite und ob es mir gut dabei geht. Wieso tun alle so, als hätte ich ein ganzes Jahr durchgearbeitet? Es sind gerade einmal ein paar Wochen. Ich weiß, was ich meinem Körper zumuten kann. Meine Arbeit macht mir Spaß, das Backen ist meine Leidenschaft, und den Kontakt mit den Kunden möchte ich nicht missen.

»Danke, aber mir geht es wirklich gut. Auch wenn ich vielleicht nicht so aussehe«, antworte ich ihr lachend.

»Kommst du später mit? Ich treffe mich mit Lee und Noah in

einer Bar. Noah hat heute einen großen Künstler für die nächste Ausstellung an Land gezogen, und das wollen wir feiern.«

Ihr Blick ist voller Erwartungen. Erwartungen, die ich nicht erfüllen kann. Sie kennt die Antwort auf ihre Frage bereits. Vor einem Jahr hätte ich nicht einmal mit der Wimper gezuckt, wäre unter die Dusche gehüpft und hätte mich für einen lustigen Abend zurechtgemacht. Doch heute kommt es mir vor wie ein Ding der Unmöglichkeit.

»Noah und Lee haben sich echt gut angefreundet, oder?« Ich umgehe ihre Frage und beginne nervös zu lachen. Ja, es war noch nie meine Stärke, etwas vor Zoe zu verheimlichen.

»Lenk nicht ab. Kommst du mit?«

»Nein, ich bleibe lieber zu Hause. Ich muss morgen wieder früh ins Café.« Ich stehe auf und gehe in die Küche, um mir ein Glas Rotwein zu holen. »Möchtest du auch ein Glas, oder musst du gleich wieder los?«, frage ich Zoe, die mir folgt und sich auf einen der Barhocker setzt.

»Kate?«

»Mhm.«

»Du kannst dich nicht für immer verstecken.«

Ich hole zwei Gläser aus dem Wandschrank und befülle sie mit der dunkelroten Flüssigkeit. »Das mache ich nicht.« Es ist nicht gelogen. Ich gehe raus. Ich bin im Café andauernd unter Menschen.

»Komm doch mit. Es wird dir bestimmt guttun«, versucht Zoe, mich zu überreden, während sie das Glas entgegennimmt.

»Bitte akzeptier mein Nein.« Sie meint es gut, das weiß ich. Sie möchte mir helfen. Doch wir wissen beide, wie schwer es ist, jemanden zu verstehen, wenn man nicht dasselbe erlebt hat und nicht nachvollziehen kann, wie es sich anfühlt.

»Okay. Dabei könnte es echt spaßig werden. Früher bist du

gerne ...« Weiter spricht sie nicht. »Tut mir leid«, sagt sie und sieht zu Boden.

Ich lege meinen Arm um ihre Schulter und ziehe sie näher an mich heran. »Entschuldige dich nicht. Du meinst es doch nicht böse.«

»Wie schläfst du denn im Moment?« Zoe trinkt ihr Glas Wein aus und geht zur Spüle, um es abzuwaschen.

»Seit der Ladeneröffnung schlafe ich viel besser. Liegt sicher daran, dass ich nach einem Arbeitstag so kaputt bin, dass ich zu nichts anderem mehr komme. Der letzte Albtraum ist mindestens schon vier Wochen her.« Das ist gelogen, doch ich möchte nicht, dass sich Zoe Sorgen um mich macht. Die macht sie sich schon viel zu lange. Manchmal frage ich mich, ob es ein Fehler war, ihr alles zu erzählen. Gleichzeitig weiß ich, dass ich es ihr nicht hätte verheimlichen können.

»Ich finde es zwar nicht gut, dass du so viel arbeitest, aber ich bin froh, dass du wieder normal schlafen kannst.« Sie deutet auf mein Glas und fragt mich, ob sie es auch abwaschen soll. Doch ich verneine. Das ein oder andere Glas kann ich heute sicher noch brauchen.

»In Ordnung. Ich muss langsam wieder los. Ruf mich an, wenn du mich benötigst, ich lasse mein Handy auf laut.« Sie kommt um die Theke herum und zieht mich in eine Umarmung, bei der ich vom Barhocker rutsche. Sie überragt mich um einen Kopf, weshalb es ihr leichtfällt, ihr Kinn auf meinem Scheitel abzulegen. »Du musst nicht allein sein, wenn du nicht allein sein willst«, flüstert sie.

»Danke.« Ich weiß, dass ich auf sie zählen kann. »Jetzt mach, dass du hier rauskommst, dein zukünftiger Mann wartet sicher schon sehnsüchtig auf dich.« Ich schiebe sie von mir und lächle sie an. Stumm gebe ich ihr zu verstehen, dass es okay ist, mich allein zu lassen.

Keine Sekunde nachdem die Tür ins Schloss fällt, zeigt mir mein Handy eine Nachricht von Michelle an.

Bist du morgen im Café? Ich habe mir freigenommen und würde dich gerne besuchen kommen. Die Konkurrenz auschecken und so. 😉

Seit der Eröffnung vom *Cosy Corner* habe ich meine damalige Chefin nicht mehr gesehen. Ich antworte ihr, dass ich mich über einen Besuch freuen würde. Dann öffne ich das Postfach, das mir schon seit Wochen eine neue E-Mail anzeigt, die ich noch nicht gelesen habe.

Es ist nicht das erste Mal, dass ich auf das Display starre und überlege, ob ich sie lesen soll oder nicht.

»Was soll's, Kate. Lies den Mist einfach, danach kannst du die Nachricht löschen«, sage ich zu mir selbst und trinke einen Schluck des lieblichen Rotweins.

Von: D. C.
E-Mail-Adresse: d.c@onlineseelsorge.com
Hallo Anna,

ob ich das Gefühl kenne, einen Fehler begangen zu haben? Definitiv. Haben wir das nicht alle in unserem Leben? Fehler begangen? Falsche Entscheidungen getroffen? Ich kann nur von mir selbst sprechen, aber ja. Ich habe bereits Entscheidungen getroffen, die mein Leben verändert haben. Manche ins Positive, einige aber auch ins Negative.
Manchmal hilft es, mit jemandem zu sprechen, der vollkommen un-

beteiligt ist. Melden Sie sich gerne, wenn Sie mit mir darüber schreiben oder sprechen möchten.

Mit freundlichen Grüßen
D.

Lange schaue ich auf die Nachricht. Dann lege ich mein Handy beiseite und schüttle den Kopf. Es ist nicht so, dass ich einfach nur den Mund aufmachen muss, und sofort kommen alle Worte aus mir heraus. Viel eher ist es so, als wäre ich in Ketten gelegt. Als wäre meine Stimme in Ketten gelegt, meine Gedanken, mein Handeln. Als würde ich feststecken, und ich weiß einfach nicht, wie ich mich losreißen kann.

Ich gehe zurück in die Küche und schenke mir ein neues Glas Wein ein. Das letzte für heute. Versprochen.

Kapitel 7

Aidan

»Du bist eine echte Dramaqueen. Nimm dir mal ein Beispiel an deiner Schwester.« Kopfschüttelnd schaue ich auf Cookie hinab, die sich bei jedem Schritt zwischen meinen Beinen entlangschlängelt und mir lauthals mitteilt, wie hungrig sie ist. Während Brownie jeden Morgen brav vor ihrem Futternapf wartet, hat mich Cookie miauend aus dem Bett geworfen.

Noch bevor ich überhaupt die Kaffeemaschine einschalte, kümmere ich mich um das Katzenfutter und gebe den beiden neues Wasser. Vor etwas über einem Jahr sind Cora und ich ins Tierheim gefahren, weil sie sich unbedingt einen Kater holen wollte. Am Ende ging ich mit Cookie und Brownie nach Hause und Cora mit Kafka und Willow. Nach Barneys Tod hat sie sich einsam gefühlt. Plötzlich war das Haus leer und alles still. Mein Onkel war ein großer Fan von Kafka, weshalb Cora nicht lange nach einem Namen für den schwarzen Kater suchen musste.

Ich denke nicht gerne an diese Zeit zurück, an den Verlust und die damit verbundene Trauer, die wahrscheinlich niemals richtig verschwinden wird. Dafür hatte er einen zu großen Platz in meinem Leben inne. Hat mich zu viel gelehrt. Mir zu oft den Rücken gestärkt. Mich zu häufig zu meinem Traum ermutigt.

Ein Blick auf die digitale Uhr in der Küche verrät mir, dass es schon kurz nach sechs ist. Meistens bin ich erst kurz vor acht im Laden, doch heute kommt eine neue Buchbestellung an, die ich noch vor Öffnung einräumen möchte. Die ersten Wochen liefen wirklich besser als gedacht. Auch wenn ich mir niemals vorgestellt habe, dass meine Buchhandlung mal *Cosy Corner* heißen würde, bin ich zufrieden damit, wie viele Kunden sich zu mir verirren. Doch sobald Kate ausziehen muss und mir der Laden allein gehört, werde ich ihn sofort umbenennen.

Die Idee zu diesem Deal mit Kate kam mir an dem Tag, an dem Cora mir deutlich zu verstehen gegeben hat, dass ich kein alleiniger Mieter sein werde. Ich war wütend auf Cora, bis ich verstanden habe, dass sie auf diese Art versucht, ein Stück von Barney zu erhalten. Manchmal überkommt mich ein schlechtes Gewissen, weil ich den Deal hinter Coras Rücken ausgehandelt habe und damit ihre Idee von einem Café mit Buchhandlung über den Haufen werfe. Als sie sich zwei Jahre nach Barneys Tod dazu entschieden hat, den Laden zu vermieten, wusste ich sofort, dass ich meinen Traum endlich in die Tat umsetzen musste. Aber sie hat es nicht übers Herz gebracht, aus dem Café eine Buchhandlung zu machen. Nicht vollständig. Auch wenn ich es ihr nicht mehr übel nehme, bin ich alles andere als zufrieden mit dieser Lösung.

Meinen alten Job als Banker habe ich gehasst. Eigentlich vom ersten Tag an. Jeden Morgen habe ich mich gefragt, wie ich nur auf die bescheuerte Idee kommen konnte, Banker zu werden. Doch die Antwort darauf war eigentlich ziemlich simpel. Sicherheit, Geld und Fiona – meine Ex-Frau. Richtig gehört. Ex-Frau.

Mit meinen achtundzwanzig Jahren habe ich bereits eine beschissene Ehe mit einer noch beschisseneren Scheidung hinter mir. Zu heiraten war der größte Fehler meines Lebens, dicht gefolgt von dem, einen Job in einer Bank anzunehmen. Vielleicht würde ich das alles anders sehen, wenn ich jetzt mit Frau und Kind in einem schicken Haus am Rande Londons leben würde. Vermutlich wäre ich dann froh um den Job, der mir dabei hilft, meine Familie zu ernähren. Doch besagte Familie habe ich nicht und möchte ich auch nicht haben.

Ist das nicht lächerlich? Dass es erst den Tod eines geliebten Menschen und eine geldgierige Ehefrau brauchte, um mir die Augen zu öffnen? Es fühlt sich an, als hätte ich die letzten Jahre meines Lebens weggeworfen, als hätte ich nur für andere gelebt. Ganz unabhängig davon, ob ich selbst glücklich war.

Ich streife mir den braunen Mantel über den weißen Pullover und ziehe meine Stiefel an. Es ist nur noch eine Frage der Zeit, bis der Winter über London hereinbricht. Die Tage werden immer kürzer, dunkler und kälter.

Mein Smartphone zeigt eine neue Nachricht an.

Von: Maddy
Ich freue mich auf heute Abend.

Ohne ihr zu antworten, stecke ich mir das Handy in die Hosentasche und lasse meinen Blick über das mahagonifarbene Ecksofa aus verblüffend echt aussehendem Kunstleder bis in die Küche schweifen. Doch keine Spur von Brownie und Cookie. Wo haben sie sich nur wieder versteckt? Ich rufe ihre Namen und steige die wenigen Stufen nach oben zu meinem Schlafzimmer. Diese Altbauwohnung ist wirklich merkwürdig geschnitten. Während man unten ein riesiges Wohnzimmer mit offener Küche und ein großes Badezimmer mit Dusche und Badewanne hat, ist im oberen Bereich gerade mal Platz für ein Bett und einen Kleiderschrank. Unter der Bettdecke erkenne ich zwei Erhebungen. »Natürlich. Während ich arbeiten muss, macht ihr es euch hier gemütlich.«

Ich hebe die Decke an und strecke meinen Arm aus, um beiden über die Köpfe zu streichen, was sie sofort mit einem zufriedenen Schnurren quittieren. »Bis später, und lasst gefälligst meine Sockenschublade zu«, rufe ich, bevor ich die Tür hinter mir schließe.

Ich löse die Kette vom schwarzen Fahrrad und blicke für einen kurzen Moment zum Haus gegenüber. Womit habe ich es verdient, ausgerechnet Kate als Nachbarin zu haben? Genügt es nicht, dass ich ihr auf der Arbeit jeden Tag über den Weg laufe? Nein, natürlich nicht. Sie muss auch noch gegenüber wohnen. Großartig.

Mit einem Kopfhörer und *Save Me* von Queen im Ohr mache ich mich auf den Weg und versuche, meine Gedanken in eine andere Richtung zu lenken. Ich wusste natürlich, dass mit einer eigenen Buchhandlung sehr viel Arbeit auf mich zukommt, aber ich habe wirklich geglaubt, dass ich mit Lucas allein auskommen würde. Was sich definitiv als falsch erwiesen hat. Obwohl er Vollzeit bei mir angestellt ist, fehlt manchmal doch noch ein Mitarbeiter, um alle Kunden zufriedenzustellen. Erst gestern habe ich bemerkt, wie sich jemand suchend nach einem Buch umgesehen hat, doch weil ich gerade selbst in einem Kundengespräch war und Lucas Pause hatte, konnte ich dem Herrn nicht helfen.

Bei der Bank habe ich jahrelang sehr gut verdient und regelmäßig etwas beiseitegelegt. Nur dank dieser Ersparnisse und einem kleinen Kredit konnte ich mir die Einrichtung für die Buchhandlung und auch Lucas leisten. Ich habe im ersten Monat Verluste gemacht, aber damit hatte ich gerechnet. Der Laden muss erst einmal ordentlich anlaufen und sich einen Namen machen. Doch das bedeutet nicht, dass ich an den falschen Stellen sparen sollte. Ich möchte schließlich, dass meine Kunden wiederkommen. Und ihre Bücher nicht bei den großen Buchhandlungen oder gar bei Amazon kaufen.

Nachdem ich mein Fahrrad abgestellt habe, schließe ich die Ladentür auf. Ich möchte gerade die Tür zum Büro öffnen, da wird diese auch schon aufgerissen, und ich laufe direkt in Kate hinein. Sie schreit überrascht auf, und ich zucke zusammen.

»Wieso schließt du den Laden ab, wenn du schon hier bist?«, frage ich sie und gehe an ihr vorbei, um meinen Mantel über den Schreibtischstuhl zu hängen. Mir steigt ein angenehmer Duft in die Nase, an den ich mich inzwischen gewöhnt habe. Mir ist schon am ersten Tag aufgefallen, dass Kate nach frischen Himbeeren riecht. Ich setze mich hin und starte den Computer, um zu schauen, ob sich der Lieferant für heute vielleicht noch einmal gemeldet hat.

»Eventuell damit niemand den Laden betritt, während ich hinten bin? Oder hast du Lust, ausgeraubt zu werden?«

Ich schaue hoch und sehe in Kates braune Augen, die mich finster anstarren. Diesen Blick kenne ich. Wir zwei sind Konkurrenten, und das lässt sie mich spüren. Wir führen unsere Geschäfte in derselben Immobilie, das ist alles, was uns verbindet. In ungefähr elf Monaten vergleichen wir final unsere Zahlen und unseren Erfolg, aber wenn ich sie mit meiner Art schon vorher loswerden kann, käme mir das gelegen.

Deshalb verhalte ich mich ihr gegenüber abweisend. Doch das ist nicht der einzige Grund. Irgendetwas an dieser Frau macht mich wahnsinnig. Ich bin wütend auf sie, und gleichzeitig verspüre ich den Drang, sie zu beschützen. Das ist bescheuert.

Ich kenne sie nicht. Sie kennt mich nicht. Im Grunde sind wir zwei Fremde, die aufgrund eines beschissenen Zufalls zusammengewürfelt wurden. Und doch habe ich das Gefühl, dass hinter ihrem harten Auftreten mehr steckt; etwas Zerbrechliches.

»Bist du jetzt auch noch stumm geworden? Das wäre zur Abwechslung mal eine gute Neuigkeit.« Kate sieht mich mit einem breiten, ganz offensichtlich sarkastischen Grinsen an. Ihre blonden Haare sehen aus, als hätte sie vergessen, sie heute Morgen zu bürsten. An ihrem schwarzen Jumpsuit klebt ein wenig Mehl, was mir verrät, dass sie gerade in der Küche gebacken hat. An dieser Frau kleben wirklich ständig irgendwelche Zutaten.

»Gleich müsste eine Lieferung mit Büchern eintreffen. Falls jemand klopft, sag mir Bescheid.« Ich öffne das Programm, um meine E-Mails durchzugehen.

»Aber natürlich. Kann ich dir noch einen Kaffee bringen?« Ihre Stimme trieft förmlich vor Verachtung. Wieso bereitet es mir nur so eine Freude, sie wütend zu machen?

»Schwarz bitte.«

Kate stampft davon und knallt die Tür so sehr ins Schloss, dass ich befürchte, sie könnte gleich aus den Angeln fallen. Ob sie mir wirklich einen Kaffee bringt? Brauchen könnte ich ihn gerade sehr.

Es ist seit gestern keine neue E-Mail eingegangen, weshalb ich mich kurzerhand dazu entschließe, die Zeit vor der Ladenöffnung zu nutzen, um eine Anzeige für einen Minijob im Internet zu schalten.

Ich möchte mich gerade im Stuhl zurücklehnen, als Kate ins Büro gestürmt kommt. Ihre wilden Haare hat sie sich mittlerweile zu einem Pferdeschwanz zusammengebunden. »Da steht irgendein Kerl vor der Tür und klopft die ganze Zeit. Ehrlich gesagt sieht er nicht aus, als wäre er der Lieferant.«

»Hast du ihm aufgemacht?« Ich stehe auf und bin sofort zwei Köpfe größer als sie.

»Nein«, antwortet sie mir ungewohnt leise.

Seufzend gehe ich nachsehen. Nicht, dass es sich doch um

den Lieferanten handelt und er abhaut, bevor ich meine Bestellung entgegennehmen kann. Aber schon von Weitem sehe ich, dass es nicht der Lieferant ist. Überrascht bleibe ich stehen. Archer kratzt sich verlegen im Nacken. Es ist ungefähr ein Jahr her, dass ich ihn zuletzt gesehen habe. »Was machst du hier? Wie hast du hergefunden?«, frage ich, nachdem ich die Tür geöffnet habe. Anscheinend hatte Kate sie wieder abgeschlossen.

»Es ist auch schön, dich zu sehen, Bruderherz«, antwortet er mir und breitet seine Arme aus. Doch anstatt ihn zu umarmen, greife ich in sein lilafarbenes Haar. Wobei es auch als blau durchgehen könnte. Es ist eine verrückte Mischung aus beidem. Als wir uns das letzte Mal gesehen haben, waren sie grün. Ja, mein kleiner Bruder ist im wahrsten Sinne des Wortes ein bunter Hund.

»Nein, jetzt im Ernst. Was machst du hier?«

Archer geht an mir vorbei und betritt den Laden. Er trägt ein schwarzes Hemd aus Samt und eine blaue Jeans mit unzähligen Löchern und Rissen. »Wow! Es sieht ganz anders aus als zu Onkel Barneys Zeiten. Gefällt mir.« Mit großen Augen sieht er sich um. Barneys Tod hat auch ihn damals sehr getroffen. So sehr, dass ich versucht habe, stark zu sein, um ihm eine Schulter zum Anlehnen zu bieten.

»Wieso bist du nicht in Paris?« Ich lasse nicht locker. Cora hat mir nicht gesagt, dass er vorbeikommt. Entweder weiß sie nichts davon, oder es sollte eine Überraschung werden. Vor zwei Jahren ist Archer nach Paris gegangen, um dort Modedesign zu studieren.

Mein kleiner Bruder setzt sich wie selbstverständlich auf einen der Stühle und faltet die Hände auf der runden Tischplatte. »Bitte bekomm keinen Schock, aber ich habe das Studium geschmissen«, gesteht er mir, ohne mich dabei anzuschauen.

»Wie bitte? Wieso das denn?« Seit er fünfzehn ist, lag er uns in

69

den Ohren, dass er unbedingt nach Frankreich möchte, um dort zu studieren. »Weiß Cora, dass du hier bist?«

»Natürlich, sie hat mir gesagt, dass ich dich im Laden finde. Kannst du dich bitte darüber freuen, dass ich wieder in London bin? Ich bleibe bei Cora, bis ich einen Job und etwas Eigenes gefunden habe.« Archer fährt sich durch das bunte Haar und beißt sich sichtlich nervös auf die Unterlippe.

»Aber wieso hast du dein Studium abgebrochen?« Ich setze mich ihm gegenüber.

»Bist du sauer auf mich?«

»Quatsch. Du bist erwachsen und triffst deine eigenen Entscheidungen. Ich bin die letzte Person, die deswegen sauer auf dich wäre. Barney hätte dir wahrscheinlich Feuer unterm Hintern gemacht.« Wir beginnen beide zu lachen.

»Ich habe mich von Mathéo getrennt und musste aus Paris weg. Ich wollte einfach wieder zurück. Kannst du das verstehen?« Es ist so still, dass ich das Tippen seines Fußes auf den weißen Bodenfliesen hören kann.

Ich nicke ihm zu. »Das tut mir leid.«

»Muss es nicht. Er ist ein Mistkerl und hat mich nicht verdient«, entgegnet mir Archer mit einem Zwinkern. Was habe ich seine Attitüden vermisst.

»So, und jetzt zeig mir mal die Bude hier.«

Gerade als wir aufstehen, kommt Kate mit einem Tablett voller bunter Cupcakes aus der Küche. Abrupt bleibt sie stehen. Was hat sie nur in der Küche getrieben, dass ihr Hunderte Strähnen aus dem Zopf gerutscht sind? Ich wusste nicht, dass Backen so viel Körpereinsatz verlangt.

Kate blickt zwischen mir und Archer hin und her. Auch wenn mein Bruder neben mir wie ein farbenfroher Papagei aussieht, so erkennt man doch sofort, dass wir miteinander verwandt sind.

Wir haben die gleichen ausgeprägten Wangenknochen, die gleiche gerade Nase und die gleichen braunen Augen.

»Oh, die sehen fantastisch aus. Darf ich einen?« Archer läuft auf Kate zu und begutachtet ihr Gebäck mit strahlenden Augen. Er tut beinahe so, als hätte er mit seinen zwanzig Jahren noch nie Cupcakes gesehen.

»Ähm.« Kate scheint es die Sprache verschlagen zu haben. Sie geht an Archer vorbei und stellt das Tablett auf dem Tresen ab.

»Wie viel kostet einer? Ich kaufe ihn dir ab.« Aus seiner hinteren Hosentasche zieht er seine Geldbörse und holt einen Schein heraus. »Ich bin Archer. Aidans Bruder. Du musst Kate sein, oder? Cora hat mir von dir erzählt. Richtig cool, wie ihr den Laden gestaltet habt. Es sieht gemütlich aus, und die Pflanzen verströmen genau den richtigen Vibe.«

Kate sieht an Archer vorbei und mir mit zusammengezogenen Augenbrauen direkt in die Augen. »Der geht aufs Haus. Sag mir gerne, wie er dir schmeckt. Aber sei ehrlich. Ich habe ein neues Rezept ausprobiert.« Mit einem strahlenden Lächeln reicht sie ihm einen Cupcake, dessen Teig rosa ist und den eine babyblaue Schaumkrone ziert. An ihrer Wange klebt Mehl, was sie gar nicht zu bemerken scheint. Oder es ist ihr egal, dass sie eine wandelnde Backmischung darstellt. »Freut mich, dich kennenzulernen, Archer.«

Kapitel 8

Kate

Am nächsten Tag gehe ich mit einem runden Tablett in der Hand auf einen Kunden zu, der das *Cosy Corner* nicht zum ersten Mal besucht. »Was kann ich dir bringen?«

Lee zuckt zusammen, bevor er zu mir aufsieht. »Hi, Kate. Ich habe dich beim Reinkommen gar nicht gesehen.« Er fährt mit der Hand durch sein schwarzes Haar und lächelt verlegen.

»Ich war in der Küche und habe für Nachschub gesorgt.«

Seit der Eröffnung kommt Lee mehrmals die Woche ins *Cosy Corner*, um hier mit seinem Tablet zu arbeiten. Zoe hat mir erzählt, dass er Grafikdesigner ist und im Moment freiberuflich unterwegs. Ich habe ihm bereits das ein oder andere Mal über die Schulter geschaut, um zu sehen, was er gerade macht. Ein Blick auf sein Tablet verrät mir, dass er auch heute an einem Comic zeichnet. Doch noch bevor ich genauer hinsehen kann, dreht er das Display um und gibt seine Bestellung auf. »Wie immer einen Kaffee mit etwas Zucker.«

»Bringe ich dir sofort«, entgegne ich ihm.

Ich möchte gerade gehen, als Lees Stimme erneut ertönt. »Ist Hope heute gar nicht da?«

Mit hochgezogenen Augenbrauen drehe ich mich zu ihm um.

Ich stemme die Hände in die Hüften. »Hope war heute Vormittag da und ist dann zur Uni gefahren. Mora hat die Spätschicht.« Mir ist schon bei Lees letztem Besuch aufgefallen, dass sein Blick an Hope geklebt hat. »Bist du denn auch mit einem Kaffee von mir zufrieden, oder trinkst du nur den, den Hope dir zubereitet?«

Lee entgleisen jegliche Gesichtszüge. Die Selbstsicherheit, die er sonst ausstrahlt, wirkt wie weggeblasen, und zurück bleibt ein junger Mann, dessen Wangen leicht rot anlaufen. Doch es dauert nicht lange, da strafft er die Schultern und faltet die Hände auf der Tischplatte ineinander. »Versteh mich nicht falsch. Dein Kaffee schmeckt hervorragend, Kate. Aber jedes Mal, wenn Hope auf einen zukommt, hat man das Gefühl, als würde die Sonne aufgehen.«

»Möchtest du ihr vielleicht noch eine Liebeserklärung hinterlassen?« Ich beginne zu lachen, obwohl ich weiß, was er meint. Hopes Ausstrahlung ist ansteckend. Sie strahlt so viel Lebensfreude und Gelassenheit aus.

»Hahaha! Keine Sorge, ich bin nicht Joe Goldberg und stalke deine Mitarbeiterin, weil ich besessen von ihr bin. Es ist viel eher so, als würde ich meine Batterien auftanken, wenn ich sie sehe. Als wär ihr Lächeln meine persönliche Ladestation, wenn mich die Kreativität verlässt und ich bei der Arbeit mal wieder nicht weiterweiß.« Lee krempelt sich die Ärmel des Hemds hoch und sieht auf seine Armbanduhr.

»Wow, das klingt kitschiger als eine Liebeserklärung. Aber keine Sorge, dein Geheimnis ist bei mir sicher. Ich werde Hope nichts davon verraten, dass sie deine persönliche Muse ist«, verspreche ich ihm zwinkernd und drehe mich um.

»So ist das nicht«, ruft Lee mir hinterher, während ich auf die Kaffeemaschine zugehe.

»Mora? Könntest du einen Kaffee mit etwas Zucker an Tisch

zwölf bringen? Die Cupcakes sind jetzt sicher etwas abgekühlt, und ich kann sie verzieren.«

Mora stellt sich auf die Zehenspitzen und späht zu Tisch zwölf hinüber. »Ach, Lee. Na klar, mache ich gerne«, sagt sie und rückt die Brille mit den runden Gläsern auf ihrer Nase zurecht.

Schon im Flur fällt mir auf, dass die Tür zur Küche nicht geschlossen ist, obwohl ich mir sicher bin, dass ich sie hinter mir zugezogen habe. Sofort habe ich eine Vorahnung, wer sich gerade dort befinden könnte.

So leise wie möglich schiebe ich die angelehnte Tür auf und spähe zur Kochinsel hinüber. Meine Vermutung bewahrheitet sich. In einer blauen Jeans und einem weißen Pullover steht er vor meinen Cupcakes. Seine Lippen grübelnd verzogen, während er die frischen Backwaren mustert.

Wie angewurzelt bleibe ich stehen und beobachte Aidan dabei, wie er die Hände hinter seinem Nacken zusammenfaltet. Der Lärm des Cafés dringt nur leise zu mir durch. Ich bin viel zu vertieft in den Anblick, der sich mir bietet. Es wirkt beinahe so, als würde Aidan mein Gebäck studieren. Was macht er da? Überlegt er, wie er mein Geschäft ruinieren kann? Oder ...

Bevor ich meinen Gedanken zu Ende führen kann, beugt er sich über die Platte der Kochinsel und greift mit der Hand nach einem der Cupcakes. Ehe seine Fingerspitzen den Teig berühren, reiße ich die Tür auf und stapfe wütend in die Küche.

»Ups.« Aidan dreht sich in meine Richtung und beginnt unschuldig zu lächeln, als könnte dieser Gesichtsausdruck darüber hinwegtäuschen, dass er sich gerade eben über meine Cupcakes hermachen wollte. »Ist wohl der falsche Zeitpunkt, um mir etwas zu essen zu klauen.«

Fassungslos schaue ich den Mann an, den ich noch immer nicht einschätzen kann. Selbst nach Wochen weiß ich nicht, was für ein Mensch Aidan ist. Manchmal habe ich das Gefühl, dass er voller Widersprüche steckt. Da gibt es eine kühle Seite an ihm, die voller Wut und Missachtung zu sein scheint. Dann eine andere, die nur so vor Gleichgültigkeit strotzt. Doch manchmal sind seine Bemerkungen auch wie soeben: frech, ironisch und neckend. Wie viele Seiten er wohl noch hat?

Ich möchte ihn gerade zurechtweisen, da greift er erneut nach meinen Cupcakes. Blitzschnell eile ich zu ihm und schlage ihm auf den Handrücken. »Wie kann man nur so dreist sein? Ich stehe direkt vor dir, wieso fragst du mich nicht einfach, ob du dir einen nehmen kannst?«

Mit großen Augen sieht Aidan mich an. Ich lege den Kopf leicht in den Nacken, um in das tiefe Braun schauen zu können.

»Hast du mich gerade geschlagen?«, fragt er empört.

»Aidan.« Ich ziehe seinen Namen in die Länge, was meiner Verzweiflung Ausdruck verleihen soll. Doch das scheint nicht zu ihm durchzudringen.

»Das ist Gewalt am Arbeitsplatz.« Mit zusammengekniffenen Augen sieht er mich an, und ich werde das Gefühl nicht los, dass er sich über mich lustig macht.

Ich lehne mich mit dem Rücken an den Tresen und schließe die Augen. *Tief ein- und ausatmen, Kate. Nur nicht ausflippen. Das ist genau das, was er erreichen möchte.* Langsam zähle ich in Gedanken bis zehn. Doch bevor ich bei der Hälfte angekommen bin, höre ich Aidan schmatzen.

Sofort reiße ich meine Augen wieder auf und sehe, wie er genüsslich in meinen Cupcake beißt und ihn mit nur wenigen Bissen verschlingt. Während er mit Hamsterbacken vor mir steht, reißt mir der Geduldsfaden. »Du kannst mich mal!«

»Dito«, entgegnet er mir. Sein Adamsapfel springt auf und ab, während er den letzten Rest hinunterschluckt und anschließend zufrieden seufzt. »Darf ich noch einen?« Seine geschwungenen Lippen formen sich zu einem unschuldigen Lächeln.

Mein Herz schlägt wie verrückt in meiner Brust. Ich könnte platzen vor Wut und schreien vor Verzweiflung. »Nein!«

»Siehst du«, sagt er und geht um die Kochinsel herum, sodass der Tresen uns voneinander trennt. Besser so, ich könnte nicht garantieren, dass ich ihm nicht irgendwas ins Gesicht klatsche. »Ich wusste, dass das deine Antwort sein würde.«

»Ach, na dann kann man sich natürlich einfach bedienen. Weißt du was? Ich wollte gleich Pause machen, vielleicht nehme ich mir eines deiner Bücher und verschenke es an den erstbesten Menschen, der mir über den Weg läuft.« Meine Stimme wird von Wort zu Wort schriller.

»Wieso wirst du eigentlich immer so laut?«

»Wieso gehst du nicht ein einziges Mal auf das ein, was ich sage? Wieso benimmst du dich nicht wie ein zivilisierter Mensch?« Ich mache einen Schritt nach links, um die Kochinsel zu umrunden, aber er weicht aus.

»Was wird das? Deinem Gesichtsausdruck nach zu urteilen, willst du mich verprügeln«, meint Aidan mit sanfter Stimme.

Während ich immer lauter und wütender werde, scheint er ganz gelassen zu bleiben. Ihm macht das Ganze wohl auch noch Spaß. »Glaub mir, ich habe schon mehr als einmal davon geträumt, dich zu verprügeln«, platzt es aus mir heraus. Ich trete einen Schritt nach rechts und er einen nach links.

»Du träumst also von mir ...« Seine Mundwinkel verziehen sich schelmisch, und er streicht sich mit den Fingern übers Kinn. »Ist ja interessant.«

»Wieso bist du nur so unausstehlich?«

»Träumt man von jemandem, den man unausstehlich findet?« Ich beiße die Zähne zusammen. Noch ein sarkastisches Wort aus seinem Mund, und ich verliere völlig die Beherrschung. »Pass lieber auf deine Bücher auf. Falls das eine oder andere fehlen sollte, ist das die Retourkutsche dafür, dass du dich nun schon zum zweiten Mal unerlaubt an meinem Essen vergriffen hast«, drohe ich ihm.

»Das wagst du nicht!« Das Braun seiner Augen wirkt dunkler, während der neckische Blick nach und nach verschwindet.

»Wenn du glaubst, dass ich mir alles gefallen lasse, ohne zurückzuschlagen, dann hast du dich mit der Falschen angelegt.«

Ein Klopfen unterbricht mich. Aidan und ich blicken zur Küchentür, in der Archer steht und verlegen zwischen uns hin- und hersieht. »Ich störe eure Streiterei nur ungern, aber draußen ist ein Kunde, der gerne mit dir sprechen würde, Aidan.«

Ohne etwas zu sagen, geht Aidan an Archer vorbei und verschwindet im Flur. Keine Sekunde später atme ich hörbar aus.

»Mein Bruder kann ein ganz schöner Kotzbrocken sein, sorry.« Archer kommt auf mich zu. Er trägt ein gelbes T-Shirt, das im Kontrast zu seinen lilafarbenen Haaren steht, die ihm wild in die Stirn fallen.

»Möchtest du einen Cupcake?«, frage ich ihn, ohne auf seine Worte einzugehen. »Sie sind noch nicht fertig, es fehlt noch das Topping, aber sie schmecken auch so.«

»Gerne. Ich muss nur gleich wieder nach vorne, der Laden ist gerade echt voll«, antwortet er mir und nimmt sich den Cupcake.

»Arbeitest du für Aidan?«

»Ja, heute ist mein erster Tag. Ich habe sein Angebot erst abgelehnt, weil ich es irgendwie uncool fand, mit meinem Bruder zusammenzuarbeiten, und weil ich weiß, dass er ziemlich streng sein kann. Das hat wohl der Job bei der Bank aus ihm gemacht.« Archer lächelt mich an. »Aber ich brauche das Geld, und die Gelegenheit war günstig. Danke übrigens für den Cupcake, Kate. Und nimm dir sein Verhalten nicht so zu Herzen. Aidan ist nicht immer so«, versichert er mir und lässt mich ratlos in der Küche zurück.

Warum ist Aidan nicht wenigstens ein Stück weit so wie Archer? Dann wäre die Zusammenarbeit mit ihm um einiges erträglicher.

Meine Pause ist vorbei und mein Kaffee leer, weshalb ich die Tasse abwasche und wieder nach vorne gehe. Ich habe in den letzten zwei Stunden in der Küche gestanden, um die Cupcakes fertig zu machen und einen neuen Kuchen zu backen. Das war nur möglich, weil Hope nach ihrem Seminar noch vorbeigekommen ist, um Mora zu helfen.

Glücklich stelle ich fest, dass der Laden richtig voll geworden ist. Fast jeder Platz ist belegt, und auch am Tresen stehen ein paar Leute in einer kleinen Schlange, um sich etwas »to go« zu holen.

»Mora? Habt ihr die Musik leiser gedreht, oder kommt es mir nur so vor?« Schon als ich die Ladenfläche betreten habe, ist mir aufgefallen, dass ich den Song, der gerade läuft, kaum hören kann.

Sie dreht sich zu mir um. Ihre Pupillen huschen nervös hin und her. Ich ahne Schlimmes. »Also ... Aidan hat gemeint, dass die Musik heute lauter sei als sonst, deshalb hat er sie leiser gestellt. Tut mir leid.« Sie sieht beschämt auf den Teller, auf dem sie gerade ein Stück Kuchen platziert hat.

»Das muss dir nicht leidtun. Alles okay.« Ich lächle sie an, doch innerlich bin ich schon wieder kurz vorm Explodieren. Bevor wir eröffnet haben, hatten Aidan und ich uns dafür entschieden, im Laden Musik laufen zu lassen. Für ein Café ist das unerlässlich, für eine Buchhandlung eher von Nachteil. Aber genau deshalb haben wir in Aidans Bereich keine Boxen angebracht und uns gemeinsam auf eine Lautstärke geeinigt, mit der wir beide leben können.

Mit erhobenem Haupt marschiere ich auf Aidan zu, der anscheinend gerade in einem Kundengespräch steckt. Am liebsten würde ich ihm direkt dazwischengrätschen, doch mein Anstand bewahrt mich davor, vor allen Leuten eine Szene zu machen.

»Was gibt's?«, fragt Aidan mit harmloser Miene, nachdem er die Kundin überfreundlich verabschiedet hat.

»Wieso machst du die Musik leiser, ohne vorher mit mir zu sprechen? Meine Kunden hören sie fast gar nicht mehr.« Ich stemme die Hände in die Hüften. Eine Geste, von der ich in letzter Zeit viel zu oft Gebrauch gemacht habe.

Er zuckt mit den Schultern. »Du warst in der Küche beschäftigt, also habe ich es allein entschieden. Es war einfach zu laut.« Dann dreht er sich um und geht.

Mit offenem Mund starre ich ihm hinterher. Wie kann man nur so dreist sein? Ich folge ihm die Wendeltreppe hinauf und nicke Lucas zu, der gerade an der Kasse steht und einen Kunden abkassiert. »Hey, ich war noch nicht fertig mit dir«, erkläre ich Aidan, greife mir den Ärmel seines weißen Pullovers und ziehe ihn hinter mir her in eine der hinteren Ecken, in der sich gerade kein Kunde befindet, der unsere Diskussion mitbekommen könnte. Ich werde garantiert nicht meinen Mund halten und alles mit mir machen lassen.

Auf seinem Gesicht erscheint der arrogante Ausdruck, der mich bereits in den Schlaf verfolgt. Seine linke Augenbraue wandert nach oben, und seine Lippen sind zu einem frechen Schmunzeln verzogen. »Könntest du dich mit deiner Standpauke bitte beeilen? Im Gegensatz zu dir habe ich viel zu tun.«

Wie eine Verrückte stampfe ich mit dem Fuß auf dem Boden auf. Ich brauche jetzt dringend einen Sandsack. Vielleicht sollte ich einen kaufen und ihn in der Küche aufhängen, um sicherzugehen, dass ich Aidan gegenüber nicht gewalttätig werde. »Die Lautstärke ist seit Tag eins immer dieselbe gewesen. Ich habe kein einziges Mal am Regler gedreht. Mora und Hope auch nicht. Wie also soll es plötzlich lauter geworden sein? Wir haben uns beim Regler auf elf geeinigt, du hast jedoch auf sieben runtergedreht. Auf sieben! Man hört so gut wie nichts mehr.« Ich bemühe mich, leise zu sprechen, was mir mehr als schwerfällt.

»Mir war es aber zu laut.« Aidan steckt die Hände in seine Hosentaschen und sieht mich herausfordernd an. Jeder zuckende Muskel in seinem Gesicht scheint mich provozieren zu wollen.

»Ich kann nicht glauben, dass Archer dein Bruder sein soll. Wie ist er so nett geworden? Seid ihr wirklich blutsverwandt?«

»Hast du Geschwister?«, fragt er mich, statt zu antworten, und rollt kurz mit den Augen.

»Nein.«

»Merkt man.«

»Wie bitte? Das musst ausgerechnet du sagen, mit deiner sozialen Inkompetenz.« Ich gehe einen Schritt auf Aidan zu und halte ihm meinen Finger mahnend vor das Gesicht.

Er grinst unverschämt. »Du erinnerst mich gerade sehr an meine Mathelehrerin aus der sechsten Klasse. Die kam auch immer mit ihrem erhobenen Zeigefinger auf mich zu und wollte mich maßregeln. Hat komischerweise nie funktioniert.« Aidan tritt nun auch einen Schritt auf mich zu, was dazu führt, dass ich meine Hand sofort runternehmen muss, um nicht sein Gesicht zu berühren.

»Du machst mich wahnsinnig. Wirklich, wirklich wahnsinnig.« Dieses Mal schaffe ich es nicht, ruhig zu bleiben. Meine Stimme wird von Wort zu Wort lauter, und die ersten Kunden blicken sich nach uns um. Auch Aidan bemerkt das und lächelt sie freundlich an, als wäre rein gar nichts passiert.

Plötzlich beugt er sich zu mir herunter, bis sich fast unsere Nasenspitzen berühren. Er riecht warm. Nach einer Mischung aus Kaminholz und frischem Aftershave. Für einen Moment vergesse ich, wo ich hier bin und was ich gerade tue. Als ich instinktiv einen Schritt nach hinten machen möchte, flüstert er mir ins Ohr: »Dann haben wir beide ja doch etwas gemeinsam.«

Ich bleibe wie angewurzelt vor ihm stehen. Mein Puls beginnt zu rasen. Diese Nähe müsste mir unangenehm sein, ich müsste vor ihr zurückschrecken. Doch aus irgendeinem verrückten Grund tue ich es nicht. Entsetzt befürchte ich, dass mich meine frühere Schwäche für Arschlöcher wieder eingeholt hat.

»Aidan?«

Ich drehe mich ruckartig in Richtung der weiblichen Stimme. Eine zierliche junge Frau mit dunklen Haaren steht nur wenige Meter von uns entfernt und wirkt nicht sonderlich erfreut über unseren Anblick.

Aidan zieht sich von mir zurück und bringt einen angemessenen Abstand zwischen uns. Er schaut auf seine Armbanduhr und anschließend zu der Frau. »Du bist früher da als vereinbart. Meine Schicht geht noch dreißig Minuten«, erklärt er ihr, ohne sie zu begrüßen.

Sie blickt zu Boden und beginnt dann bis über beide Ohren zu lächeln. »Ich war schon in der Gegend und dachte, ich schaue mal in deiner Buchhandlung vorbei und sehe dir beim Arbeiten zu. Aber anscheinend störe ich gerade.« Sie blickt mich entschuldigend an, und da verstehe ich plötzlich, was los ist. Entweder ist sie Aidans feste Freundin, oder aber die beiden haben ein Date. Das würde auch ihr schickes Outfit und den roten Lippenstift erklären. Nicht, dass man nicht ständig so rumlaufen kann, wenn einem danach ist. Aber sie erinnert mich an mich selbst. An mein altes Ich, das es geliebt hat, sich zum Ausgehen zurechtzumachen.

»Nein, Quatsch. Du störst gar nicht«, versichere ich ihr. Ich weiß nicht viel über Aidan, so wie er auch nichts von mir weiß. Doch irgendwie habe ich ihn mir in meinen Gedanken nie mit einer Freundin an seiner Seite vorgestellt. Das hat einfach nicht in das Bild gepasst, das ich von ihm habe. Aber es besteht kein Zweifel daran, dass diese Frau Aidan anhimmelt. »Ich bin Kate. Vielleicht hat dir Aidan ja von mir erzählt. Ich bin die lästige Frau, mit der er zusammenarbeiten muss«, erkläre ich, damit sie keine falschen Schlüsse zieht, nur weil Aidan sich eben zu mir gebeugt hat. »Und du bist?«

»Maddy«, antwortet sie mir in demselben Moment, in dem Aidan sagt: »Nicht deine Angelegenheit.«

»Freundlich wie eh und je. Ich lasse euch zwei dann mal allein.« Ich kehre den beiden den Rücken zu, werde jedoch das Gefühl nicht los, dass Aidans Blick mir folgt, bis ich die Treppe hinuntergehe.

Kapitel 9

Kate

»Habe ich dir eigentlich schon gesagt, wie unglaublich gut deine Muffins schmecken?« Noah sieht mich aus seinen grünen Augen begeistert an. Seine Oberlippe ist lila verfärbt, dank der Blaubeeren im Teig. Kein Wunder, nachdem er soeben den dritten verputzt hat. Wie kann man nur so viel essen und trotzdem gut gebaut sein? Obwohl ... Die Antwort ist eigentlich einleuchtend. Sport. Pfui!

»Nur etwa hundertmal, aber ich höre es auch gerne weitere hundert Mal«, antworte ich ihm und setze mich kurz an den Tisch zu Zoe und Noah. Es ist so früh am Morgen, dass ich das Gefühl habe, nicht richtig wach zu sein. Wir haben noch nicht einmal geöffnet. Zoe hat mich gestern Abend gefragt, ob sie heute zum Frühstück im Café vorbeikommen könnten, bevor sie zur Galerie gehen, um die nächste Ausstellung zu planen.

Ich schnappe mir das letzte winzige Stück von Noahs Teller und schiebe es mir in den Mund. »Zoe? Holst du mich gegen Nachmittag ab? Ich kann es kaum abwarten, dich in den verschiedenen Brautkleidern zu sehen.«

Sie nickt. »Ich bin so nervös. Wer hätte gedacht, dass ich mal in solch einem Kleid stecken würde«, erwidert sie und legt ihre

Hand auf Noahs. Meine Augen finden wie von selbst die beiden silbernen Ringe an ihren Fingern. Schlicht und doch wunderschön. Noah hat definitiv die richtige Wahl für Zoe getroffen. Einer mit dickem Klunker wäre so gar nicht nach ihrem Geschmack gewesen.

»Wie läuft es eigentlich mit Mr Grumpy?«, erkundigt sich Noah. Natürlich kennt auch er Zoes und meinen Spitznamen für Aidan.

»Frag nicht. Es ist die reinste Katastrophe. Erst gestern sind wir wieder aneinandergeraten.« Ohne dass ich es will, schießen mir Bilder durch den Kopf. Bilder, in denen er mir näher kommt, als es mir lieb ist. Bilder, bei denen ich beinahe seinen Geruch wahrnehmen kann. »Er hält sich an keine Absprache und ist unglaublich frech. Viel schlimmer sind aber seine Arroganz und dieses selbstsichere Auftreten.«

»So fangen doch die besten Romanzen an. Zoe meint, dass ...« Bevor Noah mehr sagen kann, kneift sie ihm in die Hand. »Autsch!«

»Was meint Zoe denn?«, frage ich Noah neugierig und sehe dabei meine beste Freundin an.

Sie kratzt sich im Nacken und versucht meinem Blick auszuweichen. »Ich habe nur gesagt, dass ihr gut zusammenpassen würdet. Und ich stimme Noah zu, so fangen die besten Liebesgeschichten in Büchern oder Filmen an. Ich muss es wissen, ich habe unzählige Liebesromane gelesen.«

»Dir ist schon klar, dass ich das als Beleidigung auffasse? In welcher verkorksten Welt würden Aidan und ich ein gutes Paar abgeben? Wir würden uns vermutlich gegenseitig umbringen.« Schon allein bei der Vorstellung schüttelt es mich. Es wäre sicher gelogen, wenn ich behaupten würde, dass er optisch nicht mein Fall ist. Aber was bringt einem denn gutes Aussehen, wenn der

84

Rest des Typen für die Tonne ist? Richtig, gar nichts. Und überhaupt, wir sind so unterschiedlich wie Tag und Nacht.

»Na ja, aber schau mal. Ihr seid beide ganz schön sarkastisch. Ihr lasst euch beide nichts gefallen, und ihr habt beide denselben Traum von einem eigenen Laden«, antwortet sie mir und lächelt mich beschwichtigend an.

»Das ist ja ein wunderbares Fundament für eine gemeinsame Beziehung. Ich sollte ihm nachher direkt um den Hals fallen und ihm meine unendliche Liebe gestehen. Blöd nur, dass er schon eine Freundin hat.«

»Was? Er hat eine Freundin?«, fragt mich Zoe, als wäre es das Abwegigste auf der Welt.

»Ja. Gestern kam sie ihn von der Arbeit abholen.«

»Das kann ich mir gar nicht vorstellen.«

»Eben. Wer möchte schon mit so einem Blödmann zusammen sein? Ich jedenfalls nicht. Manchmal hast du echt einen an der Waffel, Zoe.« Ich staple unsere leeren Teller und werfe einen Blick auf mein Handydisplay. Noch vierzig Minuten, bis wir öffnen.

Zoe sieht das sofort und hilft mir dabei, alles abzuräumen. »Das bleibt nicht aus, wenn man einige Jahre mit dir zusammengewohnt hat.«

Ich rolle mit den Augen und denke gleichzeitig an unsere gemeinsame Zeit zurück und daran, wie sehr ich sie vermisse. Doch irgendwann wird man erwachsen, man kann nicht für immer mit seiner besten Freundin in einer Wohnung leben. Nicht, wenn sie eine glückliche Beziehung führt und den nächsten Schritt mit ihrem Partner gehen möchte. Ich gönne es ihr von Herzen. Sie wird eine wunderbare Ehefrau abgeben und auch eine warmherzige Mutter, obwohl sie selbst nie eine gehabt hat. Wahrscheinlich wird sie es aber auch gerade deshalb besser machen. Erst neulich haben wir darüber gesprochen, dass Zoe und Noah sich zwei Kinder wünschen, sich aber noch Zeit damit lassen möchten.

»Jetzt seht zu, dass ihr rauskommt. Ich muss noch einen Kuchen backen.« Während ich die Teller in die Geschirrspülmaschine stelle, nimmt mich Zoe von hinten in den Arm.

»Weißt du, was sich nicht verändert hat?«, fragt sie mich. Ihre roten Haarsträhnen fallen mir über die Schulter und baumeln in meinem Sichtfeld.

»Du wirst es mir bestimmt gleich verraten.«

»Du riechst noch immer jeden Tag nach Himbeeren.« Sie drückt mich, als hätte sie Angst, dass ich mich ihrer Nähe entziehen könnte. Vieles hat sich verändert. In meinem Leben. An meiner Einstellung. An meinem Aussehen und auch an meinen Gedanken. Und ich wüsste nicht, an welchem Punkt ich jetzt wäre, wenn ich Zoe nicht immer an meiner Seite gehabt hätte.

»Ich hab dich lieb«, antworte ich ihr und drücke ihre Arme, die eng um meinen Bauch geschlungen sind.

»Ich hab dich auch lieb. Und jetzt ran an die Arbeit. Wir sehen uns später.« Zoe löst sich von mir und geht zu Noah, der bereits an der Eingangstür steht und auf sie wartet. Wir verabschieden uns mit einem Lächeln voneinander.

»War er schon da? Gott, ich bin viel zu spät dran. Er wird mich vierteilen und irgendwo im Wald verscharren«, höre ich Lucas' Stimme sagen. Er drängt sich durch die Eingangstür des Ladens und zieht sich in Windeseile die Jacke aus.

»War wer schon da? Meinst du Aidan? Der ist noch nicht hier gewesen«, antworte ich ihm.

»Nein, der Lieferant. Gestern hat Aidan für einen Kunden drei Bücher bestellt, die heute Morgen ankommen sollten, weshalb ich schon ab sieben Uhr im Laden sein sollte. Aber ich habe verschlafen«, erklärt er mir.

»Ich bin schon seit über einer Stunde hier, und es war noch kein Lieferant da. Also beruhig dich. Ich mache dir erst mal einen Kaffee, und dann kannst du in Ruhe auf den Lieferanten warten.« Der Vollautomat beginnt die Bohnen zu mahlen und verbreitet einen angenehmen Duft. Es gibt doch nichts Besseres als den Geruch von frischem Kaffee.

Doch bevor Lucas einen ersten Schluck trinken kann, erscheint auch schon der Lieferant an der Tür. Hektisch steht Lucas auf und nimmt die Bücher entgegen, um sie kurze Zeit später auf dem Tisch abzulegen. »Zum Glück sind sie gekommen. Aidan meinte, die Bestellung sei ziemlich wichtig, und er hätte sie auch selbst entgegengenommen, wenn er nicht einen Termin hätte.« Lucas seufzt zufrieden und lehnt sich in dem Stuhl zurück. »Vermutlich wäre ich jetzt meinen Job los, hätte ich es verpasst«, meint er und greift nach der Tasse.

Ich möchte ihm gerade sagen, dass Aidan zwar ein Arschloch ist, aber genauso auf Lucas angewiesen wie dieser auf Aidan. Doch dazu komme ich nicht. Mit einem Mal kippt die Tasse, und der komplette Kaffee läuft über den Tisch und spritzt gegen die eben eingetroffenen Bücher, die vom Verlag nicht eingeschweißt wurden.

»Scheiße!«, flucht Lucas und versucht, die Situation mit einem Taschentuch zu retten, das er sich aus der Hosentasche zieht. Ich eile zum Tresen und greife nach ein paar Servietten, um ihm zu helfen. Das hat ja gerade noch gefehlt. Gemeinsam versuchen wir, die Spuren, die der Kaffee auf den Büchern hinterlassen hat, zu beseitigen, jedoch ohne sichtbaren Erfolg. Braune Flecken ziehen sich über den Beschnitt und sind bis in die Seiten eingedrungen. »Er bringt mich um. Er wird mich einfach umbringen. Ich darf diesen Job nicht verlieren, ich brauche ihn.«

»Beruhig dich erst einmal«, rede ich auf Lucas ein und überlege fieberhaft, was wir nun tun könnten. »Wann kommt Aidan?« Vielleicht haben wir die Möglichkeit, den Kunden darüber zu informieren, dass seine Bücher erst morgen eintreffen, und können sie heute noch mal nachbestellen.

Lucas stützt die Ellenbogen auf den Tisch und vergräbt sein Gesicht in den Händen, als hätte er bereits aufgegeben und die Kündigung dankend entgegengenommen. »Ich weiß es nicht genau. Aidan meinte nur, dass er vor Mittag da sein würde«, nuschelt er in seine Hände.

»Könnten wir die Bücher nicht schnell in einer anderen Buchhandlung kaufen?« Der nächste Laden ist zu Fuß gute dreißig Minuten entfernt.

»Ich kenne keine Buchhandlung, die bereits so früh öffnet. Kommen Hope und Mora heute?«, fragt er mich und sieht endlich wieder auf. Er strafft seine Schultern und schöpft neuen Mut.

Mist. Daran habe ich gar nicht gedacht. Die beiden tauchen erst in zwei Stunden auf, bis dahin könnte Aidan da sein. »Ja, aber erst später. Das bringt uns nichts. Es kann auch keiner von uns losgehen, sobald die Läden öffnen, da ich mich um das Café kümmern muss und du dich um den Buchladen. Hast du Archers Nummer? Vielleicht kann er sie für dich besorgen oder dich kurz im Laden ablösen.«

»Leider nicht«, antwortet er, als mir plötzlich eine Idee kommt. Ich gehe zum Tresen und hole mein Handy aus der Tasche, um Zoe anzurufen. Doch auch nach dem vierten Versuch nimmt sie nicht ab, genauso wenig wie Noah.

»Okay. Weißt du was? Wir werden sagen, dass ich das war«,

schlage ich vor und lasse mich auf den Stuhl fallen. »Was soll schon groß passieren? Aidan kann mir schlecht kündigen.«

»Nein. Auf keinen Fall. Das kann ich nicht machen«, entgegnet er wie aus der Pistole geschossen. Wieso fällt es Menschen immer so schwer, Hilfe anzunehmen? Obwohl, wenn ich darüber nachdenke, bin ich auch keine Spezialistin darin.

Ich greife nach den Büchern und spaziere mit ihnen in die Küche. Lucas folgt mir. »Hör zu, wir werden Aidan Folgendes erzählen. Ich habe die Bücher entgegengenommen, während du auf der Toilette warst. Weil ich schnell nach dem Kuchen im Ofen schauen musste, habe ich die Bücher mit in die Küche genommen und dort auf dem Tresen abgelegt. Dabei bin ich gegen meine Kaffeetasse gekommen – und bämm!«

Lucas Wangen nehmen eine ungesunde Farbe an und erinnern mich an den Kirschkuchen, den ich eigentlich vor der Öffnung backen wollte. Ich sehe ihm an, dass er mit sich ringt. »Das ist wirklich kein Problem für mich. Aidan und ich geraten doch sowieso ständig aneinander. Mach dir keinen Kopf, Lucas. Aber dafür möchte ich, dass du mir in deiner nächsten Pause einen Burger aus dem Clios mitbringst.«

»Danke, Kate. Dafür kriegst du hundert Burger.«

Seit drei Stunden schon starre ich unentwegt zur Tür und warte darauf, dass Aidan den Laden betritt. Mora und Hope sind eben gekommen und haben mir die ganze Arbeit abgenommen, sodass ich mich jetzt noch viel mehr in meine Nervosität hineinsteigern kann. Ganz große Klasse.

Mein Herzschlag setzt für einen Moment aus, als meine Augen seine breiten Schultern erblicken. Er ist gerade dabei, sein Fahrrad draußen anzuschließen. Aidan dreht sich um, und mein Herz fängt an, wie wild zu galoppieren. Durch die wenigen Sonnenstrahlen, die uns London in letzter Zeit schenkt, und den Baum, der bereits seine Blätter verloren hat, wechseln sich Licht und Schatten auf Aidans Gesicht ab. Während seine Augen von der Sonne angestrahlt werden und er sie zusammenkneift, liegen seine Nase und sein Mund im Schatten.

Ich atme tief durch, als er den Laden betritt. Unter seinem Mantel trägt er ein schwarzes Hemd. Er sieht schick aus, ohne dabei spießig zu wirken. Ein leichtes Lächeln umspielt seine vollen Lippen, während er für einen winzigen Augenblick mit geschlossenen Augen dasteht. Ich möchte wegsehen, ihn nicht weiter anstarren und mich nicht fragen, was dieses warme und zugleich zögerliche Lächeln verursacht. Doch noch bevor ich dazu komme, öffnet er seine Augen wieder. Unsere Blicke treffen sich. Sein Kopf neigt sich leicht zur Seite, als würde er versuchen, in mir zu lesen. Ich könnte schwören, dass sich die Atmosphäre im Laden mit einem Mal verändert hat, dass ich seine Anwesenheit mit jeder Faser meines Körpers wahrnehme.

Ihr seid beide ganz schön sarkastisch. Ihr lasst euch beide nichts gefallen, und ihr habt beide denselben Traum von einem eigenen Laden. Vielleicht hat Zoe recht. Vielleicht sind Aidan und ich uns in gewisser Weise ähnlich. Vielleicht würden wir in irgendeinem Universum gut zusammenpassen. Aber garantiert nicht in diesem. Wieso also reagiere ich so auf ihn? Wieso werden mir seine Gesichtszüge von Mal zu Mal vertrauter, und wieso starre ich ihn an, als wäre er irgendein Phänomen, das ich ergründen möchte? Oh Himmel! Ich werde Zoe umbringen, dafür, dass sie mir solche Flausen in den Kopf gesetzt hat.

Reiß dich zusammen, sage ich mir immer wieder in Gedanken, während ich zwei Schritte auf Aidan zugehe. »Kommst du kurz mit ins Büro?« Es ist mehr eine Aufforderung als eine Frage. Ohne eine Antwort folgt er mir schweigend in den kleinen Raum. Er schließt die Tür hinter sich, und ich werde von Sekunde zu Sekunde unruhiger. Mit dem Rücken zu ihm nehme ich die versauten Bücher in die Hand und hoffe, dass er sie noch nicht gesehen hat.

»Also ...« Ich fange im selben Moment an zu reden wie Aidan.

»Was gibt es?«, fragt er. Seine Stimme klingt müde und erschöpft; ganz anders als sonst.

Ich drehe mich um und schaue ihm ins Gesicht. Unter seinen braunen Augen sind leichte Schatten zu erkennen, die mir vorhin auf Distanz nicht aufgefallen waren. Was ihm wohl den Schlaf geraubt hat? Oder hat er einfach einen anstrengenden Vormittag hinter sich? Bevor ich mir weiter Gedanken darüber machen kann, steht er plötzlich unmittelbar vor mir und reißt mir die Bücher aus der Hand.

»Kate.« Mein Name klingt aus seinem Mund so fremd. »Was ist das?« Er dreht und wendet die Exemplare in seinen Händen.

»Der Lieferant kam, als Lucas auf der Toilette war, also habe ich die Bücher angenommen und nur ganz kurz in der Küche abgelegt. Weil ich schnell nach meinem Kuchen schauen musste. Dabei bin ich gegen meine Kaffeetasse gestoßen«, erkläre ich ihm und werde von Wort zu Wort leiser, weil ich sehen kann, wie der Zorn in ihm heranwächst. Seine Augen werden schmal, und seine Stirn legt sich in Falten, als er die rechte Augenbraue nach oben zieht.

»Du hast was?«

»Es tut mir leid.« Vielleicht war es doch keine gute Idee, die Schuld auf mich zu nehmen. Zwar kann Aidan mich nicht auf die Straße setzen, aber er kann mir dennoch meine Zeit hier zur Hölle machen. Mehr, als er es sowieso schon tut.

Er legt die Bücher zurück auf den Tisch und atmet laut aus, als müsste er Dampf ablassen.

Ich habe alles gesagt, was es zu sagen gibt. Lucas wird keinen Ärger bekommen, und Aidan weiß nun, was mit der Lieferung passiert ist. Meine Aufgabe hier ist erledigt, und wenn ich Glück habe, dann nimmt er es mir nicht einmal so übel, wie ich befürchtet habe.

Eine gefühlte Ewigkeit herrscht absolute Stille zwischen uns. Aus irgendeinem Grund halte ich diese Stille nicht aus. Ich gehe an ihm vorbei und möchte gerade die Tür öffnen, da greift er plötzlich nach meinem Oberarm.

Ich zucke zusammen. Mein Herz rutscht mir in die Hose. Er tut mir nicht weh, er drückt nicht zu, er zerrt nicht an mir. Und obwohl ich weiß, dass er mir nichts Böses will, macht sich dieses eklige Gefühl in mir breit, das mich ständig daran hindert zu vergessen.

»Ich könnte dich dafür anschreien. Ich könnte dir unterstellen, dass du das mit Absicht gemacht hast, und mich revanchieren.« Die Wut, die ich eben noch in seinem Gesicht erkennen konnte, verwandelt sich in etwas anderes; etwas Weicheres.

»Tu dir keinen Zwang an, wenn es das ist, was du willst«, entgegne ich ihm. Es wäre nicht das erste Mal, dass wir lauthals miteinander diskutieren.

Mit einem Seufzer lässt er mich los, und ich habe für einen Augenblick das Gefühl, ins Wanken zu geraten. Warum verhält er sich so merkwürdig? Warum schimpft er nicht? Warum erklärt er mir nicht den Krieg? Ich habe mit allem gerechnet, aber nicht mit diesem Schweigen.

Ich öffne die Tür, um endlich aus diesem kleinen Raum zu verschwinden, in dem die Luft langsam knapp wird. Doch bevor ich das Büro verlassen kann, schießt Aidans Arm an mir vorbei und drückt die Tür wieder ins Schloss. Das ist der Moment, in dem ich Angst bekommen sollte. Meine Hände sollten zu schwitzen beginnen, meine Alarmglocken sollten laut in meinen Ohren läuten und mein Kopf auf Flucht schalten.

Langsam drehe ich mich um, spüre das Holz in meinem Rücken und Aidans Blick auf mir. Und ja, ich habe Angst. Jedoch keine Angst vor ihm. Ich habe plötzlich Angst, mich in seinen Augen zu verlieren. »Wieso machst du das?« Seine Stimme ist nicht mehr als ein Flüstern.

»Wieso ...« Ich komme ins Stottern. »Wieso mache ich was?« *Eins, zwei, drei. Eins, zwei, drei. Eins, zwei, drei. Beruhig dich, Kate.*

»Wieso lügst du?«

Ich schnappe nach Luft. Woher weiß Aidan, dass ich lüge? Hat Lucas etwas gesagt? Weshalb hat er mich vorher nicht gewarnt? Das ergibt keinen Sinn.

Seine Handfläche ruht noch immer über mir auf der Tür. Er beugt sich zu mir herunter und kommt mir so nah, dass wir dieselbe Luft einatmen. »Lass mich nur verstehen, wieso. Erklär es mir, Kate. Wieso lügst du?« Mein Blick tastet sein Gesicht ab und bleibt an dem kleinen Muttermal unter seinem Auge hängen. Jeder Zentimeter meines Körpers steht unter Anspannung.

»Ich ... lüge nicht«, antworte ich ihm schließlich, weil ich mir nicht die Blöße geben möchte und Lucas beschützen muss. Vielleicht meint er auch gar nicht die Bücher, sondern irgendwas anderes.

Seine linke Augenbraue hebt sich, und ein Schmunzeln erscheint auf seinen Lippen. »Du hast gesagt, du hättest die Bestellung vom Lieferanten entgegengenommen.«

Ich nicke hastig. Öfter, als es nötig wäre. Doch zu etwas anderem bin ich nicht in der Lage.

»Auf mein Handy bekomme ich eine E-Mail, sobald eine Bestellung abgegeben wird, in der steht, wer sie angenommen hat. Und ich glaube nicht, dass du Lucas Meyer heißt. Also erklär mir bitte, wieso du so etwas behauptest.« Er zieht seinen Arm zurück und streift dabei leicht meine Schulter. Ich verliere den Verstand. Anders kann ich mir nicht erklären, wieso ich bei seinem Anblick vergesse, zu atmen, zu reden, zu denken.

Sofort bringe ich Distanz zwischen uns und setze mich auf den Bürostuhl. »Wenn ich es dir sage, versprichst du mir etwas?« Er darf auf keinen Fall Lucas feuern. Fehler passieren, und diese Lüge ist auf meinem Mist gewachsen und nicht auf seinem. Ich vermeide jeglichen Blickkontakt mit Aidan und konzentriere mich auf den losen Faden meines grauen Strickpullis.

»Nein«, antwortet er und setzt sich mir gegenüber. Ich brauche nicht hochzuschauen, um festzustellen, dass er mich direkt ansieht. Ich spüre es. Als würden seine Augen Abdrücke auf meinem Körper – auf meiner Haut – hinterlassen.

»Dann habe ich dir nichts zu sagen.« Ich muss hier raus. Einfach nur weg.

Ruckartig stehe ich auf und verlasse den Raum. Ich reiße meine Jacke vom Haken und hole meine Tasche hinter der Theke hervor. Ohne mich von Mora und Hope zu verabschieden, verschwinde ich nach draußen. Ich brauche Luft.

Kapitel 10

Aidan

Es ist drei Tage her, dass ich Kate zur Rede gestellt habe. Noch während ich mit Cookie und Brownie beim Tierarzt zur jährlichen Kontrolle war, habe ich eine E-Mail bekommen, dass Lucas die Buchbestellung vom Lieferanten unterzeichnet hat. Umso mehr machte es mich stutzig, als Kate behauptet hat, sie hätte die Bücher entgegengenommen. Als sie mir dann nicht einmal sagen wollte, weshalb sie gelogen hat, war ich wütend und verwundert zugleich.

Bis ich Lucas mehr oder weniger dazu gezwungen habe, mir die Wahrheit zu sagen. Es war nicht Kates Schuld, dass ich dem Kunden mitteilen musste, dass sich seine Bestellung verzögert. Sie wollte Lucas lediglich in Schutz nehmen, und ich frage mich immer noch, wieso. Ich hätte es besser gefunden, wenn ihr das Missgeschick wirklich passiert wäre, um einen Grund zu haben, sauer auf sie zu sein.

Doch seit etwas mehr als zweiundsiebzig Stunden haben wir kein einziges Wort mehr miteinander gewechselt. Es wirkt beinahe so, als würde sie mir aus dem Weg gehen. Nicht, dass wir uns vorher in die Arme gefallen wären und uns überschwänglich begrüßt hätten, aber nun weicht sie sogar meinen Blicken aus. Es sollte mir egal sein, dummerweise ist es das aber nicht. Ich habe keinen blassen Schimmer, was das soll, und es beschäftigt mich.

»Woran denkst du?« Archer dreht den Kopf in meine Richtung. Seine Haare sind nicht mehr lila, stattdessen leuchten sie in einem kräftigen Blau. Unter all den Menschen hier am Piccadilly Circus sticht er gerade am meisten aus der Masse heraus. Wir stehen an der Straßenkreuzung und warten darauf, dass die Ampel grün wird.

»An gar nichts«, antworte ich ihm und schiebe meine Hände in die Manteltaschen. Mit dem Dezember ist auch die eisige Kälte über London hereingebrochen. Es ist so windig, dass mir das Ende meines schwarzen Schals um die Ohren fliegt. Archer hingegen trägt eine Jeansjacke und darunter einen grauen Hoodie. Ich habe jahrelang die Mutter raushängen lassen, bis er mich mit siebzehn angeschrien hat, wie sehr es ihn nerve. Seitdem versuche ich darauf zu vertrauen, dass er weiß, was das Richtige für ihn ist. Ich würde es auch nicht gutheißen, wenn mir jemand vorschreiben will, was ich zu tun und zu lassen habe.

»Dafür, dass du an gar nichts denkst, siehst du ganz schön nachdenklich aus, Brüderchen.« Er stößt seine Schulter gegen meine und bringt mich leicht zum Taumeln. Wann ist er so groß geworden, dass wir auf Augenhöhe sind? Habe ich durch Fiona wirklich so viel verpasst?

»Wenn du mich noch einmal Brüderchen nennst, dann entlasse ich dich wieder«, drohe ich ihm. Er hat einen Job gesucht und ich eine Teilzeitkraft. Cora, bei der Archer zurzeit wohnt, hat mich beinahe dazu gezwungen, ihn bei mir arbeiten zu lassen. Also habe ich schlussendlich zugestimmt.

An der Shaftesbury Memorial Fountain tummeln sich viele Gruppen Jugendlicher, die allesamt damit beschäftigt sind, auf ihre Smartphones zu schauen. Ich frage mich, wie die Leute ohne diese blöden Dinger klarkommen würden oder ob sie es überhaupt könnten. Ich war gerade sechzehn geworden, als das erste iPhone rauskam. Heutzutage haben die Kinder schon mit acht Jahren ein Apple-Gerät in den Händen. Während wir damals in Wäldern Fangen oder Verstecken gespielt haben, spielen die meisten Kinder heutzutage irgendwelche Games auf dem Handy. Die leuchtenden Reklametafeln erhellen die Umgebung. Egal wie voll, hektisch und grau London auch ist, man findet überall ein buntes Fleckchen, und dafür liebe ich diese Stadt.

In der Denman Street angekommen, strahlt uns die riesige Werbung für das Musical *Moulin Rouge* im Piccadilly Theatre entgegen. Da Cora bald Geburtstag hat, wollten wir ihr drei Karten für das Musical schenken und gemeinsam mit ihr hingehen, auch wenn Archer und ich nicht ansatzweise so große Fans wie Cora sind. Es war schon schwierig, ein Musical zu finden, das sie noch nicht gesehen hat.

»Manchmal bist du wirklich altmodisch, Aidan. Wir hätten die Karten auch im Internet bestellen können.«

»Wieso? Man muss nicht immer alles online kaufen. Man kann zum Beispiel in ein Theater gehen und dort Karten kaufen«, erkläre ich etwas vollkommen Offensichtliches, schließlich sind wir gerade dabei, genau das zu tun.

»Hallo, Kate!«, ruft Archer über die komplette Straße und zieht damit nicht nur ihre Aufmerksamkeit auf sich, sondern auch die der anderen Passanten, die uns nun einen genervten Blick zuwerfen. Mein Bruder rennt auf Kate zu und zieht sie in eine Umarmung, als würden sie sich schon Ewigkeiten kennen.

Ihre blonden Haare sind zu einem Zopf geflochten und zur Seite gebunden und legen ihr rundliches Gesicht frei, das mich immer an süße Pancakes erinnert. Als ich den beiden langsam näher komme, sehe ich, wie ihre Wangen eine tiefere Farbe annehmen.

Weil keiner von uns den anderen begrüßt, übernimmt Archer das Reden für uns. »Was für ein cooles Fahrrad. Ist das ein Hollandrad?«, fragt er sie und fährt mit den Fingern über den Lenker. Ich frage mich, seit wann sie nicht mehr zu Fuß zur Arbeit geht. Hat sie sich das Fahrrad neu gekauft? Und wieso haben Archer und ich sie nicht gesehen? Wir müssten vor ihr losgegangen sein, wenn sie gefahren ist.

Ich schüttle leicht den Kopf und versuche, diese sinnlosen Gedanken zu vertreiben. Es sollte mir egal sein, wie sie zur Arbeit kommt oder seit wann sie nicht mehr zu Fuß geht. Das Einzige, das mir nicht egal sein sollte, ist unser Wettstreit. Wir haben uns darauf geeinigt, demnächst das erste Mal unsere Einnahmen zu vergleichen. In nur wenigen Tagen ist es so weit.

Einzuschätzen, wer von uns bisher am erfolgreichsten ist, ist schwerer, als ich es mir vorgestellt habe. Ich verkaufe viele Bücher am Tag, aber ich habe auch viele Kunden, die sich nur umsehen und dann wieder gehen, ohne auch nur ein Pfund auszugeben. Kates Kunden hingegen sind immer zahlende Kunden. Es kommt niemand in ein Café, sieht sich die Auswahl an Spezialitäten an und geht dann mit leeren Händen. Vor allem dann nicht, wenn es eine riesige Auswahl gibt und die Backwaren auch noch gut schmecken. Ich würde mir niemals etwas bestellen, wenn Kate da ist, und damit zugeben, dass ich ihre blöden Cupcakes und Kuchen mag. Doch wenn sie nicht da ist, habe ich keine Lust, in ein anderes Café zu gehen, um mir einen guten Kaffee oder Ähnliches zu holen. Schon vor Wochen habe ich Mora überredet, mir zu versprechen, Kate nichts davon zu sagen. Bei Hope hätte das nie funktioniert, sie ist genauso dickköpfig wie ihre Chefin.

Kate und Archer unterhalten sich weiter über das Fahrrad,

während ich den Laden aufschließe und im Büro verschwinde. Die beiden verstehen sich so gut, dass ich das vielleicht zu meinem Vorteil nutzen kann. Archer könnte ihr Vertrauen gewinnen und so vielleicht an Informationen kommen, die mir sagen, wie gut meine Chancen stehen zu gewinnen. Denn wenn ich eines auf keinen Fall möchte, dann ist es, diese Immobilie aufzugeben. Ja, Barney hätte Kates Café geliebt, aber noch viel mehr hätte er gewollt, dass ich meinen Traum in seinem Laden wahr werden lasse.

»Die ist so cool.« Archer betritt das Büro und knallt die Tür zu. Lässig setzt er sich auf den Stuhl mir gegenüber und sieht mich erwartungsvoll an.

»Wer?«

»Na, deine Kollegin. Kate.« Er faltet die Hände auf der Tischplatte, als würde er beten, und beginnt bis über beide Ohren zu grinsen. »Ein bisschen wie du. Nur in Weiblich und Hübsch.«

»Das mit den Komplimenten üben wir noch mal, wenn du hier wirklich arbeiten willst. Apropos arbeiten, wir machen bald auf. Kannst du schauen, ob alles ordentlich ist? Ich werde noch einige E-Mails beantworten und Bestellungen überprüfen.« Mit einem Knopfdruck fährt der PC hoch und beginnt laut zu brummen. Es ist wirklich an der Zeit, diese alte Kiste, die Cora uns überlassen hat, gegen ein neues Gerät auszutauschen.

Archer lässt mich allein zurück. Obwohl ich mich eigentlich in die Arbeit stürzen wollte, beschließe ich, dass diese noch etwas warten kann. Durch die angelehnte Tür höre ich, wie Lucas eintrifft. Und ich meine auch Moras Stimme zu hören.

Mit einem Seufzen lehne ich mich zurück und starre an die Zimmerdecke. Wenn Kate nicht meine Konkurrentin wäre, würde ich sie dann mit anderen Augen sehen, so wie Archer? Manchmal beobachte ich sie, während sie die Kunden bedient, und denke an eine Zeit, an die ich nicht mehr denken will. Kate hat nichts mit Fiona gemeinsam. Und doch reichen ihre blonden Haare aus, um mich an meine Ex-Frau zu erinnern.

Dass alle Frauen, mit denen ich mich treffe, dunkle Haare haben, ist kein Zufall. Es kommt zwar nicht regelmäßig vor, dass ich mich auf ein Abenteuer einlasse, aber wenn doch, dann wissen die Frauen immer, woran sie bei mir sind. Ich habe kein Interesse an einer Beziehung, an Liebe und all dem Mist, den diese Gefühle mit sich bringen.

Ich habe Fiona schon früh kennengelernt. Mit fünfzehn, um genau zu sein. Von da an waren wir ein Paar, bis ich sie mit einundzwanzig Jahren gefragt habe, ob sie meine Frau werden möchte. In diesem Moment hat es sich für mich wie das einzig Richtige angefühlt. Im Nachhinein weiß ich, dass ich schon damals Zweifel an unserer Beziehung hatte, dass sie immer nur genommen hat, ohne zu geben. Doch ich war ihre Anwesenheit gewohnt und konnte mir nicht vorstellen, allein zu sein. Hätte ich doch nur früher den Mut gehabt, diese Beziehung zu beenden.

»Ja, ich komme«, höre ich Kate im Flur rufen. Mit hastigen Schritten eilt sie über den Holzboden.

Ein Blick auf die Uhr, und mir wird plötzlich bewusst, dass der Laden bereits geöffnet hat und ich noch nichts geschafft habe, außer in Gedanken zu schwelgen. Doch vielleicht ist es ganz gut, wenn Archer mit Lucas allein ist und ich mich nicht einmische. Ich möchte nicht den belehrenden großen Bruder raushängen lassen. Gleichzeitig ist es aber natürlich wichtig, dass er alles richtig macht.

Als Lucas mir erzählte, wer die Bücher mit Kaffee übergossen hatte, habe ich mich gefragt, ob Kate wirklich geglaubt hat, dass ich ihn feuern würde? Ja, ich bin eventuell ein wenig streng mit ihm, aber wegen so etwas würde ich ihn doch nicht auf die Straße setzen. Dafür macht er seinen Job viel zu gut. Ich möchte nur sichergehen, dass uns keine Fehler unterlaufen und ich meinen großen Traum nicht gegen die Wand fahre. Dazu gehört auch, durchgreifen zu können.

Heute Morgen hätte ich beinahe verschlafen, nur dank des penetranten Klingelns von Archer bin ich wach geworden und musste mich schnell fertig machen. Da blieb weder Zeit für einen Kaffee noch für ein Frühstück. Wäre Kate nicht da, würde ich mir bei Mora etwas holen, aber diese Blöße gebe ich mir nicht. Es ist schlimm genug, dass sie tatsächlich köstlich backen kann. Das erklärt den Andrang an Kunden. Sie ist eine harte Konkurrentin.

Ob ich mich kurz nach hinten wagen soll? Mein Magen knurrt wie verrückt. Vielleicht finde ich etwas Essbares im Kühlschrank, das ich mir nehmen kann, ohne dass es Kate auffällt.

Ich stehe auf und schleiche mich durch den Flur in die Küche. Mitten auf dem frei stehenden Tresen entdecke ich ein Tablett mit köstlich duftenden Muffins. Es riecht nach frischen Beeren und Schokolade. Wie aufs Stichwort beginnt mein Bauch erneut zu knurren. Sie wird mich umbringen, wenn ich mir einen nehme. Vielleicht würde es ihr aber auch gar nicht auffallen. Schnell zähle ich sie durch. Achtzehn Stück.

Ich schnappe mir einen und beiße ab. Die Schokolade schmilzt in meinem Mund, und der Teig ist so weich, dass er förmlich auf der Zunge zergeht. Zufrieden schließe ich die Augen und genieße die Geschmacksexplosion. Ich habe schon viel Leckeres gegessen, aber Kates Gebäck übertrifft leider alles. Wo hat sie nur so backen gelernt?

Ein leises Schniefen und tapsende Schritte dringen an mein Ohr. Ich drehe mich mit vollem Mund und dem Muffin in der Hand um. In meiner Vorstellung hat Kate die Hände in die Hüften gestemmt, die Augenbrauen zusammengezogen und ein vor Wut rot angelaufenes Gesicht, weil ich mich mal wieder ungefragt bedient habe. Doch die Realität sieht anders aus. Mir rutscht das Herz in die Hose.

Kates Schultern zittern, ihre Unterlippe bebt, und ihre Augen füllen sich mit Tränen. Ihrem Gesicht ist anzusehen, dass sie dagegen anzukämpfen versucht. Sie schaut mich nicht an, stattdessen fixiert sie den Fußboden, als würde sie nur darauf warten, dass sich ein Loch vor ihr auftut, in dem sie verschwinden kann.

Ich mache einen Schritt auf sie zu und warte darauf, dass sie sich umdreht und aus der Küche stürmt. Stattdessen steht sie wie angewurzelt da.

Was wohl der Grund für ihre Tränen ist? Obwohl ich noch nie gut darin war, jemanden zu trösten, und normalerweise lieber die Flucht ergreife, stehe ich hier und verspüre den Drang, sie in den Arm zu nehmen. Ich zögere, halte mir vor Augen, dass ich nicht ihr bester Freund bin, sondern ihr Konkurrent. »Ist alles okay?«

Was für eine dumme Frage. Ich sehe, dass gar nichts okay zu sein scheint. Als ich zur Antwort ein noch lauteres Schluchzen höre, überwinde ich die Distanz zwischen uns und ziehe sie an den Schultern zu mir. Ich bin mir nicht sicher, womit ich gerechnet habe. Wahrscheinlich damit, dass sie mich von sich stößt, aber garantiert nicht damit, dass sie ihre Arme um meinen Oberkörper schlingt und ihr Gesicht in meinem Pullover vergräbt.

Meine Hände landen wie von selbst auf ihrem Rücken und streichen über den weichen Stoff ihres karierten Hemdes. Mein Herz fängt an, wie wild in meiner Brust zu schlagen. Abgesehen davon, dass das gerade der falsche Moment ist, um irgendeine Art von Gefühl zu entwickeln, ist es vor allem auch die falsche Person. Dass ich ausgerechnet Kate in den Armen halte und sie sich immer enger an mich drückt, ist alles andere als optimal.

Schließlich löst Kate sich aus meiner Umarmung. »Es ... es tut mir leid«, flüstert sie stockend. Ich frage mich, ob es an den Tränen liegt, dass das Braun ihrer Augen viel heller wirkt als sonst. Schwarze Streifen ziehen sich über ihr Gesicht und machen nur allzu deutlich, dass sie eben geweint hat. Wieso ist mir dieser Anblick nicht egal? Ich möchte nichts fühlen. Weder Mitleid noch sonst irgendwas.

»Ich habe einen deiner Muffins gegessen«, erkläre ich aus heiterem Himmel, um vielleicht doch noch die wütende Kate hervorzulocken. Alles ist besser, als sie so traurig zu sehen. Der Anblick reißt etwas in mir auf.

Ihr Blick fällt sofort auf das Tablett und den angebissenen Muffin, den ich vorhin auf dem Tresen abgelegt habe. Und dann sieht sie mich an. Zu lange. Viel zu lange. Sag etwas, Kate. Brüll mich an. Sei sauer auf mich. Reiß mir meinetwegen den Kopf ab, aber hör auf, mich so anzusehen.

»Können wir das einfach vergessen?«, fragt sie mich und zieht mit den Fingern an den Ärmeln ihres Hemdes. »Ich vergesse, dass du einen Muffin geklaut hast, und du vergisst, dass du ...« Sie sieht zu Boden, und am liebsten würde ich sie erneut in den Arm nehmen. »... du vergisst, dass du mich so gesehen hast«, beendet sie ihren Satz und betrachtet die dunklen Flecken, die sie beim Weinen auf meinem hellen Pullover hinterlassen hat. »Tut mir leid.« Sie würdigt die Muffins keines Blickes, bevor sie sich umdreht, um die Küche zu verlassen.

Ich sollte etwas sagen, irgendwas. Doch kein einziges Wort verlässt meine Lippen. Mit hängenden Schultern und gesenktem Blick geht Kate in Richtung Tür. »Warte!«

Sie bleibt stehen und dreht sich wie in Zeitlupe um. Scheiße! Sah sie schon immer so wunderschön und zugleich so zerbrechlich aus?

»Wenn es wegen des Pullovers ist, den ich mit meinen Tränen

versaut habe, tut es mir wirklich leid. Ich komme gerne für die Reinigung auf. Und, Aidan? Vergiss bitte nicht nur, dass ich geweint habe, vergiss am besten auch gleich, dass wir uns umarmt haben.«

»Der Pullover ist mir egal.« Am liebsten würde ich ihr noch sagen, dass sie mir auch egal ist. Doch ich bin mir nicht sicher, ob das der Wahrheit entspräche. »Geht es dir gut?«, frage ich sie stattdessen.

»Nein, aber das ist okay«, antwortet sie mir, und ein Lächeln erscheint auf ihrem Gesicht. Ein Lächeln, das viel zu viel Schmerz ausdrückt. Sie wendet sich ab und geht.

Minutenlang stehe ich reglos da und starre die Tür an, hinter der Kate soeben verschwunden ist. »Ist es nicht«, flüstere ich und hasse mich dafür.

Kapitel 11

Kate

»Wie weit bist du mit deiner Hausarbeit?«

»Ist das dein Ernst, Rachel? Wir sind auf einer Party, und du denkst an die blöde Hausarbeit? Entspann dich. Hab Spaß«, antworte ich meiner Kommilitonin, die innerhalb der letzten Monate zu einer guten Freundin geworden ist.

Rachel ist das komplette Gegenteil von mir. Ruhig. Zurückhaltend. Schüchtern. Trotzdem haben wir uns ab dem Moment gut verstanden, als sie sich im ersten Kurs für den Studiengang Business Administration neben mich gesetzt hat. Vielleicht hätte sie sich woanders hingesetzt, hätte sie gewusst, dass ich sie die ganze Zeit über zutexten würde. Glück gehabt, dass man mir mein Plappermaul nicht ansieht.

Wir brechen beide in lautes Gelächter aus. Die Gläser in unseren Händen sind nicht die ersten, die wir heute leeren. Den einen oder anderen Drink haben wir uns bereits gegönnt.

Die letzten Wochen waren furchtbar anstrengend. Ich habe so viel gelernt wie in meinem kompletten bisherigen Leben noch nicht. Mir qualmte täglich der Kopf, und hätte ich Rachel nicht gehabt, die mich immer wieder ermutigt und mir geholfen hat, dann wäre ich wahrscheinlich heulend zusammengebrochen. Ich kann mich wirklich glücklich schätzen, einen solch wertvollen Menschen getroffen zu haben, und das gleich zu Beginn meiner Unizeit. Ohne sie würde dieses langweilige und zähe Studium überhaupt keinen Spaß machen. Meine Wahl ist nur auf das Fach BWL gefallen, weil ich unbedingt mein eigenes Café führen möchte. Meine Eltern meinten, es sei sicher hilfreich, ein wenig Erfahrung in Betriebswirtschaft zu sammeln, um mich auf die Selbstständigkeit vorzubereiten.

Ich war für meine Verhältnisse viel zu lange nicht mehr aus. Ich möchte den Kopf abschalten und endlich mal wieder feiern, tanzen und Spaß haben. Dass Rachel mit mir gekommen ist, gleicht beinahe einem Wunder. Ich habe schon oft versucht, mit ihr tanzen zu gehen, doch sie hat immer abgeblockt und wollte lieber etwas für die Uni tun oder einen gemütlichen Abend daheim verbringen. Doch dieses Mal hat sie mir eine Freude machen wollen. Ich war so überrascht, dass ich ihr kreischend in die Arme gefallen bin.

»Schau mal, da ist Sam«, sagt Rachel, und ich folge ihrem Blick.

An den Türrahmen gelehnt steht Samuel, mein ... was eigentlich? Wir sind nicht zusammen, zumindest haben wir nie darüber gesprochen. Ehrlich gesagt weiß ich nicht, ob ich für eine Beziehung bereit bin. Ich glaube nicht, dass ich starke Gefühle für ihn aufgebaut habe, und ob das noch kommt, steht in den Sternen. Er ist beliebt an der Uni, nett, höflich und sieht gut aus. Wir haben Spaß zusammen, mehr aber auch nicht. Ich würde unser Verhältnis nicht einmal als Freundschaft plus bezeichnen. Eher als Bekanntschaft plus. Wow, das klingt verbittert. Aber nach meiner letzten Beziehung habe ich beschlossen, mich nicht sofort wieder in eine neue Partnerschaft zu stürzen. In der Vergangenheit habe ich mich viel zu oft und vor allem viel zu schnell verknallt. Ich habe mir geschworen, dass mir das nicht wieder passiert.

Schmunzelnd kommt Samuel auf uns zu. Mit seinen dunklen Haaren, den breiten Schultern und dem hübschen Gesicht ist er optisch eigentlich genau mein Typ. Er bleibt vor mir stehen und nimmt eine meiner Haarsträhnen zwischen die Finger. »Du siehst heute mal wieder atemberaubend aus.«

Während Rachel neben mir schwärmerisch zu seufzen beginnt, möchte ich am liebsten loslachen. Süßholz raspeln kann er auf jeden Fall gut.

»Danke, du siehst auch nicht schlecht aus«, antworte ich stattdessen grinsend. Seine Lippen verziehen sich zu einem Schmunzeln, und er möchte gerade etwas sagen, als ein alter Song aus den Neunzigerjahren aus den Boxen dringt. Sofort wünsche ich mir, Zoe wäre jetzt hier. Wir lieben es, zu Liedern aus diesem Jahrzehnt zu tanzen. Und weil ich viel zu lange nicht mehr die Hüften geschwungen habe, ergreife ich Rachels Hand. »Tut mir leid, Sam. Wir sehen uns später bestimmt noch mal.«

»Hey ...«, höre ich ihn rufen, während ich Rachel in Richtung der tanzenden Menge im Garten ziehe. Bunte Lichterketten hängen an den Bäumen, und auch einzelne Laternen spenden auf der großen Grünfläche etwas Licht.

»Ich kann nicht tanzen, Kate.« Rachel bemüht sich, leise zu sprechen, damit niemand um uns herum mitbekommt, was sie sagt. Dabei wäre es dafür sowieso viel zu laut. Ich selbst habe schon Mühe, sie zu verstehen.

»Das ist egal. Ich kann auch nicht tanzen, aber das hindert mich nicht daran, es zu tun. Glaub mir, das wird dir guttun.« Ich beginne mich im Takt der Musik zu wiegen und versuche, die Leute um mich herum komplett auszublenden. Auch Rachel bewegt sich zum Song, obwohl es noch sehr zaghaft aussieht und ihr Blick immer wieder umherstreift. Ich nehme ihre Hände und drehe mich unter ihren Armen hindurch. Nicht gerade die Art, wie die meisten Leute auf Partys tanzen. Doch wen kümmert es, ob wir von außen betrachtet affig aussehen. Ich habe Spaß. Und Rachels Lächeln nach zu urteilen, hat sie den auch.

So vergeht fast eine ganze Stunde, in der Rachel immer lockerer wird und wir um die Wette tanzen. Völlig erschöpft schleppe ich mich nach drinnen, um uns beiden ein Glas Wasser zur Abkühlung zu holen.

»Wo möchtest du hin?« Samuel steht plötzlich vor mir, mit zwei Gläsern in den Händen, und sieht mich verschmitzt an. Sein Blick bleibt an meiner Schläfe hängen, wo sich einzelne Haarsträhnen durch den Schweiß an die Haut geheftet haben.

»Ich hole uns etwas zu trinken«, antworte ich ihm und schaue über die Schulter in den Garten hinaus. Cameron, Samuels bester Freund, steht bei

Rachel und textet sie zu. Wir haben einige Kurse gemeinsam, und schon da ist mir aufgefallen, dass er sie häufig beobachtet. Ich mag Samuel, aber Cameron wirkt etwas aufdringlich auf mich.

»Orangensaft? Den magst du doch so gern. Rachel kann den anderen haben.« Er deutet auf die Gläser in seiner Hand, die von außen feucht beschlagen sind. Kleine Wasserperlen laufen daran hinunter. Dankbar greife ich zu. Ich habe so großen Durst, dass ich mit nur wenigen Schlucken das komplette Glas leere. Seine grauen Augen weiten sich. »Du scheinst ja fast verdurstet zu sein«, sagt er und strahlt mich an.

Alles um mich herum dreht sich. Mir ist schwindelig und heiß. Es fühlt sich an, als würden Tausende Ameisen unter meiner Haut krabbeln. Mein Blick ist verklärt, und ich kann nur unscharfe Formen erkennen. Habe ich zu viel getrunken?

Plötzlich spüre ich etwas anderes auf meiner Haut. Etwas streicht darüber. Hände. Hände, die die Träger meines Kleides herunterziehen, während feuchte Lippen meinen Hals hinabwandern und über mein Dekolleté streichen.

Ich versuche, mich zu orientieren. Bin ich noch mit Samuel auf der Party? Habe ich ihm vielleicht betrunken falsche Signale gesendet? Ein ungutes Gefühl macht sich in meinem Bauch breit.

Ich will meinen Arm heben und die Hände von mir wegschieben. Doch es passiert nichts. Ich kann meine Glieder nicht bewegen. In meiner Vorstellung beginne ich zu schreien und um mich zu schlagen. Doch in Wirklichkeit liege ich nur reglos da.

Meine Sinne scheinen schärfer zu werden. Ich höre alles viel deutlicher. Das laute Atmen des Mannes, der mit seinem vollen Gewicht auf mir liegt. Meinen eigenen Herzschlag, den ich noch niemals zuvor so intensiv wahrgenommen habe. Selbst meinen Puls höre ich klar und deutlich in meinen Ohren rauschen. Ein beängstigendes Geräusch.

Wo bin ich? Durch die Beleuchtung der Laternen draußen erkenne ich nur vage Umrisse. Ich starre an die Zimmerdecke, die mir endlos schwarz vorkommt.

Und plötzlich sehe ich das Gesicht, das nur Zentimeter von meinem entfernt ist. Unsere Blicke treffen sich. Ich spüre die Tränen, die sich ansammeln, spüre, wie sie meine Wange hinunterlaufen und in dem Stoff unter mir versickern.

Wieso? Ich versuche erneut zu schreien, doch nichts passiert. Ich bin wie gelähmt. Hör auf, hör auf, hör auf. Immer wieder wiederholen sich die Worte in meinem Kopf.

»Fuck!« Samuel wendet den Blick von mir ab und dreht mich auf den Bauch, sodass ich ihn nicht mehr ansehen kann. Mein Arm reißt dabei ein Glas zu Boden, das in tausend Einzelteile zerspringt. Ich lande mit meiner Wange auf einem Kissen und sehe, dass wir nicht allein sind.

Mit einem Mal höre ich ihn. Den Schrei. Er ist nur in meinem Kopf und doch so laut und deutlich. Ich schreie. Ich wimmere. Ich flehe. Innerlich.

»Ich kann das nicht«, sagt Samuel, und mir wird klar, dass er nicht mit mir spricht. Wenige Sekunden später verschwindet das Gewicht von meinem Körper, und ich höre eine Tür zuschlagen.

Doch der Albtraum ist noch nicht vorbei. Ich kann mich noch immer nicht bewegen. Und ich bin nicht allein. Am Rande meines Blickfelds erkenne ich Cameron, der gerade dabei ist, Rachels Hose herunterzureißen, während sie auf einem Bett mir gegenüber liegt. Ich höre Rachel gedämpft wimmern, auch sie scheint sich nicht wehren zu können. Ihr goldener Schmetterlingsohrring kullert auf den Boden.

Ich möchte aufstehen, ich möchte Cameron von ihr wegreißen. Ich möchte ihr helfen. Bitte. Bitte, lass mich ihr helfen.

Rachels Augen sind rastlos, versuchen irgendwas in diesem Raum auszumachen. Bis sie mich sieht. Und erstarrt. Ihr Blick brennt sich in meine Seele, er reißt etwas in mir auf, und ich bin mir sicher, dass sich der Riss nie wieder schließen wird.

In diesem Moment wird es mir klar. Auch sie schreit, auch sie schlägt um sich, auch sie bettelt um Gnade. Doch genau wie mich kann sie niemand hören. Außer mir. Ihre Augen verraten alles.

Ich strenge mich an, ich muss mich bewegen. Ich kann die Muskeln in meinem Körper fühlen. Spüre, wie jeder Zentimeter unter Anspannung steht. Die Tränen laufen unerbittlich meine Wangen hinunter. Das Kissen unter mir ist nass. So nass, dass ich befürchte zu ertrinken.

Ich warte. Zähle die Sekunden. Ich hoffe. Hoffe, dass Cameron zur Vernunft kommt. Oder dass Samuel zurückkehrt. Dass er Cameron von Rachel wegreißt. Hoffe, dass irgendwer auf uns aufmerksam wird. Dass unsere stummen Schreie zu hören sind. Dass Gerechtigkeit und Menschlichkeit siegen. Ich bete sogar zu Gott, obwohl ich nie an ihn geglaubt habe.

Doch als Rachel die Augen aufreißt und die Flut ihrer Tränen kein Ende nimmt, da weiß ich plötzlich, dass es keine Gerechtigkeit gibt, dass nicht jeder Mensch gleich menschlich ist.

Ich zerbreche. Noch viel schlimmer ist aber, dass ich Rachel beim Zerbrechen zuschaue. Weil mir keine andere Wahl bleibt. Weil ich mich nicht bewegen kann. Weil ich nicht schreien kann.

Die Sekunden werden zu Minuten, ich verliere jegliches Zeitgefühl. Dieser Albtraum scheint kein Ende zu nehmen.

Ich könnte meine Augen schließen und warten, bis es vorbei ist. Doch ich halte Rachels Blick fest. Denn das ist alles, was ich ihr geben kann. Alles, was ich tun kann, ist, mit ihr zu weinen.

Mit einem lauten Schrei finde ich mich in meinem Bett wieder. Schweiß perlt mir von der Stirn. Tränen laufen meine Wangen hinunter. Mein Körper zittert.

Ich greife nach dem Wasserglas, das auf meinem kleinen Nachttisch steht, und trinke es mit einem großen Schluck aus. Doch meine Kehle ist so trocken, dass mein Durst nicht gelöscht wird. Mit Schmerzen im gesamten Körper kämpfe ich mich aus dem Bett in die Küche. An dem kleinen Spiegel in Form einer

Sonne, der zur Dekoration an der Wand hängt, halte ich inne. Minutenlang stehe ich mit nackten Füßen da und starre mir in die braunen Augen, die so müde aussehen wie schon lange nicht mehr.

Ich fühle mich hilflos. Ich fühle mich machtlos. Noch schlimmer ... Ich fühle mich schuldig. Das alles wäre niemals passiert, wenn ich Rachel nicht mit auf die Party genommen hätte. Ihr Leben wäre nicht ruiniert. Ihre Seele nicht gebrochen und ihr einmaliges Lächeln nicht verschwunden. Sie könnte noch immer die ruhige, lustige, schüchterne und liebe Rachel sein, wenn ich nicht gewesen wäre. Und auch ich könnte noch immer die lebensfrohe, immer gut gelaunte Kate sein.

Es war ein Jahr her, dass ich Samuel zuletzt gesehen hatte. Als mich Mora heute gerufen hat, weil ein Kunde gerne eine Torte in Auftrag geben wollte, habe ich mir nichts dabei gedacht. Doch plötzlich stand er wieder vor mir. Ich wäre beinahe umgekippt.

Er hat sich kein bisschen verändert. Breite Schultern. Braune Haare. Freundliches Lächeln und graue Augen. Seinem Blick nach zu urteilen, war er genauso schockiert darüber, mich zu sehen, wie ich es war, ihn zu sehen. Er hat sich sofort umgedreht und ist gegangen. Mir schossen Tränen in die Augen, und ich bin nach hinten in unsere Küche geflüchtet, wo ich Aidan in die Arme lief.

Ich habe damals mein Studium aus vielerlei Gründen abgebrochen. Einer dieser Gründe war er. Samuel und Cameron weiterhin über den Weg zu laufen, haben weder ich noch Rachel ertragen. Keine Ahnung, ob meine Entscheidung anders ausgesehen hätte, wenn mir das Studium Spaß gemacht hätte und ich mit Freude dabei gewesen wäre. Doch da dies nicht der Fall war, fiel mir die Wahl nicht schwer.

Was ich am meisten bereue, ist nicht die Tatsache, dass ich

Rachel mit auf die Party genommen habe. Sondern, dass ich geschwiegen habe. Dass unsere Peiniger noch immer frei herumlaufen. Hätte ich heute noch einmal die Wahl, ich würde sie nie wieder damit davonkommen lassen. Ich würde nie wieder meinen Mund halten. Und ich würde nie wieder eine Straftat verschweigen.

Rachel hat mich damals auf Knien angefleht, nicht zur Polizei zu gehen. Sie hat gesagt, sie könnte nicht damit leben, wenn ihre Familie und alle um sie herum davon wüssten. Wüssten, was ihr zugestoßen ist. Ich habe geglaubt und gehofft, dass sich ihre Meinung ändern würde, dass sie bald wieder klar denken würde und wir dann Anzeige erstatten könnten. Ich habe mir gesagt, sie brauche nur Zeit. Sie dazu zu drängen, habe ich nicht übers Herz gebracht. Deshalb habe ich ihr versprochen, ohne ihre Zustimmung nichts zu unternehmen.

Doch zu der Anzeige kam es nie. Stattdessen hat sich Rachel von mir entfernt, ist noch ruhiger geworden, als sie es ohnehin schon war, hat alle Kurse gewechselt und jeden meiner Versuche, mit ihr zu sprechen, abgeblockt. Noch nie in meinem Leben war ich so hin- und hergerissen. Ich wollte, dass Cameron und Samuel für das bezahlen, was sie uns und vor allem Rachel angetan haben. Ich wollte sie hinter Gittern sehen. Ich wollte sie leiden sehen.

An einem Tag war ich kurz davor, mein Versprechen an Rachel zu brechen. Ich stand vor der Polizeidirektion und starrte minutenlang auf den Eingang. Bilder schossen durch meinen Kopf. Bilder von Samuel, wie er auf mir lag. Bilder von Cameron, wie er Rachel vergewaltigte. Und Bilder von Rachel, die mich mehr als einmal angefleht hat, nicht zur Polizei zu gehen. Ich habe es ihr versprochen. Also habe ich nichts unternommen. Und seither lebe ich mit meinem größten Fehler.

Mir war nicht bewusst, wie schwer Schweigen wiegen kann.

Kapitel 12

Aidan

Vor genau einer Woche stand Kate weinend vor mir. Zu behaupten, dass ich sie in den vergangenen Tagen nicht beobachtet hätte, in der Hoffnung, sie glücklicher zu sehen, wäre gelogen. Jeden Tag kommt sie mit Augenringen und sichtlich ausgelaugt zur Arbeit. Normalerweise hält sie sich oft im vorderen Bereich des Cafés auf und bedient die Kunden mit einem freundlichen Lächeln auf den Lippen. Doch zurzeit versteckt sie sich nur noch in der Küche und backt eine Köstlichkeit nach der anderen.

Cookie sieht mit ihren großen Augen zu mir herauf und miaut, während ich an meinem Esstisch sitze und die Kaffeetasse leere. »Ich weiß, Cookie. Ich bin ein Idiot. Wieso denke ich überhaupt an sie?«

Ihr immer lauter werdendes Miauen scheint meine Aussage zu bestätigen. Es ist lächerlich. Diese bescheuerten Gedanken an Kate, an ihre rot unterlaufenen Augen und das tränenverschmierte Gesicht. Die Frau bringt mich um den Verstand. Nicht nur, weil mich ihr blondes Haar immer wieder an Fiona erinnert und ihr Lächeln manchmal dem meiner Ex-Frau gleicht. Sondern weil sie voller Widersprüche steckt. Mal lacht sie mit Hope und sieht aus, als könnte sie nicht glücklicher sein. Dann starrt sie aus dem Fenster, als würde sie darauf warten, dass nach dem Regen endlich wieder die Sonne scheint.

Ein Klingeln an meiner Haustür reißt mich aus meinen Gedanken. Ich atme tief durch. Auch wenn Kate und ich die letzten Tage kaum miteinander gesprochen haben, waren wir uns sofort einig, dass wir gemeinsam zu dem heutigen Bezirkstreffen gehen. Ziel des Treffens ist, dass sich Unternehmer untereinander austauschen und vernetzen können.

Ich greife nach meinen Schlüsseln, die an einem Haken an der Wand hängen, und ziehe mir meinen Mantel über. Mit einem letzten Blick über meine Schulter vergewissere ich mich, dass es den Fellnasen gut geht. Cookie und Brownie haben es sich ineinandergeschlungen auf der Couch bequem gemacht. »Euer Leben hätte ich auch gerne.«

Mit jedem Schritt, den ich die Treppe hinuntergehe, wird das flaue Gefühl in meinem Magen stärker. Als würde ich vor einer wichtigen Abschlussprüfung stehen. Was soll der Mist? Ich sehe Kate jeden Tag, dieses blöde Treffen ist kein großer Unterschied dazu. Sie ist immer noch meine Konkurrentin, und mein Ziel, sie aus dem Laden zu vertreiben, darf ich auf keinen Fall aus den Augen verlieren. Jede Gefühlsregung ihr gegenüber sollte ich sofort im Keim ersticken.

Lautlos öffne ich die Tür und blicke hinaus. Kate steht mit dem Rücken zu mir. Ihre zierliche Gestalt steckt in einem viel zu großen Mantel mit Kapuze, in dem sie beinahe zu verschwinden scheint.

»Guten Morgen«, sage ich und gehe auf sie zu.

Sie dreht sich um, sieht mit ihren braunen Augen zu mir hinauf und lässt mich beinahe vergessen, was ich hier mache. »Ich bin etwas zu spät, tut mir leid. Aber wir müssten trotzdem noch rechtzeitig da sein.« Ihre Stimme ist kühl und abweisend. Die blonden Haare fallen ihr ins Gesicht. Bevor ich etwas erwidern kann, setzt sie sich in Bewegung.

Ich bereue sofort, dass ich meinen Schal nicht mitgenommen habe. Es ist eisig. Schon vor Tagen habe ich mitbekommen, dass der Winter in London dieses Jahr noch kälter werden soll, als es der letzte war. Es soll eine Menge Schnee geben, von dem wir bisher noch nichts gesehen haben. Zum Glück. Ich hasse Schnee. Das Einzige, was schlimmer ist, sind die Weihnachtsfeiertage.

Schweigend laufen wir nebeneinander her. Bis zu dem Café, in dem wir uns mit anderen Ladenbesitzern treffen werden, dauert es zum Glück nur zwanzig Minuten. Wir haben kleine Kärtchen drucken lassen, um darum zu bitten, sie in anderen Geschäften des Bezirks auslegen zu dürfen. Nur durch Zufall habe ich mitbekommen, dass Kate einen Instagram-Account für ihr Café hat, über den sie Werbung für das *Cosy Corner* macht. Wobei, nein. Eigentlich macht sie nur für ihren Bereich Werbung und tut beinahe so, als würde es meine Buchhandlung nicht geben. Vermutlich würde ich es kein bisschen anders machen. Doch mit Instagram und Co. habe ich so gar nichts am Hut. Ich greife lieber auf altmodische Werbung zurück.

Aus dem Augenwinkel heraus beobachte ich Kate und frage mich, was sie gerade denkt. Ihr Blick ist ernst und starr geradeaus gerichtet, während sie mit verschränkten Armen und schnellen Schritten voranschreitet. Ihre Wangen sind gerötet, was wahrscheinlich der eisigen Kälte zuzuschreiben ist.

»Was ist?«, fragt sie mich, ohne mich anzusehen.

»Was soll sein?«

»Das frage ich dich. Wieso starrst du so bescheuert?«

Ich grinse. »Du hast da etwas Mehl im Gesicht.«

Schnell dreht sie ihren Kopf in meine Richtung und sieht

mich aus weit aufgerissenen Augen an. »Was? Wo?« Ihre Hände reibt sie unaufhörlich über ihre Wangen. »Aidan! Wo?«, ruft sie.

Auch wenn ich am liebsten weitermachen würde, kann ich mir das Lachen nicht verkneifen. Kates Anblick ist einfach viel zu amüsant.

»Ich habe gar kein Mehl im Gesicht. Richtig?«, fragt sie und stemmt die Hände in die Hüften.

»Ausnahmsweise mal nicht.« Für gewöhnlich sieht man Kate an, dass sie die meiste Zeit des Tages mit dem Anrühren von Teig verbringt.

Ich löse meinen Blick von ihr und möchte gerade das kleine Café betreten, in dem das Treffen stattfindet, als sie mir plötzlich gegen den Oberarm boxt. Neben mir ertönt ein Lachen, das sich so ausgelassen und ehrlich anhört, dass ich mir wünsche, es würde nie verklingen. Ich glaube, es ist das erste Mal, dass Kate in meiner Gegenwart und meinetwegen lacht. Und ich gebe zu, dass mir das tausendmal besser gefällt, als sie traurig und niedergeschlagen zu sehen. Doch bevor meine Gedanken weiter in diesen Teufelskreis geraten, reiße ich mich zusammen und setze mich wieder in Bewegung.

Im Café ist es hell, so hell, dass ich für einen Moment die Augen schließen muss. Danach öffne ich sie vorsichtig wieder, um nicht geblendet zu werden. Alles ist weiß. Der Fußboden, die Wände, die Theke, die Tische und Stühle. Einfach alles. Das erklärt dann wohl, weshalb der Laden *White Paradise* heißt. Ich gebe es nur ungern zu, doch Kates Café gefällt mir um Längen besser. Es ist gemütlicher und lädt einen dazu ein, die Zeit zu vergessen. Sie hat warme Farben für ihre Einrichtung gewählt, die einen perfekten Kontrast zum hellen Boden bilden. Besonders die Pflanzen machen alles noch ein wenig wohnlicher.

Links in der Ecke des *White Paradise* befindet sich ein langer

Tisch, an dem es sich bereits einige Leute bequem gemacht haben. Ich erkenne Mike, den Besitzer eines kleinen Unverpackt-Ladens, der sich direkt gegenüber von unserem *Cosy Corner* befindet. Er war es, der mich zu diesem Bezirkstreffen von Unternehmern eingeladen hat.

»Hi.« Mit einem Kopfnicken begrüße ich ihn und nicke anschließend auch den anderen zu. Wenn ich mich nicht verzählt habe, müssten wir sechzehn Leute sein.

»Schön, dass ihr auch gekommen seid. Ich liebe euren Kaffee, und eure Cupcakes sind wirklich köstlich.« Eine ältere Frau mit weißen Haaren und tiefen Falten begrüßt Kate und mich lächelnd.

Euer Kaffee. Eure Cupcakes.

Manchmal vergesse ich, dass es nach außen hin natürlich so aussieht, als würden wir zusammen und nicht gegeneinander arbeiten. Doch die Realität ist eine andere. Ich habe nichts mit ihrem Kaffee und ihren Cupcakes zu tun. Wenn ich könnte, würde ich mich auch hier und jetzt deutlich davon distanzieren. Allerdings wäre das keine gute Idee. Sosehr mir Kate auch ein Dorn im Auge ist, heute müssen wir uns als Einheit verkaufen, um Kontakte zu knüpfen und Sympathien zu sammeln. Wer möchte schon gerne Unternehmer unterstützen, die einen gemeinsamen Laden führen, sich aber auf den Tod nicht ausstehen können?

»Vielen Dank, das bedeutet mir wirklich viel. Ich stecke all meine Zeit und Liebe in das Gebäck«, antwortet Kate der älteren Dame und zwingt sich sichtlich zu einem freundlichen Lächeln. Sie setzt sich ihr gegenüber, und ich nehme neben Kate Platz.

Mike räuspert sich und faltet seine Hände auf der Tischplatte. »Ich freue mich, dass ihr meiner Einladung gefolgt seid. Wie wäre es, wenn wir uns alle kurz vorstellen?« Er sieht in die Runde. »Ich mache gerne den Anfang. Ich bin Mike, fünfunddreißig Jahre jung und besitze den Unverpackt-Laden *Zerowaste* in der Abbington Road. Seit drei Jahren ist er mein Lebensmittelpunkt, vorher habe ich jahrelang als Ingenieur gearbeitet, was mir absolut keine Freude bereitet hat«, erzählt er uns schmunzelnd.

Alle beginnen zu lachen. Alle außer Kate und mir. Ein Blick zur Seite verrät mir, dass sie mit ihren Gedanken nicht hier ist. Dass sie sich gerade ganz woanders befindet. An einem düsteren Ort. Ihre Augen wirken leer. Als hätte jemand sämtliche Freude aus ihnen geraubt. Ich kenne diesen Ausdruck, diese Leere. Ich habe sie schon zu oft im Spiegel sehen müssen.

Woran denkt sie? Was ist es, das sie so runterzieht? Kate strahlt auch sonst nicht oft. Und doch hat sich irgendwas verändert. Irgendwas bedrückt sie so sehr, dass sie vergessen hat, wie man lächelt.

Die Stimmen der Anwesenden nehme ich nur am Rande wahr. Einer nach dem anderen stellt sich selbst und sein Geschäft vor. Obwohl ich weiß, dass dies nicht der richtige Moment ist, um unaufmerksam zu sein, schaffe ich es einfach nicht, meine Konzentration auf etwas anderes als Kate zu lenken. Ich lasse meinen Blick über ihr Profil gleiten. Über die Stirn, die mit wenigen Fransen bedeckt ist. Ich bin mir nicht sicher, ob man das bereits als Pony bezeichnen kann. Über ihre Stupsnase. Über ihre geschwungenen Lippen, die immer die Farbe von Beeren haben, ohne dass sie Lippenstift trägt. Über ihr Kinn, bis hinunter zu ihren Händen. Sie ruhen in ihrem Schoß. Obwohl ruhen das falsche Wort ist. Unaufhörlich knibbelt sie an ihrem Nagellack herum und bringt ihn dazu abzusplittern. Kleine dunkelrote Splitter sammeln sich auf dem grauen Wollkleid. Sie ist nervös, unruhig. Vielleicht sogar ängstlich? Was ist es, das ihr solche Angst bereitet? Die Situation? Möchte sie vor so vielen Leuten nicht sprechen? Ist es ihr unangenehm, wenn alle Aufmerksamkeit auf sie gerichtet ist?

»Frau Fraser?« Die ältere Dame, deren Namen ich leider nicht aufgeschnappt habe, als sie an der Reihe war, schaut erwartungsvoll zu Kate.

Kate hebt den Blick. Sieht sich jedes Gesicht genau an, bis sie schließlich bei mir hängen bleibt. Mein Magen zieht sich unangenehm zusammen. Ich sehe die Unruhe, habe das Gefühl, ich müsste sie beschützen. Auch wenn ich nicht weiß, wovor.

Zögerlich und wie in Zeitlupe öffnet Kate die Lippen und versucht ihre Stimme zu finden.

»Ich bin Aidan, achtundzwanzig Jahre alt, und das ist Kate«, erkläre ich mit selbstbewusster Stimme und einem Lächeln, das mich Barney gelehrt hat. Er hat mir immer gesagt, dass ein freundliches Gesicht jede Unsicherheit überspielen kann, wenn man es richtig einsetzt. »Wir sind die Besitzer des *Cosy Corner* und haben unsere Buchhandlung und das integrierte Café erst vor wenigen Monaten eröffnet. Wir arbeiten gegenüber von Mikes Laden in der Abbington Road.« Ich straffe die Schultern und versuche für einen Augenblick auszublenden, dass es Kate nicht gut geht. Im Grunde sollte es mich gar nicht interessieren. Das einzige Ziel dieses Treffens ist es, mich zu vernetzen und mehr Kunden für meine Buchhandlung zu gewinnen.

»Arnold, du musst den Laden unbedingt besuchen. Der Kuchen wird dich alten Herrn aus den Socken hauen. Da kann dein Käsekuchen leider nicht mithalten.«

»Frech wie eh und je, unsere Lydia.« Arnold, der anscheinend ebenfalls ein Café in der Nähe besitzt, verrät mir endlich den Namen der älteren Dame. »Ehrlich gesagt lasse ich nur ungern mein Geld bei der Konkurrenz. Trotzdem werde ich mal vorbeischauen, aber wohl eher wegen der Bücher.«

Ich bin froh darüber, dass zur Abwechslung auch mal meine Waren zum Gesprächsstoff werden und nicht immer nur die Leckereien von Kate.

Während ich Arnold zunicke, spüre ich, dass Kate mich ansieht. Ich würde mich gerne in ihre Richtung drehen. Versuchen, aus ihrem Blick schlau zu werden. Sehen, ob sie wütend oder erleichtert darüber ist, dass ich uns vorgestellt habe. Doch ich tue es nicht. Ich sehe sie nicht an. Ich habe sie heute schon viel zu häufig beobachtet, und vielleicht verliere ich beim nächsten Mal endgültig den Verstand.

»Darf ich Sie etwas fragen, Aidan?« Lydia stützt ihre Ellenbogen auf dem Tisch ab und sieht mich aus großen grauen Augen an. Ich schätze, dass sie schon über sechzig ist. Sie sieht aus wie jemand, der viel erlebt hat und nichts bereut. Der viele Abenteuer hinter sich hat. Sie ist glücklich, wie mir die Lachfalten um ihre Augen und den Mund verraten. Ihre rot geschminkten Lippen verziehen sich zu einem Grinsen, während sie auf eine Antwort von mir wartet.

»Aber sicher«, sage ich und hoffe gleichzeitig, dass sie Visitenkarten dabeihat. Ich würde nämlich zu gerne wissen, welchen Laden Lydia betreibt. Ich könnte sie mir gut in einem Fachgeschäft für Nähbedarf vorstellen. Doch mir fällt beim besten Willen kein solcher Laden in der näheren Umgebung ein.

»Sind Sie beide ein Paar?«

Die Gespräche um uns herum verstummen, und es wird mucksmäuschenstill. Wären keine anderen Gäste im Café, könnte man vermutlich eine Stecknadel fallen hören.

»Nein!«, antworten Kate und ich gleichzeitig laut und deutlich. »Auf keinen Fall«, fügt sie noch hinzu, was mich kurz zusammenzucken lässt. Ich kann sie auch nicht leiden. Aber muss sie ihren Unmut mir gegenüber vor allen zur Schau stellen?

Lydia hält sich die Hand vor den Mund. »Oje, das tut mir leid. Ich wollte Ihnen nicht zu nahe treten.«

»Alles gut. Der Gedanke ist verständlich, wenn man ein gemeinsames Geschäft führt«, erkläre ich und räuspere mich gleichzeitig.

»Also sind Sie Geschwister?«, fragt ein Herr, der am Kopfende der Tafel sitzt.

»Nein!«, rufen wir wieder unisono, dieses Mal noch etwas lauter.

»Wir sind Kollegen. Nicht mehr und nicht weniger.« Kates Stimme lässt keinen Raum für Spekulationen, und ich bezweifle, dass man uns weiter über unser Verhältnis zueinander aushorchen wird. Da gäbe es auch nichts herauszufinden. Unsere Beziehung ist rein geschäftlich.

»Ich bin Margaret.« Die Frau neben mir durchbricht die leicht angespannte Stimmung, indem sie die Vorstellungsrunde fortführt. »Siebenundvierzig und stolze Besitzerin der Boutique *Aveline* an der Richard Street.«

»Das ist ein schöner Name«, meint Lydia.

»Danke, so habe ich meine Tochter genannt und nach ihr dann schlussendlich auch meinen Laden. Ich bin seit elf Jahren hier.«

Margaret berichtet von ihrem Geschäft, während ich bereits wieder abschalte. *Wir sind Kollegen. Nicht mehr und nicht weniger.* Aus irgendeinem Grund nervt es mich, wie Kate das betont hat. Als wäre ich der schlimmste Mensch auf Erden, mit dem sie um Gottes willen nichts zu tun haben möchte.

Kate kramt in der kleinen Tasche herum, die sie mitgebracht hat, und legt unsere Visitenkarten auf den Tisch. Sie beginnt langsam etwas aufzublühen und verteilt an jeden eine Karte, während sie versucht, den Leuten die gegenseitige Werbung schmackhaft zu machen. Unsere Karten sind minimalistisch gehalten, was vor allem Kate wichtig war. Ich habe sie aufgezogen und mir einen Scherz erlaubt, als wir über das Design gesprochen haben. Rosafarben mit kleinen Cupcakes verziert, war mein Vorschlag. Der finstere Blick, den sie mir zugeworfen hat, hat mir eine Gänsehaut bereitet. Dabei war meine einzige Absicht, sie etwas aus der Reserve zu locken.

Ihr tränenverschmiertes Gesicht geht mir seit sieben Tagen nicht mehr aus dem Kopf. Immer wieder sehe ich ihre geröteten Augen vor mir. Seit sieben Tagen sieht sie aus wie ein Zombie. Ein hübscher Zombie, ihr hängen keine Hautfetzen vom Gesicht oder Ähnliches. Aber trotzdem wirkt sie leer. Ihre Augen sind ausdruckslos. Das hasse ich. Noch viel mehr hasse ich aber, dass es mir etwas ausmacht.

Meine Gedanken drehen sich im Kreis, und ehe ich michs versehe, scheint unser heutiges Treffen auch schon beendet zu sein. Ich habe kaum etwas mitbekommen. Haben sie sich über mögliche Aktionen unterhalten, durch die wir uns gegenseitig unterstützen können? Oder legen wir einfach Flyer und Karten der anderen Geschäfte aus?

»Danke, dass ihr heute da wart. Vielleicht können wir das demnächst wiederholen«, schlägt Mike vor, steht auf und zieht sich die gefütterte Jacke über. »Es hat mich wirklich gefreut.« Mit einem Klopfen auf die Tischplatte verabschiedet er sich von allen. Auch die anderen beginnen bereits damit, sich ihre Jacken anzuziehen und aufzubrechen. Nur Kate bleibt sitzen.

Erst als alle weg sind, wage ich es, etwas zu sagen. »Alles okay?« Ich drehe mich auf dem Stuhl in ihre Richtung und warte darauf, dass sie mich ansieht. Doch das tut sie nicht. Die Vase mit den bunten Blumen scheint um einiges interessanter zu sein als meine Wenigkeit.

»Nein«, antwortet sie leise. »Doch. Doch, es ist alles okay.«

Ich runzle die Stirn und frage mich zum hundertsten Mal, was im Moment mit ihr los ist. »Wollen wir dann?«

Sie nickt, weshalb ich aufstehe und mir den Mantel anziehe. Mit gesenktem Blick schaue ich auf sie hinab. Es scheint sie eine Menge Überwindung zu kosten, die Finger von ihren lackierten Nägeln zu lassen und sich endlich zu erheben. Mehr, als es einen Menschen kosten sollte, etwas so Banales zu tun.

Das Café ist noch voller geworden als vor einer Stunde. Ob der Kaffee hier besser schmeckt als bei Kate? Ich kann es mir nur schwer vorstellen, hoffe es aber insgeheim. Meine Konkurrentin sollte definitiv nicht den besten Kaffee in der Umgebung vorzuweisen haben.

Das Kratzen von Kates Stuhl auf dem alten Dielenboden erweckt meine Aufmerksamkeit. Als ich mich gerade zu ihr wende, gerät sie ins Stolpern. Sie reißt die Arme in die Luft, wohl um irgendwo Halt zu finden.

Mit einem großen Schritt trete ich an ihre Seite und fange sie auf, bevor ihr Körper den Boden berühren kann.

Ihr stockt der Atem.

Mir stockt der Atem.

Mit weit aufgerissenen Augen sieht sie zu mir auf. Und für eine Millisekunde rutscht mir das Herz in die Hose. Ihre Lippen sind leicht geöffnet, und der Schock steht ihr ins Gesicht geschrieben. Langsam beginnen ihre Wangen rot anzulaufen. Pancake mit Himbeeren.

Ich sollte ihr aufhelfen. Mich von ihr lösen. Doch das kann ich nicht. Meine Arme wollen sie nicht freigeben, und mein Blick hängt länger als nötig an ihren Lippen. Sie ist nicht die Einzige, die unter Schock steht.

Zum ersten Mal seit Jahren schlägt mein Herz in einem anderen Takt.

Ich habe vergessen, dass ich eine Mauer um mein Inneres errichtet habe. Eine Mauer, die keinen Riss bekommen darf. Die für niemanden und erst recht nicht für Kate einstürzen darf.

Also tue ich das einzig Vernünftige und helfe ihr hoch, bis sie endlich wieder gerade steht. Und doch lasse ich sie nicht los. Der graue Wollstoff ihres Kleides fühlt sich weicher an, als ich ihn mir vorgestellt habe. Ihre Nähe wirkt seltsam vertraut.

Ihr Blick verändert sich. Sie verkrampft unter meiner Berührung und verzieht die Lippen zu einem schmerzerfüllten Gesicht.

Sofort lasse ich sie los und trete einen Schritt zurück, um ihr Freiraum zu geben.

»Alles okay?«, frage ich sie heute schon zum zweiten Mal und stecke die Hände, die eben noch Kate gehalten haben, in meine Manteltaschen.

Für einen kurzen Moment sehe ich etwas in ihren Augen aufblitzen. Als würde sie überlegen, ob sie sich öffnen soll oder nicht. Doch so schnell, wie es gekommen ist, verschwindet es wieder. Sie dreht sich um, um den XXL-Mantel vom Stuhl zu nehmen. »Du solltest aufhören, mich das zu fragen«, sagt sie leise, ohne mich dabei anzusehen. Und da weiß ich, dass nicht alles okay ist.

Kapitel 13

Kate

Ich hasse diesen Blick, der mir verrät, dass man mich bemitleidet. Ich hasse es, dass man mir ansehen kann, dass nicht alles okay ist, dass ich verdammt noch mal am Zerbrechen bin.

Gestern war es Aidan, der mich besorgt angesehen hat. Heute ist es Hope, die mich fragt, ob es mir gut geht. Vermutlich hat Mora ihr erzählt, wie ich vor einem Kunden die Flucht ergriffen habe. Sie kann nicht wissen, dass er nicht einfach nur ein Kunde war. Er ist der Albtraum, der mich Nacht für Nacht in meinem Schlaf heimsucht. Der Grund, weshalb ich nicht mehr ich bin. Ich werde niemals die Farbe seiner Augen vergessen können. Dieses Grau, das mich schon immer an dunkle Gewitterwolken erinnert hat. Seit ich die Panik in seinem Blick gesehen habe, seit er mich und Rachel mit Cameron allein zurückgelassen hat, bin auch ich zu einer Gewitterwolke geworden. Alles in mir ist Grau.

»Mir geht es gut«, antworte ich Hope schließlich und strecke ihr ihre Schürze entgegen. Sie ist gerade zu ihrer Schicht erschienen, um mich abzulösen.

Mit zusammengezogenen Augenbrauen bindet sie sich die Schürze um. »Es ist nicht schwer, durch deine Worte hindurchzusehen. Wenn du glaubwürdig sein willst, solltest du wenigstens ein Lächeln aufsetzen. Ungefähr so.« Blitzschnell beginnt Hope über beide Ohren zu strahlen. Es ist das Lächeln, das sie immer trägt. Das Lächeln, das sie für alle zu einem echten Sonnenschein macht. Mich überkommt eine Gänsehaut, weil ich mich frage, ob ihr auch nicht zum Lachen zumute ist, ob sie nicht vielleicht auch nur eine Maske trägt.

Ohne auf eine Reaktion meinerseits zu warten, macht sie sich an die Arbeit und sieht auf den Block, auf dem ich die Bestellung von Tisch sieben aufgenommen habe.

»Ich bin dann hinten. Falls du meine Hilfe brauchst, sag ruhig Bescheid«, bitte ich sie und hoffe inständig, dass sie mehr als einmal in das Gespräch mit Aidan platzt, damit ich nicht allzu lang mit ihm allein sein muss. Wir haben den heutigen Tag ausgemacht, um zum ersten Mal unsere Zahlen offenzulegen und sie zu vergleichen.

Die ersten drei Monate seit der Eröffnung des *Cosy Corner* sind um. Vielleicht werde ich es gleich bereuen, dass ich die Idee gehabt habe, nur die Einnahmen miteinander zu vergleichen und die Ausgaben außen vor zu lassen.

Das Kribbeln in meinem Bauch wird von Schritt zu Schritt stärker, und ich frage mich, wann ich mich das letzte Mal so gefühlt habe. Ich bin nervös, aufgeregt, ängstlich, gespannt. Alles auf einmal. Mit geraden Schultern gehe ich an den Gästen vorbei und streife meine weiße Bluse glatt. Heute Morgen stand ich gefühlte Stunden vor dem Kleiderschrank und überlegte, was ich anziehen soll. In der letzten Zeit habe ich immer nach dem erstbesten Teil gegriffen und mir keine großen Gedanken um meine äußere Erscheinung gemacht. Doch heute war es anders. In dieser weißen Bluse, die einen leichten V-Ausschnitt hat, und der schwarzen Anzughose komme ich mir wie eine Geschäftsfrau und gleichzeitig verkleidet vor.

Den ganzen Vormittag über habe ich Aidan nicht gesehen. Ich konnte an nichts anderes denken als den vergangenen Tag. Wie seine Augen ständig auf mir ruhten, er mich immer wieder mit seinem Blick durchbohrte, als würde er aus meinem Anblick schlau werden wollen. Wie er uns beide in der Runde vorgestellt hat, als mir die Worte fehlten. Wie seine Hände auf meinem Rücken und ich regelrecht in seinen Armen lagen. Wie mein Herz einen unvernünftigen Hüpfer gemacht hat. Und daran, dass er mich gefragt hat, ob alles in Ordnung sei.

Die Falten auf seiner Stirn und der ernste Blick haben mir verraten, dass es keine Floskel war. Er wollte wirklich wissen, wie es mir geht. Es war wie vor einer Woche, als er mich weinen sah und in den Arm nahm. Plötzlich war er da. Die falsche Person zum richtigen Zeitpunkt. Immer noch steigt mir die Röte ins Gesicht, wenn ich daran denke, wie ich mich in seinen Armen ausgeheult habe. Ausgerechnet bei ihm; bei dem Mann, der mich regelmäßig zum Brodeln bringt und der mich offensichtlich nicht ausstehen kann. Doch irgendwas hat sich zwischen uns verändert, driftet in eine Richtung, die mir nicht geheuer ist.

Meine Finger drücken gegen das kalte Holz, um die Tür zum Büro zu öffnen. Aidan sitzt bereits in dem Schreibtischstuhl und starrt auf seine Unterlagen, die über den Tisch verteilt vor ihm liegen. Ich räuspere mich, weil ich glaube, dass er mein Eintreten nicht bemerkt hat.

Er sieht zu mir hoch, mustert mich von oben bis unten. Vielleicht ist dieses Outfit doch keine so gute Idee. Wie soll er mich darin ernst nehmen, wenn ich sonst immer in Oversized-Pulli und Co. rumlaufe. Ein kleines Lächeln legt sich auf seine Lippen, als er mich direkt ansieht. Ich wünschte, ich könnte es erwidern, doch mein Mund hat vergessen, wie man ehrlich lächelt. Das hat

Samuel mir mit seinem plötzlichen Erscheinen nun bereits zum zweiten Mal geraubt; mein Lächeln.

»Hi. Ähm...« Ich komme ins Stottern und fahre mir nervös durch die Haare. »Möchtest du einen ...«, sage ich, nur um gleich wieder innezuhalten. Das Lächeln auf Aidans Lippen wird immer breiter. Ich weiß nicht, ob ich Erleichterung oder Angst verspüren soll. »Möchtest du einen Kaffee haben?«

»Nein danke. Der schmeckt mir bei dir nicht.« Er löst seinen Blick von mir und sieht wieder auf die Papiere vor sich hinab. Ist es bescheuert, dass ich mich darüber freue, dass er wieder der alte Aidan zu sein scheint?

»Hast du ihn überhaupt schon einmal getrunken?«, frage ich ihn schnippisch und setze mich auf den Stuhl am anderen Tischende. Am liebsten würde ich jetzt den Knopf meiner Hose öffnen, um meinem Bauch Raum zum Atmen zu geben. Ich weiß nicht, wann ich die Hose zuletzt anhatte, aber offenbar habe ich da noch ein paar Kilo weniger gewogen. Sie ist enger, als ich sie in Erinnerung hatte.

Mit einem Kopfschütteln antwortet er mir. »Bist du nervös?«

Nervös ist gar kein Ausdruck, denke ich. »Nein, überhaupt nicht«, antworte ich.

Wie von selbst wandert mein Blick zu seiner Brust, die sich unter dem karierten Hemd hebt und senkt. Seine Finger klammern sich an das Blatt Papier vor ihm, als würde er all seine Hoffnung in die Zahlen darauf setzen. Einen kurzen Augenblick später schiebt er mir mit zusammengekniffenen Augen tonlos seine Unterlagen entgegen.

Er sieht plötzlich so verletzlich aus, so nahbar und so wunderschön.

Ein tiefes Seufzen verlässt seine Lippen, während er sich in den Stuhl zurücklehnt und mit den Fingerspitzen seine Nasenwurzel reibt. »Lass es uns hinter uns bringen. Sag mir einfach, wer die größere Zahl unten stehen hat.«

Und da sehe ich es zum ersten Mal. Dass dieser Laden nicht nur mein größter Traum ist – es ist auch seiner. Auch er möchte unsere Wette um jeden Preis gewinnen. Vielleicht war es töricht von mir, zu glauben, dass mein Traum bedeutungsvoller sei als seiner.

Ich zwinge mich, ihn nicht weiter anzusehen, und lege unsere Bilanzen nebeneinander. Mein Herz schlägt mir bis zum Hals. Auch wenn das heutige Ergebnis nicht darüber entscheidet, wer am Ende den Laden bekommt, so ist es doch ein wichtiger Schritt in die eine oder andere Richtung.

Mit zusammengebissenen Zähnen blicke ich auf die Zahlen und traue meinen Augen kaum. Ich schaue immer wieder zwischen Aidans Bilanz und meiner hin und her, bis ich realisiere, dass ich in den ersten drei Monaten mehr Geld eingenommen habe als Aidan. 892 Pfund trennen uns voneinander.

»Jetzt sag endlich was«, bittet mich Aidan leise.

»Ich war in den ersten drei Monaten besser.« Unsere Blicke treffen sich. Es ist so still, dass ich die Uhr über der Tür ticken hören kann. Jede Sekunde kommt mir quälend lang vor.

Aidans Lippen sind zu einem Strich verzogen, und die Enttäuschung steht ihm ins Gesicht geschrieben. Das Leuchten in seinen Augen, die vor wenigen Minuten zwar ängstlich, aber gleichzeitig auch hoffnungsvoll wirkten, ist erloschen.

Ich kann mir vorstellen, wie er sich fühlt. Dieses Szenario bin ich letzte Nacht immer und immer wieder durchgegangen. Ich habe mir ausgemalt, wie es sein würde, zu erfahren, dass Aidan in den ersten drei Monaten einen höheren Umsatz gemacht hat. Wie sich die Enttäuschung anfühlen würde.

Ich sollte mich freuen, sollte aufspringen und jubeln. Genau so habe ich es mir vorgestellt, sollte ich vorne liegen. Doch ich kann es nicht. Sein Anblick hindert mich daran. Ich sehe ihn zum ersten Mal von seiner verletzlichen Seite.

»Solltest du nicht glücklicher aussehen?« Aidan durchbricht die Stille zwischen uns.

»Vermutlich.« Ich schiebe ihm seine Bilanz rüber, greife nach dem Kugelschreiber neben mir und spiele an ihm herum.

»Aber?« Er setzt sich aufrecht hin, stützt die Ellenbogen auf die Tischplatte und sieht mich neugierig an. Mein Blick bleibt an dem Muttermal unter seinem linken Auge hängen. Es ist so klein, dass es einem von Weitem gar nicht auffällt. Ansonsten ist seine Haut rein, beinahe makellos.

Er schiebt seine Arme weiter nach vorne und kommt mir über den Tisch hinweg noch ein Stück näher. »Aber?«, fragt er mich erneut. »Aber dir geht es nicht gut. Schon seit letzter Woche.«

Mir geht es seit über einem Jahr nicht mehr gut, würde ich am liebsten erwidern. Ich war glücklich, als ich diese Immobilie hier entdeckt habe. Ich war glücklich, als ich den Mietvertrag unterschrieben habe. Ich war glücklich, als wir unsere Eröffnung gefeiert haben, und ich bin jedes Mal glücklich, wenn ich den Laden morgens aufschließe und mir bewusst wird, dass ich endlich mein eigenes Café führe. Doch selbst in meinen glücklichsten Momenten liegt ein so großes Gewicht auf meinen Schultern, dass es mich immer und immer wieder fast in die Knie zwingt.

»Zwischen uns liegen nur 892 Pfund, ich habe mit mehr gerechnet«, antworte ich ihm, auch wenn dies nicht der Grund für meine fehlende Freude ist.

»Du bist gut im Lügen«, flüstert er mehr zu sich selbst als zu mir.

»Ich lüge nicht.«

»Red dir das nur weiter ein, es wird ...« Ein lautes Klopfen unterbricht Aidan. Wir drehen uns gleichzeitig zur Tür, während sie langsam geöffnet wird.

»Störe ich euch gerade?« Archer schiebt seinen Kopf durch den Türspalt und sieht zwischen uns hin und her. Das Blau seiner Haare ist in den letzten Tagen deutlich verblasst. Ich bewundere seinen Mut, die unterschiedlichsten Farben auszuprobieren. Meine Haare würden vermutlich nach dem dritten Mal Färben bereits ausfallen.

Ich möchte ihm gerade antworten, da wird die Tür hinter Archer aufgedrückt. Eine Frau sieht an Archer vorbei in das kleine Büro. Ihr Blick findet Aidan, und ihre Augen weiten sich erfreut. Sie trägt ihre schwarzen Haare in einem eng gebundenen Pferdeschwanz, und ihre langen Beine stecken in einer Strumpfhose unter einem roten Kleid. Sie sieht aus wie ein Model.

»Sie meint, sie sei mit dir verabredet«, erklärt Archer verlegen und kratzt sich im Nacken.

Das Grinsen der Frau wird von Sekunde zu Sekunde breiter, während sie Aidan nicht mehr aus den Augen lässt und mich keines Blickes würdigt. So, wie sie ihn ansieht, glaube ich nicht, dass es sich bei ihr um seine Schwester oder Cousine handelt. Ob Maddy von dieser Verabredung weiß?

»Gib mir bitte noch ein paar Minuten, Laurie. Ich komme nach vorne, wenn ich hier fertig bin.« Er nickt Archer lächelnd zu. Vermutlich ist auch Aidan nicht entgangen, wie unangenehm es Archer ist, dass er unser Meeting unterbrechen musste.

»Aber lass dir nicht zu viel Zeit. Ich warte auf dich«, antwortet sie ihm mit einem Zwinkern und einem verschmitzten Lächeln auf den Lippen.

Nein, sie ist definitiv keine Verwandte.

Sobald die Tür wieder ins Schloss fällt und wir unter uns sind, sehe ich Aidan mit hochgezogenen Augenbrauen an. Es ist nicht meine Aufgabe, den Moralapostel zu spielen, und mir sollten Aidans Angelegenheiten egal sein. Doch ich war in einer ähnlichen Situation. Ich weiß, wie es sich anfühlt, von Menschen hintergangen zu werden, die man liebt. Auch wenn ich Zoe und Noah schon lange verziehen habe, so ist es doch eine Erfahrung, die ich niemandem wünschen würde.

Ich fasse die losen Blätter vor mir zu einem Stapel zusammen und setze sie mehrmals auf der Tischplatte auf, damit sie genau übereinanderliegen. »Weiß Maddy, dass du verabredet bist?«

Ein leises Lachen verlässt Aidans Lippen, als er aufsteht und seine Unterlagen in seinen Rucksack räumt.

Seine Reaktion auf meine Frage macht mich wütend. »Findest du das etwa amüsant? Mit den Gefühlen anderer Menschen zu spielen?« Vielleicht gehe ich zu weit, vielleicht steigere ich mich in etwas hinein, und diese Frau ist nichts weiter als eine gute Freundin, die ihren Kumpel gerne anflirtet.

»Ich spiele mit keinen Gefühlen, nur weil ich mich mit einer Frau zwanglos treffe«, entgegnet er mir erhobenen Hauptes, als wäre es das Normalste der Welt. Unter einem zwanglosen Treffen verstehe ich keine Verabredung zwischen zwei Freunden, die nur einen Kaffee trinken gehen möchten.

»Und was ist mit Maddy?« Ich erhebe mich aus dem Stuhl und stemme die Hände in die Hüften. Die arme Frau. Sie wirkte wirklich sympathisch, und zu wissen, dass ihr Partner sich mit einer anderen trifft, bricht mir beinahe das Herz.

Aidan kommt einen Schritt auf mich zu und beugt sich leicht zu mir herunter. Von einem Moment auf den anderen wird mir heiß. Ich halte die Luft an, um seinen angenehmen Geruch nicht einatmen zu müssen. Wenn ich daran denke, wie vertraut mir dieser bereits ist, bekomme ich aus den verschiedensten Gründen eine Gänsehaut.

»Was soll mit Maddy sein?« Nur wenige Zentimeter trennen unsere Gesichter voneinander. Als mein Blick auf seine geschwungenen Lippen fällt, komme ich mir vor wie der letzte Trottel. Mein Herz tanzt in der Brust, mein Puls hat ein ganz neues Level erreicht, und auch das Kribbeln in meinem Bauch ist alles andere als normal. Ich möchte dem Mann, der seine Freundin betrügt, eine Predigt halten, während ich selbst nicht mehr Herrin meiner Sinne bin, sobald er mir zu nahe kommt.

»Sie ist deine Freundin, und du sprichst von einem zwanglosen Treffen mit einer anderen Frau. Ich glaube kaum, dass du mit zwanglos einen Kaffeeklatsch meinst«, erkläre ich ihm und balle meine Hände zu Fäusten. Wie kann er so schwer von Begriff sein?

»Ich wusste nicht, dass Maddy meine Freundin ist, aber danke, dass du mich darüber informierst.« Er zieht sich zurück und wirkt mit einem Mal wieder deutlich größer als ich. Das karierte Hemd spannt sich um seine Brust, während er den Rucksack über seine Schulter wirft.

»Ist sie nicht?« Ich spüre, wie die Hitze in meine Wangen steigt, und trete von einem Bein auf das andere. *Oje, Kate. In was für ein Fettnäpfchen bist du da nur hineingetreten?* »Aber was ist sie dann?«, spreche ich die Frage aus, die ich eigentlich nur hätte denken sollen.

»Im Grunde geht es dich nichts an, aber ich erkläre es dir trotzdem gerne«, meint er mit spitzer Zunge. »Maddy ist ein One-Night-Stand gewesen. Genau dasselbe, was Laurie auch sein wird.«

Mir fällt die Kinnlade herunter. Nicht nur, weil er mir das einfach so offenbart. Auch, weil ich ihn nicht wie jemanden eingeschätzt hätte, der One-Night-Stands hat. Er wirkte auf mich eher wie ein einsamer Wolf, der sich zurückzieht und absolut kein Interesse an Frauen hat. Ich habe mehr als einmal mitbekommen, dass eine seiner Kundinnen versucht hat, mit ihm zu flirten, und er ist nicht ein einziges Mal darauf eingegangen.

»Oh.« Mehr kommt nicht über meine Lippen. Ich würde am liebsten aus dem Büro flüchten. Ich möchte gar nicht wissen, was Aidan gerade von mir denkt. Wieso mische ich mich auch in Sachen ein, die mich nicht zu interessieren haben? Ich sollte mich nur auf mein Ziel konzentrieren und es auf dem Weg dahin nie aus den Augen verlieren. Die erste Schlacht habe ich erfolgreich gewonnen. Auch wenn ich nur knapp vor Aidan liege, so ist es dennoch ein Erfolg. Noch neun Monate trennen mich davon, diesen Laden allein führen zu können, ohne mich täglich mit Aidan auseinandersetzen zu müssen.

Er geht an mir vorbei und wendet mir dabei das Gesicht zu. Das schiefe Grinsen auf seinen Lippen raubt mir die Luft zum Atmen. »Eine Sache muss ich aber noch klarstellen. Nur weil du heute einen kleinen Triumph verzeichnet hast, heißt das noch lange nicht, dass du am Ende gewinnen wirst. Nach dieser kleinen Niederlage werde ich noch härter arbeiten. Ich werde alles dafür tun, am Ende als Sieger aus der Sache rauszugehen.«

Sprachlos bleibe ich an Ort und Stelle stehen, während das Knarren der Holztür an meine Ohren dringt.

»Ach, und, Kate.« Es kommt nicht oft vor, dass Aidan mich beim Namen nennt, und doch gibt es zwei unterschiedliche Varianten, wie er es tut. Die eine ist provozierend und schroff. Die andere ist einfühlsam und ruhig. Die erste regt mich auf. Die zweite beunruhigt mich.

Ich drehe mich zu ihm um.

»Keine Ahnung, was es ist, das dich so runterzieht. Aber verlier dein Lächeln nicht.« Er schließt die Tür hinter sich und lässt mich allein zurück.

Kapitel 14

Kate

»Nein, hör auf ... Rachel ...« Schreiend wache ich auf. Tränen laufen mir über das Gesicht. Meine Sicht ist verschleiert. Nur das sanfte Licht der Nachttischlampe nehme ich an den Wänden wahr. Ich bin es gewöhnt, schreiend, weinend und zitternd aufzuwachen. Doch es ist lange her, dass ich wirklich jede Nacht einen Albtraum gehabt habe.

Ich wische mir die Tränen von den Wangen und den kalten Schweiß von der Stirn. Mein T-Shirt ist komplett durchnässt. Atmen. Ich muss meinen Atem beruhigen, um wieder die Kontrolle zu bekommen. Mit geschlossenen Lidern sitze ich aufrecht im Bett und versuche mich auf nichts anderes als meinen sich hebenden und senkenden Brustkorb zu konzentrieren. Die Hände lege ich dabei behutsam auf meinen Bauch, fühle den klammen Stoff unter meiner Haut und versuche, so tief wie möglich in den Bauch zu atmen.

Graue Augen.

Blitzartig öffne ich die Lider wieder und verliere die Kontrolle über meine Atmung. Sie geht schnell, stoßweise und hektisch. »Ahhhh«, schreie ich in den Raum hinein und fahre mir wild mit den Händen durch die Haare, die mir in alle Richtungen abstehen.

Ich kann nicht mehr. Wann erwache ich aus diesem Albtraum, der mein Leben ist? Wann kann ich vergessen, was passiert ist? Wann fühle ich mich nicht mehr schuldig? Wann hört diese Reue auf? Wann werde ich diese quälende Angst los?

All diese Fragen sind ständig in meinem Kopf, lassen mich nicht mehr los, nehmen mir die Kraft zum Atmen. Manchmal habe ich das Gefühl, dass meine Lunge in Ketten gelegt ist. Dass ich nicht mehr frei atmen kann. Dass ich nur noch atme, um zu überleben.

Wie muss sich Rachel fühlen? Mit welchen Dämonen kämpft sie?

Mit zitternden Fingern greife ich nach meinem Handy, das unter dem Kopfkissen liegt. Ich scrolle durch meine Kontakte und bleibe an ihrem Namen hängen. Meine letzte Nachricht an sie ist Monate her. Nach allem, was passiert war, nachdem wir beide die Uni verlassen hatten, brach unser Kontakt ab. Ich habe so oft versucht, sie zu erreichen. Doch jeder meiner Anrufe wurde weggedrückt. Auf meine Textnachrichten kam nie eine Rückmeldung, und als ich eines Tages vor ihrer Tür stand, wartete ich stundenlang vergebens darauf, dass sie geöffnet würde. Ich habe gehört, wie in der Wohnung etwas runtergefallen ist. Sie war da. Doch sie wollte mich nicht sehen.

Auch wenn ich weiß, dass ich vermutlich niemals eine Rückmeldung von ihr bekommen werde, öffne ich eine neue Nachricht und beginne mit rasendem Herzen zu tippen.

Manchmal wache ich auf und schreie deinen Namen.
Ich fühle mich gefangen in diesem Moment, in dieser
Hölle, und ich frage mich, wie es dir geht. Es tut mir

alles so leid. Ich würde alles dafür geben, um diesen
Abend rückgängig zu machen. Wenn du irgendwann
dazu bereit bist – auch wenn es in dreißig Jahren ist –,
dann melde dich bei mir. Ich bin immer da.
Kate

Es ist das erste Mal seit Monaten, dass ich eine Nachricht an Rachel nicht nur tippe, sondern sie auch abschicke.

Die Narbe an meiner Hüfte schmerzt, als würde sie sich zusammenziehen und jeden Moment aufreißen. Seufzend lasse ich mich nach hinten in die Federn fallen und atme laut aus. Das Handy drücke ich mir fest an die Brust und hoffe, dass Rachel eines Tages antwortet. Aber wer weiß, vielleicht hat sie längst ihre Nummer gewechselt, und all meine Nachrichten landen im Nichts.

Erst als meine Tränen in das Kissen unter mir sickern, bemerke ich, dass ich wieder zu weinen begonnen habe. Oder habe ich vielleicht nie damit aufgehört? Sind meine Schreie noch immer stumm? Kann ich mich noch immer nicht frei bewegen? Wiederholt sich dieser Moment der absoluten Hilflosigkeit immer und immer wieder, bis ich endgültig daran zerbreche?

Mein Blick ist verschwommen, trotzdem öffne ich mein E-Mail-Postfach. Auf die letzte Nachricht der Seelsorge habe ich nicht mehr geantwortet. Doch jetzt möchte ich mit jemandem reden. Ich könnte Zoe anrufen, aber wie oft will ich sie noch aus dem Alltag reißen, um meine Tränen zu trocknen? Ich möchte sie nicht mit meinem Leid belasten, weil ich weiß, wie sehr ihr mein Anblick wehtut. Ich muss die Ohnmacht selbst bekämpfen, und wenn das bedeutet, dass ich mir Hilfe suchen muss, dann werde ich das tun.

Von: Anna

E-Mail-Adresse: anna1212@gmail.com

Meine letzte Nachricht ist eine Weile her. Ich bin gut darin, vor meinen Problemen davonzulaufen. Also melde ich mich wieder nur in einem der dunkelsten Momente, weil ich nicht weiß, an wen ich mich sonst wenden soll. Es gibt Menschen in meinem Leben, die mich lieben, die für mich da sind, die mich stärken. Aber wie viel kann ich ihnen erzählen? Ich möchte das Gewicht auf meinen Schultern nicht abgeben. Es ist mein Schmerz, niemand anders soll meinetwegen leiden. Meine Familie, meine Freunde ... sie sollen sich keine Sorgen um mich machen. Sie sollen nicht weinen, nur weil ich es tue. Ich habe es verdient, diesen Schmerz zu fühlen, aber sie nicht. Also sage ich ihnen, dass es mir gut geht.

In Ihrer letzten Nachricht haben Sie die Frage gestellt, ob wir nicht alle schon einmal falsche Entscheidungen getroffen haben. Mit Sicherheit haben wir das. Aber meine Entscheidung hat nicht nur mein eigenes Leben zerstört, sondern auch das eines anderen. Das tut so sehr weh, dass ich manchmal nicht klar denken kann. Nicht richtig atmen. Nicht glücklich leben.

Ich schicke die E-Mail ab. Die kleine Uhr auf dem Display verrät mir, dass es bereits vier Uhr ist und mein Wecker in etwas mehr als einer Stunde klingeln wird. Unter normalen Umständen würde ich jetzt die Augen schließen und versuchen, noch ein wenig zu schlafen. Doch was ist noch normal? Daran zu denken, wieder einzuschlafen, wieder Bilder vor mir zu sehen, die ich nicht sehen will, löst blanke Panik in mir aus.

Also mache ich das Einzige, was mich ablenkt. Backen. Und die Welt um mich herum vergessen. Ich stehe auf und spüre jeden Muskel in meinem Körper, als wäre ich einen Marathon gelaufen. Mein Nacken schmerzt, mein Rücken spannt, und meine Beine fühlen sich an wie Wackelpudding. Trotzdem tragen mich meine Füße in die kleine Küche.

Ich suche alle Utensilien zusammen, um einen Banoffee Pie zu zaubern. Von Backen kann hier eigentlich nicht die Rede sein. Alles, was ich dafür brauche, sind Butter, Kondensmilch, Haferkekse, Bananen, Vanillezucker, Schlagsahne und Zartbitterschokolade.

Die Kondensmilch muss ungefähr eine Stunde lang köcheln, damit der Zucker darin karamellisiert. Währenddessen schmelze ich die Butter und zerkleinere die Haferkekse, um diese Brösel mit der Butter zu vermischen. Anschließend gebe ich die Mischung in die Springform und drücke sie als Boden platt.

Ich nutze die Zeit des Wartens, um unter die Dusche zu springen und mich für die Arbeit fertig zu machen. Heute wird ein langer Tag für mich. Hope und Mora können beide nicht kommen und mir aushelfen, da sie wichtige Termine in der Uni haben. Ich nehme es ihnen nicht übel, im Gegenteil. Sie sind mir eine so große Hilfe und Stütze, dass ich froh bin, sie zu haben. Es könnte keine besseren Kolleginnen für mich geben.

Meinen Fransenpony versuche ich durch das Föhnen irgendwie zu bändigen. Vor einigen Monaten war ich kurz davor, mir einen richtigen Pony zu schneiden. Doch Zoe hat mich davon abgehalten und dazu überredet, es erst einmal mit einem dünnen Pony zu probieren.

Der Spiegel zeigt mir die bittere Wahrheit. Meine Haut ist fahl, und die dunklen Ringe unter meinen Augen kann auch der Concealer nicht mehr verbergen. Die Nacht steckt mir nicht nur in den Knochen, sie zeigt sich auch in meinem Gesicht. Manchmal tut es weh, mich so zu sehen, und manchmal glaube ich, dass ich es nicht anders verdient habe.

Das Klingeln meiner Küchenuhr verrät mir, dass die Kondensmilch fertig sein sollte. Ich gehe wieder in die Küche und schneide die Bananen in dünne Scheiben. Die Karamellcreme, die sich gebildet hat, verteile ich auf dem Keksboden und lege die Bananenscheiben darauf.

Nun fehlt nur noch die Krönung. Also schlage ich die Sahne mit dem Vanillezucker steif und verteile sie in Wellen auf dem Kuchen. Ich schaue auf die Uhr. Normalerweise müsste der Kuchen für zwei Stunden in den Kühlschrank, doch das schaffe ich nicht mehr, wenn ich noch vor acht Uhr im *Cosy Corner* sein möchte. Also müssen eineinhalb Stunden ausreichen. Die Schokostreusel werde ich dann im Laden drüberstreuen.

Plötzlich beginnt mein Handy laut zu klingeln, was mich zusammenzucken lässt. Ich laufe rüber zu meinem Bett. Das Wort *Unbekannt* leuchtet auf dem Bildschirm auf und zeigt mir einen eingehenden Anruf. Es gibt vieles, was ich nicht ausstehen kann, und Telefonieren steht ganz oben auf meiner Hassliste. Schon als Teenager, als ich in das Alter kam, in dem man seine Anrufe selbst erledigen konnte, habe ich immer meine Mum vorgeschickt. Sie wusste, dass ich Telefonieren unangenehm fand, und hat mir diese Qual abgenommen. Rückblickend betrachtet war das wahrscheinlich keine gute Idee. Denn bis heute drücke ich mich davor, irgendwo anzurufen. Selbst ein Anruf beim Arzt ist mir schon zu viel. Lieber gehe ich persönlich zur Praxis, um einen Termin zu vereinbaren.

Das Klingeln hört nicht auf, und ich frage mich, wer mich so früh am Morgen anruft? Könnte es Hope oder Mora sein? Vielleicht fällt irgendwas in der Uni aus, und sie können doch im Laden einspringen?

»Hallo?« Ich halte mir das Smartphone ans Ohr, doch alles, was ich höre, ist ein leises Rauschen. »Hallo?«, frage ich erneut.

Ein Tuten ertönt. Aufgelegt. Entweder war die Verbindung zu

schlecht, was das Rauschen erklären würde, oder jemand hat sich verwählt. Wenn es wichtig ist, dann wird die Person sicher noch einmal anrufen.

Zurück in meiner kleinen Küche decke ich den Kuchen in seiner Form ab und verstaue ihn in meinem Jutebeutel. Meine Gedanken wandern wieder zum gestrigen Tag. Ich habe mich so was von blamiert. Wie konnte ich Aidan gegenüber nur solch eine Szene machen und mich als Retterin der Frauen aufspielen? Ich war so überrascht, dass er regelmäßig One-Night-Stands hat.

Eigentlich hätte ich den gestrigen Tag feiern müssen. Ich hätte mir einen guten Sekt kaufen und mit Hope und Mora anstoßen müssen. Auch wenn es nicht einmal tausend Pfund waren, die mir den Vorsprung verschafft haben, so liege ich in den ersten drei Monaten doch vor Aidan. Stattdessen musste ich den ganzen Tag an den Ausdruck in seinen Augen und seine Worte denken.

Keine Ahnung, was es ist, das dich so runterzieht. Aber verlier dein Lächeln nicht. Ich höre noch immer jedes einzelne Wort. Seine Stimme ist so tief in meinem Kopf verankert, dass ich sie überall wiedererkennen würde.

Was soll das heißen? Verlier dein Lächeln nicht? Obwohl ich weiß, dass ich nicht zu viel in seine Worte hineininterpretieren sollte, werde ich dennoch das Gefühl nicht los, dass seine harte Fassade langsam zu bröckeln beginnt und ich einen Aidan zu Gesicht bekomme, der mir fast schon zu nett ist.

Kapitel 15

Aidan

Es sind die Sonnenstrahlen, die mich an diesem Morgen wecken und mich meine Augen blinzelnd öffnen lassen. Dass die Sonne an einem Dezembermorgen scheint, ist alles andere als selbstverständlich für London. Die letzten Tage waren so grau und kalt, dass ich mich gefragt habe, ob es jeden Moment zu schneien beginnt. Dezember. Ich hasse diesen Monat. Ich hasse Schnee. Ich hasse die Weihnachtsfeiertage. Sie erinnern mich an Tage, die mein Leben verändert haben, an Menschen, die es geschafft haben, mich zu brechen. Wenn ich könnte, würde ich mich vermutlich den ganzen Monat über zu Hause verkriechen.

Eine Hand gleitet meinen Oberarm entlang und legt sich auf meine nackte Brust. Beinahe hätte ich vergessen, dass Laurie bis spät in die Nacht geblieben ist und ich irgendwann eingeschlafen bin, ohne ihr vorher ein Taxi zu rufen. Für gewöhnlich übernachten die Frauen nicht bei mir. Doch der gestrige Tag steckte mir so sehr in den Knochen, dass ich nach dem Sex erschöpft war und von traurigen braunen Augen geträumt habe.

Kate geht mir nicht mehr aus dem Kopf. Dass sie nach den ersten drei Monaten mit dem Umsatz minimal vor mir liegt, hat mich wirklich stark getroffen. Ich war mir sicher, dass ich besser dastehen würde als sie. Zugegeben, ihr Café ist immer gut besucht, aber auch ich kann mich nicht beschweren, und ein Buch kostet schließlich mehr als ein Kaffee. Ich kann noch immer nicht glauben, dass sie den ersten Triumph eingesteckt hat.

Doch viel schlimmer als diese Niederlage ist der Gedanke an ihr trauriges Gesicht. Ihre Stirn, die immer leicht gekräuselt ist, als würde sie sich ständig über irgendwas den Kopf zerbrechen. Ihre Lippen, die zu keinem echten Lächeln mehr fähig sind. Ihre leeren Augen und die Schatten darunter.

Ein Grummeln neben mir weckt meine Aufmerksamkeit, und ich schiebe Lauries Arm von mir, um aufzustehen. Aus dem Schrank nehme ich mir frische Klamotten und werfe sie über den Arm. Ich habe noch eine Stunde, bis ich losmuss, weshalb ich mich dafür entscheide, sie kurz weiterschlafen zu lassen. Auch wenn mir die Frauen, mit denen ich schlafe, nichts bedeuten, liegt es mir fern, jemanden unsanft aus meiner Wohnung zu schmeißen. Dass sie es sich gerade in meinem Bett bequem macht, ist nicht ihre Schuld. Es ist meine. Ich hätte nicht einschlafen dürfen.

Kate hat tatsächlich geglaubt, Maddy und ich wären zusammen. In dem Moment, als sie Laurie gesehen hat, muss sie mich für das größte Arschloch auf Erden gehalten haben – wenn sie das nicht vorher schon getan hat. Ihr rot angelaufenes Gesicht, als ich ihr erklärte, wie es wirklich ist, war einfach Gold wert.

Ich bin kein Kind von Traurigkeit, doch ich würde niemals einer Frau etwas vorspielen, nur um sie ins Bett zu kriegen. Bevor ich mich mit jemandem treffe, gebe ich der Person ganz klar zu verstehen, dass ich auf nichts Ernstes aus bin. Der Sex ist für mich nur ein Ventil – nicht mehr und nicht weniger. Auch nach der Scheidung von Fiona habe ich noch immer das Gefühl, kontrolliert zu werden, mich immer anständig benehmen zu müssen. Der Mann zu sein, der ich nur durch sie geworden bin. Dabei wollte ich nie so enden. So verbittert.

Brownie und Cookie sitzen mit großen Kulleraugen vor ihren Näpfen und beginnen in dem Moment zu miauen, als sie meine Schritte auf der Treppe hören. »Ist ja schon gut. Ihr verhungert schon nicht«, flüstere ich. Ich streiche beiden über die Köpfe und kraule sie kurz unter dem Kinn, bevor ich die Dosen Premiumfutter öffne und ihre Näpfe fülle. Die Katzen bekommen teureres Essen als ich selbst. Ich bin froh, wenn mir Cora einen ihrer leckeren Aufläufe auf der Arbeit vorbeibringt oder ich mir in meiner Pause ein Stück fettige Pizza beim Imbiss nebenan holen kann.

Während Cookie und Brownie vor sich hin schmatzen, husche ich schnell unter die Dusche. Noch bevor das Wasser warm gelaufen ist, stelle ich mich unter den Strahl und lasse meine Haut die eisige Kälte spüren. Das Wasser durchnässt meine Haare in Sekunden und läuft meinen Körper hinab. Gänsehaut bildet sich auf meinen Armen, und für einen winzigen Augenblick fühlt sich die Kälte an wie tausend Messerstiche. Bis es wohlig warm wird und meine Muskeln sich wieder entspannen.

Ich schließe die Augen und fahre mir über das Gesicht und durch mein nasses Haar. Normalerweise ist die Dusche der einzige Ort, an dem ich einen klaren Gedanken fassen kann. Doch heute scheint es anders zu sein. Denn ich denke immer noch an Kate. Ihr trauriges Gesicht, ihr blondes Haar, die braunen Rehaugen und ihr Lächeln, wenn es nicht geschauspielert ist. Dieses breite und ehrliche Lächeln. »Fuck«, murmle ich vor mich hin und balle meine Hand zu einer Faust. Ich versuche, dieses Gefühl zu verdrängen, das ich zuletzt als Teenager verspürt habe, als ich das erste Mal auf Fiona traf.

Mit einem Handtuch um die Hüften trete ich aus dem Badezimmer und schaue mich im Wohnbereich um. Keine Spur von

Laurie. Cookie und Brownie haben es sich mit ihren vollen Bäuchen auf dem Sofa bequem gemacht und schlummern schon wieder.

Schläft sie etwa immer noch? Ich gehe die Treppe nach oben und finde mein Bett leer vor. Anscheinend ist sie gegangen, ohne sich zu verabschieden, was ich begrüße. Auf irgendwelche Floskeln und das Hoffen auf ein baldiges Wiedersehen kann ich gut und gerne verzichten.

Ich lasse mich rücklings auf die Matratze fallen und atme tief durch. Diese Gedanken an Kate sollte ich mir schnell aus dem Kopf schlagen. Sie muss mir so egal sein, wie sie es mir bei unserer ersten Begegnung war.

»Okay. Reiß dich zusammen, Aidan. Wer ist sie schon?« Bloß eine junge Frau, an der ständig Mehl oder Zuckerguss klebt und die mich mit ihrer bloßen Anwesenheit auf die Palme bringt.

»Archer? Kannst du am Wochenende bei mir übernachten und ein Auge auf Cookie und Brownie haben?«, frage ich meinen kleinen Bruder, der gerade die neu eingetroffenen Bücher einsortiert. Das Blau seiner Haare erinnert mich ans Meer. Ich weiß nicht, wann ich das letzte Mal am Strand war und Meeresrauschen gehört habe.

Er dreht sich zu mir um und sieht mich durch seine grünen Augen an, die mich immer wieder an Mum erinnern. »Was hast du vor? Etwa ein heißes Date, das das ganze Wochenende lang dauert?« Er zwinkert mir zu und beginnt leicht zu lachen.

»Nein«, antworte ich ihm in ernstem Ton. »Ich muss zur Buchmesse.« Das Wochenende habe ich schon vor einer Ewigkeit rot in meinem Kalender markiert, und eigentlich wollte Cora auf die beiden Fellnasen aufpassen. Allerdings hat sie mich gefragt, ob ich jemand anders finden könnte, weil ihre Freundin sie nach

Dorchester zu sich eingeladen hat und sie ihren Kater und ihre Katze mitbringen darf. Cora hat angeboten, Cookie und Brownie ebenfalls mitzunehmen, aber ich kenne meine beiden Diven. Sie hassen es, in einer anderen Umgebung zu sein. Als sie vor ungefähr einem Jahr mal zu Cora mussten, haben sie ihr aus Protest jeden Teppich im Haus vollgepinkelt.

»Aber da ist doch das Winter-Festival in Manchester. Was meinst du, wieso ich unbedingt freihaben wollte?« Archer sieht mich entschuldigend an und zuckt mit den Schultern.

Ich könnte Cora darum bitten, doch nicht zu ihrer Freundin zu fahren, aber sie verdient diese Auszeit.

»Wieso fragst du nicht, ob Kate nach den Rackern sehen kann? Sie muss ja nur ab und an mal rüber, mit ihnen spielen, das Klo putzen und ihnen Essen geben«, schlägt Archer vor.

»Niemals.« Eher würde ich den Termin auf der Messe absagen. Ich verstehe, weshalb er auf die Idee gekommen ist. Kate wohnt gegenüber und müsste nicht einmal bei mir übernachten. Allerdings ist sie die letzte Person, die ich darum bitten will. Ich brauche sie nicht noch näher. Ich brauche Abstand.

Ein lautes Scheppern wie vom Zerspringen einer Tasse ertönt. Alle Blicke richten sich auf den Tisch am Fenster. Kate steht mit gefalteten Händen vor einem Mann, der im Begriff ist aufzustehen.

Sie sieht mitgenommen aus, als hätte sie tagelang nicht geschlafen. Ihre langen blonden Haare fallen ihr wild und zerzaust über die Schultern. Der Mann, der nicht nur grimmig guckt, sondern auch zu schreien beginnt, ist um einiges größer als Kate. Ich höre, wie sie sich mehrmals bei ihm entschuldigt, und doch scheint er keine Ruhe geben zu wollen.

»Hast du das gesehen? Der hat die Tasse einfach auf den Boden geschmissen«, sagt Archer empört und möchte sich gerade zu ihnen bewegen, da halte ich ihn auf.

»Ich mach das schon. Kümmer du dich um die Kunden.« Ohne den Mann aus den Augen zu lassen, gehe ich auf die beiden zu. Kate bückt sich und möchte gerade die Scherben aufheben, die der Mistkerl zu verantworten hat. Ich halte ihren Arm fest und ziehe sie hoch. »Lass das! Was ist hier los?«, frage ich den Mann. Er trägt einen Vollbart und scheint Ende vierzig zu sein. Sein Anzug gleicht all denen, die ich in einer riesigen Kiste unter meinem Bett verstaut habe und die ich hoffentlich nie wieder rauskramen muss.

»Sehr gut, Sie kommen genau im richtigen Moment. Sind Sie der Chef dieses Ladens?« Er stemmt die Hände in die Hüften und zeigt dann mit dem Finger ungeniert auf Kate. »Ihre Angestellte hat mir das falsche Getränk gebracht und war dann auch noch unfreundlich.« Er fuchtelt mit der Hand wild vor Kates Gesicht herum, was mich nur noch wütender macht. Mein Augenlid beginnt zu zucken, und ich versuche, die Ruhe zu bewahren.

Ich würde ihr gerne sagen, dass sie den Typen einfach rausschmeißen soll, doch als ich ihr Gesicht genauer betrachte, sehe ich sofort, dass sie dazu gerade nicht in der Lage ist. Ihre Schultern sind eingefallen. Ihr Blick ist starr auf den Boden gerichtet, und sie zittert leicht.

»Nein, bin ich nicht. Die Chefin steht vor Ihnen. Aber ich glaube, es wäre besser, wenn Sie den Laden verlassen würden«, antworte ich ihm mit ernster Stimme.

Er beginnt zu lachen.

Okay, Aidan. Zähl ganz ruhig bis zehn. Eins, zwei, drei, vier …

»Sie sollen verdammt noch mal den Laden verlassen«, brüllt Kate, reißt ihren Kopf hoch und strafft die Schultern. Durch ihre laute Stimme erregt sie die Aufmerksamkeit jedes einzelnen Kunden.

Der Mann hält inne und sieht sie aus großen Augen an. »Sie haben ja wohl nicht mehr alle Latten am Zaun, dass Sie so mit einem Kunden reden.« Er schnappt sich seine Umhängetasche und macht sich auf den Weg zur Tür.

»Menschen wie Sie glauben, sie könnten sich alles erlauben. Aber dem ist nicht so. Sie sind nicht mehr wert«, schreit Kate ihm hinterher und blendet offenbar alle anderen um sich herum aus, einschließlich mir. Ich möchte sie am Arm festhalten, doch sie ist zu schnell. Sie holt den Mann ein und hält ihm demonstrativ die Tür auf. »Lassen Sie sich hier nie wieder blicken.«

Ich verschränke die Arme vor der Brust und merke, wie sich ein Grinsen auf meine Lippen schleicht. Kate dreht sich zu mir um, und für einen kurzen Moment bleibt die Welt stehen. Sie lächelt triumphierend und ein klein wenig stolz. Ihre blonden Haare werden durch die Sonnenstrahlen angeleuchtet, die durch die offene Tür ins Café fallen. Sie glänzen wie flüssiges Gold.

Wie soll ich mich von dieser Frau fernhalten, wenn ich sie doch tagtäglich sehe? Und warum habe ich das Gefühl, dass ihr Lächeln alles ist, was ich brauche, um durchatmen zu können?

»Das war eine interessante Show. Ist alles in Ordnung?« Archer steht plötzlich neben mir und klopft mir auf die Schulter.

»Danke«, murmelt Kate, löst dabei ihren Blick von mir und verschwindet hinter der Theke, um den Kunden zu bedienen, der gerade eben durch die Tür gekommen ist und sich anscheinend etwas zum Mitnehmen holen möchte.

»Hallo? Noch anwesend?« Mein kleiner Bruder wischt mit seiner Hand vor meinen Augen hin und her und reißt mich damit aus meiner Starre. »Eine Kundin bräuchte deinen fachlichen Rat, ich kann ihr leider nicht weiterhelfen, sie sucht ein Geschenk für ihren Mann. Irgendeinen Klassiker«, erklärt er mir und deutet mit einer leichten Kopfbewegung in die Richtung der Regale unterhalb der Wendeltreppe.

Ich gehe auf die Frau zu, die Archer gemeint hat, um sie zu beraten. Während ich von den Werken George Orwells schwärme und ihr ein Buch nach dem anderen empfehle, merke ich kaum, wie die Zeit vergeht.

Früher hat mir Barney jeden Abend aus einem Buch vorgelesen. Von Franz Kafka bis hin zu Mark Twain war alles dabei. Nicht unbedingt Bücher, die man einem kleinen Jungen vorliest, doch Barney war schon immer anders und hat sich nicht an die Norm gehalten. Ich bin ihm jeden Tag dankbar. Nicht nur fürs Vorlesen – für alles.

Ich schaffe gerade ein wenig Ordnung auf dem Neuheiten-Tisch, da spüre ich ein sanftes Tippen am Rücken. Kate beißt sich auf die Unterlippe, und ich sehe ihr förmlich an, dass sie die Worte in ihrem Kopf sortiert. Mit geröteten Wangen beginnt sie zu sprechen, ohne mich dabei anzusehen. »Archer hat mit mir geredet.« Und sofort ahne ich nichts Gutes.

»Und?«, frage ich und lege die zwei Bücher aus der Hand.

»Also ...« Sie streicht sich das Haar hinters Ohr und neigt den Kopf leicht nach hinten, um mir in die Augen zu blicken. »Ich habe am Wochenende nichts vor.« Sie hält die Spitze ihrer Haarsträhne fest und fummelt an ihr herum. »Hope und Mora arbeiten sowohl Samstag als auch Sonntag.«

»Okaaaay«, erwidere ich. Ich werde meinen Bruder umbringen.

»Was ich sagen will, ist ... Also Archer hat mir von der Buchmesse erzählt und dass du niemanden hast, der auf deine Katzen aufpasst. Und ... na ja, also Katzen und ich sind jetzt nicht die besten Freunde, aber ...«

»Du musst das nicht tun. Ich finde schon jemanden«, erkläre ich ihr.

»Aber ich möchte.« Ihr Blick wirkt beinahe flehend. Sie schiebt ihre Unterlippe leicht vor, als würde sie um etwas betteln, was absolut keinen Sinn ergibt.

»Wieso?«

»Auch wenn du es vielleicht anders siehst, habe ich das Gefühl, dass du mir schon oft geholfen hast. Und ich möchte für nichts in deiner Schuld stehen. Es bereitet mir keine Umstände, ein paarmal am Wochenende rüberzugehen und mich um die Katzen zu kümmern. Danach sind wir quitt und können wieder dazu übergehen, uns täglich an die Gurgel zu springen.« Sie hält mir ihre Hand hin, als würden wir einen Deal besiegeln.

Ich frage mich, ob wir das wirklich können. Ob wir einander wieder wie früher hassen können, oder ob ich mich nicht auf dem Weg zu meinem Ziel verloren habe.

Sie lächelt. Schon wieder.

Ihr Lächeln ist ehrlich und aufrichtig.

Und die kleinen Grübchen, die sich dabei in ihre Wange graben, werde ich so schnell nicht mehr aus dem Kopf bekommen.

»Okay?«, fragt sie.

»Okay«, antworte ich und lege meine Hand in ihre.

Kapitel 16

Kate

Das Handy zwischen Ohr und Schulter geklemmt, schließe ich die Tür zu Aidans Wohnung auf. »Du bist jetzt also schon Aidans persönliche Katzensitterin. Interessant.« Zoe lacht, und im Hintergrund höre ich das Klappern von Geschirr. Während ich diesen Samstag bei Aidan verbringe, hat Zoe beschlossen, im Internet nach der perfekten Location für die Hochzeit zu suchen. Das letzte Mal, als wir darüber gesprochen haben, hieß es, dass die zwei so schnell wie möglich heiraten möchten, dabei haben sie doch alle Zeit der Welt.

»Wenn ich mich am Montag nicht bei dir melde, dann habe ich das Wochenende nicht überlebt und wurde von wilden Katzen gefressen«, erkläre ich meiner besten Freundin und stecke gleichzeitig den Kopf durch den Türschlitz, um festzustellen, wo sich die beiden Raubkatzen befinden.

»Dir auch ein wundervolles Wochenende. Hab dich lieb.«

»Ich dich auch.«

Gestern hat Aidan mir die Schlüssel zu seiner Wohnung gegeben, bevor er dann heute Morgen nach Leeds abgereist ist.

»Ich möchte euch nichts tun. Also tut mir bitte auch nichts. Danke.« Zögerlich trete ich durch die Tür und schließe sie hinter mir. Mit dem Rücken am Holz bleibe ich stehen und taste den Wohnbereich mit meinen Augen ab.

Von der Tür aus blickt man direkt auf eine Fensterfront aus vielen kleinen Scheiben, die durch schwarze Rahmen getrennt sind. Sie reichen von der linken bis zur rechten Seite des Wohnbereichs und bis direkt unter die Decke. Und die Wände sind wirklich hoch. Eine schmale Treppe führt in einen oberen Bereich. Von hier unten kann ich nur erkennen, dass sein Bett oben steht. Direkt vor den Fenstern sehe ich ich ein Sideboard aus dunklem Holz, welches gut zu dem Dielenboden passt. Ein Couchtisch in derselben Farbe steht vor dem mahagonifarbenen Ledersofa, auf dem mindestens fünf Leute Platz finden würden. Nicht zu vergleichen mit meinem kleinen Zweisitzer. Neben dem Sideboard steht ein Schreibtisch, auf dem sich unzählige Bücher stapeln und das reinste Chaos zu herrschen scheint. Dabei sieht der Rest der Wohnung ordentlich und aufgeräumt aus.

Alles hier riecht nach Aidan, nach frischem Aftershave, als hätte er gerade erst geduscht, und nach Kaminholz, obwohl ich hier weit und breit keinen Kamin entdecken kann.

Wenn ich nach rechts schaue, sehe ich die offene, schwarze Küche, die sich unterhalb des oberen Bereichs befindet. Mit bedachten Schritten gehe ich auf sie zu und schaue dabei in jede Ecke, ob ich irgendwo einen Blick auf die beiden Katzendamen erhaschen kann, deren Namen Cookie und Brownie sind. Als Aidan mir ihre Namen genannt hat, war ich überrascht. Keine Ahnung, was ich erwartet hatte. Aber definitiv nicht, dass er sie nach Gebäck benannt hat.

Auf dem runden Küchentisch, an dem im Übrigen nur ein einziger Stuhl steht, befinden sich eine Vase mit Kamillen und ein Zettel.

Danke. Fühl dich wie zu Hause. Das Katzenfutter findest du im Wandschrank ganz links, und alles, was im Kühlschrank ist, darfst du gerne essen. Cookie isst lieber das Trockenfutter. Ihr Napf ist der weiße. Brownie mag Nassfutter lieber.
PS: Die Blumen sind für dich, sie passen zu dir.

Ich lege den Zettel aus der Hand. Inwiefern passt Kamille zu mir? Soll das irgendein blöder Scherz sein? Am liebsten würde ich jetzt mein Smartphone wieder zur Hand nehmen und Aidan direkt fragen. Für Notfälle hat er mir seine Handynummer gegeben. Allerdings glaube ich nicht, dass meine Frage als Notfall durchgehen würde.

»Cookie? Brownie?«, rufe ich. Doch von den beiden fehlt immer noch jede Spur. So langsam werde ich nervös. Sie sind doch nicht durch die Tür gehuscht, als ich sie geöffnet habe, oder? Das hätte ich bemerkt.

Ich bücke mich und werfe einen Blick unter das Ecksofa, doch außer ein wenig Staub und dem einen oder anderen Katzenspielzeug befindet sich nichts darunter. Vorsichtig nehme ich die wenigen Stufen in den oberen Bereich, der nur durch ein niedriges Geländer abgetrennt ist, an dem sich erneut Bücher stapeln. Doch das ist es nicht, was mich ins Staunen bringt. Mit offenem Mund stehe ich vor dem Bett. Es ist mehr als doppelt so groß wie meins und füllt den kompletten Raum. An der Wand steht noch ein Kleiderschrank, aber das war es dann auch schon.

Unter der karierten Bettdecke erkenne ich zwei kleine Hügel. Ich gehe in die Hocke und umklammere die Decke, um sie leicht anzuheben. Bevor ich etwas erkennen kann, ertönt ein Miauen, und ich schrecke zurück. Dabei lande ich direkt auf meinem Po und stoße mir den Rücken an einem der Bücherstapel.

Meine Angst vor Katzen ist Ludmilla zu verdanken. Ja, meine Oma hat ihre Katze wirklich Ludmilla genannt. Jedes Mal, wenn ich bei ihr zu Besuch war, hat dieses Biest sein Revier verteidigt und mich als Eindringling gesehen. Dabei wollte ich nur mit ihr spielen und sie streicheln. Sie sah so süß und flauschig aus. Doch wenn ich meine Hand nach ihr ausgestreckt habe, hat sie zugelangt und mir Kratzer verpasst. Ich glaube heute noch, dass diese Katze jeden Menschen gehasst hat außer meiner Oma. Bei ihr war sie ein Engel.

Ich rapple mich wieder auf und richte den Bücherstapel, den ich ordentlich ins Wanken gebracht habe. Erneut dringt ein Miauen an mein Ohr, und als ich mich umdrehe, sehe ich, wie eine winzige Katze mit dunkelbraunem Fell sich an meinem Bein reibt. »Dann musst du Brownie sein«, sage ich und strecke zögerlich meine Hand nach ihr aus.

Aidan hat mir gesagt, dass Brownie eine sehr kuschelbedürftige und brave Katze ist, wohingegen Cookie etwas frecher sein soll. Anscheinend bin ich Cookie genauso wenig geheuer wie sie mir, da sie sich noch immer unter der Decke befindet.

Brownie hingegen fängt sofort an zu schnurren, sobald meine Fingerspitzen ihr weiches Fell berühren. Sie ist so winzig, dass es mir schwerfällt zu glauben, dass sie fast drei Jahre alt sein soll. Sie hat einen runden Kopf mit einer hellen Stupsnase und gelben Augen. Ein wirklich wunderschönes Tier.

Innerhalb von Sekunden vergesse ich meine Angst vor Katzen und setze mich im Schneidersitz auf den Boden. Brownie scheint gar keine Angst vor mir zu haben, als hätte sie mich schon hundertmal gesehen. Stattdessen klettert sie auf meinen Schoß, dreht sich ein paarmal im Kreis und macht es sich anschließend auf meinen Beinen bequem. Ich fahre über ihr Fell und spüre das Vibrieren ihres Schnurrens durch meine Jeans.

Mit einem Lächeln im Gesicht lehne ich meinen Rücken gegen die Bettkante und lasse den Kopf auf der Matratze ruhen. Wer hätte gedacht, dass ich eines Tages in Aidans Wohnung sitzen und mit seiner Katze kuscheln würde? Ich garantiert nicht. Doch Archer hat mir von Aidans Situation erzählt und davon, dass ich damit auch Archer selbst einen Gefallen tun würde. Also war mir sofort klar, dass ich es machen würde.

Als Aidan mich damals hat weinen sehen, hätte er einfach gehen können. Doch das tat er nicht. Er blieb. Und er nahm mich wortlos in den Arm. Ich brauchte Halt, und das hat er sofort verstanden.

Beim Bezirkstreffen mit den Besitzern der umliegenden Geschäfte war ich so sehr in meinen Gedanken gefangen, dass ich kein vernünftiges Wort zustande gebracht habe. Aidan hätte mich auflaufen lassen können. Stattdessen hat er für mich gesprochen und mir damit eine Blamage erspart.

Als der Kunde neulich die Tasse auf den Boden warf und mich vor allen Leuten anschrie, da hätte Aidan es einfach ignorieren können. Er hätte sich darüber freuen können, dass ein Kunde eine Szene macht und mich als Cafébesitzerin beleidigt. Doch sein Blick verriet mir sofort, dass er alles andere als erfreut war. Er hat mir den Rücken gestärkt, und, ob bewusst oder unbewusst, er hat mir Mut gemacht, meine Meinung zu sagen und mich nicht unterdrücken zu lassen.

Und dafür bin ich ihm dankbar.

Ich habe nicht vergessen, wer Aidan für mich ist. Nämlich meine Konkurrenz. Mein Rivale. Und wenn man es so sagen möchte, sogar mein Feind.

Trotzdem musste ich keine Sekunde überlegen, ob ich ihm diesen Gefallen tun werde oder nicht. Wie sagt man so schön?

Eine Hand wäscht die andere. Er hat mir geholfen, und jetzt helfe ich ihm.

Mit der Katze auf dem Schoß und dem Kopf auf der Matratze fallen mir langsam die Augen zu.

Ein Schmatzen und etwas Nasses wecken mich kurz darauf. Ich blicke in grüne Augen, die nur Millimeter von meinem Gesicht entfernt sind. Cookie hält in der Bewegung inne und hört damit auf, mein Gesicht abzulecken. Ich dachte, so was würden nur Hunde machen.

Während Brownie noch immer auf meinen Beinen liegt, sitzt Cookie direkt neben meinem Gesicht. Ihr Fell ist orange und weiß, und ihre Augen sind stechend grün. Ein wirklich hübsches Tier und optisch ganz anders als Brownie. »Ich dachte, du magst keine Fremden. Oder hast du deine nächste Mahlzeit probiert?«, frage ich Cookie, die zu miauen beginnt und vom Bett springt.

Sofort läuft Brownie ihr hinterher, und gemeinsam tapsen sie die Treppen nach unten. Ich richte mich auf und strecke mich. Meinem Rücken nach zu urteilen, habe ich länger in dieser Position gesessen, als gut für mich war. Alles spannt und tut weh. Mal wieder ein Warnsignal, dass ich auch nicht mehr jünger werde und endlich Sport machen sollte. Vielleicht probiere ich es bald mal mit dem Joggen. Während der Uni habe ich das regelmäßig durchgezogen, doch seit dem Abend auf der Party mit Rachel war ich kein einziges Mal mehr laufen.

Unten angekommen fülle ich die Trinkbehälter mit frischem Wasser und füttere die beiden so, wie Aidan es mir gesagt hat. Nassfutter für Brownie und Trockenfutter für Cookie.

Ich lasse meinen Blick durch den Wohnbereich wandern, auf der Suche nach dem Badezimmer, bis mir eine schmale Tür auffällt, die sich neben dem Flur befindet. Wahrscheinlich ist sein Bad genauso winzig wie meins. Doch noch während ich die Tür aufmache, werde ich eines Besseren belehrt. Es ist riesig. Er hat sogar ein Fenster im Badezimmer. Und noch besser. Er hat eine große Badewanne und eine Wasserfalldusche. Wie gerne würde ich es mir in der Wanne bei einem warmen Schaumbad gemütlich machen und meine Glieder entspannen. Ich sollte die Worte *Fühl dich wie zu Hause* jedoch lieber nicht zu wörtlich nehmen.

Unter dem breiten Waschbecken befindet sich ein Einbauschrank, in den zwei Löcher eingestanzt sind. Ich mache die Türen auf und ziehe die beiden Katzenklos heraus. Entsorge ich gerade ernsthaft die Scheiße von Aidans Katzen? Nach diesem Wochenende sind wir mehr als nur quitt.

Cookie und Brownie scheinen richtige Genießer zu sein. Sie sind noch immer beim Essen, während ich mit einer Mülltüte, mit ihren Hinterlassenschaften befüllt, in den Flur trete und nach dem Schlüssel greife. »Ich komme später wieder vorbei«, teile ich ihnen mit, als würden sie mich tatsächlich verstehen, und ziehe die Tür hinter mir zu.

Drüben in meinem Haus angekommen, fängt mich Frau Collins im Treppenhaus ab. »Ms Fraser, warten Sie einen Moment.« Ihre Wohnungstür liegt direkt gegenüber meiner. Sie ist eine ältere Dame, die schon das eine oder andere Mal an meine Tür geklopft hat, nur um mich zu fragen, ob ich einen von ihren Eintöpfen probieren möchte.

»Haben Sie das von unserer Nachbarin mitbekommen?«, fragt sie mich und schaut sich gleichzeitig im Hausflur um, ob uns irgendwer belauschen könnte. Ihr gelber Faltenrock reicht bis zum Boden und bedeckt sogar ihre Schuhe.

»Nein, habe ich nicht.« Ich frage gezielt nicht danach, was sie genau meint. Aus Tratsch und Klatsch versuche ich mich rauszuhalten, besonders in der Nachbarschaft. Ich bevorzuge es, anonym zu bleiben.

Mein Schlüssel steckt bereits im Schloss, doch bevor ich aufschließen kann, kommt Frau Collins näher und beginnt zu flüstern. »Sie wurde vergangene Nacht in ihrer Wohnung überfallen. Sie wissen schon, das junge Mädchen, dessen Freund immer bei ihr ist. Davies ist ihr Nachname. Ist es nicht tragisch, dass sie ausgerechnet gestern allein war?« Noch während Frau Collins weiterspricht, rutscht mir das Herz in die Hose, und eine eisige Gänsehaut bildet sich auf meinem ganzen Körper. »Zum Glück ist ihr nichts Ernsteres zugestoßen. Mr Parker hat ihre Schreie gehört und konnte die zwei Männer vergraulen. Das ist jetzt schon der zweite Überfall in diesem Haus innerhalb von sechs Monaten.«

Plötzlich ist sie wieder da. Blanke Angst. Ich versuche irgendwelche Worte zusammenzustöpseln, doch mehr als ein Stottern bringe ich nicht hervor. Hastig öffne ich die Tür, trete in meine Wohnung und schließe hinter mir ab.

Mir stellen sich die Nackenhaare auf bei dem Gedanken, was Frau Davies, die direkt unter mir wohnt, durchgemacht haben muss. Der Raub bei einem Nachbarn vor ungefähr sechs Monaten hat mich zu der Zeit so sehr aus der Bahn geworfen, dass ich kurz davor war auszuziehen. Ich konnte nicht mehr klar denken vor Angst. Nur Zoe hat es geschafft, mich zu beruhigen. Doch so etwas kann überall passieren.

Ich stehe in meinen eigenen vier Wänden. An dem Ort, an dem ich mich am wohlsten fühlen sollte. Aber alles, was ich verspüre, ist Angst. Mir schießen so viele Bilder durch den Kopf, dass es mir die Tränen in die Augen treibt. Bilder von Samuel. Bilder von Cameron und Rachel. Bilder von dem Tag danach. Bilder von dem Tag, an dem ich Rachel das letzte Mal gesehen und gesprochen habe. Bilder von vor wenigen Tagen, als Samuel plötzlich vor mir stand. Wie das freundliche Lächeln auf seinen Lippen sich in Luft auflöste, als er mich erkannt hat.

Meine feuchten Handflächen reibe ich an meinem Oberteil trocken. *Beruhig dich, Kate! Es ist alles okay.* Ich wiederhole diese Worte Dutzende Male, in der Hoffnung, dass sie den Schatten vertreiben, der über mir immer dunkler wird.

Eigentlich wollte ich mein freies Wochenende damit verbringen, nach dem perfekten Hochzeitsgeschenk für Zoe und Noah zu suchen. Doch beim Gedanken daran, unter Menschen zu gehen, wird mir übel. Zu wissen, dass ich Samuel wieder über den Weg laufen könnte, ist der blanke Horror für mich. Ich habe immer gehofft, dass er vielleicht ebenfalls das Studium abgebrochen hat und gar nicht mehr in London lebt. Dasselbe gilt auch für Cameron. Dieser Gedanke hat mich aufrecht gehalten, hat mir die Kraft gegeben, mich nach wochenlangem Verstecken in der Wohnung wieder in die Innenstadt zu trauen.

Alles, was ich damals wollte, war verschwinden. Ich habe auf ein schwarzes Loch gehofft, das mich verschlingt. Und dieses schwarze Loch kam auch. Nur hat es mich nach elendigen Monaten wieder ausgespuckt. Ich will nicht mehr an diese Zeit denken, sie am liebsten aus meinem Leben streichen und für immer vergessen. Aber wie? Wie kann man vergessen, was man mit eigenen Augen gesehen hat, was man gespürt hat?

Mit dem Handy in der Hand rutsche ich an der Tür hinunter, bis ich mit dem Po auf dem kalten Boden lande. Wie von selbst streichen meine Finger über den Bildschirm und wählen Zoes Nummer.

»Der Gesprächspartner ist vorübergehend nicht zu erreichen«, ertönt eine weibliche Stimme am anderen Ende. Für einen kurzen Augenblick frage ich mich, was ich Zoe sagen wollte. Wollte ich nur ihre Stimme hören, um mich abzulenken? Oder wollte ich sie mal wieder darum bitten, dass sie bei mir übernachtet? Sie würde es sofort tun – ohne zu zögern. Wir würden es uns gemeinsam in meinem kleinen Bett bequem machen und einen Serienmarathon starten.

Irgendwas in mir zögert, sie erneut anzurufen. Zögert, ihr eine Nachricht zu schreiben und sie darum zu bitten, dass sie sich bei mir meldet. *Du musst verdammt noch mal selbst mit deinen Dämonen klarkommen, Kate.* Meine beste Freundin kann nicht für immer mein Anker sein. Sie hat ihr eigenes Leben, und auch wenn wir füreinander wie Schwestern sind, möchte ich sie nicht ständig mit meinem Schmerz belasten.

Einige Stunden nach meiner letzten E-Mail an die Seelsorge habe ich eine Antwort bekommen, die ich bisher nicht gelesen habe. Jetzt öffne ich sie.

Von: D. C.

E-Mail-Adresse: d.c@onlineseelsorge.com

Hallo Anna,

Sie können sich jederzeit an mich wenden, denn genau dafür sind wir/bin ich da. Egal, wie dunkel oder wie hell Ihr Tag Ihnen erscheint, wenn Sie reden möchten, zögern Sie nicht, es zu tun.

Ich würde Ihnen gerne sagen, dass Sie sich Ihren Liebsten anvertrauen sollten, dass diese, ohne zu zögern, Ihren Schmerz lindern wollen, auch dann, wenn sie sich dadurch selbst etwas von dem Schmerz aufbürden. Ich nehme an, Sie würden dasselbe für Ihre Familie und Ihre Freunde tun.

Aber ich möchte Ihnen nichts vormachen. Ich war selbst in einer ähnlichen Situation wie Sie. Ich habe mich zurückgezogen, habe alles mit mir ausgemacht, weil ich niemandem zeigen wollte, dass ich leide, dass ich nicht immer stark bin. Und bis zu einem gewissen Grad ist es auch normal, sich zurückzuziehen. Aber wenn ich eins aus meiner Vergangenheit gelernt habe, dann ist es, dass Reden Wun-

den heilen kann. Manch ein Schmerz wird nie komplett verschwinden, aber wenn man seine Gedanken und Gefühle unterdrückt, macht es alles nur komplizierter und führt nicht dazu, dass es einem besser geht. Das habe ich am eigenen Leib erfahren müssen. Erst als ich angefangen habe, über gewisse Geschehnisse zu reden, meine wahren Gefühle auszusprechen und auch mal alles rauszuschreien – erst da haben meine Wunden zu heilen begonnen.

Mein Rat an Sie: Öffnen Sie sich. Öffnen Sie sich zu hundert Prozent. Halten Sie nichts zurück, keinen Gedanken und keine Emotionen. Wenn Sie mit niemandem aus Ihrem Umfeld darüber sprechen möchten, dann können Sie jederzeit zu uns kommen. Sie finden uns in der St Peters Street 42. Hier ist alles anonym. Es werden keine Daten oder Ähnliches von Ihnen aufgenommen. Wir möchten nur eine Anlaufstelle für diejenigen sein, die sich etwas von der Seele reden müssen, um endlich wieder – wie Sie schon gesagt haben – klar denken, richtig atmen und glücklich sein zu können.

Mit freundlichen Grüßen
D.

Tränen laufen über mein Gesicht und sickern in den Rollkragen meines Pullovers. Die Ehrlichkeit dieser Worte überrollt mich. Der Verfasser der Nachricht hat es auf den Punkt gebracht. Aber ich frage mich, ob Reden meine Wunden wirklich heilen kann. In meiner Vorstellung reißen sie nur immer weiter auf.

Dabei hat Zoe mal etwas Ähnliches gesagt. Dass es im ersten Moment immer schmerzhaft ist, über solche Erfahrungen zu sprechen, und dass es nur leichter wird, wenn man es öfter tut.

Die St Peters Street ist nicht einmal weit von meiner Wohnung weg. Mit dem Fahrrad wären es sicherlich nur dreißig Minuten. Es gibt Tage, an denen glaube ich, dass mir ein Psychologe weiterhelfen könnte. Und dann gibt es wiederum Tage, an denen ich es als sinnlos erachte. An denen ich gar nicht von meiner Last befreit werden möchte, weil ich glaube, sie verdient zu haben.

Von: Anna
E-Mail-Adresse: anna1212@gmail.com
Hallo,

für einen kurzen Moment habe ich tatsächlich darüber nachgedacht, Ihre Einrichtung zu besuchen. Doch dafür bin ich nicht bereit. Vielleicht werde ich das irgendwann sein. Vielleicht aber auch nie. Ergibt es Sinn, wenn ich sage, dass ich mich auf der einen Seite wirklich öffnen und auf der anderen genau das Gegenteil tun will? Darf ich fragen, wie lange es bei Ihnen gedauert hat, um sich komplett zu öffnen? Wie haben Sie gelernt, mit dem Schmerz umzugehen?

Ich lasse meine Stirn auf meine Knie fallen. Zoe hat mir mal den Rat gegeben, mich auf meine Atmung zu konzentrieren, wenn mich das Gefühl von Angst übermannt oder ich kurz vor einer Panikattacke stehe. Langsam und tief atme ich durch die Nase ein, spüre, wie meine Bauchdecke sich hebt und der Luft ihren Raum gibt, und atme anschließend durch den Mund wieder aus. Mit der Hand auf dem Bauch konzentriere ich mich auf das Heben und Senken.

Es vergehen ein paar Minuten, in denen sich mein Herzschlag wieder beruhigt, und auch das drückende Gefühl in meiner Brust lässt langsam nach.

Dann vibriert mein Handy und zeigt eine neue E-Mail an. Ich gehe die wenigen Schritte zu meinem Sofa, lasse mich darauf fallen und lege die weiße Decke über meine Beine.

Von: D. C.
E-Mail-Adresse: d.c@onlineseelsorge.com
Hallo Anna,

ich verstehe das. Sie möchten all die Gedanken loswerden, die in Ihrem Kopf feststecken und die Sie sich nicht auszusprechen trauen, und gleichzeitig hoffen Sie darauf, dass Ihre Sorgen verschwinden, wenn Sie ihnen keinen Raum geben und sie ignorieren. Leider ist das nicht so einfach. Nur weil man etwas ignoriert, bedeutet es nicht, dass es sich in Luft aufgelöst hat.
Es ist vollkommen in Ordnung, dass Sie noch nicht dazu bereit sind, mit jemandem von Angesicht zu Angesicht zu sprechen, aber dann lassen Sie es uns doch auf diesem Weg versuchen. Manchen Menschen fällt es leichter, sich jemandem zu öffnen, den sie nicht kennen und der sie nicht kennt.
Zu Ihrer Frage. Da muss ich kurz überlegen ... Es waren definitiv einige Monate. Es gab drei Menschen, denen ich erzählt habe, was passiert ist. Aber bei keinem von ihnen war ich zu hundert Prozent ehrlich, bei niemandem habe ich meine wahren Gefühle offengelegt und jedes Detail ausgepackt. Bis es dazu kam, vergingen weitere Monate.
Möchten Sie mir vielleicht sagen, wofür Sie sich schuldig fühlen?

Mit freundlichen Grüßen
D.

Nein, das möchte ich nicht, denke ich, drücke trotzdem sofort auf Antworten und lasse meine Finger über das Display schnellen.

Von: Anna
E-Mail-Adresse: anna1212@gmail.com

*Ich musste dabei zusehen, wie eine gute Freundin von mir verge-
waltigt wurde, und hätte es mich nicht gegeben, wäre sie erst gar
nicht an diesem beschissenen Ort gewesen. Sie wäre niemals diesen
Qualen ausgesetzt gewesen. Es hätte besser mich treffen sollen,
doch ich blieb verschont. Ich wurde nur beinahe vergewaltigt.*

Mehr schaffe ich nicht. Nicht jetzt. Mit zitternden Händen drücke
ich auf Senden und lege das Handy beiseite. Ich wische mir die
Tränen aus dem Gesicht und würde mich am liebsten anschreien
dafür, dass ich schon wieder weine. Ich musste doch nur bei der
Vergewaltigung zusehen, lag machtlos daneben. Mir selbst ist
nichts passiert. Das eigentliche Leid wurde Rachel angetan, nicht
mir. Und trotzdem wache ich so gut wie jede Nacht weinend auf.
Ich habe kein Recht dazu, denn ich bin schuld an dem, was meiner Freundin passiert ist.

Rum! Im Hausflur ertönt plötzlich lauter Lärm, als würden Türen knallen oder jemand gegen eine Wand schlagen. Innerhalb
von Sekunden versteift sich mein ganzer Körper, und ich sitze
aufrecht auf dem Sofa. Mein Blick fliegt sofort zu der Kette, die
vor meiner Tür hängt und mir sonst immer zumindest ein mini-
males Gefühl von Sicherheit vermittelt.

Doch nach dem, was Frau Collins mir heute erzählt hat, fühle
ich mich alles andere als sicher in diesen vier Wänden. Ich könnte
noch mal versuchen, Zoe zu erreichen, oder heute doch noch arbeiten gehen. Aidan meinte, ich müsse nicht jede Stunde nach
seinen Katzen sehen, es würde reichen, dreimal vorbeizuschauen
und ihnen etwas Futter zu geben. Aber wenn ich mich jetzt dazu
entschließe, ins *Cosy Corner* zu gehen, dann muss ich später auch
wieder zurück, und mittlerweile beginnt es schon um fünf Uhr
dunkel zu werden. Ich glaube, heute würde ich es nicht packen, in
der Dunkelheit mit dem Fahrrad nach Hause zu fahren.

Die Schlüssel, die sich in meiner Hosentasche befinden, nehme ich mit einem Mal viel deutlicher wahr. *Nein, Kate, das ist eine bescheuerte Idee, denk gar nicht erst daran.*

»Ach, scheiß drauf«, knurre ich und stehe auf. Aus dem Kleiderschrank ziehe ich einen schwarzen Rucksack und stopfe ihn mit frischen Klamotten voll. Aidan wird gar nicht bemerken, dass ich über Nacht in seiner Wohnung geblieben bin. Ich werde einfach auf dem Sofa schlafen und alles so ordentlich hinterlassen, wie ich es vorgefunden habe.

Obwohl ich weiß, dass dies keine gute Idee ist, halte ich es in meiner Wohnung einfach nicht mehr aus. Der Gedanke an das, was erst gestern unter mir passiert ist, lässt mich meinen gesunden Menschenverstand vergessen.

Mit einem vollen Rucksack in der Hand trete ich an meine Tür und blicke durch den Spion. Zu sehen ist nichts, und das Gepolter, das ich vorhin noch gehört habe, scheint auch verstummt zu sein. Ich nehme meinen ganzen Mut zusammen, löse die Kette von der Tür und schließe sie auf, um hinauszutreten. Mit einem mulmigen Gefühl im Bauch gehe ich die Treppen hinunter. Mein Blick verweilt für einen kurzen Moment auf der Tür meiner Nachbarin Frau Davies. Was sie wohl gerade durchmacht? Wenn ich es schon nicht in meiner Wohnung aushalte, wie schafft sie es dann?

Ich schüttle den Kopf und versuche, diese Gedanken zu vertreiben. Es ist lächerlich, dass ich in eine Wohnung flüchte, die nur wenige Meter von meinem Haus entfernt ist. Doch der Gedanke, drüben nicht vollkommen allein zu sein, beruhigt mich.

Sobald ich Aidans vier Wände betrete und die beiden Katzen zusammengerollt auf dem Sofa liegen sehe, kehrt Ruhe in meinem Kopf voller Chaos ein. Der Geruch der Kamille auf dem Küchentisch steigt mir in die Nase und hinterlässt ein Gefühl von Wärme und Geborgenheit.

Brownie und Cookie werden durch meine Schritte wach und rappeln sich langsam auf. Während Brownie sofort auf mich zugelaufen kommt und sich an meinem Bein reibt, sieht mich Cookie aus sicherer Entfernung skeptisch mit ihren grünen Augen an. »Ihr müsst es nur eine Nacht mit mir aushalten. Morgen Abend kommt euer Dad zurück, und ihr seht mich nie wieder.«

Kapitel 17

Aidan

Die Buchmesse war ein voller Erfolg. Sie hat mir einen guten Überblick über die kommenden Trends verschafft und einen intensiven Austausch mit Verlagen, an die ich sonst nicht so leicht herangekommen wäre. Ununterbrochen habe ich an Barney gedacht und daran, wie sehr er es geliebt hätte, an all den Ständen die unterschiedlichsten Bücher zu entdecken. Ich hoffe, dass er mich von oben aus beobachtet und voller Stolz auf mich herabblickt.

Ich lasse die Reisetasche auf den Boden fallen, um mit ineinander verschränkten Fingern meine Arme in die Luft zu heben. Meinen Oberkörper bewege ich langsam nach links und anschließend nach rechts. So schön die Buchmesse auch war, so grässlich war das Hotel. Die meisten umliegenden Unterkünfte waren bereits ausgebucht, und am Ende hatte ich nur noch die Auswahl zwischen einem sehr alten, heruntergekommenen Hotel, das in der Nähe der Messe war, und einem total übertreuerten, das aber mehrere Kilometer entfernt lag. Im Nachhinein hätte ich wahrscheinlich das teure nehmen sollen.

Die Matratze in meinem Zimmer war so dünn, dass ich den Lattenrost in meinem Rücken gespürt habe, und auch das Kissen war alles andere als bequem. So flach wie ein zusammengefaltetes Handtuch, da hätte man genauso gut gar kein Kissen auf das Bett legen können. Ich hätte es keine Nacht länger dort ausgehalten. Von der Inneneinrichtung und dem mageren Frühstück möchte ich erst gar nicht anfangen.

Umso mehr freue ich mich, endlich mein Bett wiederzuhaben, und wenn ich ehrlich bin, habe ich sogar Cookie und Brownie vermisst, obwohl ich nur zwei Tage weg war. Archer und ich sind ohne Tiere großgeworden, weshalb ich auch nie den Drang danach verspürt habe, ein Haustier zu haben. Doch als Cora und ich im Tierheim waren, hat es sich einfach richtig angefühlt. Vorher hätte ich es niemals für möglich gehalten, wie viel sie einem geben können und wie sehr sie einem ans Herz wachsen. Ohne die zwei kann ich mir mein Leben gar nicht mehr vorstellen.

In der festen Überzeugung, dass sie mich gleich miauend im Flur empfangen werden, öffne ich die Tür. Meistens erkennen sie meine Schritte bereits, wenn ich die Treppen hinaufsteige. Dann hocken sie wartend vor der Tür und belagern mich erst einmal zehn Minuten lang, nachdem ich nach Hause gekommen bin.

Doch von Cookie und Brownie fehlt jede Spur. Ich ziehe mir die Boots von den Füßen und stelle sie in die Ecke unter den Wandspiegel. Noch immer höre ich keine Pfoten, die zu mir tapsen, um mich zu begrüßen.

Kate hat mich nicht kontaktiert, während ich weg war, weshalb ich der festen Überzeugung gewesen bin, dass es Cookie und Brownie gut geht. Aber langsam macht sich eine gewisse Nervosität in meinem Magen breit.

Im Wohnzimmer bleibe ich stehen und atme ein paarmal tief ein. Hat Kate meine Bude mit Himbeerstäbchen ausgeräuchert? Meine ganze Wohnung riecht nach ihr. Zu sagen, dass dieser Duft unangenehm sei, wäre gelogen, und trotzdem möchte ich nicht, dass meine Gedanken schon wieder zu ihr abschweifen. Ich habe gehofft, dass dieser Gefallen von ihr einen Schlussstrich zieht. Unter die Spirale, in der ich mich befinde. Sie traurig zu sehen, verstärkt in mir den Drang, ihr helfen zu wollen. Ihr zu helfen, führt dazu, dass ich ihr näherkomme. Ihr näherzukommen, endet in Gefühlen, die ich nicht brauchen kann.

Langsam beginnt es draußen hell zu werden, und der klare Himmel wirft etwas Licht in meine Wohnung. Eine Sache, die mich am Winter extrem stört. Diese Dunkelheit. Morgens dunkel. Abends dunkel. Und selbst tagsüber wird es manchmal gar nicht richtig hell. Mein Blick bleibt an einem Rucksack hängen, der auf dem Stuhl an meinem Schreibtisch steht. Hat Kate ihn vergessen? Ich trete einen Schritt näher und sehe plötzlich Cookie und Brownie. Doch die zwei Katzen, die kurz ihre Köpfe anheben, sind nicht der Grund dafür, dass ich für einen Augenblick vergesse zu atmen und meinen Augen nicht trauen kann. Ich blinzle dreimal, bis ich realisiere, dass Kate unter meiner Bettdecke vergraben auf dem Sofa liegt.

Nur ihr Kopf lugt darunter hervor. Die blonden Haare liegen kreuz und quer auf dem Kissen, als hätte sie sich in der Nacht hundertmal hin und her gewälzt. Was mich nicht wundern würde. Dieses Sofa ist vielleicht schön, aber auch sehr unbequem. Als ich es im Geschäft gesehen habe, habe ich mich sofort in die Optik verliebt, weil sie rustikal und trotzdem modern wirkt. Beim Probesitzen habe ich noch geglaubt, es sei bequem. Bis es ankam und ich zu Hause ein paar Stunden darauf lag. Mittlerweile habe ich mich damit abgefunden und weiß, dass dieses Sofa nur zum Sitzen und zu Dekorationszwecken taugt.

Kates Gesicht ist so entspannt, wie ich es schon lange nicht mehr gesehen habe. Auf ihrer Stirn sind keine Sorgenfalten.

Keine gekräuselte Nase und auch keine zu einem Strich verzogenen Lippen.

Was macht sie hier nur? Ich kann mich nicht daran erinnern, dass wir ausgemacht hätten, dass sie hier übernachten soll. Es ging lediglich darum, zwei- oder dreimal am Tag vorbeizuschauen und die Katzen zu füttern. Ich gehe zwei Schritte auf sie zu und stehe nun direkt neben dem Sofa. Die Bettdecke liegt halb auf dem Boden, und ihr rechter Fuß lugt darunter hervor. Ist sie so lange hiergeblieben, dass es zu spät war, um rüberzugehen? Aber wieso ist sie dann mit so einem großen Rucksack vorbeigekommen?

Plötzlich befreit Kate ihre Hand von der Decke und legt sie wie von selbst auf Cookies Rücken. Mit den Fingern streicht sie langsam über das Fell. Ich schrecke zurück, versuche aber, keinen Ton von mir zu geben. Wenn sie jetzt die Augen öffnet, sehe ich aus wie ein verdammter Stalker.

Ich schüttle den Kopf und blicke Cookie vorwurfsvoll an. Sie meidet fremde Menschen, selbst Cora gegenüber ist sie noch immer misstrauisch, und das, obwohl Cora nicht gerade selten vorbeischaut. Nur um sicherzugehen, dass ich auch wirklich allein klarkomme. Cookie liegt mit ihrem kleinen Köpfchen direkt unter Kates Kinn und hat es sich auf ihrer Brust bequem gemacht. Brownie ruht halb auf ihrem Bauch und halb auf dem Sofa.

Ein Lächeln schleicht sich auf meine Lippen. Ich bin mir sicher, dass ich diesen Anblick von Kate und meinen Katzen nicht mehr so leicht aus dem Kopf bekommen werde. Was macht sie nur mit mir? Sie ist unfreundlich, zickig, eigensinnig und noch vieles mehr. Und trotzdem gerät mein Herz seit einiger Zeit aus dem Takt, sobald sie mich aus ihren Rehaugen ansieht.

Wie der letzte Idiot schleiche ich rückwärts, um wieder in den Flur zu gelangen. Ich werde die Haustür einfach zuknallen, sodass

Kate dadurch wach wird und glaubt, dass ich eben erst gekommen sei. Ich bin ein Feigling. Aber ich weiß einfach nicht, wie ich mich sonst verhalten soll. Sie wach rütteln? Sie ansprechen? Am liebsten würde ich die Wohnung verlassen und erst wiederkommen, wenn sie weg ist.

In meiner Vorstellung lief es genau so. Ich komme nach Hause, schreibe ihr eine Nachricht, dass ich bereits eher zurück bin, und wir sehen uns erst wieder am Montag auf der Arbeit, wo ich versuchen kann, ihr aus dem Weg zu gehen. Stattdessen liegt Kate schlafend auf meinem Sofa und kuschelt mit meinen Katzen. Diese illoyalen Biester. Anstatt mich an der Tür zu begrüßen, haben sie sich keinen Zentimeter von der Stelle gerührt. Lediglich Brownie hat mittlerweile ihren Kopf angehoben und beobachtet mich dabei, wie ich auf Zehenspitzen durch das Wohnzimmer schleiche.

Mit dem Fußballen trete ich auf Brownies Lieblingsspielzeug. Sofort verspüre ich einen ziehenden Schmerz, der mich aus dem Gleichgewicht bringt, weshalb ich mit der Schulter gegen das Bücherregal knalle. »Verdammt!«, fluche ich und schlage dann die Hände vor den Mund.

Das Rascheln der Bettdecke erfüllt den gesamten Raum, in dem es zuvor mucksmäuschenstill war. Ich erstarre in meiner Bewegung, nicht fähig, auch nur einen Schritt zu tun. Mein Puls ist auf hundertachtzig. Ich höre, wie die Katzen vom Sofa auf das Parkett springen, und bin mir nahezu sicher, dass Kate spätestens jetzt aufgewacht ist.

»Was? Wo ...?« Ihre Worte bleiben ihr im Hals stecken, als sie mich sieht. Sie beginnt zu husten. Mit der Faust klopft sie sich gegen die Brust und schaut mich dabei aus ihren großen Rehaugen entsetzt an. »Ich ...«

»Schon okay, du brauchst es nicht zu erklären.«

Cookie und Brownie kommen angelaufen und schlängeln sich zwischen meinen Beinen hindurch, bis ich mich zu ihnen auf den Boden setze und ihre Bäuche streichle. Das Schnurren wird immer lauter und hilft mir dabei, meinen Puls wieder auf einen angemessenen Wert zu bringen.

Mit gesenktem Kopf schaue ich so unauffällig wie möglich zu Kate hinüber. Sie trägt einen grauen Schlafanzug. Das bedeutet, dass es keine spontane Aktion gewesen ist, bei mir in der Wohnung zu übernachten. Oder aber sie ist noch am Abend in diesem Aufzug über die Straße gelaufen.

»Es tut mir leid. Ich ...« Sie atmet hörbar aus und blickt zu Boden. Ihre Wangen färben sich. »Ich bringe deine Decke zurück nach oben. Es tut mir wirklich leid, Aidan. Das hätte nicht passieren dürfen.«

»Kein Problem. Mir tut viel mehr dein Rücken leid, wenn ich bedenke, wie unbequem mein Sofa ist.« Sie soll sich nicht schlecht fühlen, nur weil ich sie dabei erwischt habe. Hätte ich meine Pläne nicht geändert, wäre ich erst heute Abend zurückgekommen und hätte vermutlich überhaupt nicht mitbekommen, dass Kate über Nacht hier war. Noch vor ein paar Wochen hätte ich anders reagiert, aber aus irgendeinem Grund fällt es mir schwer, meine Stimme zu erheben und ihr das Gefühl zu geben, etwas falsch gemacht zu haben.

Kate knüllt meine Bettdecke zusammen und schlingt ihre Arme um sie. Sie ist so klein, dass man beinahe nur noch das Grau der Bettwäsche sieht. Ich sollte auf dem Boden sitzen bleiben und meine Aufmerksamkeit den schnurrenden Wesen vor mir schenken. Doch mein Körper spricht eine andere Sprache. Ich stehe auf und stelle mich Kate in den Weg. Mit der Decke voran stößt sie gegen meinen Körper und bleibt abrupt stehen.

»Ich nehme dir das ab«, erkläre ich, und bevor sie etwas erwidern kann, greife ich nach der Decke und ziehe sie ihr aus den Armen, wobei meine Hände den Stoff ihres Pyjamas streifen. Für einen Moment scheint die Luft um uns herum wie elektrisiert. Ich muss mit dem Kopf gegen eine Wand gelaufen sein, so bescheuert sind meine Gedanken. Wie elektrisiert? Natürlich, Aidan. Und gleich leuchten in deinen Augen rote Herzchen auf.

Kate wendet ihren Blick ab und verschränkt die Arme vor der Brust. Im Normalfall würde ich jetzt erst recht dorthin sehen, aber ich reiße mich zusammen und drehe mich um, um die Treppe hinaufzugehen. Dabei fällt mir die Kamille auf dem Esstisch ins Auge. Ich weiß nicht, was in mich gefahren ist, als ich diese Blumen gekauft habe.

Während Barneys Chemotherapie hat er Cora immer und immer wieder Kamille geschenkt. An manchen Tagen sind mir die Blumen aufgefallen, die sie in einer riesigen Vase sammelte. Bei jedem meiner Besuche waren es plötzlich mehr. Doch ich war nicht jeden Tag vor Ort, weil ich mit Fiona zusammengelebt habe und sie das nicht gutgeheißen hätte. Ich bereue es, auf sie gehört zu haben.

Cora hat mir erst nach Barneys Tod erzählt, was es mit den Blumen auf sich hatte. Jeden Tag fand sie eine Kamille irgendwo in ihrem Haus. Barney hat ihr erklärt, dass diese Pflanze für Heilung, aber vor allem auch für Hoffnung steht. Beides konnten wir alle damals gut brauchen. Heilung für Barney und Hoffnung für uns alle, die jeden Tag dabei zusehen mussten, wie er schwächer wurde. Zu sehen, wie jegliche Energie aus einem Menschen gezogen wird, den man verehrt, ist eines der schlimmsten Dinge, die man erleben kann.

Gerade als ich dabei bin, die Decke auf meine Matratze fallen zu lassen, höre ich ein leises Schniefen von unten. Ich stehe am Geländer und blicke hinab. Mit hängenden Schultern und in sich zusammengesackt sitzt Kate auf dem Sofa und reibt sich immer wieder über das Gesicht.

Sofort gehe ich hinunter und auf sie zu. Mir fällt auf, dass ihr Körper leicht bebt und ihre Augen komplett rot unterlaufen sind, als würde sie mit aller Kraft versuchen, jede einzelne Träne gefangen zu halten, anstatt einfach alles rauszulassen.

»Kate.« Ich flüstere ihren Namen und gehe vor ihr in die Hocke. Sie zieht die Beine eng an ihren Körper und versteckt ihr Gesicht unter ihren Armen, die auf ihren Knien liegen. Was ist es, das sie zum Weinen bringt? »Kann ich dir irgendwie helfen?«, frage ich sie, weil die Frage, ob alles okay ist, überflüssig ist.

Brownie und Cookie kommen angetapst und legen sich neben Kate auf das Sofa. Cookie reibt immer wieder ihren Kopf an Kates Oberschenkel, und ich frage mich, was in diese Katze gefahren ist. Sie ist wie ausgewechselt. Daran, dass Tiere spüren, wenn es einem nicht gut geht, ist definitiv etwas dran. Doch dass es ausgerechnet Cookie ist, die Kates Nähe sucht, verwundert mich sehr.

Kates Schluchzen wird immer lauter. »Ich wollte nicht hier schlafen.« Ihre Worte kommen nur stockend über ihre Lippen, weil ihr das Atmen schwerfällt. Obwohl ich gerne etwas sagen würde, bleibe ich ruhig, weil ich spüre, dass sie noch nicht fertig ist, dass sie zu sprechen versucht, auch wenn es ihr schwerfällt. »Bei … bei meiner Nachbarin wurde eingebrochen. Und … ich, ich hatte Angst.«

Sie hebt ihren Kopf. Ihre Augen gleichen einem Ozean voller Tränen.

»Kate?«

»Mhm.«

»Bitte rechtfertige dich nicht. Es ist in Ordnung, dass du Angst hattest, und es ist auch in Ordnung, dass du hier geschlafen hast.«

Sie nickt, und die Tränen kullern ihre Wangen hinunter. »Ich habe mich nicht sicher gefühlt. Ich habe mich in meinem eigenen Zuhause nicht sicher gefühlt«, wiederholt sie.

»Du kannst hierbleiben.« Die Worte kommen schneller aus meinem Mund, als ich denken kann. Und obwohl sie ernst gemeint sind, bereue ich sie sofort.

Ihr Schluchzen verstummt. Alles, was ich höre, sind ihre schwere Atmung und das Ticken der Uhr in der Küche. Innerlich zähle ich die Sekunden.

Ich schalte meinen Verstand aus und strecke meinen Arm nach Kate aus. Mit dem Daumen streife ich leicht über ihre Haut und wische ihr die Tränen aus dem Gesicht. »Wenn du dich bei dir gerade nicht sicher fühlst, dann bleib.«

»Das geht nicht«, sagt sie sofort und entzieht sich meiner Berührung.

Ich schließe meine Augen und begreife erst jetzt, was ich soeben getan habe. Nämlich das Gegenteil von dem, was ich vorhatte; mich von ihr fernzuhalten.

Kate steht auf und geht zielstrebig auf ihren Rucksack zu. Sie holt eine riesige graue Strickjacke heraus und zieht sie sich über.

Noch immer in der Hocke, versuche ich, wieder zu Verstand zu kommen, und rapple mich langsam auf. Was tue ich hier eigentlich? Ihr die Tränen aus dem Gesicht wischen? Ihr anbieten, dass sie jederzeit bei mir übernachten kann? Ich habe doch nicht mehr alle Tassen im Schrank.

»Danke. Also dafür, dass du keine große Sache daraus gemacht hast«, erklärt sie und geht mit dem Rucksack an die Brust gepresst zum Flur hinüber. Sie zieht sich die Sneakers an, die offenbar in der Ecke gelegen haben, und ich frage mich, wie sie mir beim Reinkommen nicht auffallen konnten.

Ich weiß nicht, was ich sagen soll, also bleibe ich lieber

stumm und beobachte Kate dabei, wie sie geht. Während sie die Tür hinter sich schließt, dreht sie sich noch mal um. Auf ihren Lippen erscheint ein Lächeln. Es ist schmerzhaft und schön zugleich. »Danke. Wirklich. Und deine Katzen sind übrigens nicht ansatzweise so, wie du sie beschrieben hast. Cookie ist total verschmust.«

Erst nachdem die Tür zugefallen ist, bewege ich mich vom Fleck und laufe vor den meterlangen Fenstern auf und ab. Als mir ein blonder Haarschopf draußen ins Auge fällt, bleibe ich stehen. Die Hände im Nacken beobachte ich, wie Kate über die Straße läuft und die Haustür öffnet.

»Ich bin so was von am Arsch.«

Kapitel 18

Kate

Von: D. C.
E-Mail-Adresse: d.c@onlineseelsorge.com
Hallo Anna,

es tut mir leid, dass Ihrer Freundin so etwas passiert ist. Und es tut mir leid, dass Sie sich die Schuld daran geben. Manchmal passieren unvorstellbare Dinge im Leben, und eine natürliche, wenn auch schlechte, Reaktion ist es, bei sich selbst den Fehler – die »Schuld« – zu suchen. Vielleicht sieht Ihre Freundin die »Schuld« ebenfalls bei sich selbst. Doch weder sie ist schuld, noch sind Sie es. Die Person, die Ihrer Freundin und auch Ihnen das angetan hat ... diese Person ist einzig und allein schuldig an dem, was passiert ist. Darf ich fragen, wie lange es her ist und ob Sie mit Ihrer Freundin über die Geschehnisse sprechen?

Mir fällt sofort auf, dass das Mit freundlichen Grüßen fehlt. Wahrscheinlich, weil es fehl am Platz wäre. Vielleicht hat sie oder er es aber auch einfach nur vergessen. Ich lege das Handy beiseite und setze mich an den Tisch in der Küche, um etwas Ruhe zu finden. Es ist voll. Das Cosy Corner platzt beinahe aus allen Nähten. Ich sollte mich darüber freuen, oder? Ich sollte vor Freude strahlend die Kunden bedienen und ihnen jeden Wunsch von den Augen ablesen. Doch alles, woran ich denken kann, ist, dass jedes Gesicht, das ich sehe, das Gesicht von Samuel sein könnte. Er weiß, wo ich arbeite. Er weiß, dass mir dieses Café gehört, und er könnte jeden Tag wieder herkommen. Dieser Gedanke löst ein Gefühl der Machtlosigkeit in mir aus.

Mit einem Seufzen beuge ich mich vor und lege die Stirn auf der Tischplatte ab. Es hat sich nichts verändert. Ich bin noch immer schwach, ängstlich, voller Schuldgefühle und Panik. Ich bin noch immer die Kate, die damals in tausend Einzelteile zersprungen ist. Unfähig, auch nur ein Teil an das andere zu kleben, um endlich wieder zu funktionieren, um endlich wieder ich zu sein.

Das Knacken von Holz erweckt meine Aufmerksamkeit, und ich blicke sofort auf. In meiner Vorstellung stapft Aidan jeden Moment in die Küche. Doch als die Tür zuknallt, erkenne ich, dass er nur ins Büro gegangen ist. Woher ich weiß, dass es Aidan ist? Mittlerweile erkenne ich ihn an seinen Schritten.

Es ist schlimm genug, dass ich mich am Wochenende in seiner Wohnung und mit seinen Katzen einhundertmal wohler gefühlt habe als in meinen eigenen vier Wänden. Das erste Mal seit Langem habe ich meine Augen geschlossen, ohne Bilder zu sehen, die mich vom Schlafen abhalten. Ich bin innerhalb von wenigen Minuten eingeschlafen. Obwohl es mich zu Beginn einiges an Überwindung gekostet hat, mich auf das Sofa zu legen, habe ich geschlafen wie ein Baby.

Die Bettdecke, die ich mir von oben geholt habe, roch nach Wärme und Geborgenheit, nach Kaminholz und Aftershave. Alles in der Wohnung roch nach Aidan, doch die Bettdecke ganz besonders, weshalb ich gezögert habe, sie zu nehmen. Doch im Wohnzimmer habe ich weit und breit keinen Überwurf und auch keine

Kuscheldecke finden können. Im Nachhinein betrachtet war es wahrscheinlich keine gute Idee, mit seinem Geruch in der Nase einzuschlafen und aufzuwachen.

Ich möchte mir gar nicht ausmalen, was Aidan in dem Moment gedacht haben muss, als er mich vorgefunden hat. Allein der Gedanke daran führt dazu, dass mir ganz heiß wird. Obwohl ich nicht wissen konnte, dass er eher nach Hause kommen würde, fühle ich mich wie die letzte Idiotin. Als ich meine Augen geöffnet und realisiert habe, dass er da war, wollte ich unbemerkt verschwinden und ihm am liebsten nicht in die Augen sehen.

Seine Reaktion kam unerwartet. Ich hatte damit gerechnet, dass er mich anschreien würde, dass er mich fragen würde, was ich auf seiner Couch zu suchen habe und was mir einfalle, in seiner Wohnung zu schlafen, wo ich doch einzig und allein auf die Katzen aufpassen sollte. Doch nichts davon ist passiert. Stattdessen war er ... nett. So nett, dass ich meine Fassung verloren habe und das Gefühl bekam, ich müsste mich erklären.

Die Tränen kamen, als ich an meine Angst dachte. Daran, dass ich mich in meinem eigenen Zuhause nicht mehr sicher fühle, und daran, dass ich mich vermutlich nie wieder vollkommen sicher fühlen werde. Und wieder war Aidan da. Wieder hat er einen Moment der Schwäche miterlebt. Wieder wich er nicht von meiner Seite und ließ mich nicht allein zurück.

Ich habe Angst vor dem, was Aidans Berührungen mit mir machen. Ich will mich nicht daran gewöhnen, dass er da ist, wenn es mir schlecht geht. Ich will mich nicht an seinen Geruch, an seine Wärme und die gute Seite an ihm gewöhnen. Das alles würde Chaos bedeuten. Und mein Leben ist chaotisch genug.

Trotzdem kann ich nicht leugnen, dass er irgendwas mit mir macht und dass sich die Stimmung zwischen uns verändert hat. Anstatt ihm eins überzubraten, möchte ich ihm mittlerweile danken für die Momente, in denen er mir bewusst oder unbewusst geholfen hat. Doch das Kribbeln in meinem Bauch, sobald Aidan mir näher kommt, als es mir lieb ist, muss ich so schnell wie möglich loswerden. Am besten rufe ich mir immer wieder ins Gedächtnis, dass er ein Arschloch ist, meine Konkurrenz und zudem auch noch gefühlt einen One-Night-Stand nach dem anderen hat.

Ich verdränge den Gedanken an Aidan und öffne erneut die Mail der Seelsorge, um zu antworten.

Von: Anna
E-Mail-Adresse: anna1212@gmail.com
Hallo,

Sie können mich gerne duzen. Es ist seltsam, einer fremden Person diese Erlebnisse zu erzählen, die ich sonst niemandem anvertraue, und diese Person zu siezen. Außerdem gibt es mir das Gefühl, uralt zu sein.
Aber um auf das eigentliche Thema zurückzukommen ... Nein, wir haben seither keinen Kontakt mehr. Ich habe oft versucht, sie anzurufen, jedoch immer erfolglos. Kurz nachdem es passiert ist, wollte ich die beiden Männer zur Rechenschaft ziehen. Ich wollte so unbedingt, dass sie ihre Strafe bekommen, auch wenn keine Strafe der Welt die Tat wiedergutmachen könnte. Aber meine Freundin wollte es nicht, sie wollte alles vergessen und nicht darüber sprechen, mit niemandem. Sie verdrängt es. Ich kann das verstehen. Ich verdränge es ebenfalls. Bis es manchmal nicht mehr geht und alles aus mir herausbricht. Oft nachts.

Plötzlich beginnt die Stoppuhr auf dem Küchentresen laut zu klingeln und gibt mir damit das Zeichen, dass meine Muffins fertig sind. Während Hope und Mora vorne den Verkauf schmeißen, habe ich mich in die Küche verzogen, um für Nachschub zu sorgen.

Mit den rosafarbenen Handschuhen, die mir meine Mum zur Eröffnung geschenkt hat, hole ich das Backblech aus dem Ofen. Dass Rosa nicht mehr meine Lieblingsfarbe ist, hat sie anscheinend noch nicht mitbekommen. Wie auch, wenn ich mich ihr gegenüber nicht öffne, sondern immer wieder versuche, ihr etwas vorzumachen und eine Rolle zu spielen.

Die Hitze steigt mir ins Gesicht, während ich den Ofen wieder schließe und mich umdrehe. Ich zucke zusammen, und das Blech kippt nach unten. Die frischen Muffins fallen einer nach dem anderen auf den Fußboden.

Aidan steht auf der anderen Seite des Tresens und sieht mich an. Ich habe weder seine Schritte gehört noch, wie er die Tür geöffnet hat.

»Verdammt, Aidan! Bitte hör auf, dich anzuschleichen. Das habe ich dir schon hundertmal gesagt«, meckere ich und greife mir mit beiden Händen in die Haare. Die Muffins sind schon vor dreißig Minuten ausgegangen, und nun darf ich mich noch mal daranmachen, den Teig vorzubereiten, und die Kunden müssen noch länger auf neue Muffins warten. »Wie viel ist mir deinetwegen bereits runtergefallen?«

»Ich glaube, du bist einfach nur zu gestresst. Ich kenne keinen Menschen, der so schreckhaft ist wie du«, entgegnet er mir mit einem Stirnrunzeln. Er zieht an dem V-Ausschnitt seines dunkelblauen Pullovers und kommt langsam um den Tresen herum. Am liebsten würde ich ihn anschreien, dass er stehen bleiben und mir bloß nicht näher kommen soll. Mit jedem Schritt, den er auf mich zu macht, habe ich das Gefühl, dass er mich Zentimeter für Zentimeter weiter mit seiner Bettdecke einhüllt, als würde sich sein warmer Duft um mich legen.

Doch bevor ich zu irgendeiner Reaktion imstande bin, steht er auch schon vor mir. Ich lege den Kopf in den Nacken und sehe ihm in seine braunen Augen, die, umrahmt von seinen dunklen Wimpern, auf mich hinabblicken. In diesem Augenblick kommt mir alles viel intensiver vor als zuvor. Ich habe das Gefühl, dass die Zeit kurz stehen bleibt, ich seinen Atem hören kann, meinen Herzschlag überdeutlich wahrnehme. Meine Augen tasten sein Gesicht ab und bleiben länger als nötig an seinen Lippen hängen.

Sie sehen weich und einladend aus. Bevor ich diesen Gedanken zu Ende denke, schießt mir die Hitze ins Gesicht, und ich schüttle den Kopf. *Aufhören, Kate!*

»Du arbeitest zu viel«, sagt Aidan plötzlich, greift nach einem der Geschirrtücher und nimmt mir das Backblech aus der Hand. Seine Finger streifen dabei für den Hauch einer Sekunde meine und lassen die Funken, die um uns herum sprühen, regelrecht explodieren. Er stellt das Blech auf die Kochinsel und kniet sich vor mir nieder, um die hinuntergefallenen Muffins aufzuheben. Sein Kopf ist nur wenige Zentimeter von meinen Beinen entfernt, und am liebsten würde ich mit den Fingerspitzen seine blonden Haare anfassen, die im Licht der Küchenlampe golden leuchten.

Stattdessen ziehe ich die Handschuhe aus und kneife mir in den Oberarm, um sicherzugehen, dass ich gerade nicht träume. Der Schmerz verrät mir, dass das hier real ist, dass Aidan mir erneut eine Seite an sich zeigt, die es mir schwer macht, ihn noch immer als Mr Grumpy zu bezeichnen.

»Das musst gerade du sagen. Komischerweise bist du jedes Mal anwesend, wenn ich hier bin. Du arbeitest also genauso viel wie ich, wenn nicht sogar mehr«, entgegne ich und bücke mich, um einen der Muffins aufzuheben.

Doch Aidans Arm schnellt vor. Fest und doch sanft umklammert er mein Handgelenk. »Ich mach das schon. Immerhin ist es meine Schuld, dass sie auf dem Boden gelandet sind.«

Ich blicke auf und vergesse zu atmen. Er sieht mich an, als würde er mich zum ersten Mal sehen.

Aidan beugt sich leicht nach vorn. Er ist mir so nah, dass es mich wundert, dass ich nicht ins Wanken gerate, dass ich überhaupt noch Halt habe. Sein Blick klebt an meinen Lippen und meiner an seinen.

Ich verliere den Verstand, anders kann ich mir mein Verhalten nicht erklären, denn auch ich beuge mich vor. Wenige Zentimeter trennen uns voneinander, halten uns davon ab, uns zu berühren. Jetzt, hier, in diesem Moment ist mein Kopf vollkommen leer. Ich fühle mich leicht, als könnte ich mich fallen lassen und wüsste, dass ich aufgefangen werde.

Mit geschlossenen Lidern warte ich darauf, dass seine Lippen meine berühren. Mir ist bewusst, wie dumm und naiv diese Hoffnung ist. Doch ich kann nicht anders. Ich kann das Knistern nicht ignorieren und die Sehnsucht, die ich in diesem Moment verspüre. Mein ganzer Körper steht unter Anspannung und wartet auf die erlösende Berührung.

Aidans Räuspern reißt mich aus meiner Trance, und in weniger als einer Sekunde sind meine Augen wieder geöffnet und schauen in ein Gesicht, das sich von meinem entfernt hat. Er beißt sich auf die Unterlippe und hat vermutlich keinen blassen Schimmer, was diese Geste in mir auslöst. Ich fühle mich, als würde ein Feuerwerk in mir entfacht, und all meine Beherrschung ist nötig, um ihn nicht näher an mich zu ziehen und meinen Mund einfach auf seinen zu drücken.

»Wie geht es dir?« Er steht auf und dreht mir den Rücken zu, um die Muffins in den Müll zu werfen.

Ich blinzle ein paarmal, bis ich realisiere, dass das gerade wirklich passiert ist, dass ich mich mit geschlossenen Augen nach vorne gelehnt und auf einen Kuss von Aidan gewartet habe. Was stimmt mit mir nicht?

»Gut«, antworte ich knapp und stehe auf. Ich ziehe die Ärmel meines weißen Strickpullovers lang und verstecke meine Hände in ihm. Der Dezember ist auch dieses Jahr wieder eiskalt, und trotzdem bin ich zu geizig, um die Heizung anzumachen. Zu Hause habe ich damit kein Problem, aber auf der Arbeit möchte ich dort Kosten sparen, wo ich sie sparen kann, und meine Priorität ist nicht, dass ich es wohlig warm in der Küche habe.

Aidan ist anzusehen, dass meine Antwort ihn nicht zufriedenstellt. Doch was erwartet er? Dass ich ihm mein Herz ausschütte und von meinen tiefsten Ängsten erzähle?

Seine langen Beine stecken in einer schwarzen Jeanshose, die einen Kontrast zu seinem eher schicken Pullover darstellt. Es ist beinahe unverschämt, wie gut er in solch gewöhnlichen Klamotten aussieht. Als wären sie für seinen Körper maßgeschneidert worden. »Du lügst«, behauptet er und fährt sich mit den Fingern über den Dreitagebart.

Mit einem Mal ist da wieder diese Wut, die ich sonst immer verspürt habe, sobald Aidan mit mir gesprochen hat. Mein Puls beginnt zu rasen, und ich mache einen Schritt auf ihn zu. »Hör mal!« Ich verschränke die Arme vor der Brust. »Ich bin dir wirklich dankbar, dass du kein großes Ding daraus gemacht hast, dass ich bei dir geschlafen habe. Aber das bedeutet nicht, dass du den Seelenklempner spielen kannst.« Meine Stimme wird von Wort zu Wort lauter und klingt beinahe schon verzweifelt. »Du bist …«

Weiter komme ich nicht. Aidan streckt seinen Arm nach mir aus und zieht mich langsam näher an sich heran. Ohne Gegenwehr tapse ich wenige Schritte auf ihn zu. Alles um mich herum verschwindet, wird unwichtig und still. Da sind nur noch zwei tiefbraune Augen, die mich flehend ansehen und das widerspiegeln, was ich noch vor wenigen Minuten gespürt habe. Verlangen.

Meine Beherrschung gleicht einem Kartenhaus, ein Wimpernschlag von Aidan, und es bricht in sich zusammen. Seine Hand wandert an mein Gesicht, seine Finger streifen sanft über meine Wange. Er schiebt mir die Haare hinters Ohr und lässt seine Hand auf meinem Nacken ruhen.

Quälend langsam zieht er mich noch näher an sich, bis sein

Atem meine Haut kitzelt. Ich warte. Ich warte darauf, erlöst zu werden. Darauf, geküsst zu werden. Darauf, vollkommen den Verstand zu verlieren. Und gerade als ich glaube, dass das Warten ein Ende hat und er die letzte Distanz zwischen uns überwindet, lehnt er seine Stirn gegen meine und schließt die Augen.

»Wir sollten das nicht tun«, flüstert er. Und ich höre nicht nur jedes einzelne Wort, ich spüre es. Spüre, wie jedes Wort als winziger Windzug meine Lippen streift und an ihnen abprallt.

»Dann lass mich los«, sage ich, ohne nachzudenken, und er tut es sofort. Lässt mich los. Es fühlt sich an, als würde ich taumeln und fallen.

Aidan sieht zu Boden und fährt sich mit der Hand über den Nacken. Wenn er mir jetzt sagen würde, dass ihm diese Situation unangenehm ist, würde ich das Backblech nehmen und es ihm über den Schädel ziehen. Ich bin die Dumme, die schon zum zweiten Mal auf einen Kuss gewartet hat, der nicht kam. Was habe ich mir nur dabei gedacht? Wieso sollte sich irgendwas zwischen uns geändert haben? Und wieso verdammt will ich das überhaupt?

Ich drehe mich um und würde am liebsten davonlaufen, aber ein wenig Stolz ist mir dann doch geblieben. Also straffe ich meine Schultern und gehe erhobenen Hauptes auf die Tür zu, um aus diesem Raum, der mir gerade viel zu klein vorkommt, zu fliehen.

»Sorry«, murmelt er mir hinterher.

Ohne einen Blick zurückzuwerfen, strecke ich meinen Arm in die Luft und zeige ihm ganz erwachsen meinen Mittelfinger. Vielleicht nicht die beste Reaktion auf seine halbherzige Entschuldigung, aber definitiv die einzige, zu der ich gerade imstande bin.

Kapitel 19

Kate

Ich rase mit dem Fahrrad zum Café. Die Laternen am Straßenrand spenden das einzige Licht an diesem frühen Dezembermorgen. Meine Haare sind völlig zerzaust. Eigentlich hätte ich heute ausschlafen können, weil meine Schicht erst am Nachmittag beginnen sollte. Doch Hope schafft es nicht, den Laden aufzuschließen, und kann erst ein bis zwei Stunden später kommen. Ihre Nachricht bei WhatsApp, dass ihr etwas Wichtiges dazwischengekommen ist, habe ich dummerweise erst vor einer Stunde gelesen, obwohl sie sie bereits gestern Abend geschickt hat.

Als ich durch den Lärm der Müllabfuhr wach geworden bin und auf die Uhr auf dem Handydisplay geschaut habe, wäre ich beinahe aus allen Wolken gefallen. Mir blieb also nicht viel Zeit, um schnell zu duschen, meine Haare zu föhnen und mir irgendwas überzuziehen. Das Frühstück und meinen Kaffee hole ich auf der Arbeit nach.

Die letzten Tage waren so anstrengend, dass ich gestern viel früher als gewöhnlich eingeschlafen bin. Nach Feierabend war ich zu nichts mehr fähig, bevor ich ins Bett gefallen bin. Ich bin wirklich froh darüber, dass das *Cosy Corner* Zuspruch findet und wir immer mehr Stammkunden für uns gewinnen können. Das bedeutet aber auch, dass es für mich mehr Arbeit gibt, und genau die habe ich zuvor etwas unterschätzt. Ich wusste natürlich, was es bedeutet, ein Café zu betreiben, und ich wusste auch durch den jahrelangen Job bei Michelle, wie anstrengend es ist, von morgens bis abends auf den Beinen zu sein und den Kunden jeden Wunsch zu erfüllen. Doch Michelle hat ihr Gebäck immer bei einer Bäckerei vorbestellt, anstatt Selbstgebackenes anzubieten. Mehrmals am Tag ganz allein für Nachschub zu sorgen, ist trotz der Freude am Backen anstrengend.

Erst neulich habe ich mich mit Mum unterhalten, und sie hat versucht, mich davon zu überzeugen, noch jemanden einzustellen, der mir auch in der Küche unter die Arme greifen kann. Mit Mora und Hope habe ich zwei wunderbare Kolleginnen, die sich um den Service und die Getränke kümmern. Sie helfen mir auch beim Einkaufen und versuchen, mir so viel Arbeit wie möglich abzunehmen. Doch sie sind gewiss keine Backfeen. So gerne ich noch jemanden für die Küche einstellen würde, zurzeit ist das geldtechnisch einfach nicht drin.

Ich biege um die Ecke und sehe drei Leute, die vor dem Café stehen. Ein Blick auf meine Armbanduhr verrät mir, dass es Viertel vor acht ist. Obwohl wir erst in fünfzehn Minuten öffnen, warten schon die ersten Kunden vor dem *Cosy Corner*. So früh sind es meistens Studenten oder Leute, die sich auf dem Weg zur Arbeit einen Coffee to go holen wollen.

Ein junges Mädchen, das fast jeden Morgen einen Cupcake und einen Latte macchiato zum Mitnehmen bei mir bestellt, lächelt mich an, während ich gerade dabei bin, mein Fahrrad anzuschließen. Das sind die Momente, in denen ich ganz genau weiß, dass mein größter Traum wahr geworden ist. Wenn ich in die Gesichter zufriedener Kunden blicke und sie wiedererkenne.

»Ihr könnt ruhig schon reinkommen.« Ich ziehe meinen roten Strickschal aus und hänge ihn mir über den Arm.

Da die Tür noch abgeschlossen ist, bin ich mir sicher, dass weder Aidan noch Lucas oder Archer da sind. Sie würden das Schild an der Tür auf Closed hängen lassen, aber niemals hinter sich abschließen. Ich hingegen schließe selbst dann ab, wenn ich im Laden bin.

Bevor ich meinen Mantel ausziehe und meine Sachen nach hinten bringe, schmeiße ich die Kaffeemaschine an. »Wie immer?«, frage ich das Mädchen mit den kurzen blonden Haaren. Sie umklammert die Träger ihres Rucksackes und nickt. Einer der drei Kunden, die vor dem Laden standen, stellt sich hinter sie. Der andere geht rüber in Aidans Bereich und somit in die Buchhandlung, in der sich noch keiner befindet. Wieso um alles in der Welt kommen Aidan und seine Mitarbeiter immer erst auf den letzten Drücker, um den Laden zu öffnen?

Meine Augen wandern immer wieder zwischen dem Kunden, der sich bereits gebannt umsieht, und der Tür hin und her. Sollte ich ihm vielleicht sagen, dass die Buchhandlung noch gar nicht geöffnet hat?

»Hier bitte. Stimmt so, und einen schönen Freitag wünsche ich Ihnen.« Das Mädchen nimmt seine Bestellung entgegen und reißt mich wieder zurück ins Geschehen. Ich bedanke mich bei ihr und frage mich, ob ich mit meinen fünfundzwanzig Jahren schon so alt aussehe, dass man mich nicht mehr duzen kann.

Ich bereite den Cappuccino zu, den der zweite Kunde soeben bestellt hat, und kassiere ihn ab. Gerade als ich dem Mann in der Buchhandlung sagen möchte, dass sie noch nicht offen hat, meldet er sich zu Wort. »Entschuldigung? Kann ich bei Ihnen etwas bezahlen?«, fragt er und hält ein Buch mit rotem Cover in die Höhe.

»Einen Moment. Ich bin sofort bei Ihnen.« Aidans Stimme erfüllt den gesamten Raum. Die Musikanlage ist noch nicht an, weshalb meine Kaffeemaschine die einzige Geräuschkulisse abgibt.

Mit zusammengekniffenen Augenbrauen und einem deutlich verwirrten Gesichtsausdruck sieht der Kunde Aidan an, der gerade dabei ist, den Mantel auszuziehen. Darunter trägt er einen dunkelgrauen Hoodie und eine schwarze Jeans.

Seit fünf Tagen ignoriere ich ihn nun schon. Bisher hat das ziemlich gut funktioniert. Nach unserer letzten Auseinandersetzung – und noch viel schlimmer: nach unserem Beinahekuss – bin ich ihm aus dem Weg gegangen und habe es sogar vermieden, ihn anzusehen. Was ist nur in mich gefahren, dass ich mir tatsächlich gewünscht habe, er würde mich küssen? Weil irgendwelche bekloppten Schmetterlinge in meinem Bauch Saltos geschlagen haben?

Aidan geht auf den Mann zu und wirft seine Jacke demonstrativ auf einen der Stühle, die eigentlich den Kunden vorbehalten sind. Er ist sauer. Ich weiß schon jetzt, dass ich mich auf eine Standpauke einstellen kann. Meine Armbanduhr zeigt mir, dass erst jetzt Punkt acht Uhr ist. Mist! Somit kann ich die Schuld nicht einmal von mir weisen, indem ich ihm sage, dass er nicht pünktlich war. Früher zu öffnen, war nicht richtig von mir, das weiß ich. Doch ich wollte die Kunden nicht in der Kälte stehen lassen, während ich reingehe. Ich ärgere mich darüber, dass ich dem Kunden nicht sofort gesagt habe, dass die Buchhandlung noch nicht geöffnet hat.

Eine ältere Dame mit knallroten Haaren lächelt mich freundlich an und gibt ihre Bestellung auf. Sie setzt sich an die Fensterfront und schlägt eine Tageszeitung auf, während ich ihren Kaffee zubereite und gleichzeitig die Bestellung des nächsten Kunden aufnehme.

Sechs Cappuccino, zwei Latte macchiato, fünf Muffins, deren Teig ich gestern schon vorbereitet und die ich vorhin schnell in den Ofen geschoben habe, und drei Espressi später komme ich endlich dazu, kurz durchzuschnaufen. Mittlerweile ist Lucas eingetroffen, der gerade einen riesigen Stapel Bücher die Treppe nach oben trägt. Von Aidan fehlt jede Spur. Worüber ich mich nicht beschweren möchte. Die erwartete Standpauke blieb bisher aus.

Ich lehne mich seitlich gegen die Wand und sehe aus dem Fenster. Zoe müsste bald auftauchen. Bevor wir auf unsere große Brautkleidjagd gehen, wollte sie unbedingt noch einen meiner Cupcakes essen. Dass meine beste Freundin bald heiratet, kann ich noch immer nicht glauben. Hätte ihr Ex-Freund Matthew ihr damals einen Antrag gemacht, hätte sie die Beine in die Hand genommen und das Weite gesucht, bevor er seine Frage auch nur ausgesprochen hätte. Wahrscheinlich merkt man einfach, wenn der Richtige vor einem steht.

»Fuck!«, rufe ich und lenke damit die Blicke der Kunden auf mich, die es sich im Café bequem gemacht haben. Das Tippen zwischen meinen Schulterblättern hat mich beinahe zu Tode erschreckt. Ich drehe mich um und versuche Aidan mit hochgezogenen Augenbrauen niederzustarren, die Hände in die Hüften gestemmt. Natürlich. Wer auch sonst würde sich anschleichen, ohne einen Mucks von sich zu geben.

»Wir müssen reden.« Seine Stimme ist streng, und ich komme mir vor wie in der neunten Klasse, als Mr Cornell mich ermahnt hat, dass ich endlich ruhig sein solle, ansonsten würde ich aus der Klasse fliegen. Ob Aidan mir auch die Möglichkeit lässt, einfach den Laden zu verlassen? Ich möchte nämlich beim besten Willen nicht mit ihm sprechen.

»Nö«, antworte ich ihm, drehe mich wieder um und schaue zur Tür, in der Hoffnung, dass jeden Moment der nächste Kunde erscheint.

»Wieso hast du den Laden vor acht aufgemacht?«

»Ich dachte, vielleicht sei jemand von euch schon hinten«, lüge ich.

»Bullshit. Es war abgeschlossen, und das Licht war aus.« Aidan stellt sich direkt neben mich. In der leichten Spiegelung der Fensterscheibe kann ich erkennen, wie er seinen Blick auf mich richtet. Er ist mir so nah, dass ich den Geruch von warmem Kaminholz wahrnehmen kann.

Ich straffe die Schultern und drehe mich zu ihm um. Sein blondes Haar ist etwas zerzaust, und die Bartstoppeln leuchten golden im Tageslicht, das durch die Fenster scheint.

Die Tür geht auf, und jemand kommt herein. Obwohl ich genau darauf gehofft habe, kann ich meine Augen nicht mehr von Aidans Lippen nehmen und schaue den Kunden nicht einmal an. Wie in einem Stummfilm sehe ich, dass sich Aidans Mund bewegt. Hören tue ich jedoch nichts. Ich folge jeder Bewegung und versinke in dem Gedanken daran, dass wir uns beinahe geküsst haben, dass ich das Gefühl hatte, dass er es genauso sehr wollte wie ich.

»Kate! Hörst du mir überhaupt zu?« Er winkt vor meinem Gesicht mit der Hand hin und her und holt mich aus meinem Stummfilm zurück in die Realität.

»Tut mir leid, habe ich bei deinem Blabla irgendwas Wichtiges verpasst?«, frage ich ihn gehässig und muss beinahe über mein Verhalten lachen. Ich benehme mich wie ein bockiges Kind, aber das ist mir egal. Er kann ruhig genervt von mir sein. Vielleicht wird er mich dann einfach in Ruhe lassen und ignorieren. Am besten so lange, bis ich als Siegerin aus den dreihundertfünfundsechzig Tagen hervorgehe. Dann werde ich ihn rausschmeißen und den Laden ganz für mich allein haben.

»Du kannst den Laden nicht einfach vor der Öffnung für Kunden zugänglich machen.« Die Ader an Aidans Hals pulsiert und tritt deutlich hervor. Sehr gut. Wenigstens bringe ich ihn genauso zur Weißglut wie er mich. »Während du mit deiner Kaffeemaschine beschäftigt warst, hätte der Typ drei Bücher klauen können.«

»Ich dachte, es sei schon jemand da«, lüge ich erneut mit Nachdruck und werde von Wort zu Wort lauter, was er mir sofort nachmacht.

»Red doch keinen Unsinn! Ich weiß ganz genau, dass du lügst. Wenn das die Art und Weise ist, wie du meine Kunden vergraulen möchtest, dann ...«

»Jetzt komm mal von deinem hohen Ross runter. In zehn Minuten kann ich dir nicht dein komplettes Geschäft ruinieren. Wäre das der Fall, hätte ich es sicherlich schon getan. Und jetzt lass mich in Ruhe!« Normalerweise würde ich nicht so giftig werden. Vor allem nicht vor den Kunden. Aber dieser Mann schafft es einfach immer wieder, dass ich die Beherrschung verliere und alles um mich herum vergesse.

»Du bist unmöglich«, brüllt Aidan.

»Nein, du bist unmöglich«, brülle ich zurück.

Unsere Köpfe schnellen gleichzeitig in die Richtung der Verkaufstheke, als ein lautes Räuspern ertönt. Zoe steht mit hochgezogenen Augenbrauen vor uns. Während ich einfach nur froh bin, dass es kein Kunde ist, der uns soeben hat streiten hören, sieht meine beste Freundin Aidan an, als würde sie ihm jeden Moment den Kopf abreißen wollen. »Ich schätze mal, ihr seid beide unmöglich«, sagt sie seelenruhig und zupft dabei an ihrem Dutt herum.

»Mach das bitte nie wieder«, beharrt er.

»Oh. Der Herr hat bitte gesagt«, spotte ich.

Der Blick in seinen Augen verändert sich. Wird weich, fast schon sanft. »Stell mich nicht wie einen Unmenschen dar.«

»Okay, okay, Freunde. Wow. Braucht ihr eine Streitschlichterin? Ich opfere mich gerne für euch auf«, meint Zoe, kommt um die Theke herum und stellt sich zwischen uns, als würde sie befürchten, dass wir uns gleich die Köpfe einschlagen.

Ich möchte gerade etwas erwidern, da kommt Hope freudestrahlend in den Laden und klopft sowohl Aidan als auch mir zur Begrüßung auf die Schulter. »Sorry für die Verspätung, Kate. Aber jetzt bin ich da und löse dich ab.«

»Was für ein perfektes Timing«, entgegnet Zoe und hakt sich bei mir unter.

Aidan schüttelt nur den Kopf, dreht sich um und geht in seinen Bereich zurück.

War das vielleicht etwas zu viel des Guten? Ich habe mich wirklich nicht fair verhalten, und mit einer aufrichtigen Entschuldigung hätte ich diese ganze Auseinandersetzung einfach umgehen können.

»Habt ihr endlich eine Location für eure Hochzeit gefunden?«, frage ich meine beste Freundin, während ich mir ein traumhaftes Kleid nach dem anderen ansehe. Wir sind vor zwanzig Minuten in dem Geschäft für Brautmode angekommen und stöbern uns seither mit jeweils einem Sektglas in der Hand durch. Da Zoe noch keinerlei Vorstellungen von ihrem Kleid hat, kann dies ein langer Tag werden.

Sie zieht einen Traum in Weiß von der Kleiderstange und hält ihn vor dem Spiegel an sich. »Ich hatte tatsächlich ein paar Locations rausgesucht, jedoch war jede einzelne ausgebucht. Was ich mir auch hätte denken können, denn wir wollen ja schon in zwei Monaten heiraten.«

Ein schulterfreies Kleid mit einem verzierten Spitzenmuster erweckt meine Aufmerksamkeit, und ich stelle mir Zoe darin vor. Meine Augen werden feucht, und mir wird bewusst, dass sie wirklich heiratet. Seit sie es mir gesagt hat, kam es mir immer surreal vor. Selbst nachdem ich den Ring an ihrem Finger gesehen habe, und auch als sie mir eröffnete, dass die Hochzeit schon am ersten März sein wird.

»Meine Mutter hat mir angeboten, die Hochzeit bei ihnen stattfinden zu lassen. Du kannst dir vorstellen, wie ich darauf reagiert habe?«, fragt sie mich und lacht leise.

Ich verdränge die Tränen in meinen Augen. »Schockiert? Fassungslos? Zu Tode erschrocken?«

»So in etwa. Auch wenn sich unser Verhältnis etwas verbessert hat und ich meine Eltern auch zur Hochzeit eingeladen habe, würde ich nicht einmal für Geld dort heiraten, wo ich die schlimmsten Jahre meines Lebens verbracht habe.« Zoe hängt ein Kleid nach dem anderen auf die kleine Rollstange, die uns die Besitzerin des Ladens gegeben hat. Sie wollte eigentlich mit uns zusammen rumgehen, doch Zoe hat ihr gesagt, dass sie das lieber mit mir allein machen würde. Also stöbern wir uns nun durch die ganzen Schmuckstücke und hängen alle Kleider, die uns gefallen, auf eine Stange zum Anprobieren.

»Na ja, wie dem auch sei. Wir werden in Noahs Galerie heiraten«, erklärt sie mir schließlich und sieht mich mit kleinen Hamsterbacken und glänzenden Augen an. Sie strahlt so sehr, wie sie noch nie gestrahlt hat. Von innen und von außen.

Was für eine schöne Idee. Die Galerie hat einen riesigen offenen Raum, der eher als Saal durchgeht, und mit der richtigen Dekoration wird das mit Sicherheit fabelhaft aussehen. Ich habe Zoe angeboten, ihr bei allem zu helfen, doch sie hat dankend abgelehnt, da ich ihrer Meinung nach schon genug mit dem Cosy Corner zu tun habe. Die Hochzeit wird nur in einem kleinen Kreis stattfinden, weshalb sie der festen Überzeugung ist, dass sie und Noah alles Organisatorische allein schaffen.

»Komm, lass uns die Kleider anprobieren. Ich habe irgendwie im Gefühl, dass da schon das Richtige dabei sein könnte.« Zielstrebig fährt Zoe die Stange in Richtung der geräumigen Ankleide. Die Besitzerin füllt unsere leeren Gläser wieder auf, und ich glaube, ich bin im Paradies angekommen. Ich mache es mir auf dem beigefarbenen Sofa bequem und warte darauf, dass Zoe mit dem ersten Kleid herauskommt. Am liebsten würde ich auch eins anprobieren. Doch bei dem Gedanken schießen mir die Worte meiner Mutter durch den Kopf. Sie sagt, dass es Unglück bringt, wenn man Brautkleider anprobiert, ohne eine Braut zu sein.

Seit mich Zoe im Laden abgeholt hat, überlege ich schon, ob ich ihr von Aidans und meinem Beinahekuss erzählen soll. Auf der einen Seite würde ich gerne mit ihr darüber reden, aber auf der anderen Seite möchte ich, dass heute alle Aufmerksamkeit auf sie gerichtet ist. Also entscheide ich mich dafür, das Thema Aidan ein anderes Mal anzusprechen.

Ich möchte mich gerade zurücklehnen, da tritt Zoe hinter dem goldenen Vorhang hervor.

Mit offenem Mund starre ich meine beste Freundin an, und auch wenn ich mir fest vorgenommen habe, nicht zu weinen, läuft mir die erste Träne über die Wange. »Du siehst wunderschön aus, Zoe.« Langsam gehe ich auf sie zu und betrachte das Kleid, das sich perfekt an ihren Körper schmiegt. Während man mir das

Kleid deutlich kürzen müsste, hat Zoe genau die richtige Größe dafür. Es schließt exakt am Fußboden ab, sodass es mit hohen Schuhen toll aussehen würde.

Erst als ich näher komme, fällt mir auf, dass es das Kleid ist, das ich ausgesucht habe. Die schulterfreie Korsage ist mit hellen Blüten bestickt und leicht transparent. Die Blüten laufen nach unten hin aus, bis nur noch der fließende Tüllrock zu sehen ist. Zoe dreht sich einmal um die eigene Achse und entblößt den wunderschönen V-förmigen Rückenausschnitt.

»Ich möchte mich nur ungern loben, aber ich scheine einen wunderbaren Geschmack zu haben.« Mit den Fingern fahre ich über den Stoff und stelle mir vor, wie Zoe ihre langen Haare zu leichten Wellen stylen lässt, die dann auf ihre nackten Schultern fallen. Sie wird die schönste Braut auf Erden sein.

Auch Zoes Augen füllen sich mit Tränen, während sie sich im Spiegel ansieht. »Ich hätte nicht gedacht, dass ich so was mal tragen würde. Ob ich gleich aus diesem Traum erwache?«

»Dieser Traum ist dein Leben, meine Süße«, erwidere ich und nehme sie von hinten in den Arm, darauf bedacht, dass meine Tränen bloß nicht in dem edlen Stoff versickern.

Kapitel 20

Kate

»Lucas, bist du fertig?« In meinen dicken Wollmantel eingepackt, stehe ich vor dem Verkaufstresen und gähne. Obwohl der heutige Samstag anstrengend war und es kaum Zeit für eine Pause gab, bin ich glücklich. Jeder einzelne Kunde hat mir heute ein Lächeln auf das Gesicht gezaubert, und mir wurde mal wieder bewusst, wie sehr dieser Job mich erfüllt. Wie glücklich es mich macht, zu hören, dass mein Gebäck den Leuten schmeckt oder wie schön sie das *Cosy Corner* finden.

Doch heute habe ich mich zum ersten Mal dabei erwischt, wie ich mir den Laden ohne Aidans Buchhandlung ausmalte. Es war eine trostlose Vorstellung und eine bittere Erkenntnis. Denn die Bücher tragen dazu bei, dass das Café gemütlich und einladend wirkt. Ich musste mir mehrmals vor Augen führen, was es bedeuten würde, den Laden allein zu führen, nämlich mehr Sitzmöglichkeiten für meine Kunden und dementsprechend mehr Einnahmen. Den oberen Bereich könnte ich dazu nutzen, einige Sofas aufzustellen und eine Wohlfühlatmosphäre zu schaffen.

»Ich komme«, ruft Lucas, der bis eben noch die Kasse ausgezählt hat. Archer ist vor einigen Minuten gegangen, nachdem der letzte Kunde den Laden verlassen hatte, und Aidan hat bereits am Nachmittag Feierabend gemacht.

»Heute war ein erfolgreicher Tag, nicht wahr?« Lucas schiebt seine Brille hoch und strahlt mich an. Dies wäre die perfekte Gelegenheit, um ihn nach den aktuellen Zahlen auszuhorchen. Zwar hat er sicher nicht alle Zahlen im Blick, aber er rechnet öfter mal die Kasse ab und kennt daher die Umsätze, die mich brennend interessieren würden.

Die letzten Lichter gehen aus, als ich den Schalter an der Tür bediene. Lucas klopft mir auf die Schulter. »Ich muss los, Kate. Meine Freundin holt mich ab, sie möchte unbedingt diesen neuen, angesagten Liebesfilm mit mir im Kino schauen. Drück mir die Daumen, dass ich nicht einschlafe. Wobei, warte, vielleicht wäre das sogar besser«, erklärt er mir lachend und rennt zu einer zierlichen Frau, die an den Baum gegenüber vom Laden gelehnt wartet.

So viel zum Thema Aushorchen. Das Universum scheint es mir nicht zu gönnen.

Ich schließe die Tür hinter mir ab. Die eisige Kälte bahnt sich ihren Weg durch meinen Mantel und durch den dicken Pullover. Eine Gänsehaut überzieht meinen Körper, und ich schlinge die Arme eng um mich. Ausgerechnet heute, wo die Temperaturen in den Minusbereich schießen, habe ich meinen Schal vergessen.

In Windeseile gehe ich auf mein Fahrrad zu, das an dem Baum vor dem Café angekettet ist. Als ich mich gerade raufschwingen möchte, fällt mir plötzlich auf, dass mein Vorderreifen einen Platten hat. Verdammt, wie konnte das denn passieren? Heute Morgen war noch alles in Ordnung, und ich kann mich auch nicht daran erinnern, durch Scherben oder Ähnliches gefahren zu sein.

Ein ungutes Gefühl macht sich in meinem Bauch breit, als würde eine Faust von innen gegen meine Magenwand drücken.

Die Straßen sind alles andere als leer an diesem Samstagabend, und doch bereitet mir die Dunkelheit, die schon seit Stunden über London eingebrochen ist, Angst.

Ich umklammere den Lenker meines Hollandrads und schiebe es neben mir her. Wäre es jetzt hell, würde ich mir meine Kopfhörer aufsetzen und Musik hören, doch das traue ich mich abends nicht. Nicht zu hören, was um mich herum geschieht, fühlt sich für mich nach einem absoluten Kontrollverlust an und schürt meine Angst, anstatt sie abzumildern.

Eine Gruppe Jugendlicher kommt auf mich zu, und ich erinnere mich an eine Zeit, in der ich ebenfalls lachend und mit Freunden durch die Straßen gezogen bin. An eine Zeit, in der ich jedes Wochenende unterwegs war und nur im Moment gelebt habe. Ich erinnere mich an die alte Kate – die verlorene Kate. Die Kate, die ich nicht mehr bin und vielleicht auch gar nicht mehr sein möchte, selbst dann nicht, wenn ich könnte.

Während ich mit der einen Hand das Fahrrad lenke, halte ich in der anderen mein Smartphone. Es ist beinahe halb neun. Mit dem Gedanken an ein Glas Wein, Chips und eine Folge *How I Met Your Mother* versuche ich mich von der Tatsache abzulenken, dass ich mir am liebsten ein Taxi rufen würde, für einen Fußweg, der gerade einmal fünfundzwanzig Minuten dauert.

Ich schiebe das Handy zurück in meine Manteltasche. Aus einer Kneipe am Straßenrand dröhnen laute Musik und Gebrüll. Kurz bevor ich sie erreiche, öffnet sich die Tür, und zwei Männer kommen herausgetaumelt. Der Größere von beiden kann kaum gerade stehen und nuschelt irgendwas vor sich hin, während der andere so laut lacht, dass es vermutlich jeder auf der kilometerlangen Straße hören kann.

Noch gute zehn Meter trennen mich von den Kerlen. Ich überlege, kurz die Straßenseite zu wechseln, entscheide mich dann aber doch dagegen. Die zwei sind nicht die ersten Menschen, die mir auf dem Nachhauseweg entgegenkommen, und sicherlich auch nicht die einzigen betrunkenen. Was ist schon dabei, wenn die Leute am Wochenende ausgehen und Alkohol trinken? Das macht sie noch lange nicht gefährlich.

Noch neun Meter, und ich spüre, wie meine Gliedmaßen sich versteifen und ich von Schritt zu Schritt schneller werde.

Acht Meter, und der Große sieht mich an.

Sieben Meter, und meine Nackenhaare stellen sich auf.

Sechs Meter, und ich würde am liebsten einfach stehen bleiben.

Fünf Meter, und auch der andere schaut in meine Richtung.

Vier Meter, und unsere Blicke treffen sich.

Drei Meter, und sie beginnen zu pfeifen.

Zwei Meter, und alles in mir schreit.

Ein Meter, und mein Herz wird schwer vor Angst.

»Hey, Süße, hascht du es ei-eilig?« Obwohl ich nicht stehen bleibe, rieche ich den Alkohol in seinem Atem. Mir wird schlecht.

In meiner Vorstellung habe ich sie bereits meilenweit hinter mir gelassen. In der Realität höre ich ihre Schuhe auf dem Asphalt. Höre, wie sie mir folgen und irgendwas zueinander sagen, was ich nicht verstehen kann und auch gar nicht verstehen will.

Bitte nicht. Lasst mich in Ruhe. Geht euren Rausch ausschlafen, flehe ich stumm. Ich werde schneller, und sie werden es auch, bis mich ein Ruck plötzlich nach hinten zieht. Sie halten mein Fahrrad fest und bringen mich damit zum Stehen.

»Du musst nicht vor uns weglaufen.« Während der eine den Gepäckträger noch immer fest umklammert, kommt der andere zu mir und stellt sich vor mich. Er ist riesig. Seine breiten Schultern versperren mir die Sicht auf die Straße.

Tränen schießen mir in die Augen, doch ich lasse sie nicht frei. Ich drücke meine Finger noch fester um den Lenker und versuche, mein Fahrrad aus dem Griff des Mannes zu befreien. Und tatsächlich, es gelingt mir. Kurz überlege ich, ob ich irgendwas erwidern soll, lasse es dann aber doch bleiben und schiebe mein Fahrrad um den Kerl herum.

»Bleib stehen!«, brüllt einer von beiden und hält mich am Oberarm fest. So fest, dass es wehtut. Die Tränen, die ich eben noch zurückgehalten habe, kullern mir nun die Wangen hinab.

»Lasst mich bitte gehen«, flüstere ich, dabei würde ich am liebsten schreien. Ich muss einfach nur den Mund aufreißen, einfach nur meine Tonlage erhöhen, einfach nur nach Hilfe schreien. Doch es ist alles andere als einfach.

»Nö«, ist alles, was der Mann in der grünen Jacke sagt, als er mich an sich zieht und ich vor Schreck mein Fahrrad fallen lasse. Sein Atem stinkt nach einer Mischung aus Zigarettenrauch, Alkohol und Red Bull, und am liebsten würde ich mich übergeben. Seine Nähe widert mich an.

Auf einmal bin ich nicht mehr auf der Straße. Ich liege wieder in dem Bett. Samuel über mir. Cameron und Rachel neben mir. Galle steigt in mir auf, und obwohl ich um mich schlagen möchte, bleibe ich regungslos. Wie damals.

Ich versuche, mich von dem Kerl wegzudrücken. Meine Hände gegen seine Brust zu stemmen, kostet mich einiges an Überwindung. Doch sein Griff ist fest. Seine drahtigen Finger drücken mir ins Fleisch, und ein ziehender Schmerz fährt durch meinen Arm.

»Lass mich los!« Die Worte presse ich so laut wie möglich durch meine Lippen, in der Hoffnung, sie damit abzuschrecken oder die Aufmerksamkeit irgendwelcher Passanten auf mich zu ziehen. Irgendwer muss das doch mitbekommen.

Ein Pärchen geht Arm in Arm und mit schnellen Schritten an uns vorbei. Ich hoffe, dass sie jeden Moment stehen bleiben und mir helfen, die Polizei rufen oder etwas anderes unternehmen. Doch ihre Gesichter sind auf den Boden gerichtet, und ihre Gestalten werden immer kleiner und kleiner, umso weiter sie sich von uns entfernen. Als ich gerade den Mund öffne, um nach Hilfe zu rufen, drückt der Kerl seine große Hand auf meine Lippen. Die Tränen fallen auf seine Haut, doch es interessiert ihn offenbar einen Scheißdreck, wie ich mich fühle. Stattdessen zieht er an mir, als wäre ich eine Puppe, während ich verzweifelt versuche, irgendwelche Töne von mir zu geben.

Durch meinen Kopf schießen Bilder. Es ist wie in meinen Albträumen. Alles wiederholt sich. Immer und immer wieder. Die Hilflosigkeit. Die Angst. Die Wut. Es vermischt sich. Ich möchte einfach nur verschwinden. Aus dieser Hölle erwachen und feststellen, dass ich mal wieder nur geträumt habe. Doch das hier ist kein Albtraum. Genauso wenig, wie es damals einer war.

Schlagartig werde ich nach hinten gezogen. Dann löst sich der Mann von mir, und ich taumle von ihm weg. In letzter Sekunde gewinne ich mein Gleichgewicht zurück. Um ein Haar hätte ich den Halt verloren und wäre zu Boden gegangen.

»Sie hat gesagt, dass du sie loslassen sollst«, ertönt eine Stimme, die mich zusammenzucken lässt. Sie ist mir so vertraut, dass ich sie unter hundert weiteren Stimmen sofort erkennen würde. Erleichtert drehe ich mich um und blicke in Aidans Gesicht. Er hält den Mann am Kragen seiner Jacke fest. Seine braunen Augen tasten mich ab, fahren über jeden Zentimeter meines Gesichts und meines Körpers.

»Hat er dir wehgetan?« Aidan beißt die Zähne so fest aufeinander, dass die Anspannung in seinem Kiefer deutlich zu sehen ist.

Der Mann beginnt zu nörgeln und nuschelt irgendwas vor sich hin. Sein Kumpel stößt mich beiseite und geht taumelnd auf Aidan zu. »Ey, lass meinen Freund in Ruhe.« Er zerrt an der Jacke seines Kumpels, doch Aidan lässt ihn nicht los. Er sieht mich noch immer an, scheint auf meine Antwort zu warten. Auf eine Antwort, die ich ihm nicht geben kann. Also lüge ich, schüttle den Kopf und warte darauf, dass sich seine Gesichtszüge wieder entspannen.

»Hast du mir nicht zugehört? Du sollst ihn loslassen«, brüllt der Mann, macht einen großen Schritt auf Aidan zu und schlägt ihn mit der Faust direkt ins Gesicht.

Mit aufgerissenen Augen und offenem Mund stehe ich da, unfähig, mich auch nur einen Zentimeter zu bewegen. Mein Herz schlägt mir bis zum Hals und droht zu zerspringen, als der Mistkerl noch einmal auf ihn einschlägt.

Aidan tritt einen Schritt zurück. Erst jetzt fällt mir das Blut auf, das von seiner Lippe tropft. Mit dem Handrücken wischt er es sich weg. Sein Blick verdunkelt sich, und sein gesamter Körper wirkt angespannt. Schneller, als ich gucken kann, schlägt er zurück. Trifft den einen Kerl direkt auf die Nase, während der andere, der mich eben noch fest in seinem Griff gefangen hielt, anscheinend gar nicht realisiert, was hier gerade passiert. Der Alkohol scheint seine Reaktionszeit zu verlangsamen.

Und dennoch bewegt er sich auf Aidan zu. Hastig und mit einem Puls, der nicht gesund sein kann, schaue ich mich um. Lasse meinen Kopf nach links und nach rechts schnellen, in der Hoffnung, irgendwo jemanden zu erblicken, der uns helfen könnte. Vergeblich.

Während Aidan den einen Kerl immer wieder von sich wegschubst, steht der andere plötzlich neben ihm und boxt ihm in den Bauch. Ich zucke zusammen, als hätte man mich getroffen, als wäre ich diejenige, die sich gerade vor Schmerzen krümmt. Tränen schießen mir in die Augen.

Aidan rafft sich wieder auf und möchte gerade zuschlagen, da sehe ich, wie der andere eine Bierflasche vom Boden aufhebt und seinen Arm durch die Luft schnellen lässt.

Ein unfassbar lauter Schrei ertönt. So laut, dass ich mir am liebsten die Ohren zuhalten würde. So laut, dass alle drei Männer in ihrer Bewegung innehalten und zu mir blicken. Und erst in diesem Moment wird mir bewusst, dass ich es bin, die schreit. Kalte Dezemberluft gelangt tief in meine Lungen und lässt mich beinahe erfrieren. Eine Gänsehaut durchfährt meinen Körper, und ich höre erst auf zu schreien, als die beiden Männer kopfschüttelnd die Flucht ergreifen.

Wie kleine Messerstiche fühlen sich die Tränen an, die meine Wangen hinablaufen. Ich bin so sauer. Sauer auf mich selbst, weil ich nicht schon eher in der Lage gewesen bin zu schreien, weil ich nicht um Hilfe gerufen habe, weil ich mal wieder wie erstarrt war. Und ich bin sauer auf die beiden Männer. Was geht nur in den Köpfen mancher Menschen vor sich? Alkohol hin oder her. Es gibt keine Entschuldigung für solch ein Verhalten.

Die Falten auf Aidans Stirn verschwinden, und sein Blick wird weicher, als er mich ansieht. Ohne zu merken, dass ich mich bewegt habe, stehe ich plötzlich unmittelbar vor ihm. Ich möchte ihm danken, das möchte ich wirklich. Wer weiß, was passiert wäre, wenn er nicht gewesen wäre. Doch ich bekomme dieses einfache Wort nicht heraus. Es sitzt auf meiner Zunge, kitzelt mich, doch selbst als ich meine Lippen öffne, kommt kein einziger Ton von mir. Denn alles, woran ich denken kann, ist, dass ich schuld daran bin, wie sein Gesicht aussieht. Unter seinem linken Auge verfärbt sich die honigfarbene Haut rot, und aus der Wunde an der Lippe tropft noch immer Blut.

Aus meiner Manteltasche hole ich ein Taschentuch und drücke es ihm auf die Unterlippe. Meine Finger berühren seine Wange. Ich streife sanft über die Stelle unterm Auge, die glühend heiß ist.

Danke. Es tut mir leid. Ich weiß nicht, was davon ich zuerst sagen soll.

»Geht es dir gut?«, fragt er mich leise und legt seine Hand auf meine. Dieser Moment, in dem ein Feuer entfacht wird und seine ersten Funken versprüht – so fühlt sich seine Hand auf meiner an. Ich schiebe dieses Gefühl rasch beiseite und versuche, wieder klar zu denken.

»Du bist doch wahnsinnig. Ich sollte eher fragen, ob es dir gut geht«, entgegne ich ihm und ziehe meine Hand unter seiner weg. »Wir sollten in ein Krankenhaus, vielleicht muss deine Lippe genäht werden, und dein Auge sollte sich auch jemand angucken.« Ich wische mir die Tränen aus dem Gesicht und hebe mein Fahrrad auf. »Los komm, wir gehen in die Notauf...« Weiter komme ich nicht.

Aidan zieht mir das Fahrrad unter den Fingern weg und schiebt es in die andere Richtung. Nach Hause. »Das ist nur eine winzige Platzwunde, und es hat schon aufgehört zu bluten, kein Grund für einen Besuch in der Notaufnahme.«

Schweigend folge ich ihm. Die Arme schlinge ich um meinen Oberkörper, um die Jacke enger um mich zu ziehen, und gerade als ich in den dunklen Nachthimmel blicke, auf der Suche nach Sternen, fällt mir etwas anderes auf. Schnee. Wie in Zeitlupe fällt er herab. Mein Blick folgt den kleinen weißen Flocken, die langsam auf Aidans blondem Haar und auf seinem braunen Mantel landen.

Auch wenn ich ihn nicht anstarren möchte, bleibt mir gar nichts anderes übrig. Der Bereich unter seinem Auge verfärbt sich langsam blau. Seine Wimpern werfen im Licht der Laternen am Straßenrand einen Schatten auf seine Wangen. Sein Profil sieht nahezu perfekt aus. Als ich ihn vor einigen Monaten angeschaut hab, war da nur Wut und Abneigung. Wenn ich ihn jetzt ansehe, spüre ich, dass sich die Luft zwischen uns verändert hat, dass sein Lächeln ein Kribbeln in meinem Bauch auslöst, dass ein warmer Blick aus seinen braunen Augen mein Herz zum Rasen bringt, dass eine Berührung von ihm ein Feuer in mir entfacht.

Aidan blickt zur Seite und mich damit direkt an. Sofort steigt mir Hitze ins Gesicht, und ich bin mir sicher, dass ich gerade aussehe wie eine Tomate. Ein leichtes Lächeln liegt auf seinen Lippen. Doch anstatt zurückzulächeln, schaue ich weg und starre den Asphalt vor uns nieder. Ich kann nur hoffen, dass er nicht bemerkt hat, dass ich ihn eine gefühlte Ewigkeit angeschmachtet habe.

Mit ausgestrecktem Arm drehe ich meine Handfläche dem Himmel entgegen und versuche eine Schneeflocke zu fangen. Sekunden vergehen, in der keine einzige auf meiner Haut landet. Meine Finger erfrieren jeden Moment, so kalt ist es. Ein Frösteln durchströmt meinen Körper. Es ist an der Zeit, die Handschuhe aus dem Schrank zu kramen.

Aidan macht es mir nach. Ich blicke zur Seite und sehe, wie er das Gesicht Richtung Himmel hält. Auf seiner Hand landen innerhalb kürzester Zeit zwei Schneeflocken, die auf seiner warmen Haut sofort zu Wasser schmelzen.

»Danke.« Meine Stimme ist so leise, dass ich mir nicht sicher bin, ob Aidan es überhaupt gehört hat. Irgendwo in der Ferne höre ich Gelächter, ich höre unsere Schritte auf dem Boden und den Fluss unter der Brücke, die wir gerade überqueren.

Auf einmal bleibt Aidan stehen. »Ich bin nur froh, dass ich da war«, sagt er mit einer Stimme, die zugleich rau und weich klingt, und lehnt mein Fahrrad an das Geländer der Brücke. Ich weiß nicht, ob das laute Rauschen in meinen Ohren dem Wasser unter uns geschuldet ist oder meinem rasenden Herzen. Er kommt auf mich zu, und ich könnte schwören, ich vergesse, wie man atmet. »Wieso hast du überhaupt einen Platten?«, fragt er mich ganz beiläufig, als würde er diese Anspannung zwischen uns gar nicht bemerken. Und wahrscheinlich ist es auch so. Vielleicht bilde ich mir nur ein, dass da irgendwas ist, und mache mich komplett lächerlich.

Ich stecke die Hände in meine Manteltaschen und versuche, so unbeteiligt wie nur möglich zu wirken. Als wäre nichts passiert. Als hätten mich nicht vor Kurzem zwei besoffene Männer angemacht. Als wäre Aidan nicht wie aus dem Nichts aufgetaucht, um mich zu retten. Buchstäblich zu retten. Was ist er? Irgendein Superheld nach Feierabend?

Aidan steht vor mir. Mit aller Kraft versuche ich, ihn nicht anzusehen, und schaue starr an ihm vorbei. »Keine Ahnung, als ich zur Arbeit gekommen bin, war noch alles gut.« Der Duft von frischem Kaminholz steigt mir in die Nase, und ich schließe die Augen. Obwohl er mich nicht berührt, spüre ich seine Nähe in jeder Faser meines Körpers, und ich hasse es. Ich hasse es, dass ich so fühle, dass seine Gegenwart mich vergessen lässt. Mich vergessen lässt, wer ich bin, wer er ist und was wir füreinander sind.

Als ich meine Augen wieder öffne, ist Aidan gerade dabei, sich den Schal abzunehmen. Er legt den weichen Stoff um meinen Hals und wickelt ihn zweimal um mich herum. Ich bin hin- und hergerissen, weiß nicht, ob ich ihn von mir stoßen oder ihn näher an mich heranziehen soll.

»Hör auf damit.«

»Womit?« Aidan sieht mich an, als würde er wirklich nicht merken, was er mit mir macht, was für ein Chaos er in mir auslöst. Und doch geht er einen Schritt zurück, verschafft mir die Luft zum Atmen.

»Damit, so nett zu sein.« Es wäre richtig, den Schal wieder abzunehmen und ihn ihm zurückzugeben. Doch ich bin nicht in der Lage, das Richtige zu tun. Sei es wegen der Kälte oder des Geruchs des Stoffes, welcher mir an diesem kalten Abend Wärme schenkt.

Aidan nickt nur und geht zurück zu meinem Fahrrad. Die restlichen Minuten bis nach Hause laufen wir stumm nebeneinanderher, bis wir vor meiner Tür angekommen sind. Ich schließe mein Rad vor der Haustür an und krame die Schlüssel aus meiner Tasche. »Möchtest du kurz mit hochkommen?«

Obwohl ich ihn nicht sehen kann, weil ich mit dem Rücken zu ihm stehe, spüre ich seine Anwesenheit überdeutlich. Ich stelle mir vor, wie er sich mit der Hand über den Nacken reibt und überlegt, was er mir antworten soll. Wieso ich ihm solch eine Frage stelle, weiß ich selbst nicht so genau. Auf der einen Seite habe ich Angst, fühle mich seit dem Einbruch bei meiner Nachbarin nicht mehr wohl in meiner eigenen Wohnung und bin mir sicher, dass ich heute Nacht nach dem Vorfall mit den Männern kein Auge zubekommen werde. Auf der anderen Seite weiß ich, dass es eine dumme Idee ist, ihn mit hochzunehmen. Die Gefühle, die ich langsam, aber sicher entwickle, sind alles andere als angebracht. Ich möchte mich nicht verlieben und erst recht keinen Mann so nah an mich heranlassen.

»Ja«, antwortet er mir schließlich, und ohne mich nach ihm umzudrehen, schließe ich die Tür auf und steige die Treppe hinauf. Das Holz unter unseren Füßen knarrt bei jedem Tritt.

»Möchtest du etwas trinken?«, frage ich ihn und hänge meinen Mantel an den Kleiderhaken hinter der Tür. Aidan legt seine Jacke über den Barhocker in der Küche. Erst jetzt fällt mir auf, dass er einen schwarzen Hoodie und eine schwarze Jogginghose trägt. Er sieht aus, als hätte er einen gemütlichen Abend mit Netflix und seinen Katzen geplant. Nur der elegante Mantel passt nicht ganz ins Bild.

»Nein danke.« Er lässt sich auf mein kleines Sofa nieder, das nun, wo er drauf sitzt, noch winziger wirkt. »Geht es dir gut? Haben sie dir wirklich nicht wehgetan?«

Ich nehme mir zwei Gläser aus dem Schrank, ignoriere, dass er nichts trinken möchte, und fülle sie mit Wasser. Aus dem Gefrierfach hole ich einen Beutel gefrorenes Obst, um sein Auge zu kühlen, und reiche es ihm. »Gut wäre übertrieben. Ich bin einfach froh, dass es nicht schlimmer gekommen ist.« Bei dem Gedanken daran, was hätte passieren können, wird mir schlecht, und ich könnte sofort wieder zu weinen beginnen. Doch ich schiebe die Bilder in meinem Kopf beiseite, bevor sie überhaupt deutlicher werden können.

»Aber was hast du überhaupt dort gemacht?« Die Frage schwirrt mir schon die ganze Zeit im Kopf herum.

»Ich wollte nur schnell zu dem kleinen Supermarkt, um mir Chips und Bier zu holen. Beinahe hätte ich mich dagegen entschieden, weil ich es mir schon auf der Couch bequem gemacht hatte. Ich bin froh, dass ich doch noch mal rausgegangen bin«, gesteht er mit einem Blick, der mich schaudern lässt. In seinen Augen steckt so viel Mitgefühl, dass ich es nicht ertrage, ihn länger anzusehen. Ich fühle mich bloßgestellt, nackt, so als würde er ganz genau wissen, dass ich nicht okay bin, dass es mir nicht gut geht, schon lange nicht mehr.

Die Wassergläser, die ich noch immer in den Händen halte, stelle ich auf der Bar in der Küche ab. »Komm mit«, fordere ich Aidan auf und gehe ins Badezimmer. Er scheint nicht gleich aufzustehen, da ich einen Moment warten muss, bis er im Türrahmen erscheint und sich seitlich an ihn lehnt. Verdammt, er sieht so gut aus.

»Setz dich.« Ich deute auf meine Toilette.

Der Raum ist so klein, dass er sich an mir vorbeiquetschen muss, wobei sein Oberkörper meinen streift. Dieses Kribbeln muss sofort aufhören, sonst verliere ich noch den Verstand.

Aidan sieht mich aus verwunderten Augen an. »Was wird das?«

Auf Zehenspitzen lege ich meine Hände auf seine Schultern, drücke ihn runter auf den Klodeckel und hole den kleinen Erste-Hilfe-Koffer aus dem Schrank unter dem Waschbecken, den ich zuvor noch nie benutzt habe. Doch das ist das Mindeste, was ich für Aidan tun kann.

Mit einem Wattepad, getränkt in Wunddesinfektionsmittel, gehe ich in die Hocke, um näher an seinem Gesicht zu sein. Meine Finger berühren sein Kinn, damit ich es etwas anheben kann. Er zuckt kurz zusammen, als hätte er einen Stromschlag bekommen. Ich lächle ihn an und warte darauf, dass er mein Lächeln erwidert. Doch das tut er nicht. Stattdessen sieht er mich mit einem Blick an, der in mir den Wunsch nach Nähe weckt.

Vorsichtig reibe ich den Tupfer über die Wunde an seiner Lippe und rechne damit, dass er vor Schmerz zurückschreckt, was nicht passiert. Er sieht mich einfach unentwegt an, während ich versuche, mich auf das Verarzten zu konzentrieren. »Tut es gar nicht weh?«, erkundige ich mich, um die angespannte Stimmung zwischen uns etwas aufzulockern, doch er schüttelt nur leicht den Kopf.

Ich lege das Wattepad im Waschbecken ab und sehe mir den kleinen Riss in seiner Lippe genauer an. Er sieht nicht tief aus, was mich ein wenig beruhigt. »Es tut mir leid, dass du etwas abbekommen hast.«

»Es tut mir leid, dass ich nicht eher da war.«

Ich beobachte jede Bewegung seiner Lippen, die unglaublich weich aussehen. Wie es sich wohl anfühlen würde, von ihnen geküsst zu werden?

Mein letzter Kuss ist so lange her, dass ich gar nicht mehr weiß, wie es sich anfühlt, die Lippen eines anderen auf meinen zu spüren. Seit über einem Jahr habe ich nicht ein einziges Mal das Verlangen danach gespürt, jemandem näherzukommen. Im Gegenteil. Der Gedanke daran, jemanden auf diese Art und Weise zu berühren, hat mich vor Angst zittern lassen.

Doch bei Aidan ist es anders. Ich kann mir nicht erklären, woher es kommt. Ich weiß nicht einmal, wann es angefangen hat. Seit wann ich mich in seiner Gegenwart wohl und sicher fühle. Aidans Blick wandert zu meinem Mund. In mir machen sich eine Ungeduld und ein Verlangen breit, von dem ich nicht geglaubt habe, dass ich es noch empfinden kann.

Ohne zu zögern, presse ich meine Lippen auf seine. Alle Gedanken sind auf einmal verschwunden, ich bin nur noch im Hier und Jetzt. Für den Bruchteil einer Sekunde habe ich Angst, dass ich ihm wehtun könnte oder er diesen Kuss gar nicht will. Gerade als ich mich wieder von ihm lösen möchte, legt er seine Hände um mein Gesicht und erwidert den Kuss. Seine Lippen sind weich. Vorsichtig öffnet er sie. Unsere Zungen treffen aufeinander und erwecken das reinste Feuerwerk in meinem Körper.

Langsam fahren seine Hände über meinen Rücken, und mit einem Ruck hebt er mich auf seinen Schoß. Meine Knie schlagen gegen die Kante der Badewanne, doch der kurze Schmerz ist sofort wieder vergessen. Aidan schmeckt nach einem Sonnenuntergang, nach einem Versprechen und nach Verbundenheit. Was zaghaft begonnen hat, wird von Sekunde zu Sekunde intensiver. Alles in mir schreit nach mehr, und ich seufze erlöst gegen seine

Lippen. Meine Finger wandern seinen Nacken hinauf, und ich vergrabe sie in seinen Haaren. Mit jeder Berührung habe ich das Gefühl, ein noch größeres Feuer zu entfachen. Und gerade als ich mich enger an ihn drücken möchte, lässt er mich los.

Seine Augen sind dunkel, wirken beinahe schwarz im schwachen Licht des Badezimmers. Die Art und Weise, wie er mich ansieht, bereitet mir Gänsehaut, und ich weiß schon jetzt, dass ich diesen Blick so schnell nicht mehr vergessen werde. Er seufzt und legt seine Stirn gegen meine.

Es war ein Fehler, und irgendwo zwischen unserem heißen Atem und der knisternden Luft wissen wir es beide. Und auch wenn ich weiß, dass dies der Moment ist, um aufzustehen und den Raum zu verlassen, bleibe ich auf seinem Schoß sitzen. Denn ich bin noch nicht bereit, ihn gehen zu lassen und in die Realität zurückzukehren.

Als wäre ich leicht wie eine Feder, hebt er mich an und setzt mich auf den Füßen wieder ab. Obwohl ich den Boden unter mir spüre, fühle ich mich nicht einmal ansatzweise so sicher wie auf seinem Schoß. Und ich hasse dieses Gefühl.

»Ich ...«

Bevor er weitersprechen kann, unterbreche ich Aidan. Jetzt aus seinem Mund das zu hören, was ich selbst schon weiß, würde ich nicht ertragen. »Ja, es war ein Fehler«, teile ich ihm das mit, was er ohnehin zu denken scheint.

»So ist das nicht.« Er steht auf und kommt auf mich zu. Ich weiche zurück und gehe aus dem Badezimmer raus. »Also doch, aber ...« Aidan sucht nach Worten, die erklären könnten, was zwischen uns soeben passiert ist. Doch die gibt es nicht.

»Schon gut, du brauchst nichts zu sagen.« Ich reiche ihm seinen Mantel. »Danke noch mal für deine Hilfe vorhin.«

»Geht es dir gut? Soll ich bleiben?«

Eine unfassbare Wut steigt in mir auf und bringt meinen Puls auf hundertachtzig. *Ja, Aidan. Du sollst bleiben und mich nicht von dir stoßen, nachdem du mich geküsst und gehalten hast, als hättest du Angst, ich könnte gleich davonlaufen.* »Mir geht's gut, und nein, geh einfach«, fordere ich ihn auf, ohne ihn anzusehen. Stattdessen blicke ich auf die zwei Gläser Wasser, die noch keiner von uns angerührt hat.

Ohne ein einziges Wort geht er an mir vorbei, streift sich den Mantel über und verlässt meine Wohnung.

Zurück bleiben Leere, Angst und Schuld.

Gefühle, die mir nur allzu vertraut sind.

Kapitel 21

Kate

Nur langsam bewege ich einen Finger nach dem anderen, spüre, wie ich auch meine Füße wieder bewegen kann. Mit einem Ruck strecke ich instinktiv den Arm nach Rachel aus und reiße dabei ein Glas runter, das auf dem Nachttisch gestanden haben muss. Es fällt klirrend auf das Parkett. Jede noch so kleine Bewegung tut weh, ist so anstrengend, als hätte ich meine Knochen und Muskeln seit Jahren nicht mehr benutzt. Ich strecke mich weiter. Möchte meine Freundin berühren. Ihr sagen, dass sie nicht allein ist. Aber anstatt sie zu erreichen, falle ich. Auf das Parkett. Auf die Scherben. Ein unerträglicher Schmerz breitet sich in der Nähe meiner Hüfte aus. Ich spüre das Blut, es legt sich warm um meine Haut, hinterlässt ein Brennen.

Ich schrecke aus dem Schlaf auf, und wie von selbst gleiten meine Finger zu der Narbe, die mir bis heute geblieben ist. Mit geschlossenen Augen versuche ich, die Bilder aus meinem Kopf zu verbannen. Mein Handy zeigt mir, dass es mitten in der Nacht ist. Zum Glück habe ich heute keine Frühschicht. Ich muss erst gegen Abend ins Café und Mora und Hope ablösen.

Die Antwort auf meine letzte E-Mail an die Seelsorge kam nur wenige Minuten, nachdem ich meine Nachricht abgeschickt hatte. Geöffnet habe ich sie noch nicht. Obwohl ich das Gefühl habe, dass mir diese Gespräche mit einem unbekannten Menschen guttun, lese ich die Nachrichten nur dann, wenn ich an einem Tiefpunkt angelangt bin.

Von: D. C.

E-Mail-Adresse: d.c@onlineseelsorge.com

Hallo Anna,

es ist nicht zu spät, um die beiden Männer anzuzeigen, solltest du ihre Namen kennen. Damit möchte ich nicht sagen, dass du damals die falsche Entscheidung getroffen hast. Ich möchte einfach nur, dass du weißt, dass du deine Meinung ändern kannst, wenn du möchtest. Für manche ist ein Verfahren eine erhebliche Belastung. Andere wiederum brauchen es, um mit dem Geschehenen abschließen zu können.

Wir haben vor Ort eine direkte Ansprechpartnerin für Themen wie dieses. Du kannst jederzeit vorbeischauen und dich beraten lassen. Natürlich bist du auch jederzeit herzlich willkommen, wenn du einfach nur reden möchtest.

PS: Wie alt bist du denn, dass man dich noch nicht siezen sollte?

Mit freundlichen Grüßen
D.

Der Gedanke, Cameron und Samuel anzuzeigen, ist mir lange nicht mehr gekommen. Wochen nach der Tat war er jeden Tag da. Er begleitete mich auf Schritt und Tritt und ließ mich nicht mehr los. Ich erinnere mich daran, als wäre es gestern gewesen, wie die zwei Männer im Gang zum Hörsaal auf mich zukamen. Es war das erste Mal, dass ich ihnen nach dem Abend gegenübertrat. Ich bin vor ihnen weggelaufen, habe weinend das Unigelände verlassen und fand mich vor der Polizeidirektion wieder. Zwanzigmal habe ich versucht, Rachel anzurufen. Zwanzigmal ging sie nicht ran. Also lief ich nach Hause und beschloss, das Studium abzubrechen. Es hat mir ohnehin nicht das gegeben, was ich mir erhofft habe. Doch Cameron und Samuel waren schlussendlich der ausschlaggebende Punkt, weshalb ich diese Universität nie wieder betreten wollte.

Von: Anna
E-Mail-Adresse: anna1212@gmail.com
Wenn ich mit meiner ehemaligen Freundin reden könnte, würde ich eine Anzeige vielleicht in Erwägung ziehen. Vielleicht hat sich ihre Meinung dazu verändert, und sie würde die beiden Mistkerle auch anzeigen wollen. Möglicherweise wäre es eine gute Idee, mich mal beraten zu lassen. Danke.
Vor Kurzem bin ich einem der zwei Männer begegnet, dem, der mich unter irgendwelche Drogen gesetzt hatte und beinahe vergewaltigt hätte. Ich konnte es zunächst gar nicht glauben. Sein Gesicht verfolgt mich seit über einem Jahr. Ich habe mir oft eingebildet, ihn zu sehen, wenn es in Wahrheit nur irgendein Fremder war. Doch letztens auf der Arbeit stand er wirklich vor mir. Ich habe mich in diesem Moment so schwach gefühlt. Ich habe angefangen zu weinen, anstatt all meine Wut an ihm auszulassen.

PS: Ich bin fünfundzwanzig. Wie heißt du eigentlich?

Es ist erstaunlich, wie gut es tut, mit dieser Person zu schreiben, obwohl ich sie nicht kenne. Das, was ich schreibe, könnte ich Zoe nicht sagen. Nicht, weil ich ihr nicht vertraue oder weil sie es nicht verstehen würde. Vielmehr, weil es nicht über meine Lippen kommt, weil ich es nicht mehr ertrage, sie mit meinen Problemen zu belasten, den Blick in ihren Augen zu sehen, der mir verrät, dass sie mit mir leidet. Wenn dich Leute, die du liebst, mit einem gequälten Gesichtsausdruck anschauen, weil sie sich um dich sorgen, zerreißt es dir das Herz. Aus diesem Grund fällt es mir schwer, ihr oder meinen Eltern gegenüber ehrlich zu sein. Meine Mutter würde es nicht ertragen, wenn sie wüsste, was mir passiert ist. Vermutlich würde sie mich jeden Abend anrufen und wissen wollen, ob ich heil nach Hause gekommen bin. Wenn ich darüber nachdenke, was mir gestern Abend widerfahren ist, kann ich es ihr nicht einmal verübeln. Diese Welt ist grausam.

Ich muss stark sein. Nein. Ich möchte stark sein. Also verdränge ich die Erinnerungen an gestern, auch die an Aidan und unseren verdammten Kuss.

Mit einem Seufzen stehe ich auf. Den heutigen Tag werde ich mit Dingen verbringen, die mir guttun. Backen, eine gute Serie schauen, joggen.

Obwohl es gestern Abend so stark geschneit hat, ist jetzt fast nichts mehr davon geblieben. Einzig und allein die Dächer mancher Autos sind noch ein wenig weiß, sodass es aussieht, als hätte jemand Puderzucker über sie gestreut.

Vor der Haustür bleibe ich kurz stehen und binde mir meinen roten Schal enger um den Hals. Mein Atem hinterlässt kleine Dunstwölkchen in der Luft.

Mein Fahrrad, das an der Hecke aus kleinen Tannen steht, kann ich heute leider nicht für den Weg zur Arbeit nehmen, weshalb ich etwas früher losgehen muss. Ich sollte schnellstmöglich das Loch im Reifen flicken lassen. Doch als ich genauer hinschaue, fällt mir auf, dass der Reifen prall aussieht. Ganz anders als gestern. Mit der großen Papiertüte voller bunter Cupcakes in der Hand, die ich vorhin gebacken habe, gehe ich auf das Rad zu und kneife in den Reifen, der gestern noch komplett platt war.

Er scheint völlig in Ordnung zu sein. Habe ich mir den Platten etwa eingebildet? Doch als ich ein kleines Post-it am Reifen und eine Kamille sehe, die zwischen der Kassette und dem Schaltwerk klemmt, wird mir klar, wer es repariert hat. Aidan. *Ich hoffe, dir geht es gut*, steht auf dem kleinen Zettel.

»Kann dir doch egal sein«, zische ich. Ja, ich bin ihm dankbar, dass er gestern da war und mir geholfen hat. Gleichzeitig macht dieser Mann mich aber so wütend, dass ich den kleinen Klebezettel und die Kamille abreiße und grob in meine Jackentasche schiebe.

Mit den Fingern fahre ich mir über den Mund und denke daran, wie sich seine Lippen auf meinen angefühlt haben. An das Gefühl, angekommen zu sein. An diese Wärme, die ich seit Ewigkeiten nicht mehr gespürt hatte. Und an seine Ablehnung.

Aidan muss den Reifen erst vor Kurzem repariert haben, denn als ich vor drei Stunden eine Runde joggen war, klebte definitiv noch kein Post-it und auch keine Kamille daran. Es ist das zweite Mal, dass er mir Kamillen schenkt, und ich frage mich, was für eine Bedeutung sie haben. Rosen, Tulpen, Nelken, Sonnenblumen. Alles Blumen, die ich schon oft verschenkt oder geschenkt bekommen habe. Aber Kamillen?

Als ich im *Cosy Corner* ankomme, empfängt mich Hope mit einem für sie typischen Strahlen und nimmt mir die Papiertüte aus der Hand. »Wir haben schon sehnlichst auf Nachschub gewartet. Es haben mindestens zwanzig Kunden nach den Weihnachtscupcakes gefragt«, erklärt sie mir und sieht zu Mora rüber, die gerade an der Kaffeemaschine steht und einen Pumpkin Spice Latte zubereitet. Einer unserer Renner seit dem Herbst, weshalb wir ihn auch den Winter über anbieten möchten.

»Dann komme ich wohl genau richtig.« Ich nehme die kleine Tüte aus der großen, die Hope auf dem Tresen abgestellt hat. Gestern Abend habe ich Aidans Schal an die Garderobe unter meinen Mantel gehängt, sodass er vergessen hat, ihn mitzunehmen. »Hast du Aidan gesehen?«, frage ich meine Kollegin, weil ich viel zu große Angst habe, mich nach ihm umzusehen. Ich möchte ihm so gut es geht aus dem Weg gehen. Nach unserem gestrigen Kuss würde ich am liebsten nie wieder ein Wort mit ihm wechseln, auch wenn ich weiß, dass das vermutlich unmöglich ist.

»Er ist, kurz bevor du gekommen bist, nach oben zu Lucas gegangen.« Hope platziert die Cupcakes, die mit kleinen Zuckerstangen und Tannenbäumen verziert sind, in der Auslage. Die Weihnachtsfeiertage stehen damit wohl offiziell vor der Tür. Bisher bin ich jedes Jahr zu meinen Eltern nach Edinburgh geflogen, aber dieses Jahr ist alles anders. Ich habe einen eigenen Laden und muss jede Möglichkeit nutzen, Geld zu verdienen. Hope hat sich bereit erklärt, mit mir an den Feiertagen zu arbeiten, da Mora zu ihrer Familie nach Brighton fährt.

Die kleine Tüte fest an meinen Oberkörper gedrückt, gehe ich nach hinten ins Büro. An der Garderobe hängt Aidans Mantel, und kurz überlege ich, ob ich den Schal einfach drüberhängen soll, entscheide mich dann aber doch dafür, ihn auf den Schreibtisch zu legen. Im Gegensatz zu mir verbringt Aidan viel Zeit in diesem Raum, um Bestellungen zu tätigen. Dafür ist die Küche mein Reich.

Gerade als ich mich umdrehen möchte, knackt das Parkett, und jemand betritt das Büro. Obwohl ich mit dem Rücken zur Tür stehe, weiß ich ganz genau, dass es Aidan ist. Meine Muskeln spannen sich an. Es ist beinahe so, als würde mein Körper auf ihn reagieren. Ich lege meine Hand auf mein Herz und balle sie zu einer Faust. Mit geschlossenen Augen klopfe ich mir gegen die Brust. Es soll aufhören, in diesem unmenschlichen Tempo zu schlagen, es soll mich nicht wissen lassen, dass es aus dem Takt gerät, sobald Aidan in der Nähe ist. Ich will das nicht, die ganzen Gefühle, dieses Chaos.

»Hallo, Kate.« Seine Worte kommen so gequält über die Lippen, dass man meinen könnte, meinen Namen auszusprechen, würde ihm Schmerzen zufügen. Es hat ihn niemand gezwungen, mich zu begrüßen. Viel lieber wäre es mir, wenn er mich einfach ignorieren würde, denn das ist es, was ich vorhabe. Ihn ignorieren. Am liebsten für immer.

»Dein Schal liegt auf dem Schreibtisch«, erkläre ich Aidan, drehe mich um und senke den Blick. Ihm in die Augen zu blicken, würde mich vermutlich umbringen. Ich weiß nicht, ob ich Angst davor habe, dass mein Herz aus der Brust springt, oder eher Angst davor, Scham zu empfinden. Abserviert zu werden, ist kein schönes Gefühl, und alles, was ich möchte, ist, den gestrigen Abend, den Kuss, seine Nähe aus meinem Gedächtnis zu verbannen.

Als ich gerade auf Schulterhöhe mit ihm bin, hält er mich am Handgelenk fest. Erschrocken atme ich ein, und sofort lässt er mich wieder los. »Tut mir leid«, flüstert er. »Geht es dir gut?«

Ich wünschte, er könnte wieder der Mistkerl sein, wieder Mr Grumpy, der mich zur Weißglut bringt und gegen mich um den Laden kämpft. Ich wünschte, er wäre wieder der alte Aidan. Denn dann würde es mir leichterfallen, alles zu vergessen. Doch egal, wie sehr ich mir das auch wünsche, er zeigt mir eine Seite von sich, die es mir unglaublich schwer macht, das Flattern der Schmetterlinge in meinem Bauch zum Ersterben zu bringen.

»Lass uns bitte wieder zu dem Punkt zurückgehen, an dem wir uns ignoriert und gehasst haben.« Ich drehe mich zu Aidan, schaue ihm in die Augen und versinke in ihnen. »Ich bin dir dankbar, dass du mir geholfen hast. Versteh das nicht falsch. Aber ich fand es einfacher, als wir nichts weiter waren als Konkurrenten.« Meine Arme verschränke ich vor der Brust, um meine Meinung zu unterstreichen. Es hat mich all meinen Mut gekostet, das auszusprechen, denn am liebsten wäre ich davongelaufen, aber so kann es nicht weitergehen.

»Was war einfacher?«, fragt er, als hätte er den Rest überhört. Anstatt mir eine Frage zu stellen, sollte er lieber nicken und den Raum verlassen.

»Alles.« Vielleicht entspricht das nicht ganz der Wahrheit. Vielleicht gab es mehr als einen Moment, in dem ich mich an seiner Seite wohlgefühlt habe. Doch das will ich mir selbst gerade nicht eingestehen und ihm schon gar nicht.

Also gehe ich. Lasse ihn allein zurück, ohne auf ein weiteres Wort von ihm zu warten, denn manchmal gibt es einfach nichts mehr zu sagen.

Die letzten drei Stunden vergingen schneller als gedacht. Hope und Mora sind bereits gegangen, weshalb ich mich die vergangene Stunde allein um die letzten Kunden gekümmert habe. Aidan aus dem Weg zu gehen, hat sich dabei als schwerer erwiesen als erwartet. Erst kam Archer zu mir, um mich in Aidans Auftrag zu fragen, ob es okay sei, die Heizung runterzudrehen. Als ich dann Archer meine Antwort für Aidan mitteilte, hat er mich verdutzt angeschaut und gefragt, was denn zwischen uns los sei. Wäre er nicht Aidans Bruder, hätte ich mich vermutlich bei ihm ausgekotzt.

Kurze Zeit später lief mir Aidan im Flur über den Weg, als ich schnell neue Kaffeebohnen aus der Küche holen wollte. Für einen Moment haben sich unsere Blicke getroffen. Ich war kurz davor, mir selbst eine reinzuhauen, weil mein Herz sofort wieder verräterisch zu galoppieren anfing.

Und jetzt stehe ich hier hinter der Theke, verabschiede die letzte Kundin und sehe aus dem Augenwinkel, wie Aidan sich seinen Mantel überstreift. Archer hat vor zehn Minuten Feierabend gemacht. Am liebsten hätte ich ihn angefleht, zu bleiben und mich nicht mit Aidan allein zu lassen. Doch wie hätte ich diese dumme Bitte erklären sollen? *Hey, Archer, sobald ich mit deinem Bruder allein bin, würde ich am liebsten über ihn herfallen. Es kostet mich große Überwindung, nicht an den gestrigen Kuss zu denken, der ein beschissenes Feuerwerk in mir entfacht hat.* Ja, klingt absolut normal.

Die Tür fällt ins Schloss, die junge Frau ist gegangen, und zurück bleibt eine Stille, die mir durch Mark und Bein geht. Während ich das restliche Geschirr in die Spüle stelle, sehe ich, wie sich Aidan an die Theke lehnt und mich ansieht. In meinem Kopf zähle ich die Sekunden. Warte darauf, dass er wegsieht und geht. Doch als ich bei fünfundachtzig angekommen bin, reißt mein Geduldsfaden.

Mit hochgezogener Augenbraue sehe ich zu ihm auf. Ich versuche, mir nicht anmerken zu lassen, wie nervös er mich macht. Seine Lippen zucken leicht, und ich bin mir sicher, dass er jeden Moment zu lächeln beginnt. Noch bevor das passiert, wende ich den Blick ab und trockne meine Hände an dem Handtuch.

»Kannst du mir nicht einmal in die Augen sehen?«

Seine Frage macht mich sprachlos. Was versteht er daran nicht, dass ich ihn ignorieren möchte und er bitte dasselbe tun soll? Ich antworte nicht. Rücke Gefäße auf dem Tresen sinnlos von links nach rechts und warte. Warte darauf, dass er mich in Ruhe lässt und mein Puls sich wieder normalisiert.

»Wir sollten gemeinsam nach Hause gehen«, schlägt Aidan vor, und ich höre, wie er auf mich zukommt.

Blitzschnell drehe ich mich um und blicke ihn finster an. »Nein, das sollten wir nicht.«

»Nach dem, was gestern passiert ist, fühle ich mich nicht gut dabei, dich allein nach Hause gehen zu lassen. Wir haben sowieso denselben Weg, und ich verspreche dir, ich werde schweigen wie ein Grab.« Er hält die Hände abwehrend in die Höhe und sieht mich mit einem Dackelblick an, den ich sonst nur von Zoe kenne.

Ich gehe einen Schritt zurück und bringe Distanz zwischen uns. Eine Distanz, die ich zum Durchatmen brauche. »Es ist okay. Ich bin sowieso mit dem Fahrrad hier.« Mir fällt ein, dass ich nur seinetwegen mit dem Rad zur Arbeit fahren konnte. Ich beiße mir auf die Unterlippe und sage, was ich eigentlich nicht sagen möchte. »Danke dafür.«

»Nichts zu danken.« Er greift sich mit der Hand in den Nacken. »Ich bin auch mit dem Fahrrad da und könnte hinter dir fahren.«

»Ich brauche keinen Aufpasser.« Er meint es nur nett, das weiß ich. Doch er soll nicht nett sein. Nicht zu mir.

»So meine ich das nicht. Ich möchte einfach nur, dass du keine Angst hast und sicher nach Hause kommst.«

»Aidan, hör auf damit!«, rufe ich verzweifelt. Vermutlich mache ich mich gerade komplett lächerlich, aber das ist mir egal. Er soll mich in Ruhe lassen, und wenn ich lauter werden muss, damit er es versteht, dann ist das eben so. »Geh!«, fordere ich ihn erneut auf.

Er nickt und dreht sich um. Meine Worte scheinen endlich gefruchtet zu haben. Kurz vor der Tür bleibt er stehen und sieht mich noch einmal an. Auf seiner Zunge tanzen Worte, die er nicht freilässt. Das sehe ich in seinem Blick, in der Wehmut, die bei jedem Wimpernschlag mitschwingt. Als ich mich wegdrehe, höre ich die Tür zufallen.

Ich weiß, dass ich gerade einen dummen Fehler begangen habe. Mir ist klar, dass ich den Laden heute nicht verlassen werde. Dass es zu dunkel ist, dass meine Angst zu stark, zu lähmend ist, als dass ich mich nach gestern so spät noch raustrauen würde. Die alte Kate würde darüber lachen. Es ist noch weit vor Mitternacht, früher hätte mein Abend jetzt erst angefangen.

Rational betrachtet weiß ich, dass die Wahrscheinlichkeit sehr gering ist, dass mir heute dasselbe widerfährt wie gestern. Und trotzdem werde ich die Nacht im Café verbringen und morgen früh rechtzeitig vor der Öffnung schnell nach Hause huschen, um mich frisch zu machen.

Mit hängenden Schultern schließe ich den Laden ab und mache das Licht aus. Mit der Taschenlampe meines Handys leuchte ich mir den Weg zu dem Sofa, das in der hinteren Ecke des Cafébereichs steht, und werfe alle Kissen bis auf eines auf den Boden. Das Sofa neben den Fenstern ist um einiges größer als dieses hier, aber da wir keine Rollos oder Vorhänge haben, werde ich mich ganz sicher nicht dort schlafen legen, wo mich jeder beobachten kann.

Ich streife mir die Stiefel von den Füßen und kauere mich auf die viel zu kleine Couch. Jeder Muskel in meinem Körper fühlt sich verspannt an. Der Albtraum von letzter Nacht sitzt mir noch immer in den Knochen. Den ganzen Tag über verspüre ich schon eine Müdigkeit, die mich runterzieht, die auf meinen Schultern sitzt und das Gewicht von purem Blei hat. Die Nächte, in denen ich schreiend oder weinend aufwache, sind die schlimmsten, und ich frage mich, wann das alles ein Ende hat.

Gähnend ziehe ich das Handy aus meiner Hosentasche und erinnere mich an den einzigen Moment des heutigen Tages, an dem ich eine gewisse Leichtigkeit verspürt habe, obwohl ich über ein Thema geschrieben habe, das alles andere als leicht ist. Ich spüre, wie meine Lider immer schwerer werden, und es bereitet mir Mühe, auf den hellen Bildschirm zu starren.

Ein Lächeln stiehlt sich auf meine Lippen, als ich sehe, dass ich eine neue E-Mail habe. Ohne zu zögern, öffne ich sie.

Von: D. C.
E-Mail-Adresse: d.c@onlineseelsorge.com
Hallo Anna,

hast du schon einmal versucht, deine Freundin auf einem anderen Wege zu kontaktieren? Hast du beispielsweise ihre Adresse?
Du kannst auch nur die Tat anzeigen, die dir selbst widerfahren ist.
Komm aber gerne vorbei und lass dich von unserer Ansprechpartnerin in diesem Bereich beraten.
Dass dich all deine Gefühle überkommen haben, als er dir plötzlich gegenüberstand, ist verständlich. Mach dir deshalb keine Vorwürfe.

PS: Ich heiße übrigens Dan und ...

Meine Augen fallen zu, bevor ich ein weiteres Wort lesen kann.

Kapitel 22

Aidan

Ich bin so ein Idiot. Im wahrsten Sinne des Wortes. Die halbe Nacht über saß ich an meinem Fenster und habe auf die gegenüberliegende Straßenseite gestarrt wie ein bescheuerter Stalker. Bis ich es mir irgendwann auf meiner Fensterbank bequem gemacht habe und mit dem Rücken an die Wand gelehnt eingeschlafen bin.

Mit Rückenschmerzen und einem unguten Gefühl im Bauch bin ich vorhin viel zu früh wach geworden. Kates Fahrrad steht noch immer nicht vor ihrer Haustür, und ich habe sie gestern Abend auch nicht nach Hause kommen sehen. Möglicherweise ist sie aber auch ins Haus gehuscht, als ich mich kurz um Cookie und Brownie gekümmert habe.

Kate macht mich wahnsinnig. Ich konnte mich einfach nicht mehr zurückhalten. Ich habe ihren Kuss erwidert und damit eine Grenze überschritten, die alles verändert. Manchmal wünsche ich mir, ich würde sie hassen, so wie ich sie gehasst habe, als ich den Mietvertrag unterschrieben habe. Doch Hass ist nicht weit entfernt von Liebe. Und Liebe ist etwas, das ich in meinem Leben nicht brauchen kann. Nicht jetzt. Vielleicht nie wieder.

Nach der Scheidung von Fiona habe ich mir geschworen, nie

wieder einer Frau zu vertrauen. Es ist lächerlich, alle Frauen über einen Kamm zu scheren, aber außer meiner Tante haben mich bisher alle Frauen in meinem Leben enttäuscht.

Der Wind peitscht mir um die Ohren. In der Nacht hat es so doll geschneit, dass auch heute Morgen noch alles mit Schnee bedeckt ist. Eigentlich würde ich jetzt noch in meinem Bett liegen, bis Cookie und Brownie mich rausschmeißen und ihr Frühstück verlangen. Doch um zu schlafen, bin ich viel zu nervös. Kurz bevor ich gestern Abend eingenickt bin, habe ich Kate eine Nachricht geschrieben und gefragt, ob sie gut zu Hause angekommen sei. Bis jetzt habe ich keine Antwort bekommen, und als ich gerade bei ihr geklingelt habe und sie nicht aufgemacht hat, drehte sich mir sofort der Magen um.

Nach dem, was ihr neulich fast passiert wäre, würde ich sie am liebsten gar nicht mehr allein lassen. Es war nur einem Zufall zu verdanken, dass ich dazugekommen bin. Als ich gerade aus dem Supermarkt ging, habe ich eine Frau etwas rufen hören und erkannte sofort ihre Stimme. Ich möchte mir gar nicht ausmalen, was diese Arschlöcher mit ihr angestellt hätten.

Meine Finger umklammern den Lenker meines Fahrrads fester. Dass es solche Menschen überhaupt gibt, macht mich immer wieder aufs Neue wütend.

Gerade als ich bremse, um zum Stehen zu kommen, fällt mir Kates Fahrrad auf, das vor dem Laden steht. Es ist nichts Besonderes, dass sie vor mir im Laden ist und ihn aufschließt, aber eine Stunde, bevor wir aufmachen? Ist sie immer so früh da? An den meisten Tagen arbeitet sie von morgens bis abends durch. Ich sehe sie nur selten eine Pause machen. Entweder sie steht in der Küche und backt, oder sie bedient die Kunden.

Das *Cosy Corner* ist abgeschlossen. Bevor sich mein ungutes Gefühl noch mehr breitmachen kann, erinnere ich mich an ein

Gespräch vor ein paar Monaten, bei dem Kate mir gesagt hat, dass sie den Laden auch abschließt, wenn sie schon da ist, wir aber noch nicht offen haben.

Ich schließe auf. Im Gegensatz zu draußen ist es im Laden warm wie in einer Sauna. Lief die Heizung etwa die ganze Nacht? »Kate?«, rufe ich und blicke mich nach Anzeichen von ihr um. Mit den Händen fahre ich mir durch die Haare, und als ich gerade in die Küche gehen möchte, fallen mir Schuhe auf, die in der Ecke vor dem Sofa liegen.

Ich hebe meinen Blick und erstarre für einen Augenblick. Ich schließe die Augen und frage mich, was sie dazu bewogen hat, die Nacht hier anstatt zu Hause zu verbringen? Fühlt sie sich dort noch immer unsicher? Sie hat mir erzählt, dass bei ihrer Nachbarin eingebrochen wurde. Die Angst, die ich in diesem Moment in ihren Augen gesehen habe, hat mich noch tagelang verfolgt. Am liebsten hätte ich ihr mein Sofa oder auch mein Bett angeboten und wäre eine Zeit lang zu Cora gezogen. Ich habe es nicht getan, weil sie zum einen sowieso abgelehnt hätte und wir zum anderen nicht einmal miteinander befreundet sind. Zwischen uns ist nichts.

Langsam und darauf bedacht, keinen Mucks von mir zu geben, gehe ich auf Kate zu. Sekunden vergehen, in denen ich vor ihr stehe und mir ihr Gesicht einpräge, als wäre es nicht sowieso schon andauernd in meinem Kopf. Ihre dunklen Wimpern liegen auf ihrer Haut wie ein Fächer. Die dünne Decke hat sie sich bis hoch zu ihrer kleinen Stupsnase gezogen, sodass von ihren Lippen nichts zu sehen ist. Die Lippen, die sich so gut auf meinen angefühlt haben.

Ich schüttle den Kopf und vertreibe diese Gedanken, die sowieso zu nichts führen. »Kate«, flüstere ich ihren Namen und berühre sanft ihre Schulter. Ich würde sie gerne schlafen lassen, doch in einer Stunde kommen die ersten Kunden, und je nachdem, welche Schicht Mora und Hope haben, stehen die zwei eventuell auch bald vor der Tür. Kate würde nicht wollen, dass die beiden sie hier liegen sehen. Genauso wenig, wie dass ich sie entdecke. Hätten wir einen Wecker, würde ich ihn stellen und wieder abhauen. Doch mir bleibt nur die Option, Kate zu wecken. Dieses Mal sage ich ihren Namen etwas lauter, was ihr ein Stöhnen entlockt. Plötzlich dreht sie sich einmal komplett um, sodass ihr Gesicht der Wand zugedreht ist. Ich gehe einen Schritt zurück und trete dabei etwas lauter, als es normal ist, auf den Boden. »Du musst aufwachen.«

Kate zieht sich die Decke über den Kopf. Das Rascheln des Stoffs durchbricht die gespenstige Stille im Café.

»Bin wach«, nuschelt Kate unter der Decke. Es sind nur zwei Worte, und trotzdem erkenne ich an der Tonlage, wie unangenehm ihr die Situation ist.

Erleichtert atme ich aus, froh darüber, dass ihr nichts zugestoßen ist. Ich würde ihr so gerne helfen. Dass sie etwas bedrückt, weiß ich schon lange. Ich kann es ihr förmlich ansehen. Aber ich habe keinen blassen Schimmer, was es ist und was ich tun könnte. Abgesehen davon würde sie es sowieso nicht wollen. Sie hat mir klar und deutlich zu verstehen gegeben, dass sie nichts mit mir zu tun haben will. Liegt es daran, dass ich unseren Kuss unterbrochen habe, bevor wir zu weit gegangen wären? Oder bereut sie, mich überhaupt geküsst zu haben?

»Ich mache dir einen Kaffee.« Kurz bevor ich die Theke erreiche, auf der die riesige Kaffeemaschine steht, höre ich, wie Kate aufsteht. Ein Blick über die Schulter verrät mir, dass sie sich die Schuhe anzieht, und das so schnell, als wäre sie auf der Flucht. Sie versucht, ihre zerzausten Haare zu bändigen, indem sie einige

Male mit ihren Fingern hindurchfährt. Doch alles, was sie damit bewirkt, ist, dass sie wie elektrisiert von ihrem Kopf abstehen.

Wie kann jemand verschlafen nur so süß aussehen?

»Nein«, sagt Kate plötzlich, und ich drehe mich zu ihr um. Sie zieht ihren Mantel an, während sie aus dem Fenster schaut und die Augen aufreißt. Wahrscheinlich hat sie die Schneemassen gesehen. »Ich fahre schnell nach Hause und ... na ja, ist auch egal. Hope wird um kurz vor acht hier sein.«

Kate verschwindet durch die Tür, durch die ich eben erst gekommen bin.

Seufzend lehne ich mich an den Tresen und frage mich, wie ich mein klopfendes Herz zum Stillstand bringen kann?

Der heutige Tag war alles andere als ruhig. Während Archer am Vormittag angerufen und sich krankgemeldet hat, hat Lucas mir fast zeitgleich eine Nachricht geschickt, weil er es heute nicht pünktlich zur Arbeit schaffen und erst am späten Nachmittag helfen kann.

Es ist nicht so, dass mir die Leute jeden Tag die Bude einrennen, als wäre ich das *Hatchards* oder *Waterstones*. Dennoch war es nicht leicht, die Kunden zu beraten, Bestellungen aufzugeben und gleichzeitig abzukassieren. Ich liebe diesen Job mehr, als ich es selbst für möglich gehalten hätte. Der Duft von neuen Büchern, von gedruckter Tinte auf Papier. Die glücklichen Kunden, die mit einem Strahlen das Geschäft verlassen, wenn sie das Buch ihrer Wahl gefunden haben. Selber immer wieder neue Bücher zu entdecken, zu denen ich sonst vielleicht nie gegriffen hätte. All das macht meine Arbeit für mich aus. Ich wünschte, Barney könnte das erleben und meinen Laden betreten. Seinen zufriedenen Gesichtsausdruck sehe ich trotzdem fast jeden Tag vor mir, wenn ich meine eigene Buchhandlung betrete.

Cookie und Brownie schlängeln sich zwischen meinen Beinen hindurch, während ich mir in der Küche einen Kaffee mache. »Ihr könnt mich nicht für blöd verkaufen. Ich war zwar länger als gedacht weg, aber diese Teufelsmaschine dort hinten hat euch heute schon zweimal gefüttert«, erkläre ich ihnen und deute mit einem Kopfnicken auf einen mechanischen Futterautomaten. Cora hat ihn mir zum Geburtstag geschenkt. Ja, richtig. Mir. Nicht den Katzen. Mir. Man kann Zeiten einstellen, zu denen sie dann gefüttert werden. Doch dem Miauen meiner Katzen nach sind sie gerade am Verhungern. Sie sind so verfressen. Würden sie nicht den halben Tag durch die Wohnung sprinten und sich gegenseitig jagen, wären sie vermutlich so rund wie Garfield.

Mit dem Buch *Nine Perfect Strangers* von Liane Moriarty in der einen und dem Kaffee in der anderen Hand gehe ich auf die Couch zu, als es plötzlich an meine Tür klopft. Eilig stelle ich beides auf dem Tisch ab. Wurde bei einem der Nachbarn etwa ein Paket für mich abgegeben? Ich kann mich nicht daran erinnern, irgendwas bestellt zu haben.

Ich öffne die Tür und erstarre. Mein Magen zieht sich krampfhaft zusammen, und gerade als ich die Tür einfach wieder zuknallen möchte, stellt sie ihren Fuß in den Türspalt. »Warte«, sagt sie und schiebt sich an mir vorbei in meine Wohnung, als wäre es das Normalste auf der Welt, als wäre sie schon hundertmal hier gewesen.

Mir fällt die Kinnlade runter bei der Selbstsicherheit, mit der sie ihre Finger über die Lehne meines Sofas streifen lässt und sich alles seelenruhig ansieht, als wäre sie in einem beschissenen Museum.

»Was machst du hier?« Wie es aussieht, habe ich endlich meine Stimme wiedergefunden. Ich knalle meine Tür so laut zu, dass sie kurz zusammenzuckt und sich anschließend zu mir umdreht – mit einem Blick in den blauen Augen, den ich in- und auswendig kenne. Es ist der typische Dackelblick, den sie früher immer aufgesetzt hat, sobald sie irgendwas von mir wollte. Ich kann mir allerdings keine einzige Sache vorstellen, die diese Frau noch von mir wollen würde. Fiona weiß, dass sie für mich gestorben ist.

»Brauche ich einen Grund, um meinen Ex-Mann zu besuchen?« Sie setzt ihr verlogenes Lächeln auf, das sie über Jahre hinweg einstudiert hat, und sieht dabei so falsch aus, wie ich sie in Erinnerung habe. Manchmal ist es unbegreiflich, wie sich die Sicht auf einen Menschen von einem Augenblick auf den anderen verändern kann. Manchmal macht sein Charakter dein Gegenüber so unausstehlich, dass du nicht mehr verstehst, was du früher an ihm gefunden hast.

»Verdammt, ja, Fiona. Den brauchst du. Aber ehrlich gesagt fällt mir keiner ein, der deine Anwesenheit entschuldigen würde. Also kannst du gleich wieder gehen«, erkläre ich ihr und öffne dabei die Wohnungstür, in der Hoffnung, dass sie kommentarlos verschwindet.

Es ist lange her, dass ich sie zuletzt gesehen habe. Doch sie hat sich kein Stück verändert. Sie trägt ihr langes blondes Haar wie immer offen und glatt. Ihre blauen Augen sind so kalt wie eh und je, und der rote Lippenstift wirkt wie immer makellos.

Seit einem guten halben Jahr sind wir ganz offiziell geschiedene Leute. Das Trennungsjahr war die reinste Hölle. Fast täglich hat sie mich angerufen, mir Nachrichten geschickt, bis ich meine Nummer gewechselt habe. Nach der Trennung bin ich bei Cora untergekommen, wo Fiona mehrmals in der Woche vor der Tür stand, bevor ich in diese Wohnung umzog.

Wäre da noch ein Funken Anerkennung ihr gegenüber, dann hätte ich ihre Bemühungen um unsere Ehe vielleicht sogar wertgeschätzt. Doch alles, was ich wollte und noch immer will, ist, sie nie wiederzusehen. Und jetzt steht sie hier. Mitten in meiner Wohnung. Woher hat sie überhaupt meine Adresse?

»Ich habe von deinem neuen Laden gehört. *Cosy Corner*. Hätte dir so einen süßen Namen gar nicht zugetraut«, sagt sie, anstatt auf meine Worte einzugehen oder auch nur die Andeutung zu machen, meine Wohnung zu verlassen. Stattdessen setzt sie sich in meinen Schreibtischstuhl und starrt Cookie und Brownie an, die Fiona aus sicherer Entfernung skeptisch betrachten. Besser so.

»Keine Ahnung, was du wieder für Spielchen treibst. Verschwinde einfach!«, fordere ich sie erneut auf, und dieses Mal klinge ich dabei nicht mal halb so freundlich wie noch vor wenigen Sekunden.

Sie schlägt die Beine übereinander und lacht. Ich weiß nicht, was an meinen Worten so witzig sein soll. Ich brauche all meine Beherrschung, um ruhig zu bleiben. Denn am liebsten würde ich sie anbrüllen. Doch diese Genugtuung verschaffe ich ihr nicht. Mich wütend zu machen, ist wahrscheinlich der einzige Grund für ihren lächerlichen Besuch.

»Woher hast du meine Adresse?«

»Ist das so wichtig?«

»Ja, ist es«, antworte ich ihr genervt. Ich schiebe die Ärmel meines Pullovers hoch und lasse den Kopf kreisen. Nur wenige Minuten mit dieser Frau reichen, um Kopfschmerzen zu bekommen.

»Ich habe mich bei deinem Kollegen als deine Schwester vorgestellt, die ihren Bruder in seiner neuen Wohnung besuchen möchte. Anscheinend sehen wir uns so ähnlich, dass er mir sofort geglaubt hat und nach deiner Adresse geschaut hat.« Sie erzählt das mit einer Leichtigkeit und Zufriedenheit in der Stimme, als wäre es vollkommen normal. Doch das hat sie schon immer getan. Ihr Verhalten als vollkommen normal empfunden. Wenn sie eines im Schlaf beherrscht, dann ist es lügen.

»Mir geht es schlecht, Aidan.«

»Was willst du?«

»Ich hätte mich nicht für die Wohnung entscheiden sollen«, meint Fiona und sieht mich fordernd an. Mit anderen Worten heißt das, dass sie Geld will. Sie glaubt doch nicht wirklich, dass ich ihr welches gebe? Wir haben uns beide mit unseren Anwälten darauf geeinigt, dass sie die Penthouse-Wohnung am Rande Londons behält, anstatt die Hälfte meines Vermögens zu bekommen, was mir nur recht war. In all den Jahren, in denen wir zusammen waren, hat sie es nie für nötig gehalten zu arbeiten. Stattdessen hat sie mich zu einem langweiligen Job bei der Bank gedrängt, um sich am Ende des Monats von meinem Geld eine neue Markenhandtasche oder neue Schuhe kaufen zu können. Ich war so verdammt dumm. Cora, Barney, Archer, Max. Alle haben versucht, auf mich einzureden, aber ich war blind vor Liebe. Bis sie etwas getan hat, was mir schlussendlich die Augen geöffnet hat.

»Wieso? Gefällt dir der Parkettboden nicht mehr?«, frage ich sie mit einem sarkastischen Unterton, den ich mir einfach nicht verkneifen kann.

»Die Nebenkosten sind so hoch, dass sie mir über den Kopf wachsen.«

»Dann verkauf die Wohnung, oder arbeite mehr.« Ich verdrehe die Augen und verschränke die Arme vor der Brust.

»Aber sie ist so schön«, quengelt sie wie ein kleines Kind, das sich nicht entscheiden kann, ob es lieber Vanille- oder Schokoladeneis haben möchte.

»Und jetzt?«

Fiona steht auf und kommt auf mich zu. Sie spielt mit ihren Haaren und scheint tatsächlich zu glauben, dass der Blick in ihren

Augen noch irgendwas bei mir auslöst. Alles, was ich empfinde, ist Verachtung.

Ihre Hände legen sich an meine Brust. »Kannst du ...?«

»Vergiss es«, entgegne ich ihr, bevor sie überhaupt das Wort Geld aussprechen kann, und schiebe ihre Hände von mir. »Ich will, dass du verschwindest und nie wiederkommst.«

»Du kannst mich nicht aus deiner Wohnung schmeißen, als wäre ich ein Niemand.« Ihre Tonlage verändert sich. Jetzt, wo sie merkt, dass sie nicht das bekommt, was sie will, zeigt sie ihr wahres Gesicht. Sie verengt ihre Augen zu Schlitzen und funkelt mich böse an.

»Oh doch, das kann ich. Und wenn du nicht sofort gehst, rufe ich die Polizei.« Zu wissen, dass sie meine Adresse kennt, macht mich rasend vor Wut. Aber ich bin nicht wütend auf Lucas. Ich kann ihm nicht einmal übel nehmen, dass er auf ihre Lüge reingefallen ist, wo lügen doch das ist, was sie am besten kann.

Ein Zischen ertönt von Fiona, bevor sie mit erhobenem Haupt meine Wohnung verlässt und ich die Tür ins Schloss knalle. Diese Frau hat mir gerade noch gefehlt. Als wäre mein Leben nicht kompliziert genug, meint meine Ex tatsächlich, sie hätte das Recht, mich nach Geld zu fragen. Nach allem, was sie mir angetan hat.

Ich lasse mich auf meinen Schreibtischstuhl fallen und versuche zu realisieren, was gerade passiert ist. So viele Gedanken und Gefühle wirbeln in mir auf, dass mein Kopf noch mehr schmerzt. Es ist so lange her, dass ich das letzte Mal an früher gedacht habe. An all die gemeinsamen Momente. An den Tag, an dem ich mich endgültig von ihr trennen wollte, weil ich ein für alle Mal die Schnauze voll hatte von ihrem egoistischen Verhalten. An ihr tränenverschmiertes Gesicht, als sie mir erzählt hat, dass sie schwanger ist, dass wir ein gemeinsames Kind erwarten. Obwohl ich noch kurz zuvor fest entschlossen war, Fiona zu verlassen, fühlte ich mich in diesem Moment so glücklich wie noch nie. Seit meiner Kindheit wollte ich eines Tages ein guter Vater werden. Und auch wenn dieser Moment unpassend war und ich es nicht länger mit Fiona auszuhalten schien, habe ich geglaubt, dass wir vielleicht doch noch eine gemeinsame Zukunft haben könnten.

Ich öffne die Schublade unterhalb des Schreibtisches und hole den dunklen Umschlag heraus, in dem sich das Bild befindet, das ich mir seit Ewigkeiten nicht mehr angesehen habe. Das Ultraschallbild.

»Aidan ...« Fionas Stimme ist brüchig. Ihre Wimperntusche hat schwarze Bahnen auf ihrem Gesicht hinterlassen, während ihr eine Träne nach der anderen die Wangen hinabgelaufen ist.

Dies ist der Moment, in dem ich mich von den Ketten lösen werde, die sie mir vor Jahren umgelegt hat. Ich war noch nie so entschlossen, wie ich es jetzt gerade bin. Obwohl ich weiß, dass sie gut darin ist, Emotionen vorzutäuschen, lässt es mich nicht kalt, sie so zu sehen. Sie war die erste und einzige Frau, in die ich mich je verliebt habe und mit der ich viele Jahre meines Lebens geteilt habe. Aber an diesem Punkt ist Schluss. Sie wird nicht weiter über mein Leben bestimmen, Entscheidungen ohne mich treffen, mein Geld aus dem Fenster werfen, andauernd irgendwelche Veranstaltungen besuchen und jedem Gespräch mit mir aus dem Weg gehen. Sie hält mich klein, und ich will nicht mehr klein sein.

»Fiona, es ist besser, wenn wir uns ...« Weiter komme ich nicht, weil sie mir plötzlich die Hand auf den Mund legt und mich damit zum Schweigen bringt.

»Ich bin schwanger, Aidan. Wir bekommen ein Baby.«

Bis zu diesem Zeitpunkt wusste ich nicht, was solch eine Nachricht in mir auslösen würde. Wir haben uns immer Kinder gewünscht, nicht unbedingt sofort, aber wir wussten beide, dass wir früher oder später welche wollten.

All meine Sorgen, all meine Bedenken und mein Vorhaben, mich von Fiona zu trennen, rücken plötzlich in den Hintergrund. Sie lässt mich los, dreht sich um und kramt in der Schublade des Nachttisches. Hervor zieht sie ein Schwarz-Weiß-Foto. Ein Ultraschallbild. Tränen schießen mir in die Augen, und ich stolpere ein paar Schritte zurück, nur um kurz darauf das Bild in die Hand zu nehmen und mit dem Finger sanft über die glatte Oberfläche zu streichen.

Mein Herz schlägt wie verrückt. »Ich verspreche dir, ich werde der beste Dad auf der Welt«, flüstere ich dem kleinen Wesen auf dem Foto zu und beginne zu lächeln.

Über ein Jahr ist dieser Moment her, der mein Leben hätte verändern sollen. Ich habe mich noch nie zuvor so sehr auf etwas gefreut. Nachdem mein Vater das größte Arschloch überhaupt war, habe ich mir immer geschworen, dass ich es eine Million Mal besser machen werde. Dass ich mein Kind bedingungslos lieben werde, egal was passiert.

Mit hängenden Schultern lege ich das Ultraschallbild zurück in den Umschlag und verstecke ihn unter den Notizbüchern, die sich in der Schublade befinden.

Ich lege mich auf das Sofa und starre die Decke an, die mal wieder einen neuen Anstrich brauchen könnte. Das Weiß gleicht schon beinahe einem Wolkengrau. Meine Gedanken kreisen um Fiona, um unsere Ehe, unser Baby, unsere gemeinsame Vergangenheit. Hätte ich die Warnzeichen doch nur schon früher ernst genommen. Dass wir im Grunde gar nicht zusammenpassten und sie mir nicht guttat, habe ich bemerkt, und trotzdem bin ich bei ihr geblieben. Aus Gewohnheit. Aus falscher Liebe. Aus einem blöden Pflichtbewusstsein.

Cookie kommt angetigert und springt mit Anlauf auf meinen Bauch.

»Keine Sorge, die Hexe ist schon wieder weg und kommt hoffentlich nicht mehr wieder«, sage ich in dem Versuch, meine Katze und mich selbst zu beruhigen. Cookie macht es sich bequem und beginnt zu schnurren. Meine Atmung passt sich ihrer an, und ich komme langsam etwas runter.

Das Handy in meiner Hosentasche klingelt kurz. Es ist ein Ton, den ich extra für E-Mails eingestellt habe. Ich besitze drei verschiedene Mailadressen, für drei verschiedene Zwecke. Einmal eine private, eine für die Buchhandlung und eine, mit der ich Cora unter die Arme greife und mich ehrenamtlich betätige. Ich ziehe es aus der Hosentasche heraus und versuche, mich dabei nicht allzu doll zu bewegen, um Cookie nicht zu verscheuchen.

Von: Anna
E-Mail-Adresse: anna1212@gmail.com
Hallo Dan,

schön, dass ich dich nun auch beim Namen nennen kann.
Ich kenne die alte Adresse meiner ehemaligen Freundin, weiß aber nicht, ob sie dort noch immer wohnt. Sie hat auch das Studium abgebrochen. Ich weiß nicht, ob sie überhaupt in London geblieben ist. Aber vielleicht wäre es wirklich eine gute Idee, einfach mal vorbeizuschauen. Auf keinen Fall möchte ich sie zu irgendwas zwingen oder überreden, was sie noch immer nicht will.

PS: Ich heiße übrigens gar nicht Anna. Mich mit meinem echten Namen vorzustellen, war mir zu intim, weshalb ich gelogen habe. Sorry. Ich heiße Kate.

Kapitel 23

Kate

In drei Tagen ist Weihnachten. Es ist nicht zu übersehen. Egal wo man hinschaut, die Dekoration schreit förmlich vor Kitsch. Ganz London ist mit Lichterketten geschmückt. Die Menschen laufen mit unzähligen Tüten in der Hand durch die Innenstadt und kaufen Geschenke für ihre Liebsten. In fast jedem Geschäft steht mindestens ein Tannenbaum, und überall hört man Weihnachtsmusik. Auch bei uns im Laden.

In den letzten Tagen bin ich Aidan wieder aus dem Weg gegangen. Nach allem, was zwischen uns passiert ist, musste ausgerechnet er mich schlafend im Laden vorfinden. Als ich seine Stimme hörte, habe ich mich furchtbar erschreckt und hätte mich am liebsten unter der Decke versteckt, bis er gegangen wäre. Mir wäre es um einiges lieber gewesen, hätte mich Lucas oder jemand von den anderen gefunden. Nicht, weil ich glaube, dass Aidan es an die große Glocke hängen würde, um sich über mich lustig zu machen. Vielmehr, weil er mich schon viel zu oft in schwachen Momenten gesehen hat. Ob das jemals aufhört? Ob er jemals aufhört, den Ritter in goldener Rüstung zu spielen? Und ob ich jemals wieder so tun kann, als wäre mir dieser Mann egal?

Dass ich mich so sehr zu einem Mann hingezogen gefühlt

habe, ist verdammt lange her. Ich kann mich nicht erinnern, eine vergleichbare Anziehungskraft bei Noah oder sonst einem Ex von mir gespürt zu haben. Und gleichzeitig möchte ich Aidan keinen Zentimeter mehr zu nahe kommen.

Vorgestern saßen wir alle als Team zusammen und haben besprochen, wie wir an den Feiertagen öffnen wollen. Wir waren uns einig, dass wir an Silvester und Neujahr schließen. Die Kunden sind an Silvester eher damit beschäftigt, ein Last-Minute-Outfit für den Abend zu kaufen, und am ersten Januar schlafen sowieso alle ihren Rausch aus.

»Worüber denkst du nach?«, fragt Hope, die gerade ein Stück Apfelstrudel auf einem Teller platziert, um ihn zu Mrs Baker an Tisch sechs zu bringen. Die alte Dame war Stammgast, als das *Cosy Corner* noch *Barneys Café* hieß und von Aidans Onkel geführt wurde. Und mittlerweile hat sie sich zu meinem Stammgast entwickelt, was mich unglaublich stolz macht. Sie hat so oft von dem verstorbenen Barney geschwärmt, dass ich mir manchmal wünsche, ihn kennengelernt zu haben.

»Ich frage mich, ob mir die Kunden in drei Tagen die Bude einrennen oder ob die meisten nur zu Aidan und Lucas gehen, um noch ein letztes Weihnachtsgeschenk zu besorgen.« Nicht gerade das, woran ich wirklich gedacht habe. Trotzdem habe ich noch immer mein großes Ziel vor Augen – den Laden für mich zu gewinnen, für mich allein.

Während ich Hope und Mora an Weihnachten freigegeben habe, hat Lucas sich dazu bereit erklärt, mit Aidan den Laden für die zwei Tage zu öffnen. Lucas war so lieb und hat mir versprochen, mir so weit wie möglich zu helfen, sollte ich Unterstützung brauchen. Aidan hat nichts dazu gesagt.

Ich lege die Mince Pies und den Irish Christmas Pie in die Auslage. Gestern Abend habe ich wieder einmal nicht schlafen können. Ein Albtraum jagte den nächsten, und irgendwann habe ich aufgegeben, bin in die Küche gegangen und habe stundenlang gebacken. Manchmal frage ich mich, wie es mir gehen würde, wenn ich dieses Ventil nicht hätte, wenn mich das Backen nicht in eine andere Welt versetzen und mich alles vergessen lassen würde. Ein Blick auf mein Handy verrät mir, dass ich seit meiner letzten E-Mail an die Seelsorge keine Antwort mehr von Dan bekommen habe. Es hat mich wirklich all meinen Mut gekostet, meinen echten Namen zu offenbaren. Ich habe das Gefühl, mich dadurch angreifbar gemacht zu haben. Gleichzeitig habe ich realisiert, dass mir vielleicht kein anderer Weg bleibt, als mir endlich Hilfe zu suchen. Es ist nicht das erste Mal, dass ich darüber nachdenke, zur Seelsorge zu gehen und mir dort Rat zu holen. Getraut habe ich es mich bisher aber noch nie. Mit jemandem zu schreiben, ist leichter für mich. Den Gesichtsausdruck meines Gegenübers sehen zu können, macht alles um einiges schwieriger. Aus jedem Stirnrunzeln, jedem Zucken der Augenlider, jedem Verziehen der Lippen würde ich etwas herauslesen, was mir vielleicht nicht gefällt.

»Bücher sind ein perfektes Weihnachtsgeschenk. Neulich habe ich ein Gespräch zwischen Archer und Aidan mit angehört.« Hope hebt abwehrend die Hände in die Höhe. »Ich habe nicht gelauscht oder so, ich war einfach in der Küche, und die beiden standen wohl im Flur. Ihrer Freude über die Umsätze nach zu urteilen, scheint das Weihnachtsgeschäft jedenfalls gut für sie zu laufen.«

Meine Schultern fallen nach unten, und ich befürchte, dass Aidan beim nächsten Vergleich der Zahlen die Nase vorn haben könnte. Ich blicke zu Boden und frage mich, was ich noch tun könnte, um mehr Kunden in den Laden zu locken.

»Kate?« Hope legt ihre Hand um meinen Oberarm und drückt

sanft zu. Ihre blauen Augen strahlen eine gewisse Wärme und Zuspruch aus. »Dein Weihnachtsgebäck und die Kaffeekreationen kommen gut bei unsren Kunden an, und es gibt kaum eine ruhige Minute, in der man mal durchatmen kann. Damit möchte ich mich nicht über diesen Job beschweren. Ich liebe ihn.« Sie strahlt, und ich weiß, dass sie die Wahrheit sagt. »Aber du brauchst dir keine Sorgen zu machen. Unsere Umsätze sind mindestens genauso hoch. Wir haben so viele Bestellungen reinbekommen, von Leuten, die an den Feiertagen dein Gebäck mit ihrer Familie teilen möchten. Das ist großartig.«

Hope hat recht. Die nächsten Tage werde ich vermutlich einzig und allein damit verbringen zu backen. Es warten mindestens zwanzig Aufträge auf mich, von simplen Weihnachtskeksen bis hin zum Yule Log. All die traditionellen Köstlichkeiten, die meine Mum an den Feiertagen immer aufgetischt hat. Ich erinnere mich gerne an meine Kindheit und Jugend in Edinburgh zurück, ohne Probleme, Sorgen und Nöte.

»Das stimmt. Ist es okay, wenn ich dich kurz allein lasse? Dann würde ich alles einkaufen, was ich für die Aufträge brauche, um nicht erst einen Tag vor Weihnachten in die Geschäfte zu müssen«, erkläre ich Hope und weiß schon jetzt, dass sie nichts einzuwenden hat.

Sie lächelt und macht sich mit einem Kännchen Kaffee und dem Apfelstrudel auf den Weg zur Kundin. »Klar, gar kein Problem. Mora müsste auch jeden Augenblick kommen.«

Ich bedanke mich bei ihr und verspreche, so schnell wie möglich wieder da zu sein.

In meinem dicken Mantel und dem roten Strickschal trete ich auf die Straße, und sofort schießt mir eisige Kälte entgegen. Der Schnee liegt zentimeterhoch. Etwas, das nicht gerade typisch für London ist. In manchen Jahren sehen wir den ganzen Winter über keine einzige Schneeflocke. Aber dieses Jahr versinkt London im Schneechaos. Und das meine ich wortwörtlich. Sobald auch nur ein paar Zentimeter Schnee liegen, kommt das Leben in London gefühlt zum Stillstand. Busse und Bahnen verspäten sich. Kaum ein Auto hat so etwas wie Winterreifen. Keiner kümmert sich um den Schnee auf den Straßen, und nur wenig Streusalz wird verteilt.

Ich beschließe, nicht die Öffis in Richtung Innenstadt zu nehmen. Der Lebensmittelladen meines Vertrauens liegt nur fünfundzwanzig Minuten Fußweg vom *Cosy Corner* entfernt. Ich stecke mir die Kopfhörer in die Ohren und lausche der Stimme von Rachel Platten. Der Song *Grace* ist einer meiner liebsten von ihr. Mit fast jeder Zeile kann ich mich identifizieren. Jedes Wort trifft ins Schwarze.

And I really wanna change my heart, cause I'm falling apart these days ...

Gerade als das Lied verstummt, höre ich den Klingelton meines Smartphones. Ich nehme den Anruf lächelnd entgegen, denn er kommt genau zur richtigen Zeit. Wenn es jemand schafft, mich auf andere Gedanken zu bringen, dann ist es Zoe.

»Hey! Was machst du?«, fragt sie mich. Ungeduldig wie eh und je.

Ich stecke mein Handy zurück in die Manteltasche, weil mir ansonsten vermutlich die Finger abfrieren würden. »Ich muss ein paar Besorgungen machen für den Laden. Und du?«

»Super Timing. Bin gerade auf dem Weg ins Cosy.« So nennt Zoe den Laden schon seit Längerem. Sie sagt mir immer wieder, dass es viel niedlicher klingt, wenn man das Corner weglässt. »Seit einer gefühlten Stunde fahre ich schon mit dem Auto im Schritttempo durch den Verkehr. Ich sag's dir, London und Schnee sind nicht miteinander vereinbar, so schön es auch aussehen mag.« Zoe spricht das aus, was ich noch vor wenigen Minuten gedacht habe, und bringt mich damit zum Lachen.

»Ist doch so. Wir Londoner geraten schon bei den kleinsten Schneeflocken in Panik«, fügt sie hinzu und stimmt in mein Lachen ein. »Auf welcher Straße bist du gerade?«

»Auf der Milford Street«, antworte ich ihr und blicke mich um. Ein Auto nach dem anderen fährt an mir vorbei, und ich halte Ausschau nach dem schwarzen Ford Edge von Zoe.

Ein Bellen dröhnt an mein Ohr. »Sorry, habe Kiwi dabei. Bin in zwei Minuten auf der Milford Street. Richtung Innenstadt, richtig?«

Ich nicke, im vollen Bewusstsein, dass sie es sowieso nicht sehen kann. »Ja, genau. Gibt es etwas Besonderes, oder wolltest du nur kurz Hallo sagen?«, frage ich sie. »Ich freue mich immer über deinen Besuch, egal was der Anlass ist.«

»Also eigentlich wollte ich dir unbedingt etwas erzählen«, antwortet sie. Sie klingt glücklich. Weshalb, werde ich wohl gleich erfahren.

»Das trifft sich ganz gut. Zum einen, weil ich dir auch gerne etwas erzählen möchte, und zum anderen, weil du mir dann mit deinem Auto den Einkauf ins Café fahren kannst.« Mit meinen Stiefeln stehe ich zentimetertief im Schnee und sehe über die Schulter. Ich erkenne ein schwarzes Auto, das verdächtig nach dem von Zoe aussieht. Groß. Geräumig. Teuer.

Neben mir bleibt sie stehen. Als ich näher komme, sehe ich, wie sie sich über die Mittelkonsole beugt und mir die Beifahrertür öffnet. Die warme Luft aus dem Wageninneren liebkost meine Haut, während ich einsteige. Die Sitzheizung tut ein Übriges, und innerhalb von Sekunden fühle ich, wie die Anspannung in meinem Körper nachlässt.

Ich begrüße Zoe mit einer Umarmung und drehe mich anschließend nach hinten, um Kiwi, die mit einem Sicherheitsgurt befestigt ist, den Kopf zu streicheln. »Na, meine Kleine. Hast du mich vermisst?« Sie antwortet mir mit einem Lecken über die Hand. Das verstehe ich als ein Ja.

»Wohin darf es gehen?« Zoe konzentriert sich auf die Straße und lässt einen älteren Herrn vorbei, der sie überqueren möchte. »Zu dem Supermarkt an der Ecke Hemming Road. Und jetzt erzähl mir bitte sofort, was du für Neuigkeiten hast«, fordere ich sie auf, weil ich es nicht erwarten kann. Ich sehe meine beste Freundin an. Sehe ihr Strahlen im Gesicht. Das Lächeln auf den Lippen, das auch ihre braunen Augen erreicht, und fühle mich sofort ein Stück weit besser. Ihre positive Ausstrahlung steckt an, und ich vergesse kurz, was mich so oft runterzieht und immer wie ein grauer Schleier um mich schwebt.

»Du weißt, dass ich schon lange die Schnauze voll von den oberflächlichen Beiträgen habe, die ich für Lauren schreibe.« Zoe arbeitet bei einer Agentur, die Aufträge von Zeitungen, Magazinen und Onlineplattformen an freie Journalisten vermittelt. »Ich darf eine ganze Serie über Noahs und meine Reise durch Europa verfassen. Sie soll zehnteilig werden und in der Sonntagsausgabe der *Daily Mail* erscheinen. Endlich ein Beitrag, in dem ich voll und ganz aufgehen kann.«

»Wow, das ist unglaublich. Ich werde mir jeden Sonntag mindestens zwanzig Exemplare der Zeitung kaufen und dann mit deinem Beitrag meine kleine Bude tapezieren«, erkläre ich ihr, und wir verfallen beide in lautes Gelächter. »Nein, im Ernst, Zoe. Ich bin stolz auf dich. Das ist das, was du immer tun wolltest. Berichte über andere Länder und ihre Kulturen schreiben. Und jetzt kannst du auch noch eure ganz persönlichen Erfahrungen mit einbringen.«

»Am liebsten würde ich sofort mit dem Schreiben beginnen,

aber Noah will mir unbedingt beim Brainstormen helfen, ist aber gerade mit einer Ausstellung beschäftigt.« Sie biegt in die Straße ein, fährt vorbei am Supermarkt und parkt in einem Tempo ein, das mich beeindruckt. Um in diese Parklücke zu gelangen, bräuchte ich mindestens fünf Minuten. Einparken war noch nie meine Stärke. Vielleicht sähe das anders aus, hätte ich ein eigenes Auto und würde regelmäßig fahren, doch das ist geldtechnisch nicht drin und eigentlich auch gar nicht notwendig in einer Großstadt wie London.

»Wann erscheint denn der erste Beitrag?«, erkundige ich mich, während ich mich abschnalle.

»Erst Ende Januar. Ich habe also noch ein wenig Zeit.« Zoe nimmt ihr Handy aus dem Ablagefach und steigt aus. Sie öffnet kurz die Hintertür. »Du wartest hier ganz brav. Wir sind gleich wieder zurück.« Sie beugt sich runter und gibt Kiwi einen Kuss auf den Kopf.

Im Laden angekommen, wird mir bewusst, was für eine bescheuerte Idee es war, ausgerechnet dann einkaufen zu gehen, wenn viele Berufstätige Feierabend haben und ihren Wocheneinkauf erledigen. Der Supermarkt ist brechend voll. So voll, dass die Schlangen an den Kassen meterweit in den Laden reichen.

Während wir durch die Gänge schlendern und ich eine Zutat nach der anderen in den Einkaufswagen werfe, überlege ich, wie ich Zoe von dem Kuss zwischen Aidan und mir erzählen soll. Sie weiß bereits, dass wir uns damals beinahe geküsst hätten, und schon darüber war sie schockiert.

»Brauchst du die große oder die kleine Packung Rosinen?« Ohne auf eine Antwort von mir zu warten, greift sie nach der großen. Anscheinend konnte sie sich ihre Frage mit einem Blick in den Einkaufswagen bereits selbst beantworten. Fast alles darin hat XXL-Format.

»Ich habe Aidan geküsst«, platzt es aus mir heraus.

Die Rosinen, die sich eben noch in Zoes Hand befunden haben, fallen mit einem lauten Knall auf den Boden. Mit aufgerissenen Augen und geöffnetem Mund sieht sie mich an. Ihr ist buchstäblich die Kinnlade runtergeklappt bei meinen Worten. »Du hast was?«

»Wir haben uns geküsst. Vor ein paar Tagen. Ich wollte es dir schon eher sagen, doch irgendwie war verdrängen einfacher, als es auszusprechen. Das macht das Ganze nur noch realer«, erkläre ich meiner besten Freundin, die sich die Hände an die Wangen hält und aussieht, als hätte ich ihr von einer Begegnung mit einem Geist erzählt.

Ich bücke mich nach den Rosinen und lege sie zu den anderen Zutaten, die ich für die Aufträge brauche. Der Supermarkt ist nicht gerade der richtige Ort, um seine Geheimnisse auszuplaudern. Doch ich konnte es nicht länger für mich behalten. Es musste einfach raus.

»Wie war es?« Der Schock, der ihr ins Gesicht geschrieben stand, ist mit einem Mal wie weggeblasen.

Den Einkaufswagen vor mir herschiebend, setze ich mich wieder in Bewegung und beginne, von dem Abend zu erzählen, an dem ich überfallen wurde und Aidan mir zu Hilfe kam. »Wir waren dann bei mir in der Wohnung, und ich habe mich so schuldig gefühlt. Seine Lippe hatte geblutet, und sein Auge war gerötet. Ich wusste nicht, wie ich ihm danken soll, also …«

Zoe fällt mir lachend ins Wort. »Also hast du ihn als Dankeschön einfach abgeknutscht. Eine nette Variante.«

Ich verdrehe die Augen und stoße sie in die Seite. »Nein. Mein schlechtes Gewissen hat mich überkommen, und ich wollte wenigstens seine Wunde verarzten, bevor er zu sich rübergeht. Du weißt, ich bin nicht gut darin, die richtigen Worte zu finden. Also wollte ich ihm damit zeigen, dass mir leidtut, was passiert ist, dass er wegen mir etwas abbekommen hat.«

Der Abend spielt sich vor meinen Augen ab wie ein Film. Wenn ich sie schließen würde, würde ich sein Gesicht, seine Lippen vor mir sehen. Ich würde den Geruch von Kaminholz und Aftershave wahrnehmen. Das Klopfen meines Herzens hören und das Kribbeln in meinem Bauch spüren.

Zum Glück sind wir mitten unter unzähligen Menschen, die es mir unmöglich machen, mich komplett in einem Tagtraum zu verfangen. »Zwischen uns ist immer diese beschissene Anspannung. Als wäre die Luft aufgeladen.«

»Und mit dem Kuss wolltest du sie entladen?«, fragt sie mich grinsend, während sie vier Packungen Mehl einlädt.

»So in etwa. Ich weiß auch nicht, was in mich gefahren ist. Wirklich nicht. Dieser Mann macht mich verrückt. Die meiste Zeit bin ich wütend auf ihn. Aber er hat eine weiche Seite, die mich aus der Fassung bringt. In diesem Moment, als ich vor ihm hockte und ihm mit dem Tupfer das Blut von der Lippe wischte, hatte ich nur noch Augen für ihn. Ich wollte diesen Kuss so sehr, Zoe. So sehr habe ich lange nichts mehr gewollt«, gestehe ich und blicke zu Boden.

»Und was ist dann passiert?«

»Ich hätte schwören können, dass ich in seinen Augen dasselbe Verlangen gesehen habe, das ich empfunden habe. Ich war mir sicher, er wollte es auch. Also habe ich meine Lippen einfach auf seine gedrückt. Und zunächst hat er den Kuss auch erwidert. Er hat mich auf seinen Schoß gehoben, ohne seine Lippen von meinen zu lösen. Wer macht so was, wenn er es eigentlich gar nicht will? Und dann hat er ganz plötzlich aufgehört. Seitdem gehen wir uns aus dem Weg.« Es tut gut, mich Zoe anzuvertrauen.

Zoe legt ihre Hand auf meine Schulter und bringt mich damit zum Stehen. »Scheiße, du bist verliebt, Kate.«

»So ein Quatsch. Er sieht gut aus, und ich fühle mich irgendwie sicher in seiner Gegenwart. Das war's auch schon.« Keine Ahnung, ob ich damit gerade mich selbst belüge, aber ich möchte erst gar nicht darüber nachdenken, dass ich mich tatsächlich in Aidan verliebt haben könnte.

»Im Leugnen warst du schon immer gut. Nach dem, was dir passiert ...« Zoe stoppt mitten im Satz. »Tut mir leid. Ich wollte das nicht einwerfen, das war blöd von mir.« Mit den Fingern spielt sie an einer ihrer orangefarbenen Haarsträhnen.

»Alles gut. Ich kann auch nicht glauben, dass ich nach allem, was passiert ist, einen Mann an mich herangelassen habe. Aber verliebt? Ich weiß nicht, Zoe. Selbst wenn ich ein wenig verknallt in ihn sein sollte, wäre das alles andere als optimal. Wir kämpfen um den Laden. Wir haben noch einige Monate vor uns, und ich möchte nicht, dass mir irgendwelche dummen Gefühle in die Quere kommen. Ich habe nicht so hart und lange für meinen Traum gearbeitet, um ihn mir anschließend zu teilen.« Egal, was zwischen Aidan und mir passiert ist und noch passieren wird. Mein Ziel darf ich nicht aus den Augen verlieren.

»Oh Mann, Süße. Vergiss doch mal diesen Kampf um die Immobilie. Vielleicht könnte er der Richtige für dich sein.« Sie sieht mich mit einem Blick an, der mich daran erinnert, wie viel Scheiße ich bereits mit Männern durchgemacht habe. Ich habe mich jahrelang von einer Beziehung in die nächste gestürzt und so oft die Augen vor den Warnsignalen verschlossen, dass ich schon gar nicht mehr daran glaube, dass es den Einen geben könnte.

Wir gehen zur Kasse und stellen uns direkt hinter eine Frau, die sich gerade lauthals mit irgendwem am Handy streitet, völlig unbeeindruckt davon, dass mindestens zehn Menschen ihr dabei zuhören können.

»Wer sagt überhaupt, dass man den Richtigen finden muss? Eine Frau kann auch ohne Partner oder Partnerin glücklich sein. Liebe ist nicht alles«, versuche ich Zoe und mir selbst einzureden. Ich weiß, dass das nicht stimmt. Mum hat mir schon als Kind gezeigt, was Liebe alles bedeuten kann. Egal, in welcher Form und in welchen Farben. Liebe kann so vielfältig sein. Das Gefühl, das sie einem selbst gibt und das man anderen schenkt, ist mit nichts zu vergleichen.

»Da hast du recht. Liebe ist nicht alles. Aber sie kann dich so verdammt glücklich machen, dass alles Negative um dich herum an Bedeutung verliert.«

Kapitel 24

Kate

Von: D. C.
E-Mail-Adresse: d.c@onlineseelsorge.com
Hallo Kate,

dass du gelogen hast, ist fast schon normal. Nur sehr selten teilen uns die Menschen sofort ihren echten Namen mit, denn dieser ist etwas sehr Privates, was man gerade dann gut schützen sollte, wenn man anonym bleiben will.
Vielleicht wäre es einen Versuch wert, dass du deine alte Freundin mal besuchen fährst. Wer weiß, ob sie nach all der Zeit nicht doch gerne mal wieder mit dir reden möchte. Einen Versuch ist es auf jeden Fall wert. Eine Aussprache könnte euch beiden guttun.

Breit grinsend starre ich das Smartphone in meinen Händen an. Nach einer gefühlten Ewigkeit habe ich eine neue Nachricht von Dan bekommen. Ich habe schon geglaubt, dass unsere Unterhaltungen nun beendet seien, nachdem er mich schon mehrfach dazu eingeladen hat, persönlich vorbeizukommen.

»Was lächelst du so?«, fragt mich Zoe, während sie ihr Auto vor dem *Cosy Corner* parkt. Unser Einkauf war mehr als erfolgreich.

Ich habe nicht nur alles bekommen, was ich die nächsten Tage brauche, wir haben auch noch zwei Weinflaschen mitgenommen, die wir heute Abend köpfen werden. Es wird mal wieder Zeit für einen Mädelsabend.

Mein Kopf schnellt zur Seite, und ich sehe Zoe an. Die Sommersprossen in ihrem Gesicht kann man trotz des Winters deutlich sehen, auch wenn es nicht viele sind. »Wenn ich sagen würde, dass ich Samuel anzeigen möchte ...« Ich mache eine kurze Pause und fahre mir mit der Hand durchs Haar. »Nach einem Jahr. Würdest du ... also würdest du mich für verrückt erklären?«

»Nein!«, antwortet sie entsetzt. »Ich würde dich unterstützen. Du weißt, dass ich dafür bin, dass du dir Hilfe suchst. Irgendwas, das dich abschließen lässt. Und dieses Arschloch hat noch viel Schlimmeres als eine Anzeige verdient.« Zoe nimmt meine Hand und verschränkt ihre Finger mit meinen.

Meine Frage war dumm. Ich weiß, dass sie immer hinter mir stehen wird und mich bei jeder Entscheidung stärken würde, solange es mir dabei gut geht. Trotzdem hat ein kleiner Teil von mir gehofft, es sei eine bescheuerte Idee, die sie mir ausreden würde.

»Vielleicht sollte ich vorher noch einmal versuchen, irgendwie an Rachel ranzukommen.« Ich erinnere mich daran, was Dan mir geschrieben hat, und er hat recht. Ich habe ihre Adresse und es trotzdem ständig telefonisch bei ihr versucht.

»Das ist eine gute Idee. Das andere Ungeheuer gehört genauso bestraft. Dass diese zwei Männer einfach damit davongekommen sind, macht mich wütend.« Sie drückt meine Hand, und ich weiß, dass sie es nicht böse meint. »Versteh mich nicht falsch. Ich kann Rachels und deine Entscheidung verstehen. Es ist nur ... Diese Männer gehören weggesperrt.«

Ich seufze und lasse meinen Hinterkopf an die Kopflehne des Autositzes sinken. Als ich ihr davon erzählt habe, dass Samuel als

Kunde plötzlich im Café vor mir stand, war sie ganz außer sich. Sie hat regelrecht gehofft, dass er noch einmal vorbeischaut und sie ihn verprügeln kann.

»Manchmal liege ich nachts wach und wünsche mir, dass ich alles anders gemacht hätte. Dass ich nicht auf Rachel gehört und die zwei sofort angezeigt hätte. Jetzt frage ich mich allerdings, wie viel Erfolg eine Anzeige noch hätte.«

»Frag dich das nicht, Kate. Frag dich eher, was dir guttut. Und wenn es eine Anzeige ist, dann tu es. Wenn du möchtest, können wir einen Beratungstermin bei einem Anwalt machen«, schlägt sie mir vor, lässt meine Hand los, um ihr Handy zu zücken und zu googeln.

»Seit einiger Zeit schreibe ich mit jemandem von einer Beratungsstelle. Wobei, es ist eher ein Sorgentelefon, das aber auch E-Mail-Verkehr und persönliche Gespräche anbietet. Dort gibt es eine Frau, die auf solche Fälle spezialisiert ist und die mir erste Auskünfte geben könnte.« Ich seufze. »Bisher habe ich mich nur nicht getraut hinzugehen.«

»Weißt du was? Wir fahren da zusammen hin«, erklärt Zoe mit einem Lächeln auf den Lippen und Zuversicht in den Augen. »Am besten jetzt sofort.«

»Das geht nicht. Ich habe Hope schon lange genug allein gelassen, und einige der Kundenbestellungen müssen schon heute vorbereitet werden.« Ich rapple mich auf und strecke den Arm in Richtung Rückbank, um Kiwi über das weiche Fell zu streichen. Dass Zoe mich begleiten möchte, freut mich. Das tut es wirklich. Allein hätte ich vermutlich zu große Angst hinzugehen und würde vor der Tür der Seelsorge gleich wieder umdrehen. Doch jetzt sofort? Dazu bin ich nicht bereit. Ich muss mich erst einmal seelisch darauf vorbereiten.

»Okay, übermorgen fahren Noah und ich nach Liverpool. Wir

verbringen die Weihnachtsfeiertage bei seinem besten Freund. Aber danach nehmen wir das in Angriff, okay?« Sie klimpert mit den Wimpern und setzt einen Blick auf, bei dem man nur schwach werden kann. Also nicke ich.

Gemeinsam tragen wir die Beutel mit den Backutensilien in den Laden und stellen alles auf dem Küchentresen ab. »Danke für deine Hilfe«, sage ich und schließe Zoe in meine Arme. »Danke für alles.«

Sie fährt mir mit der Hand durchs Haar. Zoe ist so viel mehr als nur meine beste Freundin. Sie ist meine Bezugsperson. Meine Schwester. Meine Seelenverwandte. Mein Halt und mein Anker.

»Wir sind immer füreinander da. Komme, was wolle. Wie die drei Musketiere, nur dass wir eben nur zu zweit sind«, erklärt sie und beginnt zu lachen. »Wir sehen uns heute Abend, meine Süße. Bis dahin möchte ich, dass du ordentlich Kohle einnimmst, um diese blöde Wette zu gewinnen, die du gegen einen Mann führst, in den du dich verliebt hast.« Sie löst sich von mir und sieht mich mit großen Augen an. »Wow, das klingt wie in einer kitschigen Liebesschnulze.«

»Schrei deine Lügen doch noch weiter hinaus, sodass es alle Leute im Laden mitbekommen. Aidan eingeschlossen.« Hektisch sehe ich mich um, um sicherzugehen, dass die Küchentür zu ist.

Zoe verabschiedet sich mit einem Kuss auf die Wange von mir. In ein paar Stunden sehen wir uns schon wieder, und dann machen wir es uns mit einer Käseplatte, einer Familienpizza und zwei Flaschen Rotwein in meinem Bett gemütlich.

Die Zeit im Laden vergeht unfassbar schnell. Während ich an neuen Rezepten bastle, fliegen die Stunden vorbei. Das Ergebnis ist eine Art Baumkuchen, der eine fruchtige Note hat.

»Der schmeckt so göttlich«, sagt Archer mit vollem Mund, sodass ich kaum etwas verstehen kann. Er ist vor zwanzig Minuten in die Küche gekommen, um seine Pause hier zu verbringen. Meistens ist Archer nur für vier Stunden in der Buchhandlung und hilft Aidan aus, weshalb er nur selten eine Arbeitsunterbrechung braucht. Doch weil Lucas heute nicht kommen konnte, ist Archer für ihn eingesprungen.

Ich schneide mir ein kleines Stück vom Baumkuchen ab und schiebe es mir in den Mund. Er hat recht. Damit habe ich mich wirklich selbst übertroffen. Obwohl noch immer deutlich der für diesen Kuchen typische Geschmack durchkommt, schmeckt man auch eine starke Vanille- und Himbeernote. »Wenn du möchtest, kann ich dir die Tage einen backen. Als Weihnachtsgeschenk.«

»Bloß nicht«, entgegnet er mir sofort. »Erstens würde ich fett werden, da ich ihn definitiv nicht teilen würde, und zweitens müsste ich dir dann auch ein Geschenk besorgen, und darin bin ich grottenschlecht. Glaub mir. Du kannst Aidan fragen. Meine Geschenke sind mit Abstand die schlimmsten und vor allem unnötigsten.«

Bei dem Namen seines Bruders zucke ich ungewollt zusammen. Noch immer schwirren Zoes Worte in meinem Kopf und vergiften meine Gedanken. Ja, ich fühle mich zu Aidan hingezogen. Ja, ich finde ihn attraktiv. Und ja, ich wollte ihn küssen. Aber Liebe? Wie könnte ich mich in jemanden verlieben, der mich täglich zur Weißglut bringt und den ich noch nicht einmal richtig kenne? Er ignoriert mich genauso, wie ich ihn ignoriere, was mich nur noch mehr verunsichert. Aber was weiß ich schon über Aidan, außer dass sein großer Traum eine eigene Buchhandlung ist und er zwei Katzen namens Cookie und Brownie hat.

»Apropos Aidan ...« Archer macht einen Schritt auf mich zu. Das Rot seiner Haare leuchtet wie Feuer im Licht der Deckenleuchte. »Was ist zwischen dir und meinem Bruder passiert?«

Ich verschlucke mich an einem Stück meines Kuchens und beginne so sehr zu husten, dass Archer mir auf den Rücken klopft. Aidan hat ihm ja wohl nichts von unserem Kuss erzählt? Oder? Falls doch, werde ich ihn eigenhändig umbringen. Nicht, dass ich es nicht auch Zoe erzählt hätte. Aber die würde niemals zu Aidan gehen und ihn damit konfrontieren.

Die Temperatur in meinem Gesicht steigt von Sekunde zu Sekunde an, und ich bin mir sicher, dass man auf meinen Wangen Spiegeleier braten könnte. »Was soll da passiert sein?«, frage ich zögerlich und beiße mir auf die Unterlippe.

»Die Stimmung zwischen euch ist immer angespannt, aber in den letzten Tagen hat das Ganze ein komplett neues Ausmaß erreicht. Habe ich irgendwas verpasst?« Archer lehnt sich vor und sieht mir tief in die Augen, als würde er die Antwort auf seine Frage in ihnen suchen.

Ob er was verpasst hat? Ja. Wie ich mehrfach vor Aidan in Tränen ausgebrochen bin. Wie er mir aus der Klemme geholfen hat. Wie sich irgendeine Anziehungskraft zwischen uns entwickelt hat. Wie wir uns beinahe geküsst hätten und ich es so sehr wollte, dass ich am Ende wütend darüber war, dass er mich hat abblitzen lassen. Wie verdammte Schmetterlinge in meinem Bauch herangewachsen sind und wie ich meine Lippen am liebsten nie wieder von seinen gelöst hätte. Ja, Archer. Du hast viel verpasst.

»Ich weiß nicht, wovon du redest. Wir hassen uns genauso sehr wie schon am ersten Tag«, entgegne ich ihm schließlich und schleiche mich an ihm vorbei ins Café zurück.

Mora steht hinter der Theke. Ihre schwarzen Haare hat sie sich zu einem Zopf geflochten, der bei jeder ihrer Bewegungen hin- und herschwingt. »Du kommst genau richtig. Kannst du mich kurz ablösen? Ich müsste mal schnell für kleine Mädchen.« Sie bindet sich die Schürze ab und legt sie unter den Tresen. »Der

Kaffee ist für Tisch elf«, erklärt sie mir, bevor sie in den Flur verschwindet.

Ich serviere den Kaffee mit einem unserer Weihnachtskekse an die Kundin, die in ihrer Tageszeitung liest. »Vielen Dank, Herzchen«, sagt sie und lugt hinter der Zeitung hervor. »Sie sind die Besitzerin des Cafés, oder? Ich folge Ihnen auf Instagram und bin ganz vernarrt in all die schönen Bilder Ihrer Törtchen und Cupcakes.«

»Ja, das bin ich, und es freut mich, dass Ihnen meine Bilder gefallen. Ich hoffe, dass es Ihnen vor allem auch schmeckt. Darf ich Ihnen ein Stück meines Baumkuchens bringen? Der geht natürlich aufs Haus«, erkläre ich ihr lächelnd. Eine Zeit lang war ich wirklich schlecht darin, Komplimente anzunehmen und sie vor allem ernst zu nehmen. In jedem freundlichen Wort habe ich die Lüge zu erkennen versucht. Habe geglaubt, dass die Leute nur höflich sein wollen. Doch mittlerweile weiß ich, dass ich wirklich gut bin in dem, was ich tue.

Die Frau mit den blonden Haaren, die langsam, aber sicher ergrauen, legt die Zeitung auf den Tisch und strahlt mich an. »Liebend gern.«

Bevor ich mich auf den Weg in die Küche mache, sehe ich mich im Laden um und schaue, ob jemand eine Bestellung aufgeben oder zahlen möchte. Plötzlich bleiben meine Augen an Aidan hängen, der gerade dabei ist, einen Stapel Bücher von einer Ecke in die nächste zu tragen, wobei sich seine Armmuskeln deutlich unter dem Hemd abzeichnen. Ich möchte mich von ihm abwenden, und doch tue ich es nicht.

Sein Blick trifft meinen, und der Stapel mit den Büchern gerät kurz ins Wanken, als hätte Aidan sich erschreckt. Ich muss mich nur umdrehen und gehen. Es klingt so einfach und ist doch unmöglich. In seinen Augen liegt so viel Wärme, dass ich am ganzen Körper Gänsehaut bekomme.

Als ich ihn kennengelernt habe, strahlte Aidan Abneigung und Hass aus. Heute eine gewisse Geborgenheit, sodass ich mich am liebsten in seine Arme werfen würde. Ich muss vollkommen den Verstand verloren haben.

Gerade als ich meinen Blick abwenden möchte, kommt er mir zuvor, dreht sich um und sortiert die Bücher in das Regal ein. Vielleicht sollte ich endlich einsehen, dass die Anziehungskraft, die ich Aidan gegenüber verspüre, nicht auf Gegenseitigkeit beruht. Ja, er hat meinen Kuss erwidert. Doch das heißt noch lange nicht, dass er sich für ihn genauso angefühlt hat wie für mich. Aidan ist kein Kind von Traurigkeit, das habe ich bereits mitbekommen, und er hat es mir schonungslos ehrlich gesagt, als ich glaubte, Maddy sei seine Freundin. Es ist nicht unwahrscheinlich, dass er einfach Lust auf Sex hatte und im letzten Moment doch noch einen klaren Gedanken fassen konnte.

Seufzend lasse ich die Luft aus meinen Lungen entweichen und drehe mich um, um der Kundin ein Stück des Baumkuchens aus der Küche zu holen. Mora steht wieder hinter der Verkaufstheke und wirkt vertieft in ein Gespräch mit einem jungen Mann. Als sie mich sieht, nickt sie in meine Richtung, und als der Mann mit den dunklen Haaren sich daraufhin zu mir wendet, rutscht mir das Herz in die Hose. Nein, es rutscht mir nicht in die Hose. Es bleibt stehen. Es zerbricht.

Unfähig, mich zu bewegen, stehe ich wie angewurzelt mitten im Café. Da ist sie wieder. Die blanke Angst. Ich möchte schreien. Trotzdem bleibe ich stumm. Wie damals. Nichts hat sich verändert.

Samuel geht auf mich zu, und mit jedem Schritt, mit dem er mir näher kommt, bringt er mich ein Stückchen mehr um. Ihn auch nur zu sehen, ist die reinste Folter. Mir schießen so viele Bilder durch den Kopf. Ich sehe seinen Gesichtsausdruck glasklar vor mir. Wie er mich damals angeschaut hat, als er mit seinem vollen Gewicht auf mir lag. Wie sich mit einem Mal etwas in den eisgrauen Augen verändert hat und er von mir abgelassen hat, um einfach zu gehen. Um mich liegen zu lassen. Wehrlos. Machtlos. Hilflos.

»Kate.« Jeder Buchstabe fühlt sich an wie ein Messerstich. Er gleitet über meine Haut und reißt Narben wieder auf, die noch immer nicht verheilt sind, die vielleicht niemals mehr verheilen. Mein Körper verkrampft sich. Meine Atmung wird immer schneller, und ich weiß, dass ich in Tränen ausbrechen und davonlaufen werde, wenn er noch ein Wort sagt.

Was macht er hier? Nachdem er mich beim letzten Mal hier getroffen hat, habe ich geglaubt, dass er sich nie wieder hertrauen würde. Dass er nie wieder das *Cosy Corner* betreten würde, wo er doch weiß, dass ich hier arbeite. Und dennoch steht er vor mir.

»Kate. Ich ...« Wieder fühlt sich mein Name aus seinem Mund schmerzhaft an. Ich möchte ihn anschreien, dass er gehen soll. Ich möchte verdammt noch mal stark sein. Ihm sagen, dass er mir fernbleiben soll. Ihm sagen, dass er und sein ach so toller bester Freund Cameron mir mein Leben ruiniert haben. Dass sie Rachels Leben ruiniert haben.

Er legt die Stirn in Falten, scheint nach irgendwelchen Wörtern zu suchen, während er die Lippen schürzt.

Samuel hat sich kein bisschen verändert. Er ist immer noch der Mann, der vor dem Abend war. Und ich ... ich werde nie wieder die Kate sein, die ich früher war. Das Leben ist verdammt unfair.

Meine Knie fühlen sich weich an, und mit jeder Sekunde, die verstreicht, wird die Luft für mich immer knapper, als würde sie mir jemand abschnüren. Ich halte es hier keinen Moment länger aus. Also tue ich das, was ich am besten kann. Ich ergreife die Flucht, gehe mit schnellen Schritten an Samuel vorbei. Aus dem Augenwinkel erkenne ich, dass mich Mora dabei beobachtet. Ohne sie anzusehen, verschwinde ich in der Küche.

Als ich die Tür hinter mir ins Schloss fallen höre, schnappe ich nach Luft und lege meine Hand auf die Brust. Langsam zähle ich bis drei und hoffe, dass dieser Albtraum gleich ein Ende hat. Ich stütze meine Hände auf dem Küchentresen ab und starre auf die Arbeitsplatte, die immer mehr zu verschwimmen scheint. Mir ist schwindelig, und ich habe das Gefühl, noch immer vor Samuel zu stehen. Ich sehe wieder Bilder von Rachel und Cameron vor mir. Sehe ihr tränenverschmiertes Gesicht, die schwarzen Schlieren, die ihr Mascara auf ihren Wangen hinterlassen hat. Den leeren Blick in ihren schreienden Augen.

»Kate«, hallt es in meinem Kopf, als wäre er hier, als würde er vor mir stehen und meinen Namen aussprechen. Ich muss mich zusammenreißen. Was auch immer Samuel möchte ...

»Kate. Ich muss mit dir reden.«

Blitzartig drehe ich mich um und sehe zur Tür. Samuel kommt in die Küche und schließt die Tür hinter sich. Mein Herz rast. Mein Körper drängt mich zur Flucht. Doch mein Kopf sagt mir, dass ich stark sein muss. Ich darf ihm nicht zeigen, dass ich noch immer Angst vor ihm habe und dass er die Oberhand über mich hat.

Das muss aufhören. Das muss hier und jetzt aufhören. Also recke ich das Kinn. »Was willst du, Samuel?« Seinen Namen auszusprechen, tut weh. Ich habe das seit Ewigkeiten nicht mehr getan. Selbst wenn ich mit Zoe darüber rede, benutze ich so gut wie nie ihre Namen.

»Ich ... ich weiß nicht recht, wie ich anfangen soll.« Er tritt von einem Bein auf das andere und kratzt sich im Nacken. »Als ich dich neulich hier gesehen habe, war ich so schockiert, dass ich seitdem immer wieder an dich denken musste.«

Wenn er wüsste, wie oft ich an ihn denken muss. Wie oft er und sein Kumpel mich in meinen Träumen besuchen kommen und jede Nacht zur reinsten Hölle machen. Er musste ein paar Tage an mich denken? Soll ich mich deswegen jetzt schlecht fühlen? Wenn ich könnte, würde ich ihn genauso in seinen Träumen heimsuchen, wie er es in meinen tut.

»Was willst du?« Ich betone jedes Wort einzeln. Er soll nicht glauben, dass ich nichts Besseres zu tun hätte, als mir sein Geschwafel anzuhören. Und obwohl mein ganzer Körper zittert, versuche ich es mir mit aller Macht nicht anmerken zu lassen.

»Es ...« Samuel macht zwei Schritte auf mich zu, doch ich weiche sofort zurück und stoße mit dem Rücken gegen den Tresen, was einen ziehenden Schmerz in meinem Becken auslöst.

»Bleib da stehen, wo du bist!«, rufe ich hysterisch. Es hat keinen Sinn, meine Angst vor ihm zu verstecken. Er kann sie sehen. Jeder kann sie sehen. »Komm mir nicht zu nahe!« Meine Stimme bricht, und ich weiß, dass ich jeden Moment anfangen werde zu weinen. Vor Wut. Vor Scham. Vor Verzweiflung.

»Es tut mir so leid«, sagt er schließlich und schließt die Augen. »Es tut mir wirklich so unfassbar leid. Was ... was damals passiert ist, hätte niemals passieren dürfen, und egal, was ich sage, es rechtfertigt rein gar nichts.«

»Genau«, schreie ich ihm entgegen. »Es gibt nichts, was du sagen könntest. Nichts, was es ungeschehen machen kann.« Tränen bahnen sich ihren Weg über mein Gesicht. Meine Unterlippe zittert, während Samuel mir nicht in die Augen sehen kann. Stattdessen klebt sein Blick am Fußboden.

»Ich wollte nur, dass du weißt, dass es mir leidtut und ...«

Weiter kommt er nicht, weil ich ihm ins Wort falle. »Nach einem beschissenen Jahr tut es dir plötzlich leid? Du hättest damals die Möglichkeit gehabt, dich zu entschuldigen. Aber alles, was du und Cameron getan habt, war, mich und Rachel einzuschüchtern, damit wir unsere Klappe halten.«

»Das war falsch, das weiß ich. Aber als ich dich gesehen habe, da ...«

»Verschwinde!«, schreie ich ihn unter Tränen an.

»Kate ...«

»Hau ab!«

Plötzlich schlägt die Tür auf, und Aidan kommt in die Küche gestürmt. Jeder Muskel in seinem Gesicht scheint unter Anspannung zu stehen. Seine Augen beobachten jede noch so kleine Bewegung von Samuel. Er beißt die Zähne so fest zusammen, dass seine Kiefermuskeln deutlich zur Geltung kommen. Die Lippen sind aufeinandergepresst.

Dann sieht er mich an. Und das Dunkle in seinem Blick verschwindet. »Alles in Ordnung?«

Vollkommen sprachlos stehe ich da. Ich bin zu keiner Antwort fähig. Also nicke ich. Er ist kein Hellseher, aber er weiß, dass nicht alles okay ist. Vermutlich hat er mich schreien hören. Und selbst wenn nicht. Er sieht, dass ich weine. Wie sollte also alles in Ordnung sein?

»Soll ich ihn rausschmeißen?«, fragt Aidan und legt seine Hand behutsam auf meine Schulter. Innerhalb von Sekunden beruhigt sich meine hektische Atmung, und ich habe nicht mehr das Gefühl, vollkommen unter Anspannung zu stehen. Erneut nicke ich.

Aidan dreht sich sofort um und geht auf Samuel zu, der beschwichtigend die Arme in die Luft hebt. »Schon gut, Kumpel. Ich gehe ja schon.«

»Nenn mich nicht Kumpel. Verlass den Laden, bevor ich mich vergesse.« Aidan bleibt nur wenige Zentimeter vor Samuel stehen.

Samuel blickt noch einmal an Aidan vorbei und sieht mich an. Seine grauen Augen wirken fast so traurig wie meine. »Ich kann es nicht rückgängig machen. Ich wünschte, ich könnte. Aber das ist nicht möglich. Es tut mir leid. Bitte glaub mir. Irgendwie mache ich das wieder gut.«

Aidan packt ihn an den Schultern und drängt ihn zum Gehen.

Erst als die beiden die Küche verlassen, fällt die riesige Last von meinen Schultern. Ich rutsche mit dem Rücken am Tresen hinunter, bis ich auf dem Boden lande, und vergrabe mein Gesicht in den Händen. Eine Träne nach der anderen sickert in den Stoff meines Pullovers, während ich zu realisieren versuche, was gerade passiert ist.

Kapitel 25

Aidan

»Atme. Du musst atmen, Kate.«

Sie sitzt auf dem Boden. Die Beine angewinkelt und die Arme um die Knie geschlungen. Ihre Atmung geht viel zu flach und schnell. Wenn das so weitergeht, wird sie jeden Augenblick hyperventilieren. Es wäre nicht das erste Mal, dass ich jemandem dabei zusehen muss, wie er die Kontrolle über seine eigene Atmung verliert. Als Archer noch klein war, kam das dank unserer Mutter viel zu häufig vor.

Es war nicht schwer, eins und eins zusammenzuzählen. In ihren E-Mails hat Kate von ihm gesprochen. Von dem Kerl, der dafür verantwortlich ist, dass sie sich schuldig fühlt und in Angst lebt. Es hat all meine Willenskraft gekostet, nicht in die Küche zu stürmen und auf den Mistkerl einzuprügeln.

»Ich ...« Kate schlägt sich mit der flachen Hand auf den Brustkorb. »Ich ... kann ... nicht«, presst sie hörbar gequält durch ihre Lippen.

»Warte.« Ich springe auf. Hektisch durchwühle ich eine Schublade nach der anderen, bis ich im oberen Schrank kleine Tütchen finde und zurück zu Kate eile. Direkt vor ihr gehe ich in die Hocke. »Konzentrier dich so gut es geht auf deine Atmung.

Zehnmal in die Tüte aus- und einatmen. Danach setzt du die Tüte ab, und ich zähle die Sekunden weiter bis fünfzehn. Dann wiederholst du zehn Atemzüge in die Tüte«, erkläre ich ihr.

Laut und deutlich gebe ich Kate einen Rhythmus vor und atme ein und wieder aus. Sie hält sich die Tüte vor den Mund und tut es mir gleich. Das Rascheln des Plastiks und unsere Atmung erfüllen den ansonsten stillen Raum. Ihre braunen Augen sind mit Tränen gefüllt, und am liebsten würde ich sie an mich drücken und ihr versprechen, dass alles wieder gut wird. Auch wenn ich es nicht kann. Ihr dieses Versprechen zu geben, wäre nutzlos. Denn ich kann ihr nicht die Last von den Schultern nehmen, ich kann ihr nicht die Angst nehmen, die Albträume und die Sorgen. Ich kann ihr dabei helfen, aber sie allein muss aus diesem Teufelskreis rauskommen. Und so, wie ich Kate kennengelernt habe, bin ich mir sicher, dass sie es schaffen wird.

Aus ihren E-Mails ging deutlich hervor, dass sie sich selbst für schwach hält. Dabei ist sie das gar nicht. Natürlich hat jeder Mensch Schwächen. Kate. Ich. Einfach jeder. Aber gleichzeitig ist sie auch eine unfassbar starke Frau, die vielleicht nur einen kleinen Schubser in die richtige Richtung braucht. Der muss nicht von mir kommen oder von ihrer besten Freundin oder sonst irgendwem. Er kann auch von ihr selbst kommen. Ich weiß, dass sie eine Kämpferin ist und dass sie für ihr eigenes Glück eintreten wird. Ob das nun heute, morgen oder in einem Monat passiert.

Langsam, aber sicher normalisiert sich Kates Atmung wieder, und sie legt die Tüte beiseite. Den Hinterkopf lässt sie gegen die Wand des Küchentresens fallen. Ich setze mich neben sie. Unsere Schultern berühren sich. Mein Arm liegt eng an ihrem. Auch wenn ich sie umarmen möchte, werde ich es nicht tun, außer sie bittet mich darum. Ich bin mir nicht sicher, ob sie gerade lieber allein sein möchte oder nicht. Trotzdem will ich ihr zu verstehen geben, dass ich da bin.

Und so sitzen wir einige Minuten auf dem kalten Küchenboden und schweigen. Von draußen dringt ab und an das Geräusch der Kaffeemaschine zu uns hindurch oder ein lautes Lachen irgendwelcher Kunden. Doch alles, was dort draußen passiert, kommt mir mit einem Mal belanglos vor. Ich möchte einfach nur hier sitzen.

Das Vernünftigste wäre es, wenn ich Kate jetzt und hier gestehe, dass ich weiß, was ihr passiert ist. Dass ich Dan bin. Dass sie mit mir seit längerer Zeit regelmäßig schreibt. Dass sie sich mir anvertraut hat, ohne es zu wissen.

Bis zu der Mail, in der sie mir ihren echten Namen verriet, wusste ich es selbst nicht. Zu einhundert Prozent kann ich mir noch immer nicht sicher sein. Doch meine Intuition sagt mir, dass ich richtigliege.

Die letzten Tage habe ich mich nicht getraut, es ihr zu sagen. Wie auch? Was hätte ich sagen sollen? Meine Tante Cora leitet die Einrichtung der Seelsorge nun schon seit zwanzig Jahren. Gemeinsam mit Barney hat sie damals ein kleines Projekt gestartet, das zu etwas ganz Großem wurde. Sie ist ausgebildete Psychologin und hat sich damals auf Gewaltverbrechen an Frauen spezialisiert. Ihr Team ist stetig gewachsen und ist nun eine Anlaufstelle für jeden, der Hilfe braucht oder einfach reden möchte. Dass ich nebenbei im telefonischen und E-Mail-Service aushelfe, ist mir ein ganz persönliches Anliegen.

Vor langer Zeit habe ich mich selbst mal an ein Sorgentelefon gewandt. Die Nummer stand auf einer kleinen Anzeige in dem Bus, mit dem ich immer zur Schule fuhr. Zumindest immer dann, wenn ich mich nicht um Archer kümmern musste, weil meine Mutter nicht dazu in der Lage und mein Vater schon längst über alle Berge war. Seit diesem Tag weiß ich, dass auch ich Menschen helfen möchte. Also habe ich eine Art Ausbildung gemacht, um dieses Ehrenamt ausführen zu können.

»Danke.« Kate holt mich in die Gegenwart zurück. Ihren Kopf dreht sie leicht zur Seite. Ich wende mich ihr zu. Wir sehen uns an, und alles, was ich sehe, ist eine wunderschöne und starke Frau.

»Du brauchst mir nicht zu danken«, entgegne ich ihr und beginne zögerlich zu lächeln.

»Ich danke dir nicht nur dafür, dass du Samuel rausgeschmissen hast. Ich danke dir vor allem dafür, dass du keine Fragen stellst. Du ...« Sie verstummt und wendet den Blick von mir ab. Mit den Fingern zieht sie an den Ärmeln ihres Pullovers und versteckt ihre Hände in dem Stoff. »Du bist einfach nur da. Das klingt vielleicht total bescheuert, aber das tut gut. Die Stille und gleichzeitig das Gefühl, trotzdem nicht allein zu sein.«

Verdammt, ich muss es ihr sagen. Ich muss ihr sagen, dass ich Dan bin. Wie wird sie reagieren? Wird sie sich zurückziehen und mir noch mehr aus dem Weg gehen, als sie es ohnehin schon tut? Verkrafte ich es, wenn sie mich wieder von sich stößt?

Spätestens als wir uns geküsst haben, war es um mich geschehen, und ich wusste, dass ich in der Zwickmühle steckte. Mir fällt kein Wort ein, mit dem ich beschreiben könnte, wie ich mich gefühlt habe, als unsere Lippen sich trafen. Es war, als wäre es mein allererster Kuss. Als wäre jede vorherige Nähe zu einer Frau belanglos. Das machte mir Angst, macht mir noch immer Angst. Ich habe Angst vor dem, was sie mich fühlen lässt, weil ich mir bisher sicher war, dass ich nichts mehr fühlen will. In meiner Welt haben Gefühle schon zu oft in einer Sackgasse geendet oder waren unweigerlich mit Schmerz verwoben.

Ich stehe auf und halte Kate meine Hand hin, in der Hoffnung, dass sie sich von mir auf die Beine ziehen lässt. Sie wischt sich die getrockneten Tränen aus dem Gesicht und legt ihre Hand in meine.

Mir ist egal, dass sie meine Konkurrentin ist. Mir ist egal, dass ich den Laden für mich allein haben möchte, um auf der ganzen Fläche Bücher zu verkaufen. Mir ist egal, dass Liebe in meinem Leben keinen Platz hat. In diesem Augenblick möchte ich an nichts davon denken, und ich möchte, dass auch Kate ihre negativen Gedanken wenigstens für ein paar Stunden hinter sich lässt.

Auch als sie plötzlich vor mir steht, lasse ich ihre Hand nicht los, und wie es scheint, hat sie es auch nicht vor. Im Gegenteil, sie klammert sich förmlich an meine. »Komm mit«, fordere ich sie auf und ziehe sie sanft hinter mir her.

Wir verlassen die Küche, und ich rechne damit, dass sie mich jede Sekunde loslassen wird. Spätestens dann, wenn die ersten Augenpaare im Laden auf uns gerichtet sind. Doch es passiert nicht. Selbst als ich Archer meinen Schlüssel zuwerfe und ihm mitteile, dass ich für ein paar Stunden weg bin, löst sie ihre Hand nicht aus meiner. Und das fühlt sich zugegebenermaßen verdammt gut an.

»Mora? Kommst du allein klar?«, frage ich und bleibe mit Kate an meiner Seite an der kleinen Klapptür stehen, die mir nur bis zu den Oberschenkeln geht und die den Verkaufsbereich hinter dem Tresen optisch vom Besucherbereich trennen soll.

Ihr Blick zuckt hin und her, als könnte sie sich nicht entscheiden, wem von uns beiden sie ins Gesicht sehen soll. »Ähm ... ja, denke schon.« Sie macht eine kurze Pause und nickt in Kates Richtung, als würde sie sie stumm fragen, ob alles okay sei. Aus dem Augenwinkel sehe ich, dass Kate ihr zunickt. »Hope müsste bald wiederkommen. Sie wollte nur kurz etwas besorgen. Wir wuppen das schon«, antwortet sie mir schließlich und macht sich anschließend wieder daran, irgendein fancy aussehendes Kaffeegetränk zuzubereiten.

Die Tür fällt hinter uns zu, und während ich dem Knirschen des Schnees unter unseren Füßen lausche, ertönt mein Name. Ich zucke zusammen. In einem knallroten Mantel und mit dem dazu passenden Rot auf den Lippen kommt Fiona uns entgegen. Ihr Blick bohrt sich förmlich in unsere ineinander verschlungenen Hände.

»Aidan, zu dir wollte ich«, erklärt sie und bleibt vor uns stehen. Sie zieht ihre Lederhandschuhe aus, steckt sie in ihre Manteltasche und fährt sich anschließend über das blonde, gewellte Haar. Sofort sehe ich sie vor mir, wie sie jeden Morgen in ihrem Bademantel vor dem großen Spiegel stand und sich gefühlte Stunden die Haare zurechtmachte, nur um dem Postboten die Tür zu öffnen, sobald er kam. In all den Jahren, die wir gemeinsam verbracht haben, ist mir noch nie ein Mensch begegnet, der sich mehr mit seinem Aussehen beschäftigt hat als Fiona. Was an sich nicht schlimm ist. Doch wenn man anfängt, sich nur noch darüber zu definieren und andere Menschen abzuwerten, weil sie nicht den eigenen Idealen entsprechen, läuft irgendwas gewaltig verkehrt.

»Wir müssen reden.«

Ich bin viel zu fassungslos, um zu reagieren. Wird das jetzt dauernd so weitergehen? Wird sie ständig auf der Arbeit und bei mir zu Hause auftauchen, nur um mir das Leben noch mehr zur Hölle zu machen?

»Dürfte ich bitte mit meinem Mann ungestört sprechen?« Mit hochgezogener Augenbraue und purer Arroganz im Blick sieht sie auf Kate hinab.

»Ex-Mann«, schiebe ich sofort hinterher. Wann versteht diese

Frau endlich, dass uns nichts mehr verbindet, dass es kein Wir mehr gibt und ich sie nicht in meinem Leben haben möchte.

Kates Regungslosigkeit nach zu urteilen, ist sie genauso schockiert, wie ich es bin. Sie möchte ihre Hand aus meiner ziehen, aber ich halte sie fest. Flehe sie stumm an, mich nicht loszulassen. Und obwohl sie meine Gedanken nicht hören kann, obwohl sie nicht wissen kann, was gerade in mir vorgeht, scheint sie zu verstehen.

»Das kommt ganz darauf an, ob Ihr Ex-Mann mit Ihnen sprechen möchte«, kontert Kate und drückt meine Hand noch fester.

»Na hör mal, Kleines. Wenn zwei Erwachsene sich unterhalten möchten, sollte man wissen, wann es Zeit ist zu gehen.« Fiona baut sich vor Kate auf und reckt das Kinn in die Höhe.

Ich kenne dieses Verhalten nur zu gut. Den Gesichtsausdruck, wenn sie unzufrieden ist. Die Stimmlage, wenn sie nicht bekommt, was sie möchte. Die giftigen Worte, die aus ihr heraussprudeln, wenn man sich ihr widersetzt.

Gerade als ich mich einmischen möchte, um sie in ihre Schranken zu weisen und ihr mitzuteilen, dass es nichts gibt, über das ich mit ihr reden möchte, höre ich Kates Stimme.

»Aidan«, sagt sie und sieht zur Seite und mir damit direkt in die Augen, »möchtest du mit dieser unglaublich erwachsenen und freundlichen Dame sprechen?« Kates Lippen zucken leicht, und ich erkenne an dem kleinen, aber wachsenden Grübchen, dass sie mit aller Mühe versucht, sich ein Lachen zu verkneifen.

Mein Herz macht einen Hüpfer, und ich wünschte, ich würde diesen Ausdruck immer auf ihrem Gesicht sehen. »Nein. Ihre positive Ausstrahlung würde mich sonst noch anstecken«, antworte ich Kate und sehe danach zu Fiona hinüber. »Wir haben nichts zu bereden. Ich dachte, das hätte ich neulich schon mehr als deutlich gemacht.«

Mit Kate an meiner Seite gehe ich um meine Ex-Frau herum, und wir lassen sie hinter uns. Wie es aussieht, hat es ihr tatsächlich die Sprache verschlagen, denn ich höre sie weder meinen Namen rufen noch Schritte hinter uns.

Als wir um die nächstliegende Ecke biegen, beginnt Kate zu lachen und lässt mich zum ersten Mal, seit wir aus der Küche rausgegangen sind, los. Ihre Hände legt sie sich vor den Mund, sichtlich darum bemüht, nicht allzu laut zu sein.

Hätte ich nicht bereits Gefühle für sie entwickelt, würde ich es vermutlich spätestens jetzt tun. Der Klang ihres Lachens und diese Sorglosigkeit in ihrem Gesicht lassen sie strahlen. Mir bleibt gar nichts anderes übrig, als sie breit grinsend dabei zu beobachten.

»Wir sind ein gutes Team.«

Kate hört auf zu lachen und bleibt nickend vor mir stehen. »Ja, das sind wir wohl.«

Kapitel 26

Kate

Ein gutes Team. Dass Aidan und ich das mal von uns behaupten würden, hätte ich niemals gedacht. Doch es stimmt. Manchmal kommt es mir so vor, als wären wir durch ein unsichtbares Band miteinander verbunden. Sobald einer von uns Hilfe braucht, zieht er an diesem imaginären Band, und der andere ist sofort da.

Aidan nimmt meine Hand wieder in seine, und so surreal das Ganze auch ist, so echt und natürlich fühlt es sich an. Meine Gefühle fahren Achterbahn. Steigere ich mich in etwas hinein, weil Aidan mir schon so oft aus der Klemme geholfen hat? Oder entwickle ich wirklich stärkere Gefühle für den Mann, den ich vor einigen Monaten noch unausstehlich fand?

Mir schwirren so viele Fragen im Kopf herum, die ich Aidan gerne stellen würde. Wer war diese Frau? Du warst verheiratet? Was ist das zwischen uns, und wieso hältst du meine Hand so, als würden wir das immer tun?

Als die Frau plötzlich vor uns stand und Aidan angesprochen hat, hätte ich am liebsten sofort meine Hand aus seiner gezogen, doch ich war viel zu überrascht, um überhaupt zu reagieren. Sie war groß, hatte langes blondes Haar und war edel gekleidet, alles passte zusammen. Sie wirkte wunderschön. Für einen winzigen

Augenblick habe ich mich neben ihr klein gefühlt. Doch als ich gemerkt habe, dass sie auf mich herabblickt und sich anscheinend für etwas Besseres hält, konnte ich nicht anders, als den Ball zurückzuspielen.

Ich weiß so wenig über Aidan. Über sein Leben. Seine Vergangenheit. Mir wird bewusst, dass ich das gerne ändern würde. Dass ich ihn gerne besser kennenlernen würde. Dass er jemand ist, den ich in mein Leben lassen möchte, so chaotisch es auch sein mag und so viel ich auch zu verstecken habe. Genau das habe ich über ein Jahr lang getan. Mich versteckt.

Damit muss endlich Schluss sein. Ich möchte nicht mehr die verängstigte Kate sein, die nachts von Albträumen geweckt wird. Ich möchte wieder die alte Kate sein. Ich möchte das Leben wieder genießen. In vollen Zügen und ohne Einschränkungen. Ich möchte frei sein. Ich möchte stark sein. Und ich möchte endlich das Richtige tun. Das Richtige für mich.

»Du bist so still. Hast du gar keine Fragen?«, erkundigt Aidan sich und sieht mich mit einem zögerlichen Lächeln auf den Lippen an, während wir in Richtung U-Bahn-Station gehen.

»Gerade möchte ich nur wissen, wo wir hingehen«, gestehe ich, auch wenn mir noch andere Fragen auf der Zunge brennen. Sie jetzt zu stellen, fühlt sich falsch an. Der Schnee liegt zentimeterhoch auf dem Boden, denn es hat seit zwei Tagen nicht mehr aufgehört zu schneien. Für die Weihnachtsfeiertage wurden enorme Schneemassen vorhergesagt.

Wir gehen die Treppen hinunter, um zur Underground zu gelangen. Kurz vor Weihnachten sind die Straßen vollgepackt mit Menschen, und wir drängeln uns zwischen den Massen hindurch.

»Wir müssen nur drei Stationen fahren, du wirst es also bald wissen. Lass dich überraschen«, antwortet Aidan und grinst. »Aber bitte erwarte nicht zu viel.«

Als wir unten am Bahnsteig stehen, kommt es mir so vor, als würden wir zwischen den vielen Leuten total untergehen. Anonym unter Dutzenden von Menschen. Das ist wohl der Charme einer Großstadt.

Aidans Daumen streicht immer mal wieder über meinen Handrücken, und jedes Mal, wenn er das tut, überzieht eine Gänsehaut meinen gesamten Körper. »Tut mir leid, dass ich dich so aus dem Laden gezogen habe. Ich hatte das Gefühl, es sei ein guter Moment, um frische Luft zu schnappen.«

»Hättest du das nicht getan, würde ich vermutlich noch immer auf dem Küchenboden hocken und mir die Augen ausweinen.« Ich blicke zu ihm auf und nehme die kleine Falte zwischen seinen Augenbrauen wahr, die mir verrät, dass er gerne fragen würde. Natürlich ist er neugierig. Er hat mich schon so oft gebrochen gesehen, dass es völlig normal ist, dass er sich fragt, was mit mir los ist. Dass er es aber noch nie direkt ausgesprochen hat, rechne ich ihm hoch an.

Irgendetwas zu hoffen oder irgendetwas in uns hineinzuinterpretieren, ist lächerlich. Das weiß ich. Vielleicht hat er nur ein Helfersyndrom und möchte nett zu mir sein, weil es mir schlecht geht. Trotzdem frage ich mich, wie ein Wir aussehen würde. Wie wäre es, wenn wir hier in der U-Bahn-Station Arm in Arm stehen würden? Wie wäre es, wenn wir uns küssen würden? Wie wäre es, wenn wir uns lieben würden?

»Du kannst immer zu mir kommen. Also ...« Aidan kommt ins Stocken und räuspert sich. »Wenn du möchtest, dann bin ich da. Ich möchte mich dir nicht aufdrängen oder so. Du sollst nur wissen, dass du nicht allein bist.«

Ich möchte gerade etwas erwidern, als unsere Bahn kommt und wir einsteigen. Es ist mitten am Tag und somit unglaublich voll und laut. Einige telefonieren, andere unterhalten sich und lachen.

Aidan und ich stehen stumm voreinander, und ich konzentriere mich auf seinen braunen Mantel, um ihm nicht in die Augen zu sehen. Nur wenige Zentimeter trennen uns voneinander, und auch wenn ich gerne etwas Distanz zwischen uns bringen würde, kann ich es nicht. Sowohl neben als auch hinter mir stehen Menschen. Es ist nicht so, dass ich Aidan nicht nah sein will. Ich möchte eher das genaue Gegenteil. Doch ich bin verwirrt. Verwirrt von meinen Gefühlen und der Situation.

Wir erreichen die erste Station, und die Leute drängen sich an mir vorbei, um aussteigen zu können. Dabei werde ich von hinten so hart angerempelt, dass ich das Gleichgewicht verliere und nach vorne, direkt in Aidans Arme, falle. Mit den Händen hält er mich am Rücken fest und drückt mich an sich. Na super. Genau das wollte ich vermeiden.

Aidan riecht so gut, dass ich am liebsten stundenlang an ihn gelehnt stehen würde. Dieser warme Geruch nistet sich in meiner Nase ein und bringt mich zum Schmunzeln. Er erinnert mich an den Abend, an dem ich in Aidans Wohnung übernachtet habe. Doch vor allem erinnert er mich daran, dass ich mich sicher und geborgen bei ihm fühle.

Obwohl vor wenigen Minuten noch Samuel vor mir stand, denke ich kaum mehr an diesen Moment. Es ist, als würde Aidan meine inneren Dämonen wegsperren und von mir fernhalten.

Ich weiß nicht, was ich von Samuels Entschuldigung halten soll. Sie macht nichts gut. Sie macht auch nichts ungeschehen. Trotzdem ... irgendwas macht sie mit mir. Er klang aufrichtig. Und vielleicht glaube ich ihm auch, dass es ihm wirklich leidtut. Die Entschuldigung anzunehmen, fällt mir trotzdem schwer. Er hat mir nicht einen Stift im Unterricht geklaut oder mir ein Bein gestellt. Er hat dafür gesorgt, dass ich nachts nicht mehr richtig schlafen kann. Er war daran beteiligt, dass Rachel vergewaltigt wurde. Nichts auf der Welt kann das wiedergutmachen.

An der Monument Station steigen wir aus, und ich frage mich immer mehr, wo wir hingehen.

»Ich möchte dir so was wie meinen Zufluchtsort zeigen. Ich war selbst lange nicht mehr dort, doch vor einigen Jahren war dies mein sicherer Hafen.«

War sein Leben so schlimm, dass er irgendwo Zuflucht suchen musste? Oder braucht vielleicht jeder Mensch einen Ort, an dem er alles um sich herum vergessen und abschalten kann?

Als wir die Treppen nach oben gehen, peitscht uns der Wind sofort um die Ohren, und die Enden meines Schals fliegen über meine Schultern hinter mich. Aidan lässt meine Hand los, stellt sich vor mich und greift um mich herum, um sie wieder nach vorne zu holen. Sein Blick ist eindringlich, und wenn mich meine Menschenkenntnis nicht komplett verlassen hat, dann geht es ihm wie mir. Er fragt sich, was das mit uns ist. Er spürt es auch. Die elektrisierte Luft. Das Kribbeln im Bauch und den Drang nach körperlicher Nähe.

Als er seinen Arm hebt, um mir die Haarsträhnen, die mir ins Gesicht gefallen sind, hinters Ohr zu legen, bleibt die Welt um mich herum stehen. Sie verstummt und verliert an Schnelligkeit. Und ich tue, was mir in den Sinn kommt. Ich stelle mich auf meine Zehenspitzen und lege meine Lippen auf seine.

Er erwidert den Kuss. Zaghaft, fast schon schüchtern. Irgendwo zwischen unseren Lippen verliere ich mich. Den Verstand. Und mein Herz. Unsere Zungenspitzen berühren sich, tanzen miteinander. Als ich mich von ihm lösen will, um in seine Augen zu blicken, um zu sehen, welche Bedeutung dieser Kuss für ihn hat, zieht er mich enger an sich. Ich wünschte, wir wären an einem anderen Ort. Ungestört. Allein. Nicht mitten auf einer Treppe, regelrecht umzingelt von Menschen.

Mit einem leisen Stöhnen beendet er unseren Kuss, und wir atmen gleichzeitig aus, als hätten wir zuvor vergessen, Luft zu holen. Ich habe Angst, dass er sich entschuldigt. Dass er mir wieder sagen möchte, dass es ein Fehler war. Doch in seinen braunen Augen liegen so viel Wärme und Zuneigung, dass ich es spüre. Ich spüre, dass auch er etwas empfindet. Mit jedem Wimpernschlag wird mir klarer, dass meine Gefühle nicht einseitig sind. Ein Lächeln schleicht sich auf mein Gesicht. Auch seine Mundwinkel biegen sich nach oben und entblößen die leichten Lachfalten um seine Augen herum.

»Ich glaube, wir stehen den Leuten ganz schön im Weg.« Aidan grinst, nimmt mich an die Hand, und wir setzen uns wieder in Bewegung. Ich hätte stundenlang hier stehen und in seinen Lippen versinken können. In seiner Gegenwart ist es so leicht, alles um mich herum zu vergessen. Leichter als jemals zuvor.

»Fiona und ich sind seit zwei Jahren getrennt und seit einem Jahr geschieden«, beginnt Aidan zu erzählen, während wir die Straße entlanglaufen. »Ich weiß, du hast nicht gefragt. Aber ich habe das Gefühl, die Situation vorhin aufklären zu müssen.«

Schnee fällt vom Himmel und bleibt auf meinen Haaren und meinen Schultern liegen. »Du musst mir gar nichts erklären, Aidan.«

»Ich möchte aber, wenn es okay für dich ist.« Er sieht zur Seite, und ich nicke ihm zu. Mein Herz beginnt zu galoppieren, während ich mir jeden Zentimeter seines Gesichts einpräge, als wäre dies der letzte gemeinsame Moment.

Er spricht weiter, doch ich wende meinen Blick nicht von ihm ab. Vertraue darauf, dass er mich auf dem Weg leitet und ich nicht blindlings irgendwo dagegenrenne.

»Als ich Fiona kennenlernte, da war ich fünfzehn Jahre alt. Mit einundzwanzig haben wir geheiratet. Man sagt zwar immer, dass man niemals etwas bereuen sollte, da einen alles an den Punkt gebracht hat, an dem man heute ist. Doch das ist Schwachsinn. Ich bereue so einiges. Diese Beziehung ist nur ein Beispiel. Sie war so toxisch. Ehe ich michs versah, war ich in einem Leben gefangen, das ich nicht leben wollte.«

Wir biegen in eine Seitenstraße ab. Sowohl links als auch rechts von uns stehen riesige Gebäude aus schwarzen Backsteinen. Hier ist es viel ruhiger als auf der Hauptstraße, auf der wir uns eben noch befunden haben.

»Es hat Jahre gedauert, bis ich das realisiert habe. Sie hat es gemerkt. Sie hat gemerkt, dass ich mich verändert habe oder besser gesagt, dass ich endlich klar gesehen habe. Sie wusste, dass ich mich von ihr trennen wollte. Also hat sie etwas getan, was ich ihr niemals verzeihen werde. Es ist eine Sache, abgehoben und egoistisch zu sein. Aber eine ganz andere, eine Schwangerschaft vorzutäuschen, um jemanden an sich zu binden.«

Ruckartig bleibe ich stehen und ziehe Aidan wieder leicht zurück, nachdem er mir schon einen Schritt voraus gewesen ist. Mit aufgerissenen Augen starre ich ihn an. »Sie hat was getan? Das ist nicht dein Ernst?«

»Doch.« Das Lächeln, das auf seinen Lippen erscheint, erreicht seine Augen nicht. Es wirkt schmerzhaft. Verzerrt wie eine Maske, die man sich aufsetzt, um nicht zu viel von sich preiszugeben.

»Ich dachte, so was würde nur in Filmen passieren. Das ... Wow. Sorry, aber das verschlägt mir gerade echt die Sprache«, gebe ich zu und balle die Hand in meiner Jackentasche zu einer Faust.

»Du musst wissen, mein Vater war ein Arschloch. Das hat

mich aber nie von dem Gedanken abgehalten, mal ein guter Dad sein zu wollen. Vielleicht hat es den sogar viel eher noch bestärkt. Als sie mir von der Schwangerschaft erzählt hat, habe ich tatsächlich geglaubt, dass sich unsere Beziehung verändern würde. Dass ich womöglich nur an meiner Einstellung arbeiten müsste und dass wir eine kleine Familie sein würden. Ich Idiot habe mich gefreut. Obwohl ich mich gerade von ihr trennen wollte, habe ich mich gefreut, Vater zu werden.«

Ich löse meine Hand aus Aidans und lege sie an seine Wange. Streiche sanft über seine warme Haut. Seine Wangen sind leicht gerötet. Ob nun durch die Kälte oder meine Berührung.»Du bist und du warst kein Idiot. Wer würde schon glauben, dass solch eine Nachricht eine Lüge ist? Ich konnte sie auf den zweiten Blick schon nicht ausstehen. Aber jetzt hasse ich sie.«

Er lacht kurz auf.»Noch eine Gemeinsamkeit, die wir haben.«

»Haben wir etwa so viele?«

»Wahrscheinlich mehr, als uns lieb ist.«

»Wie hast du es herausgefunden?« Ich will eigentlich keine Fragen stellen. Wirklich nicht. Aber ich kann nicht anders, als meiner Neugierde nachzugeben.

Ich verstecke meine Hände in meinen Manteltaschen, um der eisigen Kälte zu entkommen. Am liebsten würde ich wieder seine Hand nehmen, habe aber Sorge, wie ein kleines Klammeräffchen zu wirken. Was total lächerlich ist. Immerhin war er es, der heute seine Hand um meine geschlossen hat.

»Sie hat mich nicht ein einziges Mal mit zum Frauenarzt genommen. Die Termine waren immer zufällig an Tagen, an denen ich arbeiten musste. Als sie im vierten Monat war oder, besser gesagt, hätte sein sollen, kam sie auch Stunden nach ihrem Termin beim Arzt nicht zurück. Ich habe mir Sorgen gemacht. Habe befürchtet, dass sie irgendeine schlechte Nachricht bekommen hätte und es unserem Baby nicht gut gehen würde. Weil sie auch nach dem zehnten Anruf nicht an ihr Handy ging, habe ich die Nummer der Praxis rausgesucht und dort angerufen. Doch die Sprechstundenhilfe hat mir am Telefon gesagt, dass Fiona seit fast einem Jahr nicht mehr in der Praxis war und ich mich irren müsste. Ich hatte ein ungutes Gefühl, war aber natürlich weit davon entfernt, zu glauben, dass meine Frau alles nur vorgetäuscht hätte, damit ich sie nicht verlasse.«

An einem schwarzen Eisentor bleiben wir stehen. Vor uns erstreckt sich ein Gebäude, das so aussieht, als wäre es einmal eine Kirche oder Ähnliches gewesen. Heute ist es nur noch eine Ruine, und ich kann nur die Umrisse erkennen. Efeu und andere Pflanzen ranken sich am Stein entlang und lassen den Ort beinahe magisch wirken. Wie ein Tor zu einer anderen Welt.

»Ich habe ihre Freundinnen angerufen, um sie zu finden, und eine verriet mir schließlich, wo meine Frau war. Sie traf sich mit ihrer besten Freundin in ihrem Lieblingslokal. Als ich reinkam, trank sie gerade einen großen Schluck Weißwein. Aber lass uns aufhören, über meine Ex-Frau zu sprechen.« Er tritt vor mich, geht durch das schwarze Tor und auf die Ruine zu. »Komm mit.«

Links steht eine alte Holzbank, die sicher schon bessere Tage gesehen hat, aber perfekt in das Gesamtbild passt. Zentimeterhoher Schnee liegt auf ihr. Unter einem riesigen Steinbogen, der wunderschön verziert ist, entdecke ich einige Treppenstufen. Aidan führt mich durch den Bogen.

Von irgendwoher höre ich Stimmen, doch zu sehen ist niemand. Als wäre der Ort komplett verlassen. Abgeschieden von den Straßen Londons, obwohl er sich inmitten des Stadttrubels befindet. »Wow.« An den alten Mauern haben sich Bäume ihren Weg gesucht und wachsen an der Fassade empor. Riesige Fensterbögen, in denen sich kein Glas mehr befindet, erstrecken sich vor uns. Und ich sehe eine Steinmauer, die mir ungefähr bis kurz über die Knie reicht. Aidan geht auf sie zu, schiebt den Schnee beiseite und legt seinen Schal auf den nassen Stein, um sich draufzusetzen. Ich grinse wie ein kleines Kind, als er neben sich auf den freien Platz klopft.

»Ich wohne jetzt schon so viele Jahre in London und habe hiervon absolut nichts gewusst. Manchmal glaube ich, dass es mehr als ein ganzes Leben braucht, um London vollkommen zu erkunden«, gestehe ich.

»Wie kam es dazu, dass du nach London gekommen bist?« Aidan rückt ein Stück näher an mich, sodass unsere Oberkörper sich berühren, worüber ich sehr froh bin. Denn auch wenn sein Schal unter meinem Popo liegt, ist es nicht gerade warm auf der Mauer, und ich kann nur hoffen, dass ich keine Blasenentzündung bekomme.

»Edinburgh ist und bleibt für immer mein Lieblingsort und meine Heimat. Jedes Mal, wenn ich bei meinen Eltern bin, bereue ich es für einige Sekunden, weggezogen zu sein. Doch sobald ich dann zurück in London bin, spüre ich einfach, dass ich hierhergehöre. Ich glaube, ich war elf, als ich das erste Mal den Wunsch geäußert habe, London zu sehen. Nicht nur auf Bildern oder im Fernsehen. Also haben wir ein Jahr später einen Wochenendtrip gemacht, und ich habe mich direkt verliebt. Danach gab es für mich gar keine andere Option mehr, als ein eigenes Café in London zu eröffnen.« Ich erinnere mich, als wäre es gestern gewesen, dass ich den Entschluss gefasst habe, so schnell wie möglich Edinburgh für London zu verlassen.

»So früh schon hattest du den Wunsch nach einem Café?«

»Oh ja«, sage ich nickend und beinahe stolz. »Ich hatte nie einen anderen Berufswunsch oder einen anderen Traum. Seit ich denken kann, möchte ich meinen eigenen Laden besitzen und für

Menschen backen. Ich bin quasi mit dem Backen groß geworden. Mum hat fast täglich gebacken, und sonntags habe ich ihr immer dabei geholfen. Sie hat mich und Dad mit jedem Kuchen zum Strahlen gebracht, und ich wusste, dass ich andere mit meinem Gebäck auch so glücklich machen wollte.«

Aidan beginnt leise zu lachen.

»Was ist?«

»Nichts. Ich stelle mir dich nur gerade als Kind vor, und glaub mir, das Bild, das ich vor Augen habe, ist sehr ... sagen wir mal dynamisch.«

»Dynamisch? Was soll das denn heißen?«, frage ich, nun ebenfalls lachend.

»Na ja. Wir haben uns kennengelernt, und ich habe von der ersten Sekunde an gespürt, wie sehr du diesen Laden willst und dass du auch deine Krallen dafür ausfahren würdest. Du hast mich damals ein bisschen an einen tapferen Löwen erinnert. Und ich kann mir sehr gut vorstellen, dass du als Kind genauso warst.«

Ich werde ihm bestimmt nicht sagen, dass er absolut recht damit hat. Meine Mum hat mir schon damals immer gesagt, dass ich einen noch größeren Dickschädel hätte als Dad.

»Du hast gesagt, dass dieser Ort hier oft dein Zufluchtsort war. Zuflucht wovor?« Für gewöhnlich würde ich solch eine Frage nicht stellen, aber weil ich glaube, dass wir gerade dabei sind, uns auf einer anderen Ebene kennenzulernen, halte ich es für den richtigen Moment. Ich lehne meinen Kopf an seine Schulter und beobachte die Schneeflocken beim Fallen.

Aidan legt seinen Kopf auf meinen und beginnt zu erzählen. »Meine Kindheit war beschissen und wurde über die Jahre auch nie wirklich besser. Eines Tages bin ich nach der Schule durch die Straßen gelaufen, ohne ein wirkliches Ziel vor Augen. Bis ich dann plötzlich hier stand. Es war Sommer, und die Vögel haben gezwitschert, Blumen blühten, und die Sonne schien. Kurz hat mich diese perfekte Harmonie angekotzt. Aber dann habe ich mich auf diese Mauern gesetzt und an nichts gedacht. Seitdem bin ich oft hierhergekommen, um ein Buch zu lesen oder abzuschalten.«

Ich kann nicht nachvollziehen, wie es ist, keine schöne Kindheit gehabt zu haben, da meine kaum besser hätte sein können. Trotzdem spüre ich am Klang seiner tiefen Stimme, dass es ihm nahegeht, und auch von Zoe weiß ich, was es bedeutet, nicht das Glück gehabt zu haben, das mir zuteilwurde.

»Dieser Ort heißt Saint Dunstan in the East und war einst eine Kirche, die durch deutsche Luftangriffe zerstört wurde. Seit 1971 dienen die Ruine und der Kirchhof als Park. Der Architekt ist übrigens derselbe, der auch für den Big Ben verantwortlich war«, erklärt mir Aidan, als würde er aus einem Geschichtsbuch vorlesen. Hätte er diese Informationen nicht mit mir geteilt, hätte ich mit großer Wahrscheinlichkeit sofort gegoogelt, wenn ich zu Hause angekommen wäre.

Ein Pärchen geht Händchen haltend an uns vorbei. Doch wer weiß schon, ob sie wirklich ein Paar sind. Vorhin gingen auch Aidan und ich Hand in Hand, was uns trotzdem nicht zum Paar macht. Obwohl ich nicht darüber nachdenken möchte, über das Uns, tue ich es doch. Mein Herz beginnt zu rasen, und jeder Zentimeter meines Körpers kribbelt. Ich bin nervös. Die Art von nervös, die ich schon lange nicht mehr gespürt habe, die mir verrät, dass ich verliebt bin.

»Aidan ...«

»Kate ...«

Ich nehme meinen Kopf von seiner Schulter und kichere. »Sag du«, fordere ich ihn auf.

»Nein, du.«

»Meins war eh nicht so wichtig«, lüge ich.

»Das ist jetzt vielleicht nicht unbedingt der passendste Moment, und wahrscheinlich hältst du mich für verrückt, aber ich habe mich gefragt, was das zwischen uns ist. Oder ob da von deiner Seite aus überhaupt was zwischen uns ist.«

Hätte ich ihm nicht den Vortritt gelassen, hätte ich genau dasselbe gefragt. Es wäre einfacher gewesen, die Frage zu stellen, als sie nun beantworten zu müssen. »Das möchte ich auch schon seit einigen Wochen wissen. Irgendwann ...« Ich sehe zu Boden und male mit den Schuhen kleine Kreise in den Schnee. »Irgendwann hat sich irgendwas zwischen uns verändert. Und ich ... Oje, Aidan. Kannst du die Frage nicht einfach beantworten?«, bettle ich förmlich, weil ich spüre, wie mein Gesicht von Sekunde zu Sekunde heißer wird.

»Um ehrlich zu sein, fällt es mir schwer, zu erklären, was ich für dich empfinde. Ich weiß nicht, ob ich ... ob wir uns in etwas verrennen oder ob aus uns ein Wir werden kann.« Gerade als ich die Schultern nach unten sacken lassen möchte, ergreift er meine Hand. »Aber ich würde dich gerne besser kennenlernen. Ich würde gerne herausfinden, wie ein Wir sein könnte.«

»Ich bin kompliziert.« Die Worte kommen wie aus der Pistole geschossen aus mir. In Gedanken sage ich mir immer wieder, dass ich nicht bereit dafür bin, jemanden kennenzulernen, mich Hals über Kopf zu verlieben oder eine Beziehung einzugehen. Doch mein Herz sagt etwas anderes. Mir kommen plötzlich die Worte meines Vaters in den Sinn, die er zu mir gesagt hat, sobald ich Probleme damit hatte, eine Entscheidung zu treffen. *Wenn dein Leben heute zu Ende wäre, was würdest du bereuen, nicht getan zu haben?*

»Ich bin kompliziert. Launisch. Gebrochen. Ängstlich«, sage ich und hoffe, dass er seine Worte zurücknimmt. Hoffe, dass er mir die Entscheidung abnimmt.

Doch das tut er nicht. Stattdessen sieht er mich mit einem schiefen Lächeln an. »Vielleicht bin auch ich kompliziert, launisch, gebrochen.«

»Und ängstlich. Du hast ängstlich vergessen.«

»Dann sollten wir wohl gemeinsam unsere Ängste besiegen.«

Ich nicke. »Ja, vielleicht.«

Kapitel 27

Kate

Von: D. C.
E-Mail-Adresse: <u>d.c@onlineseelsorge.com</u>
Hallo Kate,

du hast mich in deiner letzten Nachricht gefragt, ob wir auch feste Termine vergeben. Für gewöhnlich haben wir eine offene Sprechstunde, aber du kannst gerne telefonisch einen Termin vereinbaren und deine beste Freundin mitbringen, das ist gar kein Problem.
Wie geht es dir denn?

Mit dem Handy in der Hand und jeweils einem Handtuch um den Körper und auf dem Kopf schalte ich den Fernseher ein und setze mich auf mein Sofa. In meiner letzten Mail habe ich gezielt nach Terminen gefragt, um mich selbst dazu zu zwingen, die Beratungsstelle gemeinsam mit Zoe aufzusuchen. Normalerweise fasse ich nie irgendwelche Vorsätze für das neue Jahr, aber diesmal ist es anders. Ich möchte endlich wieder nach vorne blicken können. So gut es geht. Und möglicherweise ist dies der erste Schritt.

Von: Anna

E-Mail-Adresse: anna1212@gmail.com

Hallo Dan,

gestern war ein schrecklicher und gleichzeitig wunderschöner Tag. Ich bin erneut dem Typen begegnet, der mich beinahe vergewaltigt hätte. Er hat sich bei mir entschuldigt ... Als würde das irgendwas ändern oder ich mich dadurch besser fühlen. Das war der beschissene Teil. Danach hat der Tag eine ziemliche Wendung eingeschlagen, und ich konnte für gewisse Zeit alles vergessen und fühlte mich seit Langem wieder glücklich. Es war die Art von Glück, welche man vor allem als Kind empfindet, wenn man noch so gut wie keine Sorgen hat.

Ich habe Hoffnung, dass ich irgendwann mit dem Thema abschließen kann. Ich werde den Abend, an dem meine Freundin und ich so leiden mussten, niemals vergessen, aber vielleicht kann ich lernen, mit ihm zu leben. Falls wir nichts mehr voneinander hören, wünsche ich dir besinnliche und schöne Feiertage.

Während ich meine E-Mail vor dem Senden noch einmal durchlese, komme ich aus dem Grinsen gar nicht mehr raus. Ich denke an Aidan. An seine Lippen. Seine Hände. Seine Worte.

Auch wenn ich noch immer nicht weiß, was das zwischen uns ist. Wir sind definitiv nicht mehr nichts. Als er mich gestern bis vor die Tür gebracht hat, haben wir uns mit einem Kuss voneinander verabschiedet, und ich war kurz davor, ihn zu bitten, noch mit reinzukommen. Doch meine Angst hat in diesem Moment gewonnen. Kann ich überhaupt einen Mann so nah an mich heranlassen? Bisher war das für mich undenkbar, aber ich hätte auch nicht geglaubt, dass ich je wieder den Wunsch verspüren würde, einen Mann zu küssen, nach dem, was damals passiert ist.

Im Fernseher laufen gerade Nachrichten, und ich bekomme nur am Rande mit, wie für London ein Schneesturm vorhergesagt wird. Der erste richtige Schneesturm seit Jahrzehnten. Man hat es bereits in den letzten Tagen gemerkt. Es hat viel mehr geschneit als sonst, und auch der Wind war nicht ohne. Mit einem Sturm hätte ich trotzdem nicht gerechnet.

Das Display meines Handys verrät mir, dass es in etwa einer Stunde bereits sechs Uhr abends ist. Die letzten Stunden waren purer Stress. Jedoch positiver Stress, denn ich bin froh, dass ich so viele Bestellungen abarbeiten kann. Im *Cosy Corner* stand ich von morgens bis nachmittags in der Küche und habe die Backwaren für die Kunden vorbereitet, damit diese sie morgen an Christmas Eve abholen können.

Aidan hat sich das eine oder andere Mal in die Küche geschlichen, um mir über die Schulter zu sehen oder etwas vom Teig zu probieren. Einerseits war es ungewohnt, mich auf der Arbeit nicht mit ihm zu streiten, andererseits kam es mir so vor, als wäre es noch nie anders gewesen.

In einer Stunde sind wir verabredet. Er hat uns spontan Tickets fürs Castle Cinema gekauft. Ich werde gleich ein Date haben. Ein richtiges Date, und ehrlich gesagt kann ich es nicht glauben.

Wie von selbst wähle ich Zoes Nummer und platze, direkt nachdem sie abnimmt, mit der Tür ins Haus. »Ich habe in fünfundfünfzig Minuten ein Date mit Aidan.«

Für ein paar Sekunden herrscht absolute Stille am anderen Ende der Leitung. »Aidan? Grumpy Aidan? Leonardo-Pitt-Verschnitt Aidan?«

»Ich kenne keinen anderen Aidan, Zoe.«

Ein Kreischen dröhnt in mein Ohr, und ich halte das Handy mindestens einen Meter weit von mir weg.

»Und das sagst du mir erst jetzt? Kate! Hättest du nicht nur noch fünfundfünfzig Minuten, würde ich vorbeikommen, und wir würden dich gemeinsam aufbrezeln. Ich kann das gar nicht glauben. So ein richtiges Date? Erzähl mir alles!«

Ich ziehe mir das Handtuch vom Kopf und werfe es vom Sofa aus auf einen der Barhocker am Küchentresen. Zumindest war das mein Plan. Landen tut es dann allerdings auf dem Boden.

»Wo soll ich da anfangen. Gestern war ein so verrückter Tag.« Nach der Begegnung mit Samuel und dem restlichen Tag mit Aidan, habe ich Zoe kurzerhand für unseren geplanten Mädelsabend abgesagt. Innerhalb weniger Stunden ist so viel passiert, dass ich das erst einmal für mich allein verarbeiten musste. Ich berichte Zoe von Samuel, aber vor allem von Aidan, der mal wieder genau zur richtigen Zeit am richtigen Ort war. Der meine Hand genommen hat und mich alles vergessen ließ. Der mich geküsst hat. Der mir gesagt hat, dass er mich daten möchte. Ich erzähle ihr alles, bis ins kleinste Detail.

»Auch wenn es mir gerade die Sprache verschlägt, kannst du dir sicher sein, dass mich das wahnsinnig happy macht. Ich würde dich gerade am liebsten umarmen.« Draußen peitscht der Wind an meine Fenster, und die leeren Baumkronen wackeln wie verrückt hin und her.

»Wieso?«, frage ich sie und stehe auf, um langsam ins Badezimmer zu gehen und mich fertig zu machen.

»Weil du dich so glücklich anhörst. Und das ist ... das ist verdammt schön.«

Ich blicke in den Spiegel, sehe mir in die Augen, sehe, wie sie sich mit Tränen füllen, weil ich ganz genau weiß, was sie damit meint.

»Du bist viel zu selten glücklich«, spricht sie das aus, was ich denke. Und sie hat recht. Im Gegensatz zu früher bin ich das. Weniger glücklich. »Aber das wird sich im neuen Jahr ändern. Da bin ich mir sicher. Jetzt will ich dich nicht länger aufhalten beim Schickmachen. Wenn ich richtig gerechnet habe, bleiben dir noch ungefähr achtunddreißig Minuten.«

Wir verabschieden uns voneinander, und ich verspreche ihr, mich direkt nach dem Date wieder bei ihr zu melden.

Mit dem Föhn in der Hand setze ich mich auf die Kante meiner Badewanne und beginne damit, mir die Haare zu trocknen. Als ich gerade den Kopf nach unten beuge, knallt es, und sowohl der Föhn als auch das Licht gehen plötzlich aus. Ich drücke auf den Lichtschalter, doch auch nachdem ich ihn dreimal hin und her gekippt habe, tut sich nichts. Es bleibt dunkel in meinem winzigen Badezimmer.

Ich gehe ins Wohnzimmer und stelle fest, dass auch mein Fernseher aus ist. Das kann doch jetzt nicht wahr sein! Mit nassen Haaren laufe ich rüber zu Frau Collins und klopfe an ihre Tür. Mir fällt sofort ihr mürrischer Gesichtsausdruck auf, als sie die Tür öffnet.

»Ist bei Ihnen auch der Strom ausgefallen?«, fragt sie mich, bevor ich sie begrüßen kann.

Herr Louis tritt plötzlich ins Treppenhaus und sieht uns mit großen Augen an. »Da hat der Sturm wohl schon jetzt seine Spuren hinterlassen. Vielleicht hat ein umgekippter Baum die Stromleitung gekappt«, mutmaßt er und zuckt mit den Achseln. »Ich rufe mal den Eigentümer an.«

»Es bleibt uns wohl nichts anderes übrig, als uns zu gedulden. Aber musste das ausgerechnet passieren, als sie gerade die Quizfrage auflösen wollten? Ich bin mir sicher, ich habe richtig getippt.« Frau Collins legt die Arme vor die Brust und zieht ihren Bademantel enger an sich.

»Das haben Sie ganz bestimmt«, versichere ich ihr und gehe

zurück in meine Wohnung. So ein Mist! Wie soll ich meine Haare jetzt noch rechtzeitig trocken bekommen?

Ich trete ans Fenster und blicke hinüber zum gegenüberliegenden Gebäude. Anscheinend ist nur unser Haus betroffen, denn bei Aidan brennt Licht. Das ist unser erstes richtiges Date, und ich werde mit nassen Haaren erscheinen.

Aus meinem Kleiderschrank hole ich die schwarze Jeans, die sich für mich wie eine zweite Haut anfühlt, und ziehe sie an. Genauso wie den weißen Rollkragenpullover aus Strick.

Ein wenig Rouge und Wimperntusche muss reichen und ist beinahe schon mehr, als ich sonst benutze. Der Blick in den Spiegel ist nicht besonders erfreulich. In meiner Vorstellung hatte ich meine Haare leicht gelockt, sodass sie mehr Volumen bekommen. Jetzt hängen sie mir nass auf die Schultern, und ich sehe aus wie ein Cockerspaniel, der in den Regen gekommen ist.

In ungefähr zehn Minuten müssten wir uns vor meiner Haustür treffen. Doch ich fasse einen anderen Entschluss. Ich ziehe mir meinen schwarzen Mantel über, schlüpfe in die dunklen Boots, und den roten Wollschal lege ich über die Schultern. Mit dem Föhn bewaffnet, gehe ich rüber zu Aidan.

Als ich die Tür zur Straße öffne, bläst mir der Wind um die Ohren und lässt meine Haare in der Luft tanzen, obwohl sie nass sind. Wäre es nicht so eisig kalt, würde der Wind sie innerhalb von wenigen Minuten trocknen.

Schnellen Schrittes laufe ich über die Straße und drücke auf Aidans Klingel. Ein Knacken ertönt von der Fernsprechanlage. »Hallo?«

»Ich weiß, ich bin etwas zu früh. Könnte ich aber vielleicht kurz zu dir hoch?«, frage ich ohne Umschweife.

»Ähm, klar«, entgegnet mir eine raue Stimme, kurz bevor das Summen des Türöffners zu hören ist.

Zielstrebig steige ich die dunklen Treppenstufen hoch, die mich bei jedem Schritt mit einem Knarzen begrüßen. An der Eingangstür empfängt mich Aidan in einem wirklich grauenvollen Weihnachtspullover und mit einem dampfenden Kaffee in der Hand. »Schneit es so stark?«, fragt er mich schmunzelnd, während er meine nassen Haare mustert.

»Ich war gerade beim Föhnen, als bei uns im Haus der Strom ausgefallen ist.«

Er sieht nach unten, auf meine Hände, die meinen uralten Haartrockner fest umklammern. »Einen Föhn hätte ich gerade so auch noch im Haus gehabt.« Aidan hält mir die Tür auf, und keine Sekunde nachdem ich die Wohnung betreten habe, kommen Cookie und Brownie miauend angelaufen. Ich gehe in die Hocke und streichle eine nach der anderen abwechselnd mit meiner freien Hand. Schnurrend wirft sich Cookie auf den Rücken, während Brownie sich an meinem Bein reibt.

»Du weißt ja, wo das Bad ist. Den Föhn auf der Ablage kannst du getrost ignorieren.« Aidan schließt die Tür hinter mir und geht durch seinen offenen Wohnbereich rüber in die Küche. »Möchtest du einen Kaffee?«

»Das wäre perfekt. Mit einem halben Löffel Zucker.« Ich hänge meinen Mantel und den Schal an den Kleiderhaken und ziehe meine Boots aus, bevor ich in das geräumige Badezimmer gehe, das mich schon bei meinem letzten Besuch neidisch hat werden lassen. Die Tür hinter mir lasse ich einen Spaltbreit offen, da mir Cookie direkt folgt und ich sie nicht aussperren möchte. Vermutlich will sie sichergehen, dass ich bloß nichts kaputt mache, immerhin befinde ich mich hier in ihrem Reich, und ich bin mir ganz sicher, dass Brownie und Cookie in diesem Haushalt die Hosen anhaben.

»Es hat wohl den ganzen Block erwischt.« Aidans Stimme vernehme ich nur leise, durch den Lärm des Haartrockners. »So wie es aussieht, hat niemand auf deiner Straßenseite Strom. Zumindest brennt nirgendwo Licht.«

»Hoffentlich ist das später behoben. Liegt bestimmt an diesem Mistwetter«, rufe ich zurück, in der Hoffnung, dass er mich hören kann. Es dauert nicht lange, dann sind meine Haare trocken. Das Blöde ist nur, dass ich weder meine Bürste noch irgendwelche Stylingprodukte mitgenommen habe.

Mein Spiegelbild verrät mir, dass ich beinahe noch schlimmer aussehe als mit nassen Haaren. Meine Frisur, wenn man es überhaupt so nennen kann, ist ein reines Durcheinander. Da ich sie während des Föhnens nicht kämmen konnte, habe ich nun so viel Volumen, dass man mich mit einem männlichen Löwen vergleichen könnte.

Ich beginne leise zu lachen. Mein erstes Date seit langer Zeit, und ich sehe aus wie ein Pudel.

Ich lehne mich etwas nach hinten und spähe durch den Türspalt. Keine Spur von Aidan. Ob es sehr unverschämt wäre, wenn ich in seinem Schrank nach einem Kamm suchen würde? *Ja, ziemlich*, beantworte ich mir meine eigene Frage und tue es trotzdem. Vorsichtig, als könnte mir jeden Moment etwas entgegenfliegen, öffne ich den Hängeschrank.

Aidans Badezimmer ist unglaublich ordentlich. Nirgendwo steht irgendwas herum, lediglich sein Föhn liegt auf der kleinen Kommode gegenüber, als hätte er ihn selbst gerade benutzt, kurz bevor ich gekommen bin. In seinem Schrank fällt mir sofort der schwarze Kamm auf, und obwohl ich weiß, dass ich ihn einfach nehmen, benutzen, säubern und zurücklegen sollte, lasse ich meinen Blick auch über den sonstigen Inhalt schweifen.

Ich erinnere mich an einen Moment, in dem ich auf dem Sofa lag, während Mum gerade in Dads Sessel eine Zeitschrift durchblätterte. Sie las mir einen Artikel vor, in dem es darum ging, dass die Inhalte von Kommoden, Schränken und Ähnlichem oft das Innere einer Person widerspiegeln. Aufräumen sah für mich als Teenager so aus: alles, was herumliegt, zusammensammeln und in meinen Schränken verstecken.

Aidans Schrank ist jedoch so ordentlich wie auch der Rest seines Zuhauses, wenn man mal von den Büchern absieht, die wie wild in der ganzen Wohnung verstreut liegen. Ich entdecke eine Tagescreme, Zahnbürste, Zahnpasta und Zahnseide. Ein Parfüm, ein Deo, Aftershave und …

Ein Knacken ertönt aus dem Wohnzimmer, und vor lauter Schreck werfe ich die Schranktür so hastig zu, dass Aidan es unmöglich überhört haben kann.

»Alles okay bei dir?«, erkundigt er sich und steckt den Kopf durch den Türspalt.

Wie angewurzelt stehe ich vor dem Spiegel, die Hände und den Kamm hinter meinem Rücken versteckt, und bin nur zu einem Nicken fähig.

Seine Lippen verziehen sich zu einem Grinsen, während er die Mähne auf meinem Kopf begutachtet, bevor sein Blick weiter nach unten wandert. Er weiß, dass ich irgendwas hinter mir verstecke. Wieso um alles in der Welt bin ich ausgerechnet jetzt so tollpatschig?

»Im Schrank über dem Waschbecken liegt ein Kamm. Du kannst den gerne benutzen, wenn du magst.« Er verschwindet wieder im Wohnzimmer, dicht gefolgt von Cookie. Wenn sie sprechen könnte, würde sie mich jetzt bei Aidan verpetzen.

Ich atme erleichtert aus. Jetzt fühlt es sich nicht mehr nach einem Verbrechen an, dass ich mich einfach an seinem Schrank zu schaffen gemacht habe. In Windeseile bändige ich meine Haare, sodass sie wenigstens etwas ordentlicher aussehen, und lege den

Kamm zurück, ohne mir den weiteren Inhalt seines Schrankes genauer anzusehen.

»Setz dich ruhig. Der Kaffee steht auf dem Couchtisch. Bin sofort bei dir«, ertönt Aidans Stimme aus der oberen Etage.

An einem seiner riesigen Fenster bleibe ich stehen. Offenbar hat drüben noch immer niemand Strom. Ich schaue mich ein wenig in seinem Wohnzimmer um. Alles sieht genauso aus wie beim letzten Mal. Sein Schreibtisch zieht meine Aufmerksamkeit auf sich. Die Bücher stapeln sich auf dem Tisch. Ein Klassiker nach dem anderen. Ich entdecke Bücher von Franz Kafka, Harper Lee, Theodor Fontane, Charles Dickens und vielen weiteren Autoren, die mir jedoch nicht ganz so viel sagen.

Doch ein Buch sticht ganz besonders heraus. *50 Anzeichen, dass deine Katze dich liebt*, steht auf dem Cover, das fünf Katzen unterschiedlichster Farben zeigt. Ich nehme das Buch zur Hand und setze mich auf sein bequemes Sofa.

»Was hast du da?«, fragt Aidan und kommt in einem schwarzen Strickpullover und einer schwarzen Hose die wenigen Stufen herunter.

»Der Ugly-Christmas-Sweater hat mir definitiv besser gefallen«, entgegne ich ihm schmunzelnd.

»Tatsächlich?« Er fasst sich mit der Hand in den Nacken und verzieht das Gesicht. »Dann hole ich ihn mal wieder aus dem Schrank.« Aidan dreht sich um und macht Anstalten, wieder nach oben zu gehen.

»Nein, bitte nicht. Das war ein Witz. Was du anhast, sieht gut aus«, antworte ich, bevor er sein Vorhaben in die Tat umsetzen kann.

Er kommt auf mich zu und lässt sich auf einen kleinen Hocker sinken, der perfekt zu seiner Couch passt und ihr gegenübersteht.

»Was hast du gegen Weihnachtspullover? Den habe ich von Archer geschenkt bekommen.«

»Nichts. Aber es ist noch nicht Weihnachten. Erst morgen ist Christmas Eve, da kannst du den Pullover gerne bei der Arbeit tragen. Damit wirst du definitiv der Hingucker im ganzen Laden sein.«

»Ich nehme dich beim Wort. Auch wenn ich kein großer Fan von Weihnachten bin und den Pullover unglaublich hässlich finde. Ich trage ihn nur zu Hause, weil er zugegebenermaßen recht bequem ist«, erklärt er und rückt sich die Ärmel seines schwarzen Pullovers zurecht.

Ein lautes Donnern ertönt und lässt mich zusammenzucken.

»Großartig! Jetzt gewittert es auch noch. Ein Sturm allein ist dem Wettergott wohl nicht genug«, spotte ich, obwohl mir eher mulmig zumute ist. Gewitter waren mir noch nie geheuer. Blitze am Himmel sehen vielleicht schön aus, wirken auf mich aber bedrohlich. Und wenn sich der Himmel dann mit einem lauten Knall entlädt, durchfährt mich jedes Mal ein unangenehmer Schreck.

Nachdenklich schreitet Aidan zur Fensterwand. »Sieht nicht danach aus, als würde es sich bald beruhigen. In den Nachrichten haben sie bereits vor dem Sturm gewarnt. Vielleicht sollten wir lieber nicht mehr vor die Tür gehen.« Er dreht sich zu mir um und sieht mich aus seinen liebevollen Augen an. Während hinter ihm die Welt draußen unterzugehen scheint, strahlt er so viel Ruhe und Geborgenheit aus, dass ich meinen Blick nicht von ihm nehmen kann. »Wir können etwas auf Netflix schauen und Essen bestellen, auch wenn mein Fernseher nicht unbedingt der größte ist.«

»Indisch? Ich kenne ein gutes Restaurant ganz hier in der Nähe, das liefert. Die haben das beste Curry und Naan-Brot weit und breit«, antworte ich ihm euphorisch, voller Vorfreude auf das Essen meines Lieblingsinders.

Nachdem sich jeder von uns etwas ausgesucht hat und wir die Bestellung aufgegeben haben, nehme ich das Buch über die Katzen wieder zur Hand, das ich vorhin neben mir abgelegt habe. »Irgendwie passt dieses Schätzchen hier so gar nicht zu den anderen Werken auf deinem Schreibtisch.«

Seine Augen werden groß, als er erkennt, was ich da in den Händen halte. Lachend entwendet er es mir und blättert darin. »Nicht gerade sexy, was? Da machen die anderen Bücher einen besseren Eindruck.«

»Ich find's süß«, gebe ich zu.

»Cora hat es mir gekauft, nachdem ich mit ihr eine Diskussion darüber hatte, ob Brownie und Cookie mich lieben oder nur nett zu mir sind, weil ich ihnen Essen gebe und ihr Klo säubere.« Wie auf Kommando kommen beide Katzen angetapst. Während Brownie auf Aidans Schoß springt und es sich dort bequem macht, legt sich Cookie direkt vor meine Füße.

»Sie wissen deine Dienste bestimmt zu schätzen, aber ich bin mir sicher, sie haben dich lieb. Ich hätte, als wir uns kennenlernten, niemals gedacht, dass du Katzen hast. Geschweige denn überhaupt irgendein Haustier.« Ich winkle die Beine an und stütze meine Füße an der Sofakante ab, um es mir etwas bequemer zu machen. Cookie springt auf das Polster und rollt sich neben mir zu einer kleinen Kugel zusammen.

»Warum? War ich etwa so ein Arschloch?«

»Könnte man so sagen. Aber ich war oftmals auch nicht besser. Daher denke ich, wir sind quitt.«

Aidan greift Brownie unter den Bauch und hebt sie sanft in seine Arme, nur um sich direkt neben mir in das Polster fallen zu lassen und Brownie auf seinen Schoß zu betten.

Während wir auf das Essen warten und Aidan einen Film aussucht, kann man das tobende Wetter kaum noch überhören. Es hat in der Zwischenzeit zu hageln begonnen. Immer wieder prasseln die kleinen Eiskügelchen gegen die Fensterscheiben, und der Wind heult durch die verschneiten Gassen. Ein Donner jagt den nächsten. Doch aus irgendeinem Grund bin ich nicht so verängstigt wie sonst. Liegt es daran, dass ich hier mit Aidan sitze? Ich versuche, nicht länger darüber nachzudenken, und konzentriere mich auf den Film Shutter Island, der seit wenigen Minuten läuft.

Seit sich Aidan neben mich gesetzt hat, klopft mein Herz wie verrückt und kommt gar nicht mehr zur Ruhe. Als ich bemerke, wie Aidan allmählich näher rückt, glaube ich, gleich den Verstand zu verlieren. Ich fühle mich wie ein Teenager, der zum ersten Mal verliebt ist.

Unsere Schultern berühren sich, dann hält er in der Bewegung inne, um mir einen gewissen Freiraum zu lassen. Ich rücke näher und bette meinen Kopf auf seine Schulter. Als Antwort darauf hebt er seinen linken Arm und legt ihn um mich. So sicher und geborgen habe ich mich lange nicht mehr gefühlt. Ein warmes, wohliges Gefühl breitet sich in meinem Körper aus. Aidans Finger streicheln langsam meinen Oberarm, und jede Berührung von ihm lässt die Schmetterlinge in meinem Bauch stärker mit den Flügeln schlagen.

Fast wie ferngesteuert hebe ich den Kopf und schaue zu Aidan. Es kommt mir so vor, als würde ich uns aus einer anderen Perspektive sehen. Als wäre ich voll und ganz in meinem Körper, und gleichzeitig beobachtete ich uns von oben mit einem Lächeln im Gesicht. Einem Lächeln, das mir verrät, wie unglaublich glücklich ich gerade bin.

Während Aidan seine Hand langsam an meine Wange legt, gebe ich mich seiner Berührung hin und spüre die Wärme, die von ihm ausgeht. Ich betrachte seine Augen mit den dunklen Wimpern, seine Nase, seine einladenden Lippen. Auch er scheint seinen Blick nicht von meinem Mund nehmen zu können, und ohne zu zögern, lehne ich mich zu ihm. Ich schließe die Augen und warte darauf, dass unsere Lippen sich berühren und mich unser Kuss alles um uns herum vergessen lässt.

Ein lautes, durchdringendes Schellen reißt mich aus diesem perfekten Moment. Ich schrecke auf und weiche etwas zurück. Auch Aidan zuckt etwas zusammen und nimmt seine Hand von meinem Gesicht. Wir beginnen beide zu lachen.

»Deine Klingel hört sich ja furchtbar an.« Muss der Lieferant ausgerechnet jetzt kommen? Hätte er nicht noch ein paar Minuten warten können?

»Ihre Bestellung ist da«, ruft eine energische Stimme durch die Sprechanlage, nachdem Aidan aufgesprungen und zur Tür gelaufen ist. Er dreht sich in seinem schwarzen Strickpullover zu mir, lehnt sich mit dem Rücken an die Tür und sieht mich an. Sein Blick ist durchdringend, und ich spüre das Kribbeln in meinem Körper. Verdammt, was hat dieser Mann nur mit mir angestellt?

Auch die Katzen sind neugierig geworden und schauen aus sicherer Entfernung zur Tür. »Hier ist Ihr Essen. Guten Appetit.« Ich erkenne die Lieferantin des Restaurants, da ich mindestens einmal die Woche bei ihnen bestelle.

Ich erinnere mich an einen Abend, an dem ich Pizza geordert hatte und der Lieferant Samuel durch den Türspion zum Verwechseln ähnlich sah. Ich wusste, dass er es nicht war. Ich sah auch die Pizzaschachtel in der Hand des Mannes. Und doch war ich nicht dazu fähig, ihm die Tür zu öffnen. Nach dem gefühlt hundertsten Klopfen ging er dann endlich und ließ mich mit meiner Angst allein zurück.

Ich umklammere meine Beine und drücke sie fest an mich.

Versuche mich so klein zu machen, wie es nur geht. Vielleicht kam das Essen genau im richtigen Moment. Vielleicht sollte ich mich daran erinnern, dass ich voller Angst und Zweifel bin. Dass ich für gewöhnlich nicht so schnell vertraue. Und dass ich vielleicht noch gar nicht bereit für eine Beziehung bin.

Aidan ist kein Kind von Traurigkeit. Erst vor wenigen Monaten habe ich ihn noch mit einer Frau gesehen, von der er erzählt hat, sie wäre ein One-Night-Stand. Im Gegensatz zu mir scheint Aidan offen zu sein. Offen für Abenteuer. Für Nähe. Für Sex.

Auch wenn ich in seinen Augen und anhand seiner Taten sehe, dass er etwas für mich empfindet, werde ich unsicher. Wer gibt mir die Sicherheit, dass er es ernst meint? Dass er nicht nur schöne Floskeln von sich gibt und am Ende doch verschwindet und mich enttäuscht, so wie es bei Noah und all den anderen Männern zuvor auch der Fall war?

Kapitel 28

Aidan

»Alles in Ordnung bei dir?« Seit ich das Essen ausgepackt und auf den Couchtisch gestellt habe, hat Kate kein einziges Wort mehr gesagt. Stattdessen stochert sie mit der Gabel in ihrem Essen herum und starrt es an. »Du hast seit zehn Minuten kein Wort gesagt, und dein geliebtes Curry und Naan-Brot hast du noch nicht einmal probiert.« Ich lege das Besteck zur Seite und drehe mich zu ihr. Versuche, ihren Blick einzufangen, doch sie weicht mir aus. Schaut überallhin, nur nicht zu mir.

Bevor es geklingelt hat, schien alles gut zu sein. Nein, sogar mehr als gut. Ich habe mich so wohl in Kates Nähe gefühlt, und es wäre beinahe zu einem Kuss gekommen. Unser letzter Kuss scheint mir eine Ewigkeit her zu sein, obwohl es erst gestern Abend war.

»Habe ich was falsch gemacht?«

»Nein«, antwortet sie mir, während sie weiter auf ihr Curry starrt. »Es ist nur ...« Sie hebt ihren Kopf und sieht mich an. »Ich weiß nicht, wie ich das sagen soll. Ohne dass ich vollkommen durchgeknallt klinge.«

Ist das der Moment, in dem sie mir von ihrer Geschichte erzählt? Der Moment, in dem ich so tue, als wüsste ich nicht, dass wir seit Monaten miteinander schreiben und ich bereits mehr über sie weiß, als es ihr vielleicht lieb wäre? Ich bin so ein Feigling. Ich weiß einfach nicht, wie ich es ihr sagen soll.

»Ich bin mir sicher, egal was du mir sagen möchtest, ich werde dich nicht für durchgeknallt halten«, verspreche ich ihr und lege meiner Hand für einen kurzen Augenblick auf ihre. Sie soll niemals das Gefühl haben, dass sie nicht über alles mit mir reden kann. Als ich ihr gesagt habe, dass ich herausfinden möchte, wie sich ein Wir anfühlt, da habe ich es zu hundert Prozent ernst gemeint.

Sie lehnt sich zurück in das Sofa und seufzt. »Hinter jedem Menschen steckt eine Geschichte. Die Vergangenheit formt uns oft zu dem, was wir heute sind. Ob wir es wollen oder nicht. Und es gibt Dinge, die man nicht ungeschehen machen kann. Die man nicht mehr reparieren kann. Also ... Du bist nicht blöd. Du hast mich mehr als einmal weinen sehen. Du kannst dir sicherlich denken, dass irgendwas mit mir nicht stimmt.«

Es macht mich wütend, dass sie glaubt, mit ihr würde etwas nicht stimmen. Meine Wut richtet sich nicht gegen sie. Sondern gegen die Menschen, die sie haben glauben lassen, dass sie nicht okay sei. »Es ist normal, dass Menschen auch mal traurig sind. Glaubst du, mir geht es immer gut? Mir ist so viel Mist passiert, dass ich an manchen Tagen am liebsten im Bett liegen bleiben und mich bemitleiden würde. Aber weißt du was? Das bringt nichts. Und außerdem gönne ich es den Personen, die mich im Laufe meines Lebens enttäuscht haben, nicht, dass ich ihretwegen schlecht drauf bin. Das haben sie nicht verdient.« Ich nehme ihre Hand in meine und drücke sie leicht. Kate hat es verdient, glücklich zu sein, und ich wünschte, ich könnte sie glücklich machen. Vollkommen glücklich. Jeden Tag. Jede Stunde. Jede Minute und jede Sekunde.

»Du sollst bloß wissen, dass ich manchmal einfach traurig bin. Dass mich meine Gedanken übermannen und ich mich vor der Welt verstecke. Und vielleicht führt all das auch dazu, dass es mir schwerfällt zu vertrauen.« Kate lässt ihren Kopf hängen, als könnte sie mir bei den nächsten Worten nicht ins Gesicht sehen. »Es ist bereits etwas her, dass ich einen Mann in mein Leben gelassen habe, und als ich mich das letzte Mal für eine Beziehung entschieden habe, da ging das Ganze nicht gut aus. Mein Ex-Freund ist heute mit meiner besten Freundin zusammen. Verlobt, besser gesagt. Und ich freue mich für sie. Das tue ich wirklich. Ich habe ihnen auch schon längst verziehen und sehe, dass sie zusammengehören. Doch auch vor ihm habe ich mich immer auf Männer eingelassen, die mir am Ende nicht gutgetan haben.«

Sie sieht wieder auf und blickt mich entschuldigend an. Das Zwinkern ihrer Wimpern lenkt mich beinahe von dem unguten Gefühl in meinem Bauch ab. Einem Gefühl, das mir sagt, dass sie kein Wir sein möchte.

»Ich möchte dir nichts unterstellen. Aber ich habe dich mit anderen Frauen gesehen. Und das ist okay. Eine Vergangenheit zu haben, ist normal. Sex zu haben, ist normal. Aber ich brauche dafür Vertrauen. Und ehrlich gesagt habe ich Angst, mich in etwas zu verrennen und am Ende gebrochen aus der Sache herauszugehen. Denn gebrochen wurde ich schon. Noch einmal vertrage ich das nicht«, gesteht sie mir, und ihre Stimme bricht mir das Herz. Es zieht sich schmerzhaft zusammen, weil ich mir nur zu gut vorstellen kann, wie es ihr geht.

»Wenn ich wüsste, wie ich dir deine Ängste nehmen kann, dann würde ich es sofort tun. Ich weiß, wie schwer es ist, jemandem zu vertrauen. Nach dem, was mit Fiona passiert ist, war ich mir sicher, dass ich mich niemals wieder verlieben möchte. Weil ich nicht mehr vertrauen kann und es auch gar nicht mehr will.

Ich habe mich komplett von jeglichen Gefühlen abgeschottet und irgendwann angefangen, Frauen zu daten, die nichts mit meiner Ex-Frau gemein hatten. Selbst auf die Haarfarbe habe ich geachtet. Blond hat mich immer an einen Verlust erinnert. Nicht an den Verlust meiner Ehe, sondern den einer möglichen Familie. Alles, was ich dir sagen kann, ist, dass ich zum ersten Mal seit einer Ewigkeit wieder etwas spüre. Dass ich mich bei dir wohlfühle. Dass ich bei dir ich selbst sein kann und dass ich so viel Zeit wie nur möglich mit dir verbringen möchte. Ich kann dir aber nichts versprechen.«

»Das verlange ich auch gar nicht. Mir ist bewusst, dass das nicht geht«, entgegnet sie mir und will ihre Hand aus meiner ziehen. Ich halte sie fest und sehe ihr in die Augen.

»Aber ich möchte nicht bereuen, es nicht versucht zu haben. Ich ... Halleluja! Es fällt mir schwer, über Gefühle zu sprechen, merkt man das?«, frage ich und lache, um meine Unsicherheit zu überspielen. »Ich möchte ein Wir. Und ich möchte es nicht, um mich abzulenken, so wie ich es sonst immer getan habe. Ich möchte dich kennenlernen. Mit allem, was zu dir gehört. Und weil ... weil ich mich bereits in dich verliebt habe und einfach weiß, dass mir nichts ferner liegt, als dich zu verletzen.« Habe ich das gerade wirklich gesagt? Auch wenn mir diese Erkenntnis nicht erst heute kam, habe ich nicht vorgehabt, sie ihr so früh zu offenbaren. Sie muss mich für verrückt halten, von Verliebtsein zu sprechen. Ich rechne schon damit, dass sie aufsteht und geht.

Doch das tut sie nicht. Stattdessen sieht sie mich mit Tränen in den Augen an und rückt ein Stück näher an mich heran. »Ich wollte damit nicht sagen, dass ich es nicht probieren möchte. Ich wollte nur sicherstellen, dass du weißt, worauf du dich bei mir einlässt.«

»Das weiß ich«, flüstere ich, während sie die Lücke zwischen uns schließt und ihre Lippen auf meine legt.

Ich küsse sie und bin mir sicher, dass ich nicht mehr damit aufhören kann. Mein Körper reagiert auf diesen Kuss, und was zärtlich und ruhig begonnen hat, wird von Sekunde zu Sekunde intensiver. Unsere Zungen berühren sich. Ihre Hände gleiten unter meinen Pullover und ertasten meine nackte Haut. Wandern über jeden Zentimeter und machen es mir schwer, sie nicht noch näher an mich heranzuziehen.

Was ich jedoch nicht möchte, ist, Kate zu irgendwas zu drängen, was sie vielleicht gar nicht möchte. Ich überlasse ihr das Tempo und halte mich zurück. Auch wenn ich mit meinen Händen ebenfalls gerne auf Wanderschaft gehen würde, behalte ich sie, wo sie sind. Die eine liegt krampfhaft auf meinem Oberschenkel, während die andere in Kates Haaren vergraben ist.

Als sie mit ihren Fingernägeln leicht über meinen Rücken kratzt, entfährt mir ein leises Stöhnen. Dieser Kuss ist wie eine Achterbahnfahrt der Gefühle. Verlangen. Zuneigung. Geborgenheit. Ich fühle so viel. So vieles, von dem ich geglaubt habe, dass ich es nicht fühlen kann.

»Aidan.« Kate flüstert meinen Namen gegen meine Lippen, und ich versuche, meine Atmung zu kontrollieren, während auch sie schwer atmet.

Unsere Nasenspitzen berühren sich, und ich lockere den Griff um ihren Nacken, aus Angst, etwas falsch gemacht zu haben. »Wir sollten es etwas langsamer angehen lassen. So, wie wir es besprochen haben«, erkläre ich und rücke ein Stück weit von ihr weg.

Ihre Lippen verziehen sich zu einem wunderschönen Lächeln, bei dessen Anblick ich sie am liebsten sofort wieder küssen würde. Kate nickt und stützt ihre Hände auf die Knie, um sich zu mir vorzubeugen. »Lass uns essen, bevor es komplett kalt geworden ist.« Sie gibt mir einen flüchtigen, kurzen Kuss. Und obwohl er nicht einmal ansatzweise so innig ist wie der vorherige, steckt in ihm trotzdem genauso viel Gefühl. Ich verstehe sofort, was sie mir damit sagen möchte. Dass weder ich noch sie etwas falsch gemacht haben. Dass wir gemeinsam unser Tempo finden werden.

Kapitel 29

Kate

Draußen hat es schon lange zu dämmern begonnen. Das Pärchen, das an der Fensterfront saß, hat soeben, dick eingepackt in ihre Winterjacken, den Laden verlassen. In der Buchhandlung ist seit Längerem kein Kunde mehr, weshalb Lucas, der mir heute eine große Hilfe war, bereits vor einer Stunde Feierabend gemacht hat. Ohne ihn hätte ich es nicht geschafft. Er konnte zwar nicht mit der Kaffeemaschine umgehen, aber dafür hat er die Bedienung für einige Zeit übernommen. Auch wenn es heute nicht den größten Ansturm an Kunden gab, war es dennoch stressig.

Da ich Hope und Mora freigegeben habe, stand ich den ganzen Tag über allein im Laden, habe Bestellungen angenommen, sie zubereitet und serviert. Dazu kamen dann noch die vielen Sonderbestellungen, die vor den Feiertagen für heute aufgegeben wurden. Den ganzen Morgen habe ich damit verbracht, alles fertigzustellen. Dass ich gestern erst mitten in der Nacht wieder in meine Wohnung rübergegangen bin, war da nicht gerade förderlich. Viel zu müde bin ich heute früh aus meinem Bett gekrochen.

Doch während ich hier stehe, mit dem Rücken an den Bedientresen gelehnt, schleicht sich ein Lächeln auf meine Lippen. Auch wenn wir gestern nicht wie geplant ins Castle Cinema konnten, auch wenn es gestern einen Stromausfall bei mir im Haus gab und ich mit nassen Haaren zu Aidan musste, so war es doch ein rundum gelungenes Date. Wir haben drei Filme geschaut, indisch gegessen, in seiner Küche gemeinsam Pudding aus der Tüte zubereitet und über alles Mögliche gesprochen.

Die Zeit ging so schnell vorbei, dass mir gar nicht auffiel, dass gegenüber bei mir im Haus schon längst wieder Licht brannte. Aidan hat mir angeboten, in seinem Bett zu schlafen, während er es sich auf dem Sofa bequem gemacht hätte. Doch da ich wusste, dass ich heute früh rausmuss, habe ich mich dann doch für mein eigenes Bett entschieden. Er hat mich bis nach oben vor meine Wohnungstür gebracht, und ich musste all meine Willenskraft aufbringen, um ihn nicht reinzubitten. In Gedanken habe ich mich immer wieder ermahnt, dass wir beide es langsam angehen lassen wollen.

Der Kuss, den er mir gab, bevor er wieder zu sich rüberging, hat sich nicht nach einem Abschiedskuss angefühlt. Es war vielmehr ein »Bis morgen, bis übermorgen, bis immer.«

»Woran denkst du?«, fragt Aidan, der eben noch seine Kasse abgerechnet hat, und bleibt kurz vor mir stehen, die Hände in den Gesäßtaschen seiner dunklen Jeans versteckt. Beim Anblick des Ugly-Christmas-Sweaters, den er heute wie versprochen angezogen hat, beginne ich zu kichern.

»Es muss etwas wirklich Lustiges sein. Verrätst du es mir, damit ich mitlachen kann?« Seine Stimme strotzt nur so vor Sarkasmus.

»Dieser Pullover. Er ist einfach so hässlich, sorry.« Ich drücke mich vom Tresen weg und spähe an Aidan vorbei, hin zu dem letzten Kunden, der sich von seinem Platz erhebt und die Jacke überstreift.

»Ehrlich gesagt bin ich heute auch zum ersten Mal froh darüber, dass ich nicht so viel Kundschaft wie erhofft hatte«, gesteht er mit einem Zwinkern.

Ich glaube, das liegt an dem Schneesturm, der schon seit gestern wütet. Heute Mittag habe ich sogar eine Eilmeldung auf mein Handy bekommen, mit einer Wetterwarnung, in der es hieß, dass man das Haus nicht verlassen sollte, wenn es nicht zwingend notwendig ist. Von umgestürzten Bäumen, lahmgelegtem U-Bahn-Verkehr bis hin zu Ziegeln, die vom Dach fallen, war alles dabei.

Aidan hält mich an den Schultern fest, und mein Blick schweift vom letzten Kunden zu ihm. »Und dir macht es wirklich nichts aus, dass du die Feiertage nicht in Edinburgh bei deinen Eltern verbringst? Wir können das *Cosy Corner* immer noch dicht machen und erst nach den Feiertagen wieder öffnen.«

Wieso fragt er mich das ausgerechnet jetzt? Wir haben gestern schon darüber gesprochen. Ich war noch nie eine große Freundin von den Weihnachtstagen und dem ganzen Tamtam, das darum gemacht wird. »Wäre es dir denn lieber, wenn wir die nächsten zwei Tage doch nicht öffnen?« Aidan hat zwar behauptet, dass auch er die Feiertage nicht mag, doch es schwang ein wenig Wehmut in seinen Worten mit. Als würde er doch gerne die Zeit mit seiner Familie verbringen.

»Weißt du was. Du hast recht. Ich schaue gleich mal nach, ob morgen irgendwelche Flieger abheben oder der Sturm wirklich alles zum Stehen gebracht hat.« Keine Ahnung, ob ich diese Entscheidung für ihn oder für mich treffe. Der Gedanke, endlich mal wieder in meinem Elternhaus zu sein, macht mich glücklich. Es ist schon viel zu lange her, und ich weiß, dass ich Mum und Dad eine Freude damit machen kann.

»Bist du dir sicher?«, erkundigt sich Aidan und lässt seinen Daumen über meinen Oberarm kreisen. Obwohl meine Haut von meinem Hemd bedeckt ist, breitet sich eine angenehme Wärme in mir aus.

»Auf Wiedersehen! Ich wünsche Ihnen und Ihrer Kollegin einen schönen Feierabend. Kommen Sie sicher nach Hause.«

Aidan dreht sich zum Kunden und legt dabei seinen Arm um mich. »Freundin. Sie ist meine Freundin. Schöne und besinnliche Feiertage wünsche ich Ihnen.«

Die Tür fällt ins Schloss, und wir sind allein im Laden. *Freundin.* Ich möchte nur ungern zugeben, wie gut sich dieses Wort anfühlt und wie sehr es mein Herz höherschlagen lässt.

»Freundin also?«, hake ich nach, um sicher zu sein, dass ich mich nicht verhört habe.

Aidan zieht mich noch enger an sich, sodass ich leicht das Gleichgewicht verliere und ins Taumeln gerate. Ich lande direkt in seinen Armen, das Gesicht eng an seine Brust geschmiegt. Und gerade als ich mich von ihm lösen möchte, legt er die Arme um meinen Rücken und gibt mir einen Kuss auf den Scheitel.

Mit keinem Wort der Welt könnte ich beschreiben, was gerade in mir vorgeht. Doch eins weiß ich. Diesen Mann möchte ich nie wieder gehen lassen, und ich bete zum Universum, dass es das Schicksal gut mit uns meint. Dass ich endlich denjenigen gefunden habe, der für mich bestimmt ist. Denn so fühlt es sich an. Als wäre ich nach einer langen und ermüdenden Reise angekommen. Dort, wo ich hingehöre und zu Hause sein kann.

»Möchtest du das denn sein?«, fragt er mich plötzlich, und in seiner Stimme schwingt ein wenig Unsicherheit mit.

Ich nicke, während meine Nase noch immer im Stoff seines Pullovers begraben ist, der nach Aidan riecht. Nach warmem Holz mit einem Hauch von Aftershave.

Das Kribbeln in meinem Bauch und das Pochen meines Herzens lassen nicht nach. Im Gegenteil. Als ich den Kopf in den Nacken lege, um zu ihm aufzusehen, bin ich mir sicher, dass meine Beine nur noch Wackelpudding sind und ich ohne Aidans Arme um meinen Körper wahrscheinlich zusammensacken würde. »Das möchte ich.«

Er legt seine Lippen sanft auf meine Stirn, küsst meine Schläfe, meine Wange. Er hinterlässt unsichtbare Abdrücke auf meiner Haut, die ich nie wieder abwaschen möchte, weil sich noch nie zuvor eine Berührung so intim und ehrlich angefühlt hat.

»Wer hätte gedacht, dass wir mal so hier stehen würden?«

»Ich auf jeden Fall nicht«, antworte ich ihm und blicke nach draußen. Der Wind pfeift gegen die Fensterfronten, und es schneit so heftig, dass man kaum durch den herabfallenden Schnee hindurchsehen kann. »Lass uns nach Hause gehen. Ich glaube kaum, dass bei dem Wetter noch ein Kunde vorbeikommt.«

»Vielleicht sollten wir lieber hierbleiben.«

»Hierbleiben?«

Aidan lässt mich los, geht zum Fenster rüber und schaut die Straße hinunter. »Ja, es gibt eine Wetterwarnung, und ich glaube, es wäre nicht sicher, jetzt zu Fuß nach Hause zu gehen.«

Auch mir ist mulmig bei dem Gedanken daran, nach draußen zu müssen. Aber irgendwie würden wir schon heil nach Hause gelangen. »Ich rufe ein Taxi«, schlage ich vor und wähle mit meinem Handy die Nummer der Taxigesellschaft.

Anstatt einer freundlichen Stimme, die meinen Anruf entgegennimmt, höre ich eine monotone Ansage und schalte den Lautsprecher ein, damit Aidan mithören kann. »Derzeit stehen keine Taxis zur Verfügung.«

»Ich sage ja, wir sollten hierbleiben. Das ist ein Zeichen.« Er dreht das Schild an der Ladentür um, das nun nach außen hin Closed zeigt.

»Wir können doch nicht über Nacht im *Cosy Corner* bleiben. Was ist mit deinen Katzen?«

»Ist ja nicht so, als hättest du noch nie eine Nacht hier verbracht.« Sein rechter Mundwinkel schnellt in die Höhe, und er grinst frech.

»Hey!« Mit zusammengekniffenen Augen funkle ich ihn an. »Erinnere mich nicht daran, dass du mich auf der Couch gefunden hast«, ermahne ich ihn und versuche ernst zu bleiben, was mir alles andere als gelingt.

»Die Katzen sind versorgt, und morgen früh bin ich wieder da.«

»Hast du das alles eingefädelt?« Ich gehe auf Aidan zu und tippe ihm mit dem Zeigefinger gegen die Brust. »Ein romantischer Abend im *Cosy Corner*. Am besten noch mit Kerzenlicht und Rotwein.«

»Natürlich. Das war alles geplant. Letzte Woche habe ich mich mit Frau Holle kurzgeschlossen, und sie hat mir versprochen, genau heute einen Schneesturm zu bringen, damit ich mit dir hier festsitze.« Aidan legt die Hand in den Nacken und lächelt mich an.

Die Vorstellung, mit ihm die Nacht in unserem eigenen Laden zu verbringen, ist gar nicht mal so übel. Denn wenn ich ehrlich bin, möchte ich heute Nacht nicht von ihm getrennt sein. Ich möchte nicht allein im Bett liegen und Angst davor haben einzuschlafen, weil mich der nächste Albtraum heimsuchen könnte.

»Lass es uns tun«, meine ich schließlich entschlossen und voller Tatendrang.

Mit großen Augen sieht er mich schockiert an. »Was tun?«

»Hierbleiben.« Ich schlage ihm spielerisch gegen die Schulter und gehe an ihm vorbei in Richtung des Büros. »Woran hast du denn bitte gedacht?«

Ohne auf meine Frage einzugehen, dafür mit einem breiten Grinsen im Gesicht, folgt er mir und nimmt zwei Kuscheldecken entgegen, die ich in einer der Kisten hinter der Tür verstaut habe. Wir haben im Café zwei kleine Sofas, auf denen sich jeweils eine Decke befindet, falls sie sich mal jemand über den Schoß legen möchte, wenn es kalt wird. Aber die beiden aus dem Büro sind neu und unbenutzt, da ich sie als Reserve hier gelagert habe.

»Lass uns das Sofa im oberen Bereich nehmen.« Als ich damals hier geschlafen habe, bin ich nur nicht nach oben gegangen, weil ich allein war und es irgendwie unheimlich fand. Doch mit Aidan fühle ich mich oben, weit abseits von den Fensterfronten, viel wohler.

»Ich bringe die Decken schon hoch und schnappe mir noch die Kissen vom unteren Sofa.« Mit der freien Hand schließt Aidan die Tür zum Laden ab.

»Möchtest du vielleicht einen Tee?« Ich nehme zwei große Tassen vom Regal und öffne die Schublade mit den verschiedensten Teesorten.

»Gerne, mir ist egal, welcher. Ich trinke alles außer Früchtetee«, ruft er mir vom anderen Ende des Cafés aus zu.

Mit einem breiten Grinsen im Gesicht beobachte ich Aidan dabei, wie er vollbepackt bis zum Kinn die Treppen nach oben steigt. Ich verbringe die Nacht mit meinem Freund in unserem Laden. Was für ein absurder und doch schöner Gedanke. Unser Laden.

Während ich einen Pfefferminztee für Aidan zubereite und einen Earl Grey für mich, wird mir zum ersten Mal bewusst, dass ich in diesem Mann nicht mehr meinen Konkurrenten sehe. Unsere Beziehung zueinander hat sich um hundertachtzig Grad gedreht. Damals war ich in seiner Gegenwart voller Wut, weil er mich in den Wahnsinn getrieben hat. Heute blühe ich in seiner Gegenwart auf.

Mit den Teetassen in der Hand gehe ich langsam die Stufen nach oben, darauf bedacht, nichts von der heißen Flüssigkeit zu verschütten. Als ich am Treppenabsatz angelangt bin, bleibe ich abrupt stehen.

Den kleinen Tisch, der immer vor dem Sofa stand, hat Aidan beiseitegeschoben und die Decke und Kissen vor der Couch ausgebreitet. Links und rechts brennen ein paar Kerzen, die er unbemerkt aus dem Café gestohlen haben muss. Die riesigen Bücherregale, die sich links und rechts an den Wänden erstrecken, lassen alles noch viel gemütlicher erscheinen.

»Ein bisschen dick aufgetragen, ich weiß. Aber ich wollte es uns gemütlich machen und ...«

Bevor Aidan weitersprechen kann, unterbreche ich ihn. »Das hast du geschafft.« Meine Gefühle für ihn unterscheiden sich deutlich von denen, die ich früher für andere Männer verspürt habe. Diese Gefühle sind stärker und zugleich leichter. Ich habe mich immer gefragt, woran man den Einen erkennen soll, und irgendwann daran gezweifelt, dass es ihn überhaupt gibt. Aber man merkt es einfach. Man merkt, wenn der Richtige vor einem steht.

Und hier steht er. In einem hässlichen Weihnachtspullover. Mit Socken, bei denen man denken könnte, er hätte sie auf den Pulli abgestimmt. Die Schuhe achtlos an die Seite geschmissen. Und mit dem atemberaubendsten Lächeln, das ich jemals gesehen habe.

Aidan nimmt mir die Tassen aus der Hand, stellt sie auf dem Boden ab und macht es sich auf der Decke bequem, den Rücken an das Sofa gelehnt.

Ich setze mich ihm im Schneidersitz gegenüber, weil ich ihn keine Sekunde aus den Augen lassen möchte. Das Licht ist aus. Nur eine kleine Lampe im unteren Bereich und die Kerzen hier oben brennen. Und doch erkenne ich das kleine Muttermal unter dem Auge. Die vollen Lippen. Den Dreitagebart.

»Kate?«

»Mhm«, antworte ich ihm verträumt.

»Ich möchte dir danken.«

»Mir? Wofür?«

»Es ist lange her, dass ich mich so gefühlt habe.« Er beißt sich auf die Unterlippe, und zwischen seinen Augenbrauen bildet sich eine kleine Falte.

»Wie gefühlt?«

»Als wäre ich ganz ich selbst.« Er hebt den Kopf und sieht mich direkt an. Mit einer Intensität, die mich vergessen lässt zu atmen. Verdammt! Ich bin verliebt. So was von. »Da war jahrelang diese Mauer. Sie war schon da, als ich noch mit Fiona zusammen war. Nach dem, was passiert ist, wurde sie noch größer. So groß, dass sie mir für immer unzerstörbar erschien.«

Ich würde ihm gerne sagen, dass ich verstehe, was er meint. Dass auch ich eine Mauer um mich und um mein Herz errichtet habe. Dass ich weiß, wie es sich anfühlt, sich abzuschotten. Von Gefühlen. Gedanken. Menschen. Dem Leben.

»Als ich dich das erste Mal gesehen habe, warst du nichts weiter als ein Dorn in meinem Auge. Ich habe dich sofort als Konkurrentin wahrgenommen. Dein Wille und deine Stärke waren kaum zu übersehen. Doch von Tag zu Tag haben sich meine Gefühle dir gegenüber verändert. Es klingt vielleicht blöd, aber diese Mauer hat immer mehr Risse bekommen, und irgendwann habe ich beschlossen, dass ich sie nicht mehr brauche.«

Innerhalb von Sekunden rutsche ich zu ihm rüber. Ich möchte

ihm nahe sein. Den Kopf auf seiner Schulter, schließe ich die Augen. »Wir brauchen keine Mauern. Nicht mehr.« Er legt seinen Arm um mich, und ich weiß, dass ich mein Zuhause in seinen Armen gefunden habe.

»Sie zum Einstürzen zu bringen, ist befreiend und beängstigend zugleich. Sie waren so lange ein Teil von mir. Fast mein ganzes Leben lang.« Seine Stimme ist so leise, und doch hört man den Schmerz in ihr deutlich heraus.

»Wieso?« Was hat ihn nur dazu gebracht, sich so abzuschotten? Wenn es nicht seine Ex-Frau war, wer war es dann?

Aidan atmet tief ein und wieder aus. »Mein Vater war alkohol- und drogenabhängig. Ich war gerade fünf Jahre alt und meine Mutter hochschwanger mit Archer, als er uns verließ und nie wieder zurückkam. Meine Mutter, die auch mal gerne zur Flasche griff, ist damit nicht klargekommen und verlor vollkommen den Hang zur Realität. Sie trank jetzt jeden Tag, und ich kann mich an keinen Moment erinnern, in dem sie nüchtern war. Selbst als Archer zur Welt kam, war ihr alles egal. Außer dem Alkohol, der war ihr bester Freund und ihre Familie. Mein Bruder und ich waren nur Ballast.«

Ich nehme Aidans Hand in meine und drücke sie an meine Lippen. »Das tut mir leid«, flüstere ich gegen seine Haut und versuche, keine Tränen zuzulassen. Zu hören, wie er aufgewachsen ist, wie viel Leid er womöglich erfahren musste, tut weh. Und ich kann mir gar nicht vorstellen, wie sehr er darunter gelitten haben muss.

»Meine Mutter war nicht dazu in der Lage, Archer aufzuziehen. Stattdessen übernahm ich das. Jahrelang. Morgens holte ich ihn aus dem Bett, wusch ihn, zog ihn an, machte ihm etwas zu essen. Ich kümmerte mich den ganzen Tag um ihn, bis ich ihn abends wieder ins Bett brachte, nur um am nächsten Tag mit allem wieder von vorne zu beginnen. Ich liebe Archer, und ich würde es wieder tun. Doch meine Kindheit war keine Kindheit. Ich war Vater und Mutter in einem. Manchmal war ich wochenlang nicht in der Schule, doch in dem Viertel, in dem wir gewohnt haben, hat das keinen Lehrer interessiert. Ich war zehn Jahre alt, als meine Mutter an Christmas Eve nur kurz um den Block spazieren wollte und niemals wiederkam.«

Tränen laufen mir über die Wangen, weil die Welt so verdammt unfair ist, und mein Herz blutet für den kleinen Aidan und den noch kleineren Archer. Es blutet, weil dies die Realität ist. Weil so etwas auch heute passiert. Und morgen. Und an jedem weiteren Tag.

»Was ...?« Meine Stimme bricht. »Was hast du dann getan?«

»Gewartet«, sagt er und lacht bitter auf. »Neun Tage lang habe ich am Fenster gesessen und darauf gewartet, dass sie zurückkommt. Nicht, weil ich meine Mutter vermisst habe. Sondern weil ich wusste, dass wir ohne sie nicht überleben können. Und am zehnten Tag tauchte Cora plötzlich auf.«

»Ist Cora die Schwester deiner Mutter oder deines Vaters?«, hake ich nach. Bis vor Kurzem habe ich geglaubt, dass Aidan eine intakte Familie hat. Ich bin einfach davon ausgegangen, als wäre es eine Selbstverständlichkeit, nur weil es bei mir selbst der Fall ist. Dafür würde ich mir jetzt am liebsten auf die Finger hauen.

»Die Schwester meiner Mutter. Anscheinend hat meine Mum es irgendwie hinbekommen, ihre Schwester zu kontaktieren. Das ist das Einzige, wofür ich ihr dankbar bin. Dafür und für Archer. Cora hat uns zu sich geholt. Auch wenn es nicht immer leicht mit uns war und wir uns erst einmal an das neue Umfeld mitten in London gewöhnen mussten, haben sie und Barney uns großgezogen, als wären wir ihre leiblichen Kinder.«

»Sie ist wirklich eine bemerkenswerte Frau. Barney hätte ich auch gerne kennengelernt«, gestehe ich, greife nach der kalten Tasse Tee und reiche sie Aidan.

»Barney hätte dir gefallen. Im Grunde war er wie ich. Oder besser gesagt, ich bin wie er. Und da ich dir auch gefalle ...« Er zuckt mit den Achseln und nippt an seinem Tee. Ich wische mir die Tränen aus dem Gesicht. Aidan scheint nicht in Traurigkeit verfallen zu sein. Weshalb ich beschließe, es auch nicht zu tun.

Und so sitzen wir zusammen und vergessen die Zeit und alles andere um uns herum. Draußen könnte die Welt untergehen, und wir würden nichts mitbekommen. Auf Nachfrage erzähle ich ihm von meiner Familie. Meiner Kindheit. Meiner Teenagerzeit und davon, wie ich Zoe kennengelernt habe. Ich erzähle ihm von meinen Eltern und wie sehr ich sie manchmal um ihre Liebe füreinander beneide. Ich erzähle ihm von meiner Tante, die vor ein paar Jahren bei einem Autounfall ihr Leben verlor, und davon, wie schwer diese Zeit für Mum gewesen ist.

»Danke, dass du mir von deiner Kindheit erzählt hast, Aidan. Ich möchte, dass du weißt, dass ich immer für dich da bin. Zu jeder Zeit«, teile ich ihm mit, nachdem wir minutenlang schweigend nebeneinandergelegen haben. Aidan, der noch immer mit dem Rücken am Sofa lehnt, und ich mit dem Kopf in seinem Schoß, um ihn anschauen zu können.

»Ich liebe dich«, platzt es plötzlich aus ihm heraus.

Mit den Fingern fährt er die Konturen meines Gesichts nach, und es dauert einen Moment, bis mir die Bedeutung seiner Worte bewusst wird. Ich halte seine Hand fest und möchte sie am liebsten nie mehr loslassen. »Ich liebe dich auch«, gestehe ich meine Gefühle und weiß, dass es nun kein Zurück mehr gibt. Dass wir All-in gegangen sind.

Langsam beugt er sich über mich, bis sein Gesicht nur noch wenige Zentimeter über meinem schwebt. Alles in mir zieht sich zusammen, und ich warte darauf, dass er die Lücke zwischen uns schließt. Darauf, dass wir unsere Worte mit einem Kuss besiegeln.

Und als seine Lippen schließlich auf meine treffen, bleibt mein Herz stehen.

Ich schmecke den Pfefferminztee, den er zuvor getrunken hat. Aber vor allem schmecke ich Aidan, und ich glaube, dass dies nun für immer mein Lieblingsgeschmack sein wird.

Unsere Zungen berühren sich, spielen miteinander, bis er sanft in meine Unterlippe beißt und ich komplett die Beherrschung verliere. Ich richte mich auf und setze mich auf seinen Schoß. Lege die Arme um ihn. Lasse meine Finger durch sein kurzes Haar fahren.

Dieser Kuss ist anders. Er lässt keinen Raum mehr für Zweifel. Ich will genau das. Aidan. Überall. Bedingungslos. Aufrichtig.

Mit den Händen gleite ich unter seinen Pullover, berühre seine warme Haut und vergesse alles um mich herum. Ich vergesse, dass wir im *Cosy Corner* sind. Ich vergesse, dass wir es langsam angehen wollten. Ich vergesse, welcher Tag heute ist. Und es würde mich nicht wundern, wenn ich auch noch meinen Namen vergessen würde. In meinem Kopf existiert nur noch Aidan.

Als ich mich enger an ihn presse und er kurz aufkeucht, merke ich, dass auch er voller Verlangen ist. Dass er es genauso will wie ich. Ohne zu zögern, umfasse ich den Saum seines Pullovers und ziehe ihn ihm über den Kopf.

Unsere Blicke treffen sich. In seinen Augen flammt dieselbe Lust auf, die ich verspüre. Mein Körper schreit nach ihm. Mein Herz schreit nach ihm. Mit erhobener Hand lasse ich meinen Finger über seine Oberlippe streifen, fahre die Konturen seiner Lippen nach, während sie sich zu einem wunderschönen Schmunzeln verziehen. Ich drücke die Fingerkuppe in das kleine Grübchen in seiner Wange. »Hör auf, so gut auszusehen«, fordere ich ihn auf, nur um eine Sekunde später rot anzulaufen, weil mir bewusst wird, was ich soeben gesagt habe.

»Das musst gerade du sagen.«

Das Licht der Kerzen flackert auf seiner braunen Haut. Betont die leichten Muskeln auf seiner Brust und dem Bauch.

»Ist das also dein Langsam?«, fragt er mich neckisch und fährt mit den Fingern durch mein Haar, um es mir anschließend hinter die Ohren zu legen und mein Gesicht in seinen Händen zu halten.

»Ehrlich gesagt scheiße ich auf langsam. Das hier ist genau das richtige Tempo.« Ich lehne mich in seine Berührung, schließe die Augen und bin mir ziemlich sicher, dass mein Herz so laut schlägt wie noch niemals zuvor. Und wenn Aidan genau hinhört, dann kann er ihn hören. Den Takt meines Herzens, das gerade nur für ihn schlägt.

»Bist du dir sicher, dass du das möchtest?« Er klingt beinahe skeptisch, als würde er auf Nummer sicher gehen wollen, bevor er den nächsten Schritt wagt.

Ich öffne meine Augen wieder und lächle ihn an. »Ich war mir noch nie so sicher«, entgegne ich ihm und drücke meinen Mund heftig auf seinen. Er seufzt gegen meine Lippen und zieht mich enger an sich. So eng, dass ich spüren kann, dass auch sein Körper auf mich reagiert.

Langsam öffne ich die Knöpfe meines Hemdes, ziehe es mir über die Schultern und lasse es achtlos hinter mir zu Boden fallen, während wir uns küssen, als gäbe es kein Morgen mehr. Aidans Lippen wandern meinen Hals hinab, und mein ganzer Körper steht unter Strom.

Mit zitternden Fingern mache ich mich an seinem Gürtel zu schaffen und versuche, ihn zu öffnen. Keine Sekunde später greift Aidan nach meinem Top und zieht es mir aus.

Ruckartig hebt er mich hoch, und ehe ich michs versehe, liege ich auf dem Rücken. Ich spüre den weichen Stoff der Decke unter meiner Haut und kralle mich an ihm fest.

Seine Augen tasten mit so viel Zuneigung und Verlangen jeden Zentimeter meiner Haut ab, während er über mir in die Hocke geht, um sich dann langsam herabzubeugen.

»Es klingt so abgedroschen, aber du bist einfach perfekt. Alles an dir.« Er küsst meine Stirn, meine Schläfe, fährt mit dem Mund viel zu kurz über meinen, um sich direkt meinem Hals und meinem Dekolleté zu widmen. Meine Atmung geht stoßweise, und ich bin mir sicher, dass ich kurz davorstehe, den Verstand zu verlieren.

Seine Lippen und seine Finger liebkosen jeden Zentimeter meiner Haut. Kurz zucke ich zusammen, als er meine Narbe an der Hüfte berührt. So sanft und voller Gefühl, dass mir Tränen in die Augen schießen. Doch es sind keine Tränen des Bedauerns. Es sind Tränen der Erleichterung. Es ist das erste Mal, dass ich meine Narbe betrachte, ohne an ihren Ursprung zu denken, ohne sie zu hassen, ohne mich zu hassen.

Ich seufze und lasse mich komplett fallen.

Liebe. Ich spüre sie überall. In seinen Worten. In seinen Taten. In seinen Berührungen, seinen Küssen, seiner Stimme, seinem Herzen und vor allem in meinem.

Kapitel 30

Kate

»Und du bist dir sicher?« Mit der Schere in der Hand steht Zoe dicht hinter mir und blickt mich im Spiegel skeptisch an. »Nicht, dass ich kurze Haare nicht lieben würde. Ich möchte nur, dass du dir absolut sicher bist.«

Es ist acht Uhr abends, und in spätestens zwanzig Minuten müssen wir los. Nachdem wir uns für den Abend fertig gemacht haben und ich das erste Mal seit Langem wieder Spaß daran hatte, mich etwas aufzuhübschen, kam mir eine Idee. Die langen Haare sollen ab. Wieder auf Schulterlänge, so wie ich sie früher immer getragen habe.

»Ich möchte mich nicht mehr hinter ihnen verstecken, Zoe.« Vielleicht ist es eine Kurzschlussreaktion, und ich werde es morgen schon wieder bereuen. Vielleicht ist es aber auch ein Schritt in die richtige Richtung. Zurück zum alten Ich oder, noch besser, zu einem neuen, glücklichen Ich.

Als ich das Knirschen höre, während die Schere meine Haare abtrennt und sie zu Boden fallen, bekomme ich am ganzen Körper eine Gänsehaut. Mit jedem Schnitt, den Zoe macht, fühle ich mich leichter.

Die letzten Tage glichen einem Märchen. Ich habe mich oft in den Oberarm gezwickt, um sicher zu sein, dass dies kein Traum ist und ich nicht jeden Moment aufwache. Bis heute Morgen war ich bei meiner Familie in Edinburgh, und es ist ein Wunder, dass das überhaupt möglich war. Nach der Nacht mit Aidan im *Cosy Corner* beruhigte sich der Sturm schlagartig, aber nur dank der Stornierung eines anderen Passagiers war so kurzfristig noch Platz im Flieger.

Wir saßen in einer kleinen Runde beisammen. Mum, Dad, mein Onkel und ich. Die Feiertage ohne Mums Schwester zu verbringen, fällt uns allen noch immer schwer. Umso glücklicher war Mum, als ich plötzlich ohne Ankündigung vor der Tür stand.

Ehrlich gesagt hätte ich Aidan am liebsten mitgenommen. Mich von ihm zu verabschieden, fiel mir schwer. Dabei wusste ich, dass es nur für ein paar Tage sein würde. Es ist beinahe lächerlich, wie verliebt ich bin. Meine Familie hat mich von nichts anderem reden hören. Allerdings ist das nicht unbedingt meine Schuld. Ich habe das Thema nur kurz angeschnitten, weil ihnen meine gute Laune aufgefallen ist. Mum war es, die anschließend gar nicht mehr damit aufhörte, mich zu löchern.

»Du und Aidan also ... Ich möchte ja nicht prahlen, aber habe ich dir eigentlich schon gesagt, dass ich recht hatte?« Zoe reißt mich aus meinen Gedanken und beginnt triumphierend zu grinsen.

»Etwa hundertmal.« Das meine ich ernst. Seit ich ihr davon erzählt habe, dass Aidan und ich den nächsten Schritt gewagt haben, teilt sie mir stündlich mit, dass sie es vorhergesagt hat. Ich erinnere mich, als wäre es gestern gewesen, wie ich mit Zoe und Noah im Café saß und Noah rausgerutscht ist, dass Zoe meinte, Aidan und ich würden perfekt zusammenpassen. Damals habe ich sie für verrückt gehalten. Ernsthaft. Ich dachte, sie habe sie nicht mehr alle, und habe es beinahe als Beleidigung angesehen.

»Wo wohnt seine Tante eigentlich?«, fragt meine beste Freundin und fährt durch meine Haare, um sicherzugehen, dass sie auch ja keine Strähne übersehen hat.

»In Ealing.« Ich werfe einen Blick auf mein Handy und öffne die Nachricht, in der mir Aidan die Adresse von Cora geschickt hat. Sie hat uns eingeladen, den Silvesterabend bei ihr im Haus zu verbringen und Freunde mitzubringen. » Shakespeare Road sechzehn.«

Als Aidan mir von Coras Idee erzählt hat, war ich zunächst skeptisch. Will sie wirklich so viele Leute um sich haben, die sie nicht kennt? Die einzigen bekannten Gesichter wären die von Aidan, Archer und mir. Doch Aidan hat mir erklärt, dass sie es an Tagen wie Silvester nicht allein in dem Haus aushält, in dem sie einst mit ihrem Mann gelebt hat. Das zu hören, brach mir das Herz. Also lud ich kurzerhand Zoe und Noah ein. Zoe wiederum hat Lee gefragt, und Aidan kam auf die Idee, Hope, Mora, Lucas und dessen Freundin einzuladen.

»Aber, Zoe ...« Ich drehe mich zu ihr um, als sie gerade die Schere auf den Rand des Waschbeckens legt. »... bitte quetsch Aidan nicht aus. Das soll in keinem Verhör enden.«

»Ob du es glaubst oder nicht, das hatte ich nicht vor.«

»Nicht?« In der Vergangenheit hat sie jeden meiner neuen Partner ganz genau unter die Lupe genommen. Kein Wunder, meine Männerwahl war auch stets ein Griff ins Klo.

Sie schüttelt den Kopf. »Ich habe zum ersten Mal das Gefühl, dass ich mir keine Sorgen machen muss. Und mein Gefühl täuscht mich nur selten. Aidan tut dir gut, das spüre ich.«

»Ich auch«, sage ich leise, mehr zu mir selbst als zu Zoe, und schaue mich im Spiegel an. Ein Lächeln stiehlt sich auf meine Lippen. Genau so liebe ich meine Haare.

»Gefällt es dir?« Sie stemmt die Hände in die Hüften und deutet mit einer Kopfbewegung auf meine neue Frisur.

Das blonde Haar endet auf meinen Schultern. Die glatten Strähnen sehen mit einem Mal viel gesünder und strahlender aus. Dieser Haarschnitt fühlt sich, so abgedroschen es auch klingen mag, nach einem neuen Lebensabschnitt an. »Du hast es einfach noch immer drauf.«

Zoe ist gerade dabei, das Handtuch um meine Schultern zu entfernen und es über der Wanne auszuschütteln, da klingelt es an der Tür.

»Noah oder Aidan. Was meinst du?«, fragt mich Zoe, während sie sich die Hände wäscht.

Als ich ein letztes Mal mit den Fingern durch meine Haare fahre und meine Schultern abklopfe, um keine abgeschnittenen Haarsträhnen mitzunehmen, tänzelt Zoe bereits zur Tür. In ihrer schwarzen Jeans und der feuerroten Bluse sieht sie wunderschön aus.

Ich nehme meinen Mantel vom Haken und werfe einen letzten Blick in den schmalen Spiegel im Flur. Die silbernen Pailletten meines kurzen Wickelkleides funkeln unter den Deckenstrahlern im Spiegel. Es hat lange, leichte Ballonärmel und einen V-Ausschnitt. Um die Taille herum liegt eine Schleife, die das Kleid etwas figurbetonter wirken lässt. Den schwarzen Mantel werfe ich mir nur über den Unterarm, da wir sowieso gleich in Zoes Auto steigen.

»Jetzt sag schon.« Zoe steht ungeduldig an der Fernsprechanlage und wartet nur darauf, dass ich ihr endlich meine Vermutung mitteile.

»Noah«, antworte ich ihr schließlich und stecke meine Wohnungsschlüssel und mein Smartphone in die Jackentasche.

Zoe nimmt den Hörer in die Hand und trällert das fröhlichste

Hallo, das ich jemals von ihr gehört habe. Ich sehe meine beste Freundin an. Ihr strahlendes Gesicht, das mich so glücklich macht. Alles an dieser Situation macht mich glücklich. Für viele Leute ist das etwas Selbstverständliches. Das war es für mich auch. Mein Leben lang. Doch mein letztes Silvester sah komplett anders aus. Dunkel. Ich lag allein in meinem Bett und habe mir die Augen ausgeheult, während ich um Mitternacht jeden eingehenden Anruf ignorierte.

Ich schließe die Tür hinter mir, und in meinen silbernen High Heels steige ich die Treppe hinab. Das Kribbeln in meinem Bauch wird von Stufe zu Stufe stärker. Seit Christmas Eve und unserer gemeinsamen Nacht habe ich Aidan nicht mehr gesehen. Auch wenn wir jeden Tag telefoniert haben, ist es noch einmal etwas anderes, jemandem nahe sein zu können.

Unten angekommen, reißt Zoe die Tür auf und begrüßt Noah mit einem Kuss, was ich allerdings nur flüchtig mitbekomme. Meine Augen sind auf Aidan gerichtet, der nur wenige Schritte von den zweien entfernt steht. In einem weinroten Strickpullover, einer schwarzen Jeans und den für ihn typischen braunen Boots.

Langsam wandert sein Blick von meinem Gesicht hinunter zu dem Kleid, meine nackten Beine hinab bis zu den Schuhen. Ich erröte unter seinem Blick, der sich anfühlt wie eine zarte Berührung. Bevor er mir wieder in die Augen schaut, verharrt sein Blick einen Moment lang auf meinen Haaren, und es schleicht sich ein Lächeln auf seine Lippen, das mein Herz höherschlagen lässt.

Mit schnellen Schritten gehe ich auf ihn zu. Trotz der hohen Schuhe bin ich noch immer deutlich kleiner als er. Seine Finger gleiten durch meine neue Frisur. »Du siehst hinreißend aus. Die kurzen Haare stehen dir total.«

Ohne mich zu bedanken, erhebe ich mich auf die Zehenspitzen und drücke meine Lippen auf seine. Viel zu groß ist das Verlangen danach, ihn endlich wieder zu spüren, zu schmecken, zu riechen. Ich kann selbst nicht glauben, was hier gerade passiert. Dass ich meinen Freund küsse. Dass ich verliebt bin. Dass ich glücklich bin. Etwas, was ich mir für die nächsten Jahre nicht hätte vorstellen können, ist so plötzlich passiert, dass ich es nicht wirklich realisiere.

»Da hat mich wohl jemand vermisst«, flüstert er gegen meine Lippen.

»Sehr«, gebe ich lächelnd zu. Als ich ihn erneut küssen möchte, ertönt ein lautes Räuspern.

Wir drehen unsere Köpfe gleichzeitig nach links und blicken in die Gesichter von Zoe und Noah, die mit vor der Brust verschränkten Armen offenbar nur darauf warten, dass wir endlich loskönnen.

»Noch eine Stunde«, brüllt Hope in das riesige Wohnzimmer, in dem wir alle ausgelassen zu dem Song *Sweet but Psycho* von Ava Max tanzen. Auch Cora lässt es sich nicht nehmen, ihre Hüften zum Takt der Musik zu schwingen.

Ich lecke mir über die Lippen, schmecke Freiheit und Glücksmomente.

Wie von selbst wandert mein Blick hinüber zu Zoe, die sich gerade auf das ausladende Sofa in einem tiefen Ocker gesetzt hat. Sie sieht mich an. In ihrem Gesicht liegt so viel. Hoffnung. Zuversicht. Freude. Liebe. Ich bin mir sicher, sie spürt, was ich gerade empfinde. Sie bemerkt, was ich gerade bemerke. Dass ich im Moment lebe. Dass ich nicht an die Vergangenheit denke und auch nicht an die Zukunft. Ich bin mit all meinen Sinnen im Hier und Jetzt und genieße es. Genieße das, was früher selbstverständlich für mich war.

Aidans Hände legen sich sanft, aber bestimmend um meine

Hüften. All meine Aufmerksamkeit gilt nun ihm. Dem Mann, den ich liebe. Meine Lippen formen ein stummes Danke.

Als wir vorhin bei Cora ankamen, war es mir zunächst unangenehm, Aidan vor ihr zu küssen. Es war das erste Mal, dass sie und Archer, aber auch unsere Kollegen uns gemeinsam gesehen haben. Doch meine Sorge, wie sie darauf reagieren könnten, war vollkommen unbegründet. Von einem *Habe ich es doch gewusst* bis zu einem *Ich freue mich für euch* war alles dabei.

Doch besonders Coras Worte haben sich in mein Herz gebrannt. *Willkommen in der Familie*, sagte sie und legte dabei ihre Arme um mich. Zweiundzwanzig Buchstaben. Vier Worte. Ein Satz. Und ich hatte das Gefühl, angekommen zu sein.

»Unser erstes gemeinsames Silvester.« Aidans heißer Atem tanzt über meine Haut. Unsere Gesichter sind nur wenige Zentimeter voneinander entfernt. Seine Augen rauben mir die Luft. Wie oft habe ich in Büchern gelesen, dass die Protagonistin in den ozeanblauen Augen ihres Gegenübers ertrunken ist. Ich hingegen ertrinke in einem warmen Braun und verliere mich. Und gleichzeitig habe ich mich in ihnen gefunden, als hätte ich mein Leben lang nur auf sie gewartet.

Keine Ahnung, ob es am Alkohol liegt, den ich in den letzten zwei Stunden getrunken habe, oder an dem Gedanken, dass ich glücklich bin, aber meine Augen füllen sich mit Tränen. Aidans Gesicht verschwimmt vor mir.

Ich schließe die Lider, während er mir die Tränen wegwischt. »Alles in Ordnung?« Seine Stimme klingt besorgt.

»Mehr als das. Ich … ich bin glücklich.« Diesen Gedanken laut auszusprechen, fühlt sich an, als würden mir Flügel wachsen, als würde ich aus meinem Käfig ausbrechen.

Aidan nimmt meine Arme und legt sie um seinen Oberkörper, bevor er mit einer Hand in mein frisch geschnittenes Haar fährt und an meinem Hinterkopf verweilt. Langsam zieht er mich näher an sich, bis meine Wange auf seinem weichen Pullover landet.

»Das wird nicht unser letztes gemeinsames Silvester. Das ist erst unser Anfang, und ich hoffe, dass du immer glücklich bist. Mit allem, was du tust. Und wenn du es mal nicht bist, dann bin ich da. Ich werde immer da sein.«

»Klingt nach einem Versprechen«, nuschle ich gegen seine Brust und lausche gleichzeitig dem heftigen Pochen seines Herzens.

Er drückt mich ein Stück weit von sich weg, hebt mein Kinn mit seinen Fingern an, sodass ich ihm in die Augen sehen muss. »Das ist es auch.«

Die laute Musik, die aus jedem Haus kommt, dringt nur leise an mein Ohr. Alles um uns herum wird blass, verliert an Bedeutung und Substanz. In diesem Augenblick gibt es für mich nur Aidan, und wenn ich mir eine Sache wünschen darf, dann, dass es für immer so bleibt.

Viel zu langsam beugt er sich nach unten, schließt die Lücke zwischen uns, und gerade als ich schon glaube, seinen Atem auf meinen Lippen spüren zu können, werden wir ruckartig auseinandergerissen.

»Knutschen könnt ihr später noch. Lasst uns anstoßen.« Archer reicht jedem von uns ein Glas Sekt, mit einem Dackelblick, der es mir schwer macht, ihm das Reinplatzen übel zu nehmen.

Aidan boxt seinem kleinen Bruder gegen die Schulter. »Es sind noch gute zwanzig Minuten bis Mitternacht.«

»Das ist kein Grund, nicht schon jetzt mit seinen Freunden anzustoßen«, erklärt Archer hörbar empört und sieht Aidan mit hochgezogenen Augenbrauen an. Das Lila seiner Haare leuchtet im Licht der Deckenleuchte.

Bevor sich die beiden noch an die Gurgel springen, nehme

ich beide Gläser dankend entgegen und drücke Aidan eines in die Hand. Diesen Moment werde ich niemals vergessen. Zoe und Noah stehen Arm in Arm vor dem Sofa. Cora, für die die meisten Leute hier Fremde sind, unterhält sich angeregt mit Lucas und dessen Freundin Sarah. Auch Lee ist bei ihnen, doch mir entgeht nicht, dass er der Unterhaltung nur halbherzig folgt und stattdessen immer wieder den Blick zu Hope und Mora schweifen lässt, die mit Sektgläsern in den Händen gemeinsam zum Lied tanzen. Archer entfernt sich von uns und leistet den beiden Mädels Gesellschaft.

»Ich hätte mir keinen schöneren Abschluss für dieses Jahr vorstellen können.« Und das meine ich genau so, wie ich es sage. Wer hätte gedacht, dass dieses Jahr ein Wunder für mich bereithält? Ich im Leben nicht.

Nur kurz habe ich Zoe aus den Augen gelassen, und nun steht sie plötzlich direkt vor mir. Mit einem Grinsen im Gesicht, das meistens nichts Gutes bedeutet. »Letztes Jahr haben wir es nicht gemacht, aber dieses Mal bestehe ich darauf.«

Ich verstehe sofort, was sie meint. Seit wir uns kennen, haben wir jeden Silvesterabend einen Brief an uns selbst geschrieben, mit dem, was wir gelernt haben, und dem, was wir uns für das neue Jahr wünschen.

Was Zoe nicht weiß, ist, dass ich auch letztes Jahr einen Brief an mich selbst verfasst habe. Allein und unter Tränen.

»Uns bleibt nicht mehr viel Zeit, also los«, fordert mich meine beste Freundin auf, und schneller als der Blitz dreht sie sich um und läuft auf Cora zu. Nachdem Zoe sie informiert hat, setzt sich Cora sofort in Bewegung und verschwindet aus dem Wohnzimmer, nur um kurze Zeit später mit zwei Papierbögen und Stiften wiederzukommen.

»Lass uns in die Küche gehen«, schlägt Zoe vor und ist schon auf dem Weg dahin. Mein Blick geht zu Aidan, der mit einem unwiderstehlichen Lächeln auf den Lippen nickt und dann eine Kopfbewegung in Richtung der Küche macht. Ich gebe ihm einen viel zu kurzen Kuss und lasse ihn allein mit Noah zurück.

Auch wenn wir diese Briefe fast immer zusammen geschrieben haben, so haben Zoe und ich sie uns niemals gegenseitig vorgelesen oder gezeigt. Früher habe ich oft darauf bestanden und versucht, sie zu überreden. Aber Zoe war felsenfest davon überzeugt, dass unsere Wünsche dann nicht in Erfüllung gehen würden.

Coras Küche ist hell. Weiße Garnitur im Landhausstil. Gemütlich und trotzdem alles andere als altmodisch. Aneinandergereiht stehen Petersilie, Schnittlauch und Co. auf der Fensterbank.

Ich setze mich Zoe gegenüber, die bereits mit dem Schreiben begonnen hat. Sekundenlang starre ich das weiße Blatt vor mir an. Setze den Stift an und gleich wieder ab. Nicht sicher, was ich zu Papier bringen möchte.

Liebe Kate,

ich weiß nicht, ob sich dieser Brief stark von dem letzten abhebt und dir einen Hoffnungsschimmer schenkt. Dieses Jahr war hart. Es begann mit vielen Tränen, Wut, Trauer, Angst, Hass, Selbstzweifeln, Scham, Verzweiflung und vor allem mit Schuld. Diese Schuld ist noch immer da, ich möchte dir nichts vormachen. Sie sitzt tief. Doch ich bin an einem Punkt, an dem mir mein rationales Denken sagt, dass ich nicht schuld an dem bin, was Rachel passiert ist. Nur sind meine Gedanken nicht immer rational. Die meiste Zeit über trage ich diese unfassbare Schwere in mir. Sie zieht mich runter, und seelisch liege ich täglich am Boden, während ich aufrecht den Tag bestreite.

Ich habe S. mehrmals in diesem Jahr gesehen, und jedes Mal zitterte alles in mir vor Angst und vor unstillbarer Wut.

Doch ich möchte dich nicht nur mit den negativen Ereignissen belasten. Denn dieses Jahr hast du dir auch deinen größten Traum erfüllt. Du hast es geschafft, Kate. Dein eigenes Café. Bitte vergiss niemals, wie stark du sein kannst und wie viel du schon erreicht hast.

Und dann wäre da noch Aidan. Der als Störenfried in dein Leben trat und heute sein Herz in deine Hände legt. Du warst nicht bereit für die Gefühle, die er in dir ausgelöst hat, aber ich bin dir so dankbar, dass du sie zugelassen hast. Denn dieses Silvester sitzt du nicht allein und weinend in deiner Wohnung. Du bist unter Menschen, die du liebst, und ich hoffe, dass du positiv in das neue Jahr blicken kannst.

Und was ich mir wünsche? Such dir Hilfe. Nimm Hilfe an. Damit du heilst. Egal, wie lange es dauern mag. Fang an, wieder zu leben.

Als ich von dem Blatt Papier wieder hochsehe, blicke ich direkt in Zoes große Augen. Ihr Brief liegt bereits zusammengefaltet auf dem Tisch, und sie hat sich auf ihrem Stuhl zurückgelehnt. »Ich habe mir auch etwas für dich gewünscht.«

»Pst! Sonst geht es nicht in Erfüllung«, ermahne ich sie mit ihren eigenen Worten.

»Ich störe euch nur äußerst ungern, aber in zwei Minuten ist das Jahr vorbei. Lasst uns alle rausgehen und das Feuerwerk anschauen.« Noah hat den Kopf durch den Schlitz der Küchentür gesteckt und sieht uns entschuldigend an, als hätte er uns mitten in einer lebensnotwendigen Operation gestört.

Mit meinem zusammengefalteten Blatt in der Hand gehe ich zurück ins Wohnzimmer und verstaue den Brief in meinem Mantel, den ich mir gleich überziehe.

Wie auf heißen Kohlen brechen alle plötzlich auf, schnappen sich ihre Jacken und stürmen durch die Haustür in Coras kleinen Vorgarten, der mit einer weißen Schneehaube bedeckt ist. Ich erkenne einige Rosensträucher darunter und stelle mir vor, wie prächtig hier alles im Sommer blühen muss.

Archer und Cora sind im Türrahmen stehen geblieben und sehen gespannt in den dunklen Nachthimmel. Lee, Lucas, Sarah, Mora und Hope befinden sich vor der Straße zwischen zwei parkenden Autos und lachen. Noah und Zoe stehen Hand in Hand direkt neben mir und Aidan.

Auch wenn Feuerwerkskörper an Silvester die bösen Geister verjagen sollen, kann ich mit diesem Brauch schon seit Jahren nichts mehr anfangen und frage mich jedes Mal, wie schrecklich dieses Spektakel der Menschen für die Tiere sein muss. Als Kind habe ich mir nie Gedanken darüber gemacht. Ich fand es einfach schön. Die bunten Farben, die sich auf einer schwarzen Leinwand miteinander vermischten und hell erstrahlten.

»Zehn ...«

Nicht nur wir sind auf die Straße gekommen, auch die Nachbarn um uns herum haben sich in ihre dicken Jacken gepackt und richten ihre Gesichter zum Himmel empor.

»Neun ...«

Alle zählen den Countdown runter, als hätten sie ihr Leben lang auf nichts anderes gewartet und wären voller Euphorie.

»Acht ...«

Aidan nimmt meine beiden Hände und umfasst sie mit seinen.

»Sieben ...«

Er formt ein stummes *Ich liebe dich* mit den Lippen.

»Sechs ...«

Ich zögere keine Sekunde, ihm zu sagen, dass ich ihn auch liebe.

»Fünf ...«

Die Stimmen um mich herum werden mit einem Mal viel leiser, als würden sich die Unterhaltungen nur noch am Rande abspielen.

»Vier ...«

Aidan kommt mir näher. Mein Körper reagiert. Möchte ihn so nah wie möglich bei sich haben.

»Drei ...«

Seine Finger streichen über meine Wange und verharren in meinem Nacken. Hinterlassen ein Prickeln auf meiner Haut.

»Zwei ...«

Ich stelle mich auf die Zehenspitzen, möchte keine Sekunde länger warten, sondern ihn auf der Stelle küssen, bis wir keine Luft mehr kriegen.

»Eins ...«

Unsere Lippen legen sich aufeinander. Bewegen sich im Einklang. Über uns explodiert der Himmel in Tausenden Farben. Unsere Zungen tanzen zu dem Gebrüll der Menschen um uns herum. Trotz der eisigen Minustemperaturen wird mir warm. Ich kralle mich in den Stoff seines Pullovers und ziehe ihn näher an mich, während er mich um den Verstand küsst.

Erst als schon die ersten Leute wieder in ihren Wohnungen verschwinden, lassen wir voneinander ab und sehen uns tief in die Augen, bevor wir beide zu lächeln beginnen.

»Ich habe etwas für dich.« Aidan zieht ein zusammengerolltes Stück Papier aus seiner Hosentasche und gibt es mir.

»Was ist das?«

»Schau doch nach«, antwortet er mir.

Meine Pupillen huschen über den Text, der auf dem Blatt gedruckt steht, und ich brauche einen Augenblick, bis ich begreife, was ich hier in den Händen halte. »Das ist ein Mietvertrag, aber wieso?« Ich runzle die Stirn und versuche zu verstehen, wieso er mir einen Mietvertrag für den Laden überreicht. »Wir haben doch schon einen.«

»Aber keinen gemeinsamen. Schau mal hier.« Er tippt mit dem Zeigefinger auf die Wörter *Cosy Corner*. »Ich habe Cora darum gebeten, einen neuen Mietvertrag aufzusetzen, auf dem wir beide unterschreiben, und habe den Namen unseres Ladens eintragen lassen.«

Und da begreife ich plötzlich, was das bedeutet. Unsere Wette. Ich habe gar nicht mehr über sie nachgedacht. Nach zwölf Monaten wollten wir schauen, wer am erfolgreichsten war, und der andere müsste dann das Feld räumen.

»Und du bist dir sicher, dass du das auch willst?« Er muss sich das gut überlegt haben und darf nicht überstürzt handeln. Wer weiß, vielleicht verändern sich seine Gefühle mir gegenüber wieder, und er bereut, dass wir fortan gemeinsame Sache machen müssen und den Laden auch offiziell auf dem Papier gemeinsam führen. Vorher wurde genau festgehalten, dass die Ladenfläche geteilt ist. Doch jetzt ist sie eins. So wie wir.

»Ganz sicher. Meine Buchhandlung wäre nur halb so gut besucht, gäbe es dein Café nicht, das Unmengen an Kunden anlockt. Unsere Wette ist Geschichte. Also ...« Er gerät ins Stocken und sieht mich mit gerunzelter Stirn an. »Natürlich nur, wenn du das auch möchtest.«

Ich nicke. Weil ich gerade unfähig bin, irgendwas zu sagen. Stattdessen drücke ich das Stück Papier an meine Brust und meine Lippen auf seine.

Das neue Jahr wird anders. Es wird besser. Vor mir liegen zwölf neue Kapitel. Dreihundertfünfundsechzig neue Chancen.

Kapitel 31

Kate

All der Mut, den ich vorhin noch tief in mir getragen habe, ist verpufft. Zurück bleibt ein Nervenbündel, das mit zitternden Händen im Auto sitzt und sich fragt, ob dies die richtige Entscheidung ist.

Silvester ist bereits zwei Wochen her. Einer meiner Vorsätze war es, mir Hilfe zu suchen, stark zu sein und mich über eine mögliche Anzeige zu informieren. Doch würde Zoe jetzt nicht neben mir sitzen und mich zu meinem Ziel fahren, dann würde ich vermutlich die Beine in die Hand nehmen und davonrennen. Zurück nach Hause. Zurück in das Verdrängen.

»Danke, dass du mitkommst.« Es sind die ersten Worte, die ich gesagt habe, seit wir ins Auto gestiegen sind. Seit zwanzig Minuten erzählt mir Zoe von der bevorstehenden Hochzeit und den geplanten Flitterwochen. Eine Rundreise durch die USA. Meine beste Freundin hat bald die ganze Welt gesehen, nachdem sie ja schon eine Reise durch Europa gemacht hat. Und ich, ich stecke fest. Manchmal frage ich mich, ob ich nicht auch mal ausbrechen möchte. Koffer packen und verschwinden. Ab zum Flughafen, ohne direktes Ziel vor Augen. Einfach irgendwohin. Doch dann wird mir wieder bewusst, dass ich angekommen bin. In London.

In meinem Café. Ich bin schon längst da, wo ich hingehöre. Und auch wenn ich nicht nur positive Erfahrungen in London gemacht habe, so ist es doch meine Wahlheimat und der Ort, an dem ich alt werden möchte. Natürlich würde ich auch gern mal verreisen. New York zu sehen, wäre ein kleiner Traum. Aber das hat Zeit.

»Bedank dich nicht für etwas, das selbstverständlich ist. Wir haben das schon vor Wochen ausgemacht, und ich bin froh, dass du mich gebeten hast mitzukommen. Allein würdest du es doch nicht einmal bis zur Einfahrt der Seelsorge schaffen.« Zoe kennt mich einfach zu gut.

»Seit Tagen zerbreche ich mir den Kopf darüber, was ich sagen soll, und hinterfrage immer wieder, was mir ein Besuch dort bringt.« Die letzten Tage habe ich bei Aidan verbracht und bin nur ab und an mal in meine Wohnung gegangen, wenn ich irgendwas gebraucht habe. Wir sind gemeinsam zur Arbeit und gemeinsam nach Hause gefahren. Haben die Abende auf der Couch verbracht und die Nächte in seinem Bett.

Mehr als einmal habe ich darüber nachgedacht, ihm all das zu erzählen, was mir passiert ist. Doch aus irgendeinem Grund kamen die Worte nie über meine Lippen. Nicht, weil ich glaube, er würde schlecht darauf reagieren. Viel eher, weil ich die Zeit mit ihm genießen wollte, ohne an die Vergangenheit zu denken.

Zoe hält an einer roten Ampel und sieht zu mir rüber. Ihr Haar ist zu einem wilden Dutt gebunden, bei dem überall Strähnen abstehen. »Du hast über Monate mit jemand Fremdem geschrieben, und so, wie ich dich verstanden habe, hat dir das allein schon viel gebracht. Lass es einfach auf dich zukommen, Kate.«

Die Einrichtung befindet sich mit dem Auto vierzig Minuten vom Stadtzentrum entfernt, auf einem relativ verlassenen Gelände, auf dem sonst nur Bürogebäude stehen. Auf deren Website habe ich gelesen, dass man Termine vereinbaren, aber auch spontan vorbeikommen kann. Obwohl Zoe und ich schon vor einigen Tagen ausgemacht haben, heute hinzufahren, habe ich keinen Termin gemacht. Insgeheim weiß ich, dass ich mir damit nur ein Hintertürchen auflassen wollte. Eine Möglichkeit, im letzten Moment doch noch einen Rückzieher zu machen.

»Lass uns das Thema wechseln. Wie fühlt es sich an, in eineinhalb Monaten eine Ehefrau zu sein?« Ich fiebere dem Tag schon so lange entgegen, an dem ich sie vor dem Altar sehe und Ja sagen höre.

»Komisch. Nein ... warte. Natürlich fühlt es sich schön an. Aber irgendwie auch ... alt.«

»Alt?«

»Ja, du weißt schon. Verheiratet. Ehefrau. Erwachsen.«

»Ich glaube nicht, dass es zwangsläufig miteinander verbunden ist. Du kannst verheiratet, siebzig Jahre alt sein und bist trotzdem noch nicht erwachsen«, sage ich und lasse meinen Blick aus dem Fenster schweifen. Wo vor einigen Tagen noch Schnee lag, ist nun nichts als Nässe übrig. London hat sein altes Gesicht wieder.

»Erinnerst du dich noch an meinen neunzehnten Geburtstag? Als wir über unsere Zukunft philosophiert und geglaubt haben, dass wir mit einundzwanzig verheiratet sein und mit dreiundzwanzig unser erstes Kind bekommen würden. Ich fühle mich noch immer nicht bereit, Mutter zu werden, und Noah geht es ähnlich. Wer weiß, ob ich mich jemals bereit dafür fühlen werde.« In ihrer Stimme schwingt etwas mit, das ich nicht ganz deuten kann. Irgendwas zwischen Angst und Zweifeln.

»Wer sagt denn, dass ihr Eltern werden müsst? Vielleicht werdet ihr es mit dreißig, mit fünfunddreißig oder vierzig. Vielleicht aber auch gar nicht, weil ihr es genau so wollt. Das ist doch vollkommen okay. Egal, wie es kommen mag.«

Die restliche Fahrt über erzählt mir Zoe davon, dass ihr Opa Will mich gerne mal wiedersehen würde, und wir halten fest, dass wir ihn gemeinsam am kommenden Wochenende besuchen werden. Ich habe diesen liebevollen und weisen alten Mann schon viel zu lange nicht mehr besucht.

Als wir schließlich ankommen und parken, rast mein Herz wie verrückt. Vor uns erstreckt sich ein süßes buntes Haus. Die Fassade ist auf der einen Seite gelb, auf der anderen orange. Die Fensterrahmen sind türkis, das Dach ist blau und die Eingangstür eine Mischung aus Rot und Rosa.

»Bist du bereit?«

»Nein«, antworte ich ehrlich und kralle mich am Griff der Autotür fest. Meine Hände werden feucht, und mit einem Mal ist mir ganz warm. *Komm schon, Kate. Das hier ist nichts Großes. Du schaffst das.*

Ich höre, wie Zoe aus dem Auto steigt, starre aber trotzdem weiterhin die Eingangstür der Einrichtung an.

Meine Tür wird aufgerissen, und beinahe falle ich aus dem Auto, weil meine verfluchten Finger den Griff einfach nicht freigeben möchten.

»Ich bin bei dir.« Zoe hält mir ihre Hand hin, und ich ergreife sie. Gemeinsam gehen wir durch die Tür, die man durch ein leichtes Ziehen aufbekommt. Keine Klingel oder Ähnliches. Nur ein Hinweisschild mit der Bitte, einfach einzutreten.

Innen ist es mindestens genauso bunt wie außen. Die Wände sind weiß und übersät von den unterschiedlichsten Gemälden und Zeichnungen. Allesamt so bunt, dass man gar nicht anders kann, als sie zu begutachten.

Eine ältere Dame mit grauem Haar und einer riesigen, runden Brille auf der Nase kommt aus einer der blauen Türen und erstrahlt sofort, als sie uns sieht. »Guten Tag, meine Hübschen. Was kann ich für euch tun?«

»Ich ...« Weiter komme ich nicht. Mehr bringe ich nicht über die Lippen. Das Blut rauscht mir in den Ohren. Was soll ich sagen? Wie soll ich anfangen? Was denkt sie wohl von mir?

Zoes Hand legt sich sanft zwischen meine Schulterblätter, und sie malt kleine Kreise auf meinen Rücken, was meinen Puls sofort beruhigt.

Ich hole einmal tief Luft. Dann noch ein zweites Mal. Atme Mut ein und Angst aus. »Ich bin gekommen, weil ich auf Ihrer Seite gesehen habe, dass Sie eine Ansprechpartnerin für Sexualverbrechen haben. Und ich – ich würde gerne mit ihr sprechen.«

»Aber natürlich. Sie ist gerade in einem Gespräch, aber ich werde ihr so schnell es geht Bescheid geben. Macht es euch doch gerne so lange hier um die Ecke bequem.« Die Dame, auf deren Namensschild *Norma* steht, deutet mit der Hand auf einen offenen Raum, in dem ein Sofa und ein paar Stühle stehen.

Zoe bedankt sich bei ihr und zieht mich hinter sich her. Wir setzen uns auf das Sofa, und ich beginne sofort damit, den Nagellack an meinen Fingernägeln abzupulen. Dieses Zimmer gleicht einem Wartezimmer beim Arzt und gleichzeitig auch überhaupt nicht. Es ist hell und irgendwie fröhlich.

»Möchtest du gleich mit ihr allein sprechen?«

Darüber habe ich mir noch gar keine Gedanken gemacht. »Kannst du dabei sein?« Ich falte meine Hände zusammen, als würde ich beten. Zoe an meiner Seite zu haben, gibt mir Sicherheit, und es gibt sowieso nichts, was sie nicht schon weiß.

»Natürlich kann ich das, Kate«, antwortet sie mir mit dem sanftesten Lächeln auf den Lippen, zu dem ein Mensch imstande ist. Kein Wort der Welt kann beschreiben, was sie mir bedeutet. Beste Freundin. Schwester. Familie. Wir sind durch so vieles gemeinsam gegangen, und ich weiß, dass unsere Freundschaft, das Band zwischen uns, für alle Ewigkeit hält.

Irgendwo im Gang öffnet sich eine Tür. Stimmen werden lauter, und sofort ist da wieder diese Nervosität. Ist sie das? Was soll ich ihr sagen? Welche Fragen wird sie stellen? Wie sehen ihre Antworten aus? Unzählige Fragezeichen irren durch meinen Kopf, während die Stimmen im Flur immer deutlicher werden.

»Könntest du Ende Januar den Telefonservice übernehmen?«

»Hast du Pete schon gefragt? Ich würde dir gerne helfen, habe aber gerade sehr viel in der Arbeit zu tun. Wenn es nicht anders geht, dann springe ich aber für dich ein.«

Ich runzle die Stirn und halte ungewollt den Atem an.

»Du bist der Beste, Dan.«

Dan. Bei dem Namen breitet sich eine Gänsehaut über meine Arme aus. Selbst wenn er mich sehen würde, wüsste er nicht, dass ich es bin. Und doch ist die Vorstellung, den Mann zu treffen, mit dem ich so lange geschrieben habe, ein klein wenig beängstigend.

Die Stimmen sind so nah, dass ich hören kann, wie der eine dem anderen auf die Schulter klopft. Und als sie an dem Raum, in dem wir warten, vorbeigehen, macht es klick.

Meine Welt hört auf, sich zu drehen, als ich in vertraute braune Augen blicke. Er steht unter dem Bogen, der in dieses Zimmer führt. Erstarrt. Schockiert. Mit aufgerissenen Augen. Den Mund leicht geöffnet.

»Aidan?« Es ist Zoes Stimme, die ich irgendwo weit entfernt wahrnehme.

Was macht er hier? Was zur Hölle macht Aidan hier bei der Seelsorge? Ich suche nach Antworten in seinem Gesicht, seiner Mimik, seiner Gestik. Doch ich finde keine.

»Zoe? Kannst du uns kurz allein lassen?« Er klingt ernst, wäh-

343

rend sein Gesicht an Farbe verliert. Und ich schwöre, in diesem Moment setzt mein Herz einen Schlag aus.

Zoe fragt mich, ob das okay für mich sei. Ich nicke wie betäubt. Sie steht auf, geht wortlos an Aidan vorbei, und auch der Mann, der bis eben noch neben ihm stand, verschwindet.

»Was machst du hier?«, frage ich ihn endlich und begreife noch nicht ganz, was vor sich geht. Selbst dann nicht, als die Ernsthaftigkeit in den Zügen seines Gesichts nicht verschwindet.

»Lass uns in ein Zimmer gehen, in dem wir ungestörter sind.« Er bedeutet mir, ihm zu folgen, und ohne zu zögern, tue ich es.

Ich finde mich in einem kleinen Raum wieder. Erneut diese weißen Wände, übersät mit bunten Bildern. Ein runder Tisch und vier Stühle in der Mitte. Wir setzen uns. Ich frage mich, wieso er sich hier so frei bewegt. Dabei kenne ich die Antwort.

Könntest du Ende Januar den Telefonservice übernehmen? Das waren die Worte des anderen Mannes. *Dan. Dan. Dan.* Ich wiederhole den Namen immer und immer wieder in meinen Gedanken, bis ich ihn schließlich flüsternd ausspreche.

Ich höre auf zu atmen. Zu denken. Zu funktionieren. Stattdessen falle ich. Tief. Da ist dieses Loch. Dunkel. Schwarz.

»Du bist Dan.« Es ist keine Frage. Es ist eine Feststellung, die mir den Boden unter den Füßen wegreißt. Würde ich nicht sitzen, würden spätestens jetzt meine Beine nachgeben. »Du hast die Mails geschrieben.« Meine Finger klammern sich um den Rand des Tisches. Ich drücke zu. So sehr, dass meine Knöchel rot anlaufen. Das kann nicht sein. Er kann nicht der Dan sein, mit dem ich seit Monaten schreibe, dem ich mich anvertraut habe, der weiß, was passiert ist, der all meine Gedanken gelesen hat. Das ist unmöglich.

Doch ich bin nicht doof. Nur weil ich mir wünsche, dass er es nicht ist, wird der Wunsch nicht wahr. Er kennt sich hier aus. Er übernimmt irgendeine Schicht für den anderen Kerl. Er wird Dan genannt.

»Wusstest du es? Dass ich es war, mit der du geschrieben hast?« Ich muss es einfach wissen. Wusste er Bescheid? Und wenn ja, seit wann?

Eine messerscharfe Stille breitet sich über uns aus und schneidet mir ins Fleisch. Hinterlässt Wunden und Schmerz. Manchmal ist keine Antwort Antwort genug.

Aidan hebt den Kopf. Sieht mich an. Direkt. Unvermittelt. Und sein Blick trifft mich mitten ins Herz. Er wusste es. Ich sehe es in seinen Augen. Erkenne die Schuld und die Reue in ihnen.

Eine unsichtbare Hand legt sich um meinen Hals und macht mir das Atmen schwer. In meinem Bauch sterben Schmetterlinge und verwandeln sich in Steine, die mir die Leichtigkeit nehmen, die ich erst vor Kurzem gewonnen habe. Ich hätte es nicht für möglich gehalten, dass man Herzen brechen hören kann. Doch ich höre es. Klar und deutlich. Ich höre, wie mein Herz zerbricht.

»Kate, ich ...« Aidan erhebt sich, geht auf mich zu, doch ich halte das nicht aus.

»Seit wann?« Auch ich erhebe mich, mache jedoch einen Schritt nach hinten, während er einen auf mich zu macht. »Seit wann weißt du, dass ich es bin, mit der du schreibst?« Ich erkenne meine Stimme selbst kaum wieder. Schrill. Irgendwie schräg und fremd.

»Ich wollte es dir wirklich sagen, aber ...«

»Seit wann?«, brülle ich und halte mir die Hand vor den Mund. Meine Augen füllen sich mit Tränen und mein Herz mit dem Gefühl, in ihnen zu ertrinken, als wären sie ein dunkler und stürmischer Ozean.

Auch Aidans Augen wirken glasig, und ich weiß nicht, was mehr wehtut. Meine Tränen oder seine. »Die erste Ahnung hatte ich, als du mir deinen echten Namen verraten hast und ich wusste, dass du aus London kommst. Du wirktest oft gebrochen.«

»Ach, und da wolltest du den Helfer spielen und mich wieder zusammenflicken?«

»Nein. Also, ja. Natürlich wollte ich dir helfen.« Er legt die Hände in den Nacken und lässt den Kopf kurz nach hinten fallen.

Ich höre mein eigenes ungläubiges Schnauben. Ist er mir nur nahegekommen, weil er mir helfen wollte? Bin ich irgendein krankes Projekt für ihn? Hat er ein Helfersyndrom, das er an mir ausleben wollte?

Aidan wusste, wer ich bin. Aidan wusste, was mir passiert ist. Aidan hat keine Fragen gestellt, als er Samuel aus dem Laden geschmissen hat, weil er die Antworten bereits kannte. Und er hat es mir nicht gesagt. Auch nicht, nachdem wir miteinander geschlafen haben. Bis heute nicht, und ich frage mich, ob er es mir überhaupt erzählt hätte.

Ich habe ihm gestanden, wie schwer es für mich ist, jemandem zu vertrauen. Und spätestens da wäre der richtige Moment gewesen, um mir davon zu erzählen.

Er kommt mir näher, doch ich weiche zurück. Bis ich mit den Rücken gegen die Tür stoße und erschrocken zusammenzucke. Ich kneife die Augen zusammen und möchte verschwinden. Wünsche mich an einen anderen Ort. Nein, in eine andere Zeit. Möchte sie zurückdrehen und niemals die Entscheidung treffen, hierherzukommen.

Als ich die Lider wieder öffne, bringt sein Blick mich um. Traurig und gebrochen. Als würde ich mich in seinen Augen spiegeln.

Mir wird schwindelig. Der Raum gleicht plötzlich einem Käfig. Ich lege die Hand auf die Brust, schlage leicht gegen sie, versuche zu atmen. Doch selbst das fällt mir schwer. Alles vor mir verschwimmt, als würde sich ein Schleier über meine Sicht werfen und mir das Augenlicht nehmen. Ich muss hier raus. Einfach weg. Weg von Aidan.

Ich reiße die Tür auf und stürme aus dem Zimmer. Laufe den langen Flur entlang und erkenne Zoe am anderen Ende. Unaufhörlich laufen mir die Tränen übers Gesicht. Wie viele Gläser ich mit ihnen wohl füllen könnte? *Unendlich viele*, flüstert mir meine eigene Stimme in Gedanken zu.

»Kate?« Mein Blick folgt der Stimme und bleibt an einer Frau hängen. Nicht an irgendeiner Frau. An Cora, die mich besorgt ansieht und noch einmal meinen Namen wiederholt. Ich sehe auf das kleine Schildchen an ihrer Bluse, das offenbart, dass sie ebenfalls zu der Einrichtung gehört.

Ich drehe mich um und beschleunige meine Schritte, steuere Zoe an, der ich ansehen kann, dass sie nicht versteht, was hier gerade passiert. Und um ehrlich zu sein, tue ich das selbst auch nicht wirklich. Aidan und Cora arbeiten für die Seelsorge. Aidan hat die ganze Zeit mit mir unter dem Namen Dan geschrieben, und er hat es gewusst. Alles um mich herum droht zu zerbrechen.

Ich greife nach Zoes Arm und ziehe sie mit mir raus.

Kurz vor ihrem Auto bleibe ich stehen. Mein Atem hinterlässt kleine Wölkchen in der eiskalten Januarluft. Meine Knie werden weich. Mich verlässt jegliche Kraft. Ich sacke zu Boden. Und ich weine. Ich weine, weine, weine. Bis ich nicht mehr weinen kann.

Kapitel 32

Kate

Vierunddreißig verpasste Anrufe von Aidan.
 Drei von Cora.
 Sieben von Zoe.
 Und sechs Nachrichten von Aidan, die alle ungeöffnet sind.

Fünf Tage ist es her, dass ich herausgefunden habe, dass Aidan bei der Seelsorge tätig ist und die ganze Zeit über ganz genau wusste, was mit mir los war, was mir passiert ist. Hätte er es mir sofort gesagt, wäre es unangenehm gewesen. Keine Frage. Ich hätte mich überrumpelt gefühlt. Doch alles wäre besser gewesen als die Gefühle, die ich jetzt verspüre.

Ich schwebe irgendwo zwischen Wut und Verzweiflung. Treibe mal mehr in die eine und dann wieder mehr in die andere Richtung. In der einen Minute weine ich. Weine darüber, dass ich geglaubt habe, jemanden gefunden zu haben, dem ich vertrauen kann. Und in der nächsten Minute bin ich so unfassbar wütend. Wütend, weil er mehr als einmal die Gelegenheit gehabt hat, ehrlich zu mir zu sein.

Mein Körper schmerzt. Kein Wunder, habe ich doch die letzten fünf Tage nur selten mein Bett verlassen. Küche, Klo, Bett. Und jeden Abend ein kurzer Gang zur Tür, um dem Lieferdienst zu öffnen und mein Essen entgegenzunehmen. Curry und Naan-Brot. Etwas, das ich vermutlich für immer mit Aidan in Verbindung bringen werde. Verdammt, jetzt hat er mir auch noch mein Lieblingsessen ruiniert.

Ich rolle mich zur Seite und starre auf die kleinen Dinosaurier auf meinem Schlafanzug, den ich mal von Zoe geschenkt bekommen habe.

Erst als ich erneut auf mein Handy schaue, kommt mir der Gedanke, dass Zoes Anrufe wichtig gewesen sein könnten. Ich wollte kein *Wie geht's dir?* oder *Alles okay?* hören, weshalb ich nicht rangegangen bin. Es kribbelt mir in den Fingern, während ich über dem Rückrufsymbol innehalte.

Vielleicht hat es etwas mit dem *Cosy Corner* zu tun. Zoe war so lieb und hat mir angeboten, meine Schichten für die nächsten Tage zu übernehmen und sich mit Hope und Mora abzusprechen. Nur dank dieser drei wundervollen Frauen ist es mir überhaupt möglich, mich zu Hause in Selbstmitleid zu suhlen.

Nicht die beste Art, um mit einem gebrochenen Herzen umzugehen, würde meine Mutter jetzt sagen. Aber gerade ist es die einzige, die für mich infrage kommt. Für Erklärungen ist es zu früh. Für Gleichgültigkeit sind meine Gefühle zu stark.

Einen Tag nach dem Aufeinandertreffen bei der Seelsorge, die im Übrigen Cora gehört, wie ich durch Online-Recherche rausgefunden habe, hat Aidan gegen meine Tür geklopft. Er muss irgendwie ins Treppenhaus gelangt sein, ohne bei mir zu klingeln.

Ich habe es nicht gewagt, durch den Spion zu schauen, weil ich nicht wusste, wie mein verräterisches Herz auf seinen Anblick reagieren würde. Also stand ich einfach nur mitten im Flur und habe seinen Entschuldigungen gelauscht. Er hat mich so oft darum gebeten, die Tür zu öffnen, dass ich irgendwann das Zählen aufgegeben habe. Bis die ersten Worte über meine Lippen kamen, hat es eine Weile gedauert. Doch zu mehr als einem *Bitte, geh!* war ich nicht imstande. Und dann ging er, mit dem Versprechen, mir Zeit zu geben. Dabei weiß ich doch nicht einmal, ob Zeit etwas ändern wird. Vielleicht ist es nicht Zeit, was ich brauche. Vielleicht ist es ein Schlussstrich.

Rational betrachtet weiß ich, dass er mir nichts Böses wollte und sicherlich oft hin- und hergerissen war, ob er es mir sagen soll oder nicht. Und vielleicht sind meine aktuellen Emotionen übertrieben. Aber sie sind da. Sie tun weh. Und jetzt, in diesem Moment, sind sie überdimensional. Ich habe ihm vertraut, und er hat mein Vertrauen missbraucht. Ich weiß nicht, ob ich ihm das verzeihen kann.

Ich schüttle den Kopf und vertreibe die Gedanken an Aidan, während ich Zoe anrufe. Es klingelt viermal, bis sie komplett außer Atem abnimmt.

»Kate?«

»Ja.«

»Du rufst ganze zwanzig Minuten zu spät an.« Ihre Stimme ist freundlich, aber gestresst, und mit einem Mal überkommt mich ein schlechtes Gewissen. Zwar hat Zoe selbst mal für eine kurze Zeit in einem Café gekellnert, trotzdem ist es alles andere als selbstverständlich, dass sie für mich die Stellung hält.

»Was ist los?« Sofort sitze ich kerzengerade in meinem Bett und stelle mir jedes erdenkliche Szenario vor, das passiert sein könnte. Gibt es Ärger mit Kunden? Ist etwas kaputt gegangen? Brennt die Küche oder gleich der ganze Laden?

Zoe seufzt. »Ich wollte einen Carrot Cake backen, da einige Kunden danach gefragt haben. Keine Sorge, es hat sich niemand beschwert. Ich bezweifle zwar, dass meine Blaubeermuffins genauso gut schmecken wie deine, aber es hat sich kein Kunde was anmerken lassen.« Sie lacht kurz auf, und ich beruhige mich wieder. »Jedenfalls habe ich die halbe Küche auf den Kopf gestellt, bis ich dein altes, zerfleddertes Rezeptbuch vor zwanzig Minuten gefunden habe.«

Es gleicht einem Wunder, dass dieses Buch noch existiert. Das erste Rezept habe ich dort mit zwölf Jahren gemeinsam mit Mama am Esstisch reingekritzelt.

»Gibt es sonst irgendwelche Probleme?«, frage ich und werfe einen Blick nach draußen. Es regnet. Mal wieder. So wie die letzten Tage auch schon. Passend zu meiner Stimmung. Als hätte sich das Wetter meinem Gemüt angepasst und würde all die Tränen weinen, die ich nicht mehr übrig habe.

»Nein, alles läuft wie am Schnürchen und macht sogar Spaß. Wie geht es dir?« Da ist die Frage, die ich doch eigentlich nicht hören wollte.

Ich lege den Kopf in den Nacken und starre an meine Zimmerdecke. Überlege, was ich sagen könnte. Denn um ehrlich zu sein, habe ich keine Antwort darauf. »Keine Ahnung. Ich weiß selber nicht, wie es mir geht.«

Eine kurze Pause entsteht, in der keiner von uns etwas sagt, bis Zoe seinen Namen ausspricht.

»Aidan war heute auf Arbeit, nur um schon nach zwei Stunden wieder zu gehen. Wir haben kein Wort miteinander gewechselt. Du weißt, ich bin immer auf deiner Seite, und wenn er gerade dein Feind ist, dann ist er auch meiner. Aber ich glaube, ihm geht's nicht gut. Nein, ich weiß, dass es ihm nicht gut geht. Man sieht es ihm an.«

In meiner Vorstellung schleicht Aidan mit hängenden Schultern und einem leeren Blick durch die Buchhandlung. So wie ich durch meine Wohnung schleiche. Und irgendwie tut diese Vorstellung weh.

Wie von selbst bewegt sich mein Kopf zur Seite, wie auch die letzten Tage das eine oder andere Mal. Ich beuge mich auf meinem Bett leicht vor und blicke aus dem Fenster, direkt in seine Wohnung. Es brennt Licht, und ich entdecke eine von Aidans Katzen auf der Fensterbank. Durch die Entfernung kann ich nicht erkennen, ob es Cookie oder Brownie ist. Ich vermisse sie. Die kleinen Fellnasen, die mich jedes Mal freudig in Empfang nahmen, wenn ich Aidans Wohnung betrat, und die es sich auf meinem Schoß bequem gemacht haben, sobald mein Po das Polster des Sofas berührte.

Das Licht bei ihm erlischt, und ich zucke zurück. Lehne mich mit dem Rücken fest gegen meine Wand, in der Hoffnung, dass er mich nicht bemerkt hat. Gleichzeitig frage ich mich, ob er das Haus verlässt und wo er hingeht? Doch ich zwinge mich dazu, sitzen zu bleiben, nicht zum Fenster zu eilen und hinauszuschauen. Zu groß ist die Angst, dass er auch gerade vor der Scheibe sitzen könnte und unsere Blicke sich treffen würden.

»Kate? Bist du noch da?« Zoes Stimme dröhnt an mein Ohr, und beinahe hätte ich vergessen, dass wir noch telefonieren. So weit ist es schon gekommen.

»Ja, ja, ich bin noch da. Aber ich lege jetzt auf. Wenn etwas ist, dann ruf an.«

»Damit du meine Anrufe so wie die letzten auch ignorieren kannst?«, fragt sie mich spöttisch. »Ich hab dich lieb, Kate. Und wenn ich nach der Arbeit mit einer Flasche Wein vorbeikommen soll, sag Bescheid.«

»Ich dich auch«, sage ich.

Wein ist mein Stichwort. Ohne noch mal aus dem Fenster und somit rüber zu Aidan zu schauen, stehe ich auf und tapse auf den dicken Kuschelsocken in die Küche. Gerade als ich den Korken einer Weinflasche rausziehen möchte, klopft es an meine Tür.

Also entweder ist es einer der Nachbarn, oder die Haustür

unten steht mal wieder sperrangelweit auf, und es ist ... Aidan? Kann das sein? Ich kneife die Augen zusammen und tippe mir dreimal gegen die Stirn. *Hör auf, Kate!* Langsam gehe ich zur Tür, die Weinflasche noch immer in der Hand, und schaue durch den Spion. Sofort schrecke ich zurück, als wäre das kalte Holz aus Feuer, an dem ich mir soeben die Hände verbrannt habe. Meine Nackenhaare stellen sich auf. Ein Kloß im Hals und Steine im Bauch. Ich fühle mich so viel schwerer.

Natürlich. Natürlich kommt alles auf einmal. Wenn die Welt über einem einbricht, dann richtig. Ich bin kurz davor, bitterlich zu lachen, und das, ohne auch nur einen Tropfen des Alkohols in meiner Hand getrunken zu haben, den ich auf dem Küchentresen abstelle.

In mir brodelt es. Da ist so viel Zorn. Und der Auslöser für all meine Probleme steht ausgerechnet jetzt vor meiner Tür.

Ich habe es so satt. Die Angst. Die Wut. Die Albträume. Die Schuld. Und irgendwas in mir bricht aus. Genau in diesem Moment. Als würde ich mich befreien. Frei sein von all dem, was mich seit langer Zeit plagt. Ich habe das Gefühl, zum ersten Mal aufzustehen. Mit geraden Schultern, erhobenem Haupt und mit all der Stärke, die vielleicht schon immer irgendwo in mir geschlummert hat.

Die Jacke, die eben noch am Haken neben der Tür hing, streife ich mir über den Schlafanzug und schlüpfe mit den dicken Kuschelsocken in meine Boots. Mir bleibt keine Zeit dafür, mich ordentlich anzuziehen, und ehrlich gesagt ist es mir gerade auch vollkommen egal, wie ich aussehe.

Ich reiße die Tür auf. Erschrocken springt er zurück und sieht mich aus großen eisgrauen Augen an. Samuel.

»Es ist mir schleierhaft, woher du meine Adresse hast und woher du die Dreistigkeit nimmst, einfach hier aufzutauchen. Du möchtest reden? Okay. Aber nicht hier. Komm mit!« Ich erkenne meine eigene Stimme nicht wieder und frage mich, wo die Kate ist, die beim Anblick von Samuel jedes Mal in Tränen ausgebrochen ist.

An Silvester habe ich mir ein Versprechen gegeben und mir ein Ziel gesetzt. Auch wenn gerade alles kopfsteht mit Aidan, habe ich mein neu gewonnenes Selbstbewusstsein doch nicht verloren. Denn das hängt von niemandem ab. Außer von mir selbst.

Er folgt mir schweigend nach draußen. Ich spüre seine Anwesenheit deutlich im Nacken, und obwohl ich mich gerade so stark fühle wie lange nicht mehr, bin ich insgeheim froh, dass es noch nicht dunkel geworden ist.

»Sorry, dass ich einfach so auftauche. Ich habe es nicht mehr ausgehalten.«

Wir bleiben auf dem Gehweg stehen, und ich kneife die Augen zu schmalen Schlitzen zusammen, aus denen ich ihn bitterböse anfunkle. Er hat es also nicht mehr ausgehalten. Wie lange mussten Rachel und ich es aushalten?

»Hör zu, du und dein beschissener Freund, dessen Namen ich gar nicht aussprechen mag ...«

»Er ist nicht mein Freund. Nicht mehr.« Samuel blickt zu Boden, und ich frage mich, was ich jemals an ihm gefunden habe. Als ich ihn kennengelernt habe, strahlte er etwas Draufgängerisches aus, was einem eigentlich schon verrät, dass man lieber die Finger von diesem Mann lassen sollte. Aber niemals hätte ich gedacht, dass er zu so was fähig sein könnte. Dass er seine Augen verschließen und zwei Frauen ihrem Schicksal überlassen könnte.

»Wie auch immer. Ihr habt mir so viel Zeit geraubt, so viel Leben. Ihr habt mir das letzte Jahr zur Hölle gemacht. Mich bis in den Schlaf verfolgt. Kannst du dir vorstellen, wie oft ich schreiend aufgewacht bin? Kannst du dir vorstellen, dass ich mir die Schuld an allem gegeben habe?« Ich werde von Wort zu Wort lauter. »Kannst du dir vorstellen, mit welch einer Angst ich gelebt habe? Kannst du dir verdammt noch mal vorstellen, dass ich nun nicht mehr der fröhliche und aufgeschlossene Mensch bin, der ich mal war? Aber hey, du hast es nicht mehr ausgehalten.« Ich werfe die Arme in die Luft und weiß, dass ich gerade rasend vor Wut auf ihn einrede und vermutlich aussehe wie eine Furie. Aber das muss raus. Es muss alles raus.

Samuel zieht die Augenbrauen zusammen, sein Blick wirkt gequält, als würden meine Worte ihre Wirkung nicht verfehlen und ihn wirklich mitnehmen. Gut. Denn ich hoffe, dass er realisiert, was er getan hat, und dass er so was nie, niemals wieder tun wird.

»Es tut mir so leid. Ich kann es gar nicht oft genug sagen. Als ich gesehen habe, wie fertig dich mein Anblick gemacht hat ...« Er weicht meinem Blick aus, schaut überallhin, nur nicht in meine Augen. »Ich konnte nicht mehr schlafen. Alles hat sich in meinem Kopf wiederholt. Immer und immer wieder. Du bist doch nicht schuld. Kein bisschen. Wir waren es. Wir allein. Wir haben euch das angetan. Ich habe dich einfach dort liegen lassen. Allein mit Cameron und Rachel, und ich – ich werde mir das niemals verzeihen können.«

Einige Passanten schauen zu uns rüber, starren uns an, als wären sie Touristen und wir der Big Ben. Doch meinetwegen könnte uns die ganze Welt beobachten, es würde nichts daran ändern, dass ich hier und jetzt all die angestauten Gefühle rauslasse. Ihm alles an den Kopf werfe, womit ich die letzten Monate, Jahre zu kämpfen hatte.

Ich schlinge die Arme um meinen Oberkörper. Es ist beißend kalt. In der Eile habe ich vergessen, mir einen Schal umzubinden. »Ja, du hast mich da liegen lassen. Mit irgendeiner Droge im Körper. Hast du dich schon einmal nicht bewegen können? Weißt du, wie sich das anfühlt? Ich habe alles gehört, gesehen, gespürt. Das Schlimmste daran ist, dass ich meiner Freundin nicht helfen konnte. Ich lag da und habe minutenlang gebetet und gehofft, dass einfach irgendwer in dieses verdammte Zimmer kommt. Weil ich nicht dazu in der Lage war, dieses Dreckschwein von Rachel wegzuziehen.« Erst als ich mein eigenes Schniefen höre, fällt mir auf, dass mir heiße Tränen übers Gesicht laufen. »Ich hasse dich.« Mit dem Handrücken wische ich mein Gesicht trocken und sehe dann wieder in die grauen Augen, die einem tobenden Sturm gleichen. »Ich hasse dich so sehr. Wieso, Samuel?« Seinen Namen auszusprechen, tut weh. Er brennt auf der Zunge, als würde er alles in mir verätzen. »Wieso hast du das getan? Wieso musstest du mein Leben ruinieren und zulassen, dass Cameron das von Rachel zerstört?«

»Ich weiß es nicht. Ich habe darauf keine Antwort. Das frage ich mich doch selbst jeden Tag. Fuck! Ich war dumm und habe mich beeinflussen lassen.«

»Schieb es ja nicht auf Cameron! Wag es nicht!«, brülle ich ihm entgegen. »Ja, vielleicht entsprang diese widerliche Idee seinem kranken Kopf. Aber du hast die Entscheidung getroffen, dabei mitzumachen. Und du hast geglaubt, dass es in Ordnung sei, zwei Frauen mit Drogen vollzupumpen, sie gefügig zu machen und zu vergewaltigen. Du selbst!«

Mit jedem Wort, das aus meinem Mund dringt, fühle ich mich ein Stück befreiter. Es ändert nichts an dem, was passiert ist. Es lässt die Ereignisse nicht auf wundersame Art und Weise verschwinden. Aber es macht es leichter, und ich weiß nun ganz genau, was der richtige Weg, was der einzige Weg ist. Vielleicht war ich damals nicht stark genug dafür und habe nicht den Mut dazu gehabt. Doch heute weiß ich, dass ich es tun muss, damit ich in irgendeiner Form damit abschließen kann.

»Ich werde dich anzeigen«, platzt es aus mir heraus.

Samuel versteckt seine Hände in den Taschen seiner dunkelblauen Jacke, deren Reißverschluss er bis zum Kinn zugezogen hat. Er nickt resigniert, als würde meine Aussage rein gar nichts in ihm auslösen. Immer wieder nickt er, und ich frage mich, wann er endlich damit aufhört oder ob dieses Nicken ihm sein Leben lang bleiben wird.

»Das brauchst du nicht. Ich bin sowieso hier, um dir zu sagen, dass ich mich selbst anzeigen werde. Und Cameron. Ich werde ihn ebenfalls anzeigen.«

»Was?«

»Das wollte ich dir schon letztes Mal sagen, als wir im Café miteinander gesprochen haben.« Er nimmt die Hände aus den Taschen und fährt sich mit der linken über den Nacken. »Ich wollte dich nur vorwarnen, falls du irgendwann eine Vorladung bekommen solltest für eine Zeugenaussage. Und ich will, dass du weißt, dass ich alles bereue, dass ich so was nie wieder tun würde und mich und Cameron dafür verachte. Das sollst du wissen.«

»Okay.« Mehr fällt mir dazu nicht ein. Darauf war ich nicht vorbereitet. Ich weiß weder, was ich davon halten, noch, was ich dazu sagen soll.

»Ich gebe dir meine Nummer. Du musst mir nicht deine geben, auf gar keinen Fall, und du kannst meine auch wegwerfen. Aber falls du Fragen hast, sollst du die Möglichkeit haben, mich zu erreichen.« Samuel holt einen kleinen Zettel aus seiner Jackentasche und überreicht ihn mir.

Mit zitternden Fingern nehme ich ihn entgegen und blicke

auf die Ziffern. Es kommt mir so absurd vor, dass ich hier mit ihm stehe und seine Telefonnummer entgegennehme. Vielleicht werde ich sie gleich einfach verbrennen.

»Okay«, sage ich erneut, und er verabschiedet sich von mir.

Ich bleibe noch minutenlang an Ort und Stelle stehen. Ich bin zu gleichen Teilen erschöpft und erleichtert.

Aber wenn Samuel das wirklich tut, dann muss ich mit Rachel sprechen.

Kapitel 33

Kate

»Geht es dir wieder besser? Zoe meinte, du hättest dir eine miese Erkältung eingefangen.« Hope steht mit ihrem bunt gestreiften Pullover und einer Latzhose in einem hellen Blau vor mir. In der einen Hand das Tablett mit zwei Kaffee und in der anderen die Zange, bereit, einen der Muffins aus der Auslage zu holen.

»Ähm, ja?« Meine Antwort klingt mehr nach einer Frage. Ich habe mir gar keine Gedanken darüber gemacht, was Hope und Mora über meine Abwesenheit denken. Seit der Eröffnung habe ich fast keinen Tag auf der Arbeit gefehlt. Dass Zoe ihnen weisgemacht hat, ich sei krank, hat sie mir gar nicht erzählt. Na gut, ich habe auch nicht gefragt, und sie glaubte sicher, dass ich ganz andere Dinge im Kopf habe.

»Ich bin auf jeden Fall froh, dass du wieder da bist. Mora müsste auch jeden Augenblick kommen. Nichts gegen die Muffins deiner besten Freundin, aber die Vielfalt an Gebäck hat hier in den letzten Tagen definitiv gefehlt.« Sie beginnt zu lachen, drapiert den Blaubeermuffin auf einem Teller und schlendert davon.

Nachdem mir Samuel gestern von seinem Vorhaben erzählt hat, bin ich in meine Wohnung gegangen und habe seine Telefonnummer in einer der Küchenschubladen verstaut. Es ist eine dieser Schubladen, in die man alles reinwirft, was keinen richtigen Platz hat. Eine typische Krimskramsschublade, in der der Inhalt in Vergessenheit gerät.

Dass ich heute schon wieder im *Cosy Corner* stehen würde, hätte ich vorgestern noch für unmöglich gehalten. Doch mir ist klar geworden, dass ich mich nicht vor Aidan verstecken kann. Fünf Tage im Schlafanzug, mit fettigen Haaren und Essen vom Lieferdienst sind genug. Es bringt nichts, mich in meiner Wohnung zu verbarrikadieren und ihm aus dem Weg zu gehen, denn das wird auch in Zukunft nicht möglich sein. Wir haben einen gemeinsamen Laden. Und das ist seit Neujahr offiziell. Den neuen Mietvertrag haben wir Cora direkt nach Silvester überreicht.

Bei dem Gedanken an Aidan dreht sich alles in mir. Als würden meine Gefühle für ihn auf dem Kopf stehen und nicht wissen, wo sie hingehören.

So unauffällig wie möglich drehe ich den Kopf leicht zur Seite und schaue zur Buchhandlung rüber. Ich brauche keine fünf Sekunden, bis ich ihn unter den Menschen ausmache. Groß. Blonde Haare. Dreitagebart. Beiger Strickpullover. Dunkle Jeans und braune Stiefel. Und obwohl er mit dem Rücken zu mir steht, beginnt mein Herz zu rasen, beinahe so, als würde ich ihm direkt in die warmen Augen sehen.

Bevor er sich umdrehen kann und mitbekommt, dass ich hier bin, schleiche ich schnell in die Küche. Hier fühle ich mich wohl. Zwischen Mehl, Zucker, meiner Küchenmaschine und dem Ofen. Auf mich wartet definitiv genug Arbeit.

Ich beginne damit, alles für die Brownies rauszusuchen. Zum Glück geht Mora regelmäßig für den Laden einkaufen. Ihre Liste sieht dabei immer gleich aus, außer mir fällt spontan ein neues Rezept ein, bei dem ich eine besondere Zutat brauche.

Gedankenverloren lege ich alles auf den Tresen und gebe es

nach und nach in die Schüssel der KitchenAid. Ich war fest entschlossen, Samuel anzuzeigen. Diese Entscheidung habe ich im Grunde genommen schon damals getroffen, als ich Zoe im Auto von der Seelsorge erzählt hatte und sie mir versprochen hat, dass wir im Januar hinfahren, um uns zu informieren. Aus dem Informieren ist natürlich nichts geworden.

Cora, meine Vermieterin. Die Tante von Aidan. Und die Gründerin des Seelsorgevereins. Irgendwie seltsam, wie alles miteinander verknüpft ist. Ich weiß nicht, ob Aidan ihr von meiner Situation erzählt hat, ob sie weiß, wieso ich dort war, und ob sie mich deshalb angerufen hat. Abgenommen habe ich sowieso nie. Bei niemandem. Weil ich allein sein wollte.

Ich sehe Aidans betretenes Gesicht, die Augen voller Bedauern, die Stirn in nachdenkliche Falten gelegt und die Lippen zu einer geraden Linie verzogen. So sah er mich an, als ich begriff, dass er Dan ist. Der Dan, mit dem ich seit Monaten in Kontakt stand. Bei dem ich mich ausgekotzt habe. Dem ich mich anvertraut habe. Dem ich verdammt noch mal indirekt von dem Date mit ihm selbst erzählt habe. Das ist doch absurd.

Das dumpfe Geräusch von Schuhen auf dem Fußboden erweckt meine Aufmerksamkeit und reißt mich aus meinen Gedanken. Erschrocken drehe ich mich um und hoffe inständig, dass es nicht Aidan ist, der soeben die Küche betreten hat.

Die Anspannung in mir lässt nach, als ich die orangefarbenen Haare und das Lächeln auf Zoes Gesicht sehe. Erleichtert atme ich aus. »Was machst du hier?« Es wundert mich, dass sie da ist. Ich habe ihr gestern gesagt, dass sie ab heute nicht mehr kommen muss, weil ich wieder zu arbeiten beginne. »Möchtest du mir etwa beim Backen helfen?«

»Sehr lustig. Aber Blaubeermuffins bekomme ich hin.« Wir kichern beide, während sie mich in eine kurze Umarmung zieht, bevor sie sich aus ihrer Jacke schält und sie über einen der Stühle in der Ecke wirft. »Ich weiß, du hast mir das gestern schon erzählt, aber irgendwie habe ich es nicht ganz verstanden. Dieses Arschloch möchte sich selbst anzeigen und hat dich aufgesucht, um dir das mitzuteilen? Nach über einem Jahr? Woher hat er überhaupt deine Adresse?«

Aus einem der Hängeschränke hole ich zwei Gläser und fülle sie mit Wasser. Gemeinsam setzen wir uns an den Tisch. Die Arbeit kann noch warten. Auf ein paar Minuten mehr oder weniger ohne Brownies kommt es sicher nicht an.

»Ganz ehrlich? Ich habe keinen blassen Schimmer, woher er meine Adresse hat. Irgendwie war es mir in dem Moment auch komplett egal.« Ich nehme einen großen Schluck des kalten Wassers. »Es ist schon merkwürdig, dass er nach so langer Zeit plötzlich diese Schuldgefühle entwickelt und nicht nur sich selbst, sondern auch Cameron anzeigen möchte.«

»Er glaubt hoffentlich nicht, dass du ihm dafür auch noch dankbar bist. Dieser Mistkerl hätte sich gleich selbst anzeigen können oder, noch besser, so einen Scheiß erst gar nicht tun dürfen.« Zoes Gesicht läuft rot an, und es würde mich nicht wundern, wenn gleich heißer Dampf aus ihren Ohren strömt, so wütend sieht sie aus.

»Ich war irgendwie darauf vorbereitet, weißt du? Also nicht, dass er plötzlich vor meiner Tür steht. Aber ich hatte sowieso vor, ihn anzuzeigen und bei der Polizei zu schildern, was passiert ist. Doch jetzt ist auch Rachel involviert. Wenn er Cameron anzeigt und Rachel als Opfer benennt, wird die Polizei sicherlich auch auf sie zugehen und sie zu einer Aussage bitten. Ich lag gestern die ganze Zeit wach und habe mir den Kopf darüber zerbrochen, wie sie damit umgehen wird. Es wird sie unvermittelt treffen. Telefonisch erreiche ich sie nicht, sie muss ihre Nummer gewechselt haben.«

»Wohnt sie denn noch immer in Brixton?«, fragt Zoe und faltet ihre Hände über der Tischplatte.

»Gute Frage. Das werde ich morgen rausfinden.« Gestern habe ich stundenlang darüber nachgedacht, wie ich Rachel kontaktieren kann, um sicherzugehen, dass sie meine Nachricht auch liest. Ich kann nicht sicher sein, außer ich trete ihr gegenüber.

Ich verkrafte den Gedanken einfach nicht, dass sie irgendwann Post bekommt und dazu aufgefordert wird, auf ein Polizeirevier zu kommen, um eine Aussage über etwas zu machen, das ein Jahr her ist und über das sie schon damals nicht sprechen wollte. Zu versuchen, sie zu kontaktieren, ist das Mindeste, das ich tun kann.

»Möchtest du, dass ich dich begleite? Ich habe zwar einen Termin in der Agentur, aber am Nachmittag hätte ich Zeit.« Zoe streckt ihre Hand nach meiner aus und hält mich fest. Womit ich so eine gute Freundin verdient habe, weiß ich bis heute nicht. Aber zu wissen, dass ich niemals wirklich allein bin, weil es immer jemanden geben wird, der für mich da ist, erwärmt mein Herz und lässt es tanzen.

»Nein, ich glaube, das muss ich allein machen. Aber danke, für alles.« Wahrscheinlich wird es für Rachel schwer genug, wenn ich plötzlich vor ihr stehe. Zwei Gesichter würden sie vielleicht nur noch mehr überfordern.

Zoe lässt meine Hand los, trinkt einen Schluck und macht ein schmatzendes Geräusch, während sie das Glas wieder auf dem Tisch abstellt. »Ich möchte dich wirklich nicht nerven. Aber hast du mit Aidan gesprochen?«

Bei seinem Namen muss ich unweigerlich zur Tür hinüberblicken, als könnte er jeden Moment hereinkommen. »Er weiß nicht, dass ich hier bin. Habe mich direkt in die Küche geschlichen. Also nein, wir haben noch nicht miteinander gesprochen, und ich bin mir nicht sicher, ob ich das schon möchte«, gebe ich zu. Auf der einen Seite würde ich gerne wissen, wieso. Auf der anderen habe ich Angst, mich irgendwo zwischen Wut und Liebe zu verlieren.

»Auf keinen Fall werde ich dir sagen, was du zu tun hast. Ich bin nicht die Beste im Erteilen von Ratschlägen. Aber vielleicht hilft es dir, wenn du dir seine Erklärung anhörst, und dann kannst du entscheiden, ob du ihm verzeihen kannst oder nicht.«

»Ich möchte ihm verzeihen.« Meine Worte kommen schneller über meine Lippen, als ich denken kann. »Nur weiß ich nicht, wann die Zeit dafür gekommen ist.«

Zoe nickt, als würde sie genau verstehen, was ich meine. »Egal, was du tust. Ich bin für dich da. Immer. Wenn du Spaß haben möchtest. Wenn du weinen möchtest. Wenn du vor Wut Gläser gegen die Wand schmeißen willst. Wenn du dich betrinken willst, aber hey, Alkohol ist keine Lösung. Wenn du raus möchtest.«

»Das musst ausgerechnet du sagen. Ich bin mir ziemlich sicher, dass du in deinem Leben mehr Weinflaschen geköpft hast als ich.«

Zoe beginnt zu grinsen. »Das war alles zum Zwecke der Wissenschaft.«

»Welche Wissenschaft?«

»Wie hätte ich dir sagen sollen, dass Alkohol nicht die Lösung deiner Probleme ist, wenn ich es nicht selbst ausprobiert hätte?«

Mein Grinsen wird mindestens genauso breit wie ihres. Manchmal hat sie echt einen an der Klatsche. Das haben wir wohl beide.

»Ich möchte dich nicht weiter von der Arbeit abhalten. Deine

Kunden sehnen sich schon seit Tagen nach etwas anderem als Blaubeermuffins.« Mit einem letzten Schluck trinkt Zoe das Wasser aus und stellt ihr Glas in die Spüle. »Meldest du dich spätestens morgen bei mir, nachdem du bei Rachel gewesen bist?«

»Natürlich«, antworte ich und drücke meine beste Freundin. Etwas länger als gewöhnlich für eine normale Verabschiedung. Doch ihre Umarmung gibt mir Kraft und Mut. Mit einem Lächeln trennen wir uns voneinander.

Ich möchte gerade meine KitchenAid einschalten, da wird die Tür erneut aufgestoßen.

»Hast du was verge...« Weiter komme ich nicht. Denn als ich mich umdrehe, ist es Aidan, der nur wenige Meter von mir entfernt steht und die Hände vor der Brust verschränkt, als wäre ihm kalt.

Ich zähle seine Schritte, bedacht darauf, ihm nicht ins Gesicht zu sehen. Nach fünf Schritten steht er vor mir. So nah, dass ich den vertrauten Geruch von Kaminfeuer und Aftershave riechen kann.

»Kate? Können wir reden?« Mein Name aus seinem Mund klingt nach einem Flehen. »Ich weiß, ich wollte dir Zeit geben. Aber ich halte das nicht mehr aus. Ich vermisse dich.«

Ich vermisse dich auch, Aidan. Sehr. Doch das kann ich dir nicht sagen, weil sich irgendwas in mir dagegen sträubt. Vermutlich die Enttäuschung darüber, dass du nicht ehrlich zu mir warst. Dass du mein dunkelstes Geheimnis wusstest und es mir nicht gesagt hast.

»Wieso hast du es mir nicht sofort gesagt?« Meiner Stimme ist die Anspannung in mir anzuhören.

Langsam fährt er sich mit den Fingern über den Bart und seufzt. »Ich wusste nicht, wie. In meinen Gedanken habe ich oft Sätze geformt, mit denen ich es dir erklären wollte. Es hat sich aber nie nach dem richtigen Zeitpunkt angefühlt. Oh Mann! Das klingt so dumm. Als ob es dafür einen richtigen Zeitpunkt geben würde.«

»Jeder Moment wäre richtig gewesen für die Wahrheit.«

»Es tut mir leid. Um ehrlich zu sein, gibt es keinen Grund dafür, dass ich es nicht sofort gesagt habe, ich war feige und hatte Angst, dich damit von mir zu stoßen. Als ich gemerkt habe, dass du es bist, mit der ich schreibe, war ich verwirrt. Ich habe wirklich geglaubt, dass du nichts mehr mit mir zu tun haben möchtest, wenn du es weißt. Dass du dich abwendest, weil ich weiß, was dir passiert ist. Also habe ich geglaubt, es sei das Richtige, wenn ich dich entscheiden lasse, wann du mir davon erzählen willst.«

Aidan beginnt vor mir auf und ab zu laufen. Er wirkt so nervös und verletzlich. Und ich weiß, dass er mich niemals verletzen wollte. Aber das macht dieses blöde Gefühl nicht besser, das mir zuflüstert, dass er auf eine dumme Art mein Vertrauen missbraucht hat.

»Und als du mir dann davon erzählt hast, dass es dir schwerfällt, anderen zu vertrauen, war ich hin- und hergerissen. Ich wollte es dir sagen. Wirklich. Aber meine Dummheit und meine Angst, dass du mich ausschließen würdest, waren zu groß. Es tut mir so leid. Bitte glaub mir das.« Er bleibt stehen. Ich brauche ihn nicht anzusehen, um den Schmerz in seinem Gesicht zu erkennen, ich höre ihn in seiner Stimme.

»Ich glaube dir. Und ich weiß auch, dass es dir leidtut. Manchmal trifft man eben falsche Entscheidungen. Aber, Aidan?«

Unsere Blicke treffen sich. Bedauern in seinem. Schmerz in meinem.

»Es so zu erfahren, tat weh. Mir wurde der Boden unter den Füßen weggerissen. Dich dort zu sehen, zu hören, wie dich jemand Dan nennt, das hat mich in dem Moment gebrochen. Besonders, weil wir über das Thema Vertrauen bereits gesprochen hatten.« Mit dem Rücken lehne ich mich an die Rücheninsel und starre auf das Bild an der Wand. Blaue Wellen, die auf hellen Sand prallen und ihre nassen Spuren hinterlassen. »Meine Gefühle für dich sind nicht verschwunden. Und um ehrlich zu sein, wäre mir gerade nichts lieber, als von dir in den Arm genommen zu werden.« Bei meinen eigenen Worten lache ich kurz auf. Alles, was ich sage, ist so widersprüchlich.

Er macht einen Schritt auf mich zu. Bereit, mich sofort in die Arme zu schließen, und es wäre so einfach, mich fallen zu lassen und in ihnen zu versinken. Einfach auszublenden, was passiert ist.

»Aber ich kann das noch nicht«, füge ich hinzu, und er bleibt auf der Stelle stehen. »Ich verzeihe dir, dass du es mir nicht sofort gesagt hast. Aber bitte gib mir noch ein wenig Zeit. Da ist gerade so vieles, was mir durch den Kopf geht, und ich muss es erst einmal sortieren und eines nach dem anderen abhaken. Nicht, dass du ein Haken auf meiner To-do-Liste wärst. So meine ich das nicht. Vielmehr würde ich mir wünschen, dass du einfach mein Ziel bist. Verstehst du?«

Er nickt, und ich frage mich, ob er es wirklich versteht. Ob er weiß, was ich meine. In meinem Kopf herrscht Chaos. Das bevorstehende Gespräch mit Rachel. Samuel, der sich selbst und Cameron anzeigt. Die Frage, wie Cameron darauf reagiert, ob er gesteht oder nicht. Ich weiß nicht einmal, wie ich selber damit umgehen werde, wenn ich vor einer fremden Person sitze und ihr schildern muss, was damals passiert ist.

»Ich verstehe, Kate. Und ich gebe dir alle Zeit der Welt. Das meine ich ernst. Ich liebe dich, und egal, was gerade los ist, du kannst jederzeit zu mir kommen. Ich bin da, wann immer du mich brauchst. So lange warte ich.« Sein Mundwinkel zuckt leicht, und insgeheim wünsche ich mir, dass er lächelt. Und als er es dann tut, erweckt er all die Schmetterlinge in meinem Bauch wieder zum Leben.

Zeit. Das ist es, was wir brauchen. Was ich brauche. Und wenn ich bereit bin, komme ich zu ihm zurück. Schließe ihn in meine Arme und lasse ihn nie wieder gehen. Dieser Tag ist nicht heute. Aber er kommt irgendwann. Und ein Irgendwann ist besser als ein Nie.

Kapitel 34

Kate

Drei Stufen führen mich zu der dunkelgrünen Tür. Als ich vor ihr stehe, im Schutz eines kleinen Vordaches, schließe ich meinen Regenschirm und lasse ihn an meinem Handgelenk baumeln.
Ich bin diese U-Bahn-Strecke schon einige Male gefahren. Früher, als Rachel und ich gemeinsam für die Uni gelernt haben. Oder wenn wir uns auf einen Kaffee bei ihr getroffen haben, weil ihre Haushälfte um einiges größer war als meine kleine Einzimmerbude.
Miller steht noch immer an dem kleinen goldenen Klingelschild. Erleichtert atme ich aus, froh darüber, dass sie nicht weggezogen zu sein scheint. Ich wüsste nicht, was ich dann gemacht hätte.
Innerlich spreche ich mir immer und immer wieder Mut zu, sage mir, dass ich das schaffe, während mein Zeigefinger über der Klingel schwebt. Wie sie wohl darauf reagieren wird, mich nach all der Zeit zu sehen? Auf meine damaligen Nachrichten hat sie nie geantwortet. Vielleicht schlägt sie mir die Tür vor der Nase zu. Oder sie ist gar nicht zu Hause, und ich muss wie ein Stalker den ganzen Tag hier warten.

Der Regen prasselt laut auf das Dach aus Blech und beschreibt ganz gut meine innere Gefühlslage.

Ehe ich mich noch weiter in Gedanken verlieren kann, drücke ich das kalte Metall und höre es drinnen läuten. Schritte sind zu vernehmen, und als die Tür aufgeht, bleibt meine Atmung kurz stehen. Hundert Szenarien gingen mir den ganzen Morgen durch den Kopf. Doch in keinem hat mir ein Mann mit schwarzen Haaren und in einem gemütlich aussehenden Jogginganzug die Tür geöffnet.

»Guten Tag, kann ich irgendwas für Sie tun?« Er klingt verunsichert, legt den Kopf leicht schief und zieht die Brauen zusammen. Es sieht beinahe so aus, als würde er überlegen, woher er mich kennen könnte.

Ich trete von einem Bein auf das andere, vor Nervosität und Kälte, die sich ihren Weg durch meine Klamotten bahnt. »Wohnt Rachel hier noch?«

»Oh ja. Natürlich.« Er dreht sich um und wendet mir den Rücken zu. »Rachel?«, ruft er ins Haus hinein.

Ich blicke zu Boden, während ich ihre Schritte immer näher kommen höre. *Atmen, Kate. Vergiss nicht zu atmen.*

»Kate?« Ihre Stimme hat sich nicht verändert. Weich, ruhig und deutlich. Und als ich meinen Kopf hebe, blicke ich in die blauen Augen, umrahmt von getuschten Wimpern. Ihre braunen Haare hat sie zu einem Zopf im Nacken gebunden. Ihre schmalen Lippen öffnen sich leicht, nur um sich gleich wieder zu schließen. Das Einzige, das sich optisch an ihr verändert hat, ist der Pony, der ihr in die Stirn fällt. Für den Bruchteil einer Sekunde sehe ich sie an jenem Abend vor mir. Ihr Outfit. Ihre Haare. Ihr Make-up und das tränenverschmierte Gesicht. Doch diese Gedanken verdränge ich so schnell wieder, wie sie gekommen sind.

»Hi.« Ich wusste nicht, dass zwei Buchstaben sich so brüchig anhören können. »Geht's dir gut?«, frage ich, weil ich nicht weiß, wie ich dieses Gespräch beginnen soll.

Wie in Trance nickt sie. »Ja, ja, mir geht es gut. Komm doch rein.« Sie schließt die Tür hinter mir und läuft an mir vorbei. Rachel riecht nach einem fruchtigen Duschgel, als wäre sie gerade aus der Dusche gekommen.

»Ich lasse euch dann mal allein.« Der Mann, der nur etwas größer ist als Rachel, geht die Treppe nach oben und verschwindet hinter einer Tür.

Lautlos folge ich Rachel in das Wohnzimmer, das sich kein Stück verändert hat. Senfgelbe Couch, runder Teppich aus Jute, unzählige Pflanzen, ein alter Schreibtisch in Kombination mit dem typischen Ikeastuhl.

»Es ist lange her … Ich habe oft an dich denken müssen«, gestehe ich.

»Geht mir ähnlich.« Wir setzen uns auf das einladende Sofa. »Was führt dich hierher?«

Kurz und schmerzlos, lautet mein Plan, also rede ich erst gar nicht lange um den heißen Brei herum. »Samuel stand vorgestern plötzlich vor mir und hat mir gesagt, dass er sich selbst anzeigen möchte.« Ich öffne meine Jacke, weil mir immer heißer wird. »Er will auch Cameron anzeigen.«

Ihre Lippen teilen sich. Ihre Lippen schließen sich. Mehrere Male. Mit den Fingern umschließt sie den Anhänger an ihrem Hals. Ein Schmetterling, der mich an die Ohrringe erinnert, die sie an dem Abend getragen hat, als unser Leben ins Chaos gestürzt wurde. »Wieso? Ich meine, es ist so lange her. Wieso jetzt?«

»Ich habe ein Café eröffnet, und er stand eines Tages als Kunde vor mir. Vielleicht kannst du dir denken, wie ich reagiert habe. Sein Gesicht verfolgt mich sowieso in Albträumen. Ihn dann aber direkt vor mir zu sehen, hat mich komplett aus der Fassung gebracht. Nach einigen Wochen kam er dann ein zweites Mal. Hat sich entschuldigt.« Ich schnaube.

»Als ob eine Entschuldigung irgendwas wieder gut oder besser machen würde.« In Rachels blauen Augen flammt dieselbe Wut auf, die auch ich verspürt habe.

»Das habe ich auch gesagt. Vorgestern habe ich alles rausgelassen. Ihn auf offener Straße angebrüllt und ihm gesagt, dass ich ihn anzeigen möchte, denn ehrlich gesagt bereue ich es, das nicht schon damals getan zu haben.«

»Es tut mir leid.« Rachel legt ihre Hand auf meinen Unterarm und sieht mir tief in die Augen. Dabei muss ihr gar nichts leidtun. Ich bin diejenige, die sie mit auf diese Party geschleppt hat.

»Nein, das muss es nicht. Mir tut es leid. Ich hätte ... ich hätte dir irgendwie helfen müssen. Es ist meine Schuld, dass du überhaupt dort warst und ...« Meine Augen werden glasig, und ich versuche, stark zu sein. Für sie. Weil sie doch so viel mehr durchgemacht hat als ich.

Doch als ich meinen Kopf hebe, sehe ich, dass es nicht nur mir so geht. Rachel weint. Die Tränen kullern ihr über die Wangen, und gleichzeitig lächelt sie. Schmerzhaft, befreit und wunderschön.

»Es tut so weh, das zu hören. Bitte sag nie wieder, dass du mir hättest helfen müssen, wenn du nicht in der Lage dazu warst. Gib dir nicht die Schuld dafür. Zwei Menschen sind schuld an dem, was uns angetan wurde. Cameron und Samuel. Nicht du. Nicht ich. Nur die zwei.«

Ich lasse meinen Tränen freien Lauf, halte sie nicht mehr zurück. Und so sitzen wir da. Minutenlang. Schweigend. Weinend. Gebrochen und irgendwie auch nicht. Denn wir haben weitergemacht. Wir haben zwar nicht vergessen und verziehen. Aber wir sind auch nicht vollständig daran zerbrochen. Wir haben gekämpft. Jede auf ihre eigene Art und Weise. Und am Ende gewinnen wir. Ja, wir sind Opfer einer schlimmen Tat, aber wir sind auch Überlebende. Stark und selbstsicher.

»Danke, dass du mir Bescheid gesagt hast. Und bitte nimm es mir nicht übel, dass ich damals nie auf deine Nachrichten reagiert habe. Ich war einfach nicht in der Lage dazu.« Rachel wischt sich mit dem Ärmel ihres Oberteils die verschmierte Wimperntusche aus dem Gesicht. »Ich konnte sie nicht anzeigen, Kate. In dem Moment konnte ich es einfach nicht. Alles, was ich wollte, war vergessen. Eine Zeit lang habe ich mich schwach gefühlt, weil ich sie nicht zur Rechenschaft gezogen habe, weil sie damit davongekommen sind. Doch meine Therapeutin hat mir bewusst gemacht, dass es okay ist. Dass jeder anders verarbeitet und dass ich mir keine Vorwürfe machen darf. Und genauso wenig darfst du dir Vorwürfe machen.«

Sie hat das getan, wovor ich so lange Angst hatte. Sie hat sich Hilfe gesucht. Wenn ich sie so ansehe und reden höre, wird mir klar, dass ich das auch schon längst hätte tun sollen. Doch es ist nicht zu spät dafür. Es ist nie zu spät.

»Ich war dir niemals böse, Rachel. Aber ich bin froh, hier zu sein. Mit dir zu sprechen. Dich zu sehen. Das tut gut.«

»Weißt du, wieso ich mich nicht gemeldet habe?«

Ich schüttle den Kopf.

»Ich hatte panische Angst davor, dir ins Gesicht zu sehen. Weil dein Gesicht mein Anker in dieser Nacht war. Weil ich mich an nichts anderes klammern konnte.« Erneut laufen ihr Tränen über die Wangen. »In deinem Blick war so viel Schmerz, aber auch Kraft. Du hast deine Augen nicht geschlossen oder weggeschaut. Stattdessen hast du mir Halt gegeben. Dafür werde ich dir ewig dankbar sein. Aber als alles vorbei war, hatte ich Angst vor deinem Gesicht. Ich habe geglaubt, dass ich mich in deinen Augen sehen würde und immer und immer wieder alles von vorne erleben müsste.« Sie stellt die Ellenbogen auf ihre Knie und verdeckt mit ihren Händen ihr Gesicht. »Dich jetzt zu sehen, zeigt mir, wie dumm dieser Gedanke war. Also danke, danke, danke! Dafür, dass du damals da warst. Dafür, dass du es immer wieder versucht hast. Und dafür, dass du heute hier bist.«

Ihre Worte heilen mein kaputtes Herz. Diesen einen Riss, der immer da war, weil ich geglaubt habe, ihr Leben ruiniert zu haben, und weil ich dachte, sie würde mich hassen.

Das Laminat unter unseren Füßen knackt, und wir wenden unsere Köpfe in Richtung Tür, wo der Mann mit den schwarzen Haaren steht. Seine Lippen ziehen sich schmerzverzerrt nach unten, als würde er den Anblick von Rachel nicht ertragen. »Ist alles okay?« Sorge schwingt in seinen Worten mit, und ich bin mir sicher, dass dieser Mann sie abgöttisch liebt.

Rachel nickt und sieht dann mich an. »Ist es okay, wenn er sich zu uns setzt?«

»Natürlich.« Ich rücke ein Stück auf dem Sofa zur Seite, sodass er zwischen uns Platz nehmen kann.

Er ergreift sofort Rachels Hand und streichelt mit dem Daumen ihre Haut.

»Mike ist mein Freund. Wir sind seit einem Jahr zusammen, und er weiß über alles Bescheid«, erklärt sie mir und wendet sich dann an ihn, um mich vorzustellen. »Das ist Kate. Ich habe dir von ihr erzählt. Sie ist vorbeigekommen, um mir zu sagen, dass einer der beiden Mistkerle sich selbst und auch den anderen anzeigen wird.«

»Was?« Er scheint geschockt darüber zu sein. Beinahe noch mehr als Rachel selbst. »Musst du dann eine Aussage machen?«

»Ich habe gegoogelt, und wahrscheinlich wird es dazu kommen«, beantworte ich die Frage. »Wenn er sich gestern bereits angezeigt hat, werden wir in den nächsten Tagen eine Vorladung für eine Zeugenaussage kriegen und ihr Folge leisten müssen. Deshalb wollte ich Rachel vorwarnen, damit sie vorbereitet ist, wenn dieser Brief kommt. Aber auch wenn er nicht kommen sollte und Samuel sich doch nicht selbst angezeigt hat, würde ich es tun. Ihn anzeigen.«

»Bist du dafür bereit, Schatz?«, fragt Mike seine Freundin.

»Ja. Ich hätte niemals gedacht, dass ich das mal sagen würde. Aber ja, ich bin bereit. Kate hat recht. Wenn Samuel sich doch nicht selbst anzeigt, dann werden wir das tun. Wir werden die Schweine anzeigen, und egal, was dabei rauskommt, wir werden da mit erhobenem Haupt rausgehen.«

Mike zieht Rachel in seine Arme, und ich bin froh, dass sie einen tollen Mann an ihrer Seite hat. »Dann machen wir das.«

Wie er das Wir ausspricht, beschert mir eine Gänsehaut, bei der sich die Härchen auf den Armen aufstellen. Auch wenn ich es nicht möchte, muss ich unweigerlich an Aidan denken. An unser Wir und daran, dass er mich auch in den Arm nehmen würde, mir das Haar hinters Ohr streichen würde, meine Tränen wegküssen würde.

Als sich die zwei voneinander lösen, sieht mich Rachel lächelnd an. »Magst du mir deine Nummer geben? Ich habe ein neues Telefon und würde gerne in Kontakt mit dir bleiben. Egal, was da auf uns zukommt oder auch nicht. Außerdem möchte ich es mir nicht nehmen lassen, das Café zu besuchen, von dem du schon so lange geträumt hat.«

»Aber natürlich.« Ich hole mein Handy raus und diktiere ihr meine Nummer, die ich nach so vielen Jahren noch immer nicht auswendig kann. Ich habe eine Million Rezepte im Kopf abgespeichert, aber so etwas Wichtiges wie meine Telefonnummer natürlich nicht.

Als wir in ihrem Flur stehen und uns zum Abschied umarmen, flüstert sie mir etwas ins Ohr, was ich so schnell nicht mehr vergessen werde. »Zu heilen bedeutet nicht, dass der Schaden nie angerichtet wurde und nicht existiert. Es bedeutet aber, dass das, was passiert ist, nicht unser Leben kontrolliert.« Sie lässt mich los und blickt mir tief in die Augen. »Meine Therapeutin hat mir das damals gesagt, und ich fand, du solltest es auch hören. Und danke, dass du vorbeigekommen bist. Trotz all der Umstände war es schön, dich mal wiederzusehen.«

Kapitel 35

Kate

Regentropfen um Regentropfen prasselt auf den kalten Betonboden, in jeder Ritze staut sich das kühle Nass, und alles wirkt grau, matt und trostlos. Weit und breit ist nichts mehr vom weißen Winterwunderland in London zu sehen.

So wechselhaft wie das Wetter ist heute auch meine Gefühlswelt. Mit den Fingerspitzen fühle ich den Brief in meiner Jackentasche, den ich zweimal gefaltet habe. Es ist die Vorladung zur Zeugenaussage bei der Polizei, die vor wenigen Tagen in meinem Briefkasten war. Ein so unscheinbarer Umschlag und doch etwas so Bedeutsames. Mit der anderen Hand halte ich den Regenschirm, der in einer Stadt wie dieser zur Grundausrüstung gehört. Wie ferngesteuert gehe ich die feuchte Straße schnellen Schrittes weiter entlang, bereit, jeder kommenden Pfütze auszuweichen.

Meine Gedanken kreisen dabei um Rachel. Gestern haben wir miteinander telefoniert, und ich weiß, dass sie genau jetzt auf dem Polizeirevier ist und ihre Aussage macht. Ihre Worte klangen am Handy sehr gefestigt, und doch habe ich diesen leichten Unterton in ihrer Stimme herausgehört, der mir verraten hat, dass sie unruhig ist. Aber wer wäre das nicht? An das Erlebte zu denken, tut schon weh, doch darüber zu sprechen, kann sich anfühlen wie Folter. Das wissen wir beide. Und doch werden wir das durchstehen. Wir werden dafür sorgen, dass Samuel und Cameron ihre gerechte Strafe bekommen und wir anschließend nie wieder ihre Namen in den Mund nehmen müssen.

Die Ladentür vom *Cosy Corner* öffnet sich, und ein kleiner Junge mit etwas Zuckerguss am Mund stürmt hinaus. Seine Mutter läuft ihm mit seiner gelben Regenjacke in der Hand hinterher und ruft den Jungen beim Namen, während er mit seinen roten Gummistiefeln in einer riesigen Pfütze auf- und abspringt.

Ich bin noch nicht einmal richtig angekommen, da steht plötzlich Cora im Laden vor mir. »Hallo, Kate.« Sie trägt einen himmelblauen Pullover und hat sich die Haare zu einem Dutt gebunden.

»Hallo, Cora ...« Seit dem Vorfall in der Einrichtung habe ich sie nicht mehr gesehen. Dreimal hatte sie versucht, mich anzurufen, und kein einziges Mal rief ich zurück. Ich weiß nicht genau, wieso. Vielleicht habe ich Angst gehabt, sie könnte von allem gewusst haben. Doch was hätte es geändert? Hätte ich Aidan dort nicht angetroffen, aber Cora, wäre ich dann auch rausgestürmt, oder hätte ich mich ihr anvertraut?

»Können wir ganz kurz sprechen?« Sie lächelt mich unsicher an, und selbst wenn ich wollte, könnte ich ihre Frage nicht verneinen. Also nicke ich nur, woraufhin ich mich noch einmal schnell im Laden umschaue. Hope und Mora sind gerade hinter der Theke beschäftigt und scheinen mich nicht zu brauchen. Lucas begrüßt mich mit einem Grinsen, und von Aidan fehlt jede Spur. Auch die letzten Tage habe ich kaum mit ihm gesprochen, dabei haben wir gestern zusammen abgeschlossen und sind sogar gemeinsam nach Hause gegangen. Unterwegs mit ihm habe ich mich immer wieder dabei erwischt, etwas sagen zu wollen, habe es aber dann doch gelassen. Den ganzen Nachhauseweg über wechselten wir nur zwei Sätze zum Wetter. Wie zwei sich flüchtig kennende Bekannte, die sich zufällig im Supermarkt beim Obstregal begegnen.

Gemeinsam gehen wir in das kleine Büro.

»Ah, habt ihr das alte Ding endlich ausgetauscht?«

Ich folge Coras Blick und sehe den Computer. »Den hat Aidan vor einiger Zeit angeschafft.«

Da ich mich kaum im Büro aufhalte und auch keinen PC nutze, war es mir egal, ob er etwas Neues anschafft. Für mich ist dieser Ort eher eine Art Garderobe.

Wir setzen uns an den Schreibtisch. Ich mich auf den Bürostuhl und Cora sich mir gegenüber. Sie legt ihre Hände auf den Tisch und faltet sie ineinander. »Wie geht es dir?«

»Gut«, antworte ich ihr, ohne darüber nachzudenken, wie es mir wirklich geht.

»Ich möchte ehrlich zu dir sein. Aidan hat mir erzählt, dass er dir verschwiegen hat, dass er in seiner Freizeit schon seit Jahren bei mir in der Einrichtung tätig ist. Vor einer halben Ewigkeit habe ich sie mit meinem verstorbenen Mann ins Leben gerufen. Als Aidan alt genug war, hat er mehrere Fortbildungen gemacht, um bei der Seelsorge ehrenamtlich helfen zu können.«

Mit großen Augen warte ich auf den Moment, in dem sie meine Vergangenheit anspricht. Meine Schultern sind angespannt, und ich weiß nicht, ob ich ausgerechnet heute mit ihr darüber reden möchte.

Anscheinend erkennt sie die Panik in meinem Blick, denn sie hebt beschwichtigend die Arme. »Er hat mir nicht erzählt, mit welchem Anliegen du dich an uns und in dem Fall an ihn gewandt hast. Solche Informationen würde er nicht einmal mir weitergeben. Ich weiß nur, dass ihr geschrieben habt, und als ihm bewusst wurde, dass er mit dir schreibt, hat er sich nicht getraut, dir davon zu erzählen.«

Ihre Worte treffen mich, auch wenn sie mir nichts Neues erzählt hat. Und doch muss ich mich kurz sammeln, bevor ich etwas erwidern kann.

»Manchmal glaube ich, dass ich das verstehen kann und vielleicht sogar genauso gehandelt hätte. Aber in anderen Momenten denke ich, dass es so viel leichter gewesen wäre, ehrlich zu sein«, gestehe ich Cora und lehne mich zurück in den Stuhl. Langsam wird mir warm, weshalb ich meinen Mantel ausziehe und ihn über meinen Schoß lege.

»Aidan wirkt nach außen immer sehr gefasst, und er kann auf andere recht hart wirken, doch in Wahrheit möchte er, dass es jedem Lebewesen gut geht. Sein Herz ist so groß, und trotzdem fällt es ihm schwer, jemanden hineinzulassen. Doch das hat er bei dir getan, Kate. Du bist für ihn kein Zeitvertreib. Kein Experiment oder Projekt. Er liebt dich, er liebt dich wirklich, und er leidet darunter, dass ihr euch gerade aus dem Weg geht. Oje, er wird mich lynchen, wenn er erfährt, dass ich mit dir gesprochen habe.« Cora fängt an zu lachen und entblößt dabei ihre weißen Zähne, umrahmt von einem roséfarbenen Lippenstift.

»Ich weiß.« Das tue ich wirklich. Ich erkenne es in seinen Blicken. Habe es in jedem Kuss, in jedem Wort und jeder Berührung gespürt, und ich liebe ihn auch. Es wäre unmöglich für mich, unsere Beziehung aufzugeben, und ehrlich gesagt habe ich das auch nie wirklich in Erwägung gezogen. Weil ich an seiner Seite sein und ihn an meiner wissen möchte. »Es ist alles ein bisschen blöd gelaufen«, sage ich und beginne nun selbst zu lachen. Blöd gelaufen ist wirklich ein untertriebener Ausdruck.

Cora erhebt sich aus dem Stuhl und streicht ihren Pullover glatt. »Dass ich mit dir spreche, liegt nicht daran, dass ich dich überreden möchte, Aidan eine zweite Chance zu geben. Wobei ich mich darüber natürlich sehr freuen würde. Was ich dir eigentlich sagen möchte, ist, dass ich immer für dich da bin. Wenn du reden magst. Wenn du Hilfe brauchst oder du einfach gemeinsam schweigen möchtest. Du kannst immer auf mich zukommen.«

»Danke, Cora. Das weiß ich wirklich zu schätzen, und vielleicht komme ich mal darauf zurück«, entgegne ich ihr und stehe ebenfalls auf, um meinen Mantel an die kleine Garderobe hinter der Tür zu hängen.

Wenn ich so darüber nachdenke, frage ich mich, wieso ich mich nicht schon eher anderen gegenüber geöffnet und mir Hilfe gesucht habe. Doch eins weiß ich nun. Alles hat seine Zeit. Man kann nichts erzwingen, und man kann nicht davon ausgehen, dass jeder Mensch gleich mit einer Situation umgeht. Und das ist okay. Jeder muss selbst herausfinden, wie er damit umgeht, mit dem, was er durchgemacht hat. Wir alle finden unseren Weg. Und dies ist meiner.

Cora verabschiedet sich von mir mit einer Umarmung und macht sich auf den Weg zur Seelsorge. Ich bleibe allein im Büro zurück und frage mich, wie mein Termin bei der Polizei nachher verlaufen wird und ob sich Rachel schon bei mir gemeldet hat. Doch ein Blick auf mein Handy verrät mir, dass dem nicht so ist. Also bleibt mir nichts anderes übrig, als zu warten.

In der Tasche meiner Jacke wühle ich nach dem zusammengefalteten Brief, auf dem alle wichtigen Daten stehen, und hole ihn heraus. Ich möchte mich noch ein letztes Mal vergewissern, um welche Uhrzeit ich in welches Revier muss, obwohl ich schon hunderte Male auf das Blatt Papier geschaut habe. In ungefähr zwei Stunden müsste ich mich auf den Weg machen. Bis dahin werde ich in der Küche für Nachschub sorgen und Hope und Mora hinter der Theke aushelfen.

Wie aufs Stichwort platzt Hope plötzlich ins Büro. »Kate, es tut mir leid, dich zu stören. Aber könntest du uns vielleicht kurz helfen? Der Ansturm ist gerade echt groß.« Sie sieht mich mit ihren unschuldigen blauen Augen an, und am liebsten würde ich ihr sagen, dass sie sich nicht entschuldigen muss. Doch sie scheint es eilig zu haben, weshalb ich schnell den Brief auf den Schreibtisch lege und ihr hinterhereile.

Aidan

Schon seit über einer Stunde brummt der Laden. Vor den Feiertagen haben viele Kunden Gutscheine als Geschenke bei uns erworben, und nun werden alle nach und nach eingelöst.

Auch bei Kate ist ordentlich was los, was für einen Freitagnachmittag nicht wirklich ungewöhnlich ist. Hope und Mora bedienen die Kunden an den Tischen, und Kate steht hinter der Theke und nimmt To-go-Bestellungen an. Ich möchte es nicht, und doch schweift mein Blick immer wieder zu ihr hinüber. Zum Glück ist sie so sehr in die Arbeit vertieft, dass sie es nicht mitzubekommen scheint. Ihre blonden Haare tanzen auf ihren Schultern und schwingen in die Luft, bei jeder Drehung, die sie macht.

Am liebsten würde ich zu ihr rübergehen und sie küssen. So lange, bis wir keine Luft mehr bekommen. So lange, wie es geht.

Noch bis vor wenigen Wochen war alles perfekt. Der Silvesterabend hat das vergangene Jahr gekrönt, und ich weiß nicht, wann ich das letzte Mal so glücklich war. Nachdem ich Kate den Vertrag gegeben habe, wollte ich ihr alles erzählen. Doch ich tat es nicht.

Schon wieder nicht. Und ich würde mich dafür am liebsten ohrfeigen.

Kate in der Einrichtung zu sehen, hat mir nicht nur den Boden unter den Füßen weggerissen, es hat mich für einen kurzen Moment schwarzsehen lassen. Ich habe innerhalb einer Sekunde gewusst, dass ich es versaut hatte. Alles, was wir uns aufgebaut hatten. Was irgendwie schnell ging und doch irgendwie langsam. Was nicht hätte sein sollen und sich trotzdem wie Schicksal angefühlt hat.

»Aidan, hast du an die Bestellungen gedacht?« Archer steht vor mir. Seine Haare sind feuerrot. Es ist mir ein Rätsel, warum ihm nicht schon alle ausgefallen sind, wo er sie doch so regelmäßig mit Chemie vollpumpt.

»Das wollte ich gerade erledigen.« In Wahrheit habe ich keine Sekunde an die noch zu tätigenden Buchbestellungen gedacht.

»Ach, sicher? Die hier habe ich nämlich noch an der Kasse gefunden.« Mein kleiner Bruder hält die Papiere, auf denen die Kundendaten und die gewünschten Bücher stehen, hoch und wedelt damit direkt vor meinem Gesicht herum. »Du solltest weniger an Kate denken und mehr an deine Arbeit«, fügt er hinzu und streckt mir die Zunge heraus, als wären wir acht Jahre alt.

Ich habe ihm nicht viel über die Auseinandersetzung mit Kate erzählt, nur, dass es gerade kompliziert ist. Er hat sofort an meinem Blick erkannt, dass ich keine weiteren Fragen dazu beantworten wollte.

»Gib schon her, Sherlock.« Ich reiße ihm die Formulare aus der Hand und verziehe mich ins Büro, bevor Archer diese Unterhaltung noch vertiefen kann.

Dort angekommen, schließe ich die Tür hinter mir und lasse mich im Schreibtischstuhl nach hinten gleiten. Seltsam. Er ist viel niedriger eingestellt als sonst. Saß Kate am Computer? Dabei habe ich sie seit der Eröffnung nur ein einziges Mal vor dem Bildschirm sitzen sehen, als der Akku ihres Handys leer war und sie unbedingt nach einem Rezept googeln wollte. Als ich sie damals dabei überrascht habe, lief ihr Gesicht sofort rot an, sie entschuldigte sich und verließ den Raum. Schon da habe ich gespürt, dass irgendwas ist. Dass mich irgendwas an ihr anzieht. Greifen konnte ich dieses Gefühl damals jedoch noch nicht.

Die Bestellformulare lege ich auf dem Schreibtisch ab und starte den Computer, um mich einzuloggen. Gerade als ich dabei bin, das Passwort einzugeben, merke ich, dass etwas auf dem Tisch liegt, das definitiv nicht zu meinen Bestellungen gehört. Ich bin schon seit Stunden im Laden, und weder Archer noch Lucas haben mir erzählt, dass hier ein Brief für mich liegt. Haben sie den heute Morgen beim Aufschließen aus dem Briefkasten geholt?

Ich nehme den Brief in die Hand und überfliege nur das Fettgedruckte.

City of London Police, 182 Bishopsgate
28 th January
5 pm

Was zur Hölle ist das? Wieso habe ich … Doch da sehe ich es. Kate Fraser. Dieser Brief ist nicht an mich, er gehört Kate. Wie erstarrt bleibe ich an den vier Buchstaben hängen. Mein Puls schnellt in die Höhe. Wieso muss sie auf das Polizeirevier? Was ist passiert?

Als ich den Brief wieder ablegen möchte, geht die Tür plötzlich auf. Vor Schreck springe ich von dem Stuhl hoch, der ein kratzendes Geräusch auf dem Boden macht. Ich halte den Brief zwischen meinen Fingern, während Kate mich aus großen Augen ansieht, die immer wieder zwischen dem Papier und meinem Gesicht hin- und herwandern.

Mir fällt es schwer, ihre Mimik zu deuten. Hochgezogene Augenbrauen, als hätte sie sich genauso sehr erschrocken wie ich. Geschürzte Lippen, die sich langsam öffnen, nur um sich lautlos wieder zu schließen.

»Ich …« Ruckartig lege ich den Brief zurück auf den Tisch und reibe mir unbehaglich über die Brust. »Oh Mann. Verdammt. Das sieht aus, als würde ich dir hinterherschnüffeln.« Ich seufze, während Kate auf mich zukommt und hinter sich die Tür schließt.

»Schon okay«, sagt sie, nimmt das Stück Papier und streift dabei mit der Hand leicht meinen Unterarm. Hitze schießt mir durch den Körper, und obwohl die Situation nicht gerade passend ist, würde ich ihr am liebsten nah sein. Noch so viel näher als jetzt.

»Nein, ist es nicht. Ich dachte, einer von den Jungs hätte mir Post auf den Tisch gelegt, und da habe ich es gelesen. Aber nicht viel. Nur den Termin und deinen Namen. Mehr weiß ich nicht. Wirklich.« Ich rede mich hier um Kopf und Kragen, und wäre ich an ihrer Stelle, würde ich mir vermutlich nicht glauben.

»Aidan?« Ihre Stimme schmiegt sich sanft um mich, und ich wünschte, sie würde meinen Namen noch Hunderte weitere Male sagen. Diese wenigen Buchstaben lösen ein Kribbeln auf meiner ganzen Haut aus. Ihre warmen Augen lassen mein Herz höherschlagen. Und ihre bloße Anwesenheit, nur einen Meter von mir entfernt, lässt mich beinahe verrückt werden. Auf eine gute Art und Weise.

»Kannst du mich in den Arm nehmen?« Kate sieht mich aus ihren Rehaugen an.

Ihre Bitte kommt so plötzlich und unerwartet, es dauert ein paar Sekunden, bis ich realisiere, worum sie mich soeben gebeten hat. Doch als es dann so weit ist, gehe ich, ohne zu zögern, auf sie zu und ziehe sie an mich. Ihr Haar riecht wie immer nach frischen Himbeeren, und ich liebe es. Ich liebe sie. Alles an ihr. Sie in meinen Armen zu halten, lässt mich erleichtert ausatmen.

Mit meinen Fingern male ich kleine Kreise auf ihren Rücken und fühle den weichen Stoff ihres Kapuzenpullis. Ihre Brust hebt und senkt sich gegen meinen Oberkörper, und vielleicht ist es Einbildung, aber ich glaube, ihren Herzschlag spüren zu können. Ich hebe meine Hand an ihren Kopf und fahre durch ihre kurzen blonden Haare. Ihr Seufzen erfüllt den kleinen Raum, der gerade so still ist, als gäbe es nur sie und mich und als wären wir nicht nur eine Wand von dem Trubel des Ladens entfernt.

Minutenlang stehen wir so da, und wenn es nach mir ginge, könnte es noch länger so weitergehen, denn ich habe Angst, dass dies unsere letzte Umarmung ist. Dass dies ihr Abschied ist und sie mir gleich mitteilt, dass keine Zeit der Welt etwas bringt und ich ihr Vertrauen so weit missbraucht habe, dass sie es nicht mehr aufbauen kann.

»Samuel hat sich selbst und Cameron angezeigt. Der Brief, den du in der Hand hattest, das ist eine Einladung zur Zeugenaussage. Er hat uns als Opfer benannt, und ich war vor ein paar Tagen bei Rachel ...« Sie macht eine Pause, und ich bin mir ziemlich sicher, dass sie gerade in Gedanken unsere E-Mails durchgeht. »Rachel ist meine Freundin, von der ich dir geschrieben habe«, erklärt sie noch, ohne unsere Umarmung zu lösen.

Ich erinnere mich lebhaft an die Nachrichten, die Kate mir geschickt hat, eine Zeit lang noch unter dem Namen Anna. Mein Herz hat geblutet. Auch als ich noch nicht wusste, dass ich mit ihr schreibe. So etwas zu lesen, tut immer weh, und ich kenne kaum jemanden bei Coras Einrichtung, den das kaltlässt. Wir alle fühlen mit, und genau das macht uns zu Menschen. Trotzdem muss man aufpassen, dass man sich bei der ehrenamtlichen Arbeit und der Hilfe für andere nicht selbst verliert. Nicht jeder verkraftet es, düstere Geheimnisse oder schlimme Schicksalsschläge erzählt zu bekommen. »Wenn du möchtest, dann begleite ich dich gleich. Du musst ja bald los.« Wahrscheinlich ist es zu früh, und sie braucht noch etwas Zeit für sich, auch wenn diese Umarmung eine andere Sprache spricht. Ich könnte es ihr nicht verübeln. Trotzdem möchte ich, dass sie weiß, dass sie immer auf mich zählen kann.

Langsam löst sie sich von mir. Einzelne Haarsträhnen stehen von ihrem Kopf ab, als wären sie elektrisch aufgeladen durch meinen Pullover. Sie schaut zu mir herauf. Ihr Gesicht lässt nicht erahnen, was sie gerade denkt, und das macht mir Angst. Angst vor der möglichen Zurückweisung.

Doch dann lächelt sie das schönste Lächeln, das ich je gesehen habe. Es ist ansteckend, weshalb ich es einfach erwidern muss. »Ehrlich gesagt wollte ich jetzt los. Es wäre schön, wenn du mitkommst.«

Ich möchte ihr gerade sagen, dass ich nichts lieber tun würde, als sie bei allem zu unterstützen, da legt sie ihren Kopf in den Nacken und vernichtet die Distanz, die zwischen unseren Mündern liegt.

Ihre weichen Lippen wieder auf meinen zu spüren, lässt mich beinahe glauben, ich würde träumen. Doch so ist es nicht. Kate steht vor mir. Meine Hände umschließen ihr Gesicht, während wir uns küssen, und alles um mich herum verschwimmt.

Darauf habe ich gewartet. Darauf hätte ich noch länger gewartet. Bis sie bereit dazu ist, unsere Beziehung fortzusetzen.

Und heute ist dieser Tag. Heute beginnt unser gemeinsamer Weg. Unser Für immer.

Epilog

Kate

»Nummer zweiunddreißig.« Aidan steckt mir eine kleine Kamillenblüte hinters Ohr und lehnt sich anschließend nur mit Boxershorts bekleidet an seine Küchenzeile.

Zweiunddreißig Tage ist es her, dass ich Aidans und meine Beziehung mit einem Kuss besiegelt habe. Und seither bekomme ich jeden Morgen eine Kamillenblüte von ihm. Ich trockne alle Blüten zwischen seinen Büchern, um sie anschließend in ein Album mit leeren Seiten zu kleben, mit dem Datum, an dem ich sie bekommen habe, als Überschrift. Vor zweiunddreißig Tagen habe ich an unserer Liebe festgehalten und wusste sofort, dass ich niemals mehr jemand anderen lieben möchte. Dass Aidan der Eine ist, den ich schlussendlich nicht gesucht und trotzdem gefunden habe. Es klingt bescheuert. *Der Eine. Der Richtige.* Doch diese Person gibt es für jeden, und wenn er oder sie vor einem steht, dann spürt man es. Es fühlt sich anders an. Besser als alles zuvor. Ernsthafter. Gefühlvoller. Tiefer.

Ich lächle ihn an, und er erwidert mein Lächeln. Ein kleines Grübchen stiehlt sich auf seine Wange, und mit dem Zeigefinger drücke ich in die Kuhle. »Ich liebe dich.« Während ich meine Arme um seinen nackten Oberkörper schlinge, kommen Cookie und Brownie miauend angelaufen. Manchmal bin ich mir nicht sicher, auf wen von uns beiden sie eifersüchtig sind.

Es ist gerade einmal sieben Uhr in der Früh. Draußen ist es noch dunkel. Nur die Laternen werfen ihr Licht auf die Straße. Der Duft von frischem Kaffee hat mich aus dem Badezimmer gelockt. Ein Handtuch um den Körper gewickelt, stehe ich nun in der Küche.

»Ich liebe dich auch.« Aidan küsst meinen Haaransatz und zieht mich in eine enge Umarmung, während sich die zwei Katzen an unseren Beinen reiben, in der Hoffnung, dass wir ihnen endlich Aufmerksamkeit schenken. Ist ja nicht so, als hätten sie sich die ganze Nacht über immer mal wieder unter unserer Bettdecke versteckt, um mit uns zu kuscheln und sich schnurrend ihre Streicheleinheiten abzuholen.

»Heute ist ein besonderer Tag«, sagt Aidan voller Vorfreude, und er hat recht.

Heute heiratet meine beste Freundin meinen Ex-Freund. Das hört sich noch immer merkwürdig an, und das wird es vermutlich auch immer. Aber ich könnte gar nicht glücklicher sein. In jeglicher Hinsicht. Ich verbringe fast jede Nacht bei Aidan und habe schon beinahe vergessen, wie meine Wohnung überhaupt aussieht.

»Obwohl ich mich nur auf die Hochzeit konzentrieren sollte, schweifen meine Gedanken immer wieder zu dem Termin übermorgen«, gestehe ich ihm und schnaube, genervt darüber, dass ich selbst heute daran denken muss.

»Der Termin bei eurem Anwalt?«

»Genau. Das wird der letzte Termin sein, bevor die Verhandlung losgeht«, murmle ich gegen seine Brust und schmiege mein Gesicht noch enger an ihn, weil ich nicht genug von dem frischen Geruch seines Aftershaves bekommen kann.

»Die Mistkerle werden ihre Strafe bekommen, da bin ich mir sicher.« In seinen Worten schwingt Wut mit, und ich kann es ihm nicht verübeln. Während Samuel sich tatsächlich selbst angezeigt und damit die Tat gestanden hat, streitet Cameron alles ab und behauptet, dass rein gar nichts davon jemals passiert sei. Und das, obwohl Samuel ihn angezeigt hat. Es werden drei Leute gegen ihn aussagen, und dennoch behauptet er, er sei unschuldig.

Rachel und ich haben uns direkt nach den Terminen auf dem Polizeirevier einen Anwalt gesucht, um als Nebenkläger auftreten zu können. Es war genau das, was sich für uns beide richtig angefühlt hat. Wir wollten es nicht allein in Samuels Hände legen. Wir wollten auch Anzeige erstatten, und das haben wir getan.

Zu behaupten, dass es von Mal zu Mal leichter wird, über das Geschehene zu sprechen, wäre gelogen. Es wird nicht leichter. Aber es hilft, um zu verarbeiten. Auch wenn meine Albträume seit Wochen ausgeblieben sind, werde ich mir nach den Verhandlungen eine Psychologin suchen, mit der ich weiter daran arbeiten kann, die Geschehnisse zu verkraften. Doch Aidan ist es zu verdanken, dass ich nicht in ein Loch gefallen bin, nachdem ich auf der Polizeiwache alles haargenau schildern musste. Er war da und hat mich aufgefangen.

Ich weiß jetzt, dass ich stark bin, und ich weiß auch, dass ich es ohne Aidan geschafft hätte. Aber seine Anwesenheit hat vieles leichter und erträglicher gemacht.

In einer Woche ist der erste Termin vor Gericht. Zu behaupten, ich sei nicht aufgeregt, wäre glatt gelogen. Allein bei dem Gedanken, Cameron wiederzusehen und all die Bilder erneut im Kopf zu haben, graut es mir. Ich möchte gar nicht wissen, wie dieser Moment für Rachel sein muss. Aber wir sind uns sicher, dass wir das schaffen werden und dass wir irgendwann mit erhobenem

Haupt den Gerichtssaal verlassen werden. Sei es nach dem ersten Verhandlungstermin oder nach dem fünfzigsten.

»Lass uns über schönere Dinge sprechen. Zum Beispiel darüber, wie gut du gleich in dem Anzug aussehen wirst.« Ich drücke mich von Aidan weg und betrachte das Sakko, das bereits an einem Kleiderhaken über der Badezimmertür hängt. Dieser Anblick erinnert mich an unsere erste Begegnung. Er im spießigen Anzug, mit dem er gerade von der Arbeit bei der Bank gekommen war. Er hatte sich als Inhaber der Immobilie ausgegeben, die ich besichtigen und mieten wollte, und sagte mir, dass ich den Laden nicht bekommen würde. Zum Glück kam Cora noch zum richtigen Zeitpunkt. Wäre das nicht passiert, wer weiß, wie mein Leben danach verlaufen wäre. Aber ich bin mir sicher, dass ich Aidan dann auf einem anderen Wege begegnet wäre. Denn es fühlt sich so an, als wäre unsere Begegnung vorherbestimmt gewesen. Als hätten wir uns beide gebraucht und gefunden.

»Wer wohl unsere Wette um das *Cosy Corner* gewonnen hätte?« Aidan fährt mit dem Zeigefinger meinen nackten Arm hinunter und hinterlässt eine warme Spur, dank der sich jeder Millimeter meiner Haut und meines Herzens geliebt fühlt.

»Ich«, antworten wir beide im Einklang und beginnen zu lachen.

Danksagung

In allererster Linie möchte ich dir danken. Genau. Dir. Denn du hast dich dafür entschieden, mein Buch zu lesen und der Geschichte von Kate und Aidan eine Chance zu geben. Vielleicht hast du bereits meinen Debütroman *The Right Kind of Wrong* gelesen. Vielleicht ist dies aber auch dein erstes Buch von mir. Danke, dass du dir die Zeit für meine Worte genommen hast und in die Welt von Kate und Aidan abgetaucht bist. Dieses Buch zu schreiben, fiel mir alles andere als leicht. Und doch bin ich nun überglücklich, dass du es in den Händen halten kannst, und hoffe, dass es dir gefallen hat und du mich weiter auf meiner Reise als Autorin begleitest.

Ein großes Danke an meine Familie, meinen Freund und meine Freundinnen, die immer ein offenes Ohr für mich haben und mir zuhören, wenn ich sie mit meinen Geschichten volltexte. Danke, dass ihr für mich da seid. Ich werde es auch immer für euch sein.

Danke an all meine lieben Autorenkolleginnen, mit denen ich mich regelmäßig austausche. Es tut gut, Menschen um sich zu haben, die verstehen, wie schön, aber auch anstrengend das Schreiben sein kann.

Danke an meinen Verlag und an meine Lektorin, die an meine Geschichten glauben, mich aufmuntern, wenn ich zweifle, und mir die Zeit geben, die ich brauche, wenn es mir mal nicht so gut geht. Einfach ein überdimensional großes Danke an alle, die das hier lesen. Ihr seid toll. Jede*r Einzelne von euch.

Triggerwarnung

Liebe Leser*innen,
ich möchte euch darauf aufmerksam machen, dass *Everything we had* Elemente enthält, die triggern können.
Diese sind:
Sexueller Missbrauch, Vergewaltigung und Panikattacken.

Nachwort

Dieses Thema geht uns alle etwas an, und wir sollten nicht die Augen davor verschließen, was auf dieser Welt passiert, sondern uns informieren, wie wir mit Betroffenen umgehen und ihnen helfen können. Mir war es wichtig, Kates Geschichte zu erzählen.

Falls auch du Hilfe benötigst oder einfach mal jemanden zum Reden brauchst, weil die Last auf deinen Schultern immer schwerer wird, dann zögere nicht, dich jemandem anzuvertrauen. Dies kann deine Familie sein, deine Freunde, Bekannte oder spezielle Anlaufstellen.

Du sollst wissen, dass du nicht allein bist. Zwar läuft niemand in deinen Schuhen, aber du musst diesen steinigen Weg nicht allein gehen.

www.telefonseelsorge.de
Unter der Nummer 0 800 111 0111 oder 0 800 111 0222 ist rund um die Uhr und kostenlos jemand für euch erreichbar.

www.online.telefonseelsorge.de
Falls es euch leichter fällt zu schreiben, könnt ihr auch anonym per Chat, App oder E-Mail mit jemandem sprechen.

www.weisser-ring.de

Das Opfer-Telefon ist unter der Nummer **116 006** die ganze Woche von 7 Uhr bis 22 Uhr erreichbar und befasst sich mit denjenigen, die von einer Straftat betroffen sind. Hilfe wird auch vor Ort oder per Onlineberatung angeboten.

www.hilfetelefon.de Gewalt gegen Frauen
Die Beratung ist anonym, kostenlos und zu jeder Zeit erreichbar unter **08 000 116 016** oder per E-Mail und Chat. Außerdem gibt es Beratung in siebzehn Sprachen und in Gebärdensprache.

www.nummergegenkummer.de
Bei allen Fragen, Sorgen und Problemen ist die Nummer gegen Kummer anonym und kostenlos für Kinder und Jugendliche von Montag bis Samstag (von 14 Uhr bis 20 Uhr) unter der **116 111** erreichbar.

www.elterntelefon.info
Das Elterntelefon ist von Montag bis Freitag (von 9 Uhr bis 17 Uhr) und am Dienstag und Donnerstag bis 19 Uhr unter der Nummer **0 800 111 0550** erreichbar.
Außerdem wird auch eine Onlineberatung angeboten.

Du bist der Funken Hoffnung in meiner Dunkelheit

Zoe lebt mit ihrer besten Freundin Kate in einer WG in London und wünscht sich nichts mehr, als frei zu sein. Frei von den Erwartungen ihrer Eltern und frei von den Panikattacken, die sie immer wieder erschüttern. Als Kates neuer Freund Noah eine Unterkunft braucht, stimmt Zoe zu, ihn vorübergehend einziehen zu lassen. Obwohl ihr Aufeinandertreffen alles andere als reibungslos verläuft, entdeckt sie mit der Zeit immer mehr Gemeinsamkeiten und fühlt sich zu Noah hingezogen. Zoe weiß, dass ihre Gefühle falsch sind und sie die Freundschaft zu Kate kosten könnten. Doch als Zoe bemerkt, dass sie an Noahs Seite freier ist als jemals zuvor, geraten ihre guten Vorsätze ins Wanken ...

Jennifer Bright
The Right Kind of Wrong
Roman

Taschenbuch
Auch als E-Book erhältlich
forever.ullstein.de

Eine Liebesgeschichte, die einem das Herz bricht und es am Ende wieder zusammensetzt

Als Brooklyn Manchester verlässt, will sie nur eines: mit ihrer schmerzhaften Vergangenheit abschließen und den Tod ihrer großen Liebe verarbeiten. Die neue Wohnung in Bedford ist ihre letzte Rettung. Sie sieht sogar darüber hinweg, dass ihr neues Apartment durch eine Tür mit dem Schlafzimmer ihres Nachbarn Chase verbunden ist. Immer wieder dringen Geräusche und Gesprächsfetzen durch die verschlossene Tür, und Brooklyn erfährt viel über Chase. Sie fühlt sich von dem Fremden, dem sie noch kein einziges Mal begegnet ist, auf unerklärliche Weise angezogen. Als Chase dann beginnt, ihr Nachrichten zu schreiben und ihr auf dem Klavier ihr Lieblingsstück vorzuspielen, gerät Brooklyn in einen Strudel aus widersprüchlichen Gefühlen: In ihr kämpft die Anziehung zu einem Fremden mit ihrem eigenen Widerstand. Denn sie hatte ihr Herz für immer einem anderen versprochen …

Sarah Stankewitz
Perfectly Broken

Roman
Klappenbroschur
forever.ullstein.de

Wie weit wird sie gehen, um ihr Herz zu schützen?

Molly scheint vom Pech verfolgt zu werden. Ihren Traum einer Ausbildung zur Konditorin musste sie begraben, als ihre Mutter schwer krank wurde. Und auch in der Liebe hat sie kein Glück, sondern leidet an einem gebrochenen Herzen. Deshalb schmiedet sie einen Plan: Ein halbes Jahr lang will sie sich von Männern fernhalten, keine Berührungen zulassen und sich schon gar nicht neu verlieben. Als sie jedoch von einem Wasserschaden aus ihrer Wohnung vertrieben wird, hat Molly keine andere Wahl, als bei Troy einzuziehen, einem verdammt gutaussehenden Handwerker. Ungewollt entdeckt sie die Narben aus seiner Vergangenheit, und ganz allmählich bekommt die selbsterrichtete Mauer um ihr Herz Risse ...

Sarah Stankewitz
Lovely Mistake

Klappenbroschur
Auch als E-Book erhältlich
www.ullstein.de

Suddenly Forbidden

Ich dachte, er würde für immer zu mir gehören, selbst als wir gezwungen waren uns zu trennen. Wir hätten einander festhalten sollen, aber es ist trotzdem passiert. Schade, dass ich nicht ahnte, dass jemand anderes nur darauf wartete, meinen Platz einzunehmen. Sonst hätte ich niemals losgelassen. Zwei Jahre später sind wir genau dort, wo wir geplant hatten zu sein. Ich habe mein Versprechen gehalten. Er hat es einfach vergessen. Er hat nicht nur jemand neuen gefunden, sondern diese Neue ist meine ehemalige beste Freundin. Und ich beginne das College mit gebrochenem Herzen. Wahrscheinlich sollte jetzt der Part kommen, in dem ich euch erzähle, wie ein anderer toller Typ auftaucht und die Scherben meines Lebens aufsammelt und wieder zusammensetzt. Einer, der mich wieder zum Lachen bringt. Aber das hier ist nicht diese Art von Geschichte. Mein Herz mag gebrochen sein. Aber es weigert sich, ihn nicht mehr zu lieben.

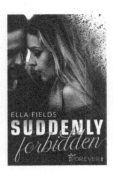

Ella Fields
Suddenly Forbidden
Roman

Aus dem Amerikanischen von Nina Bader
Klappenbroschur
Auch als E-Book erhältlich
forever.ullstein.de